DESTRUCTION

Des Liens Indestructibles

- 2 -

DE LA MÊME COLLECTION :

San Francisco, mes colocs et moi, de Natasha Washington

Le boudoir, de Faith Kean

Provocation, de Joanna Chambers

Motel. Pool., de Kim Fielding

Lumière, Caméra, Action !, de Shira Anthony

www.editionsbookmark.com

Jocelynn Drake & Rinda Elliott

DESTRUCTION

Des Liens Indestructibles

- 2 -

Traduction de l'anglais par
MARY LANGE

Ceci est une œuvre de fiction. Les noms, les personnages, les lieux et les faits décrits ne sont que le produit de l'imagination de l'auteur, ou utilisés de façon fictive. Toute ressemblance avec des personnes ayant réellement existé, vivantes ou décédées, des établissements commerciaux, des événements ou des lieux ne serait que le fruit d'une coïncidence.

Titre V.O : Shatter
Traduction ©Mary Lange
Relecture © Margaux Villa
Correction © Emmanuelle Lefray
Maquette © Gabe Reyes
Illustration de la couverture © Hart & Bailey

ISBN: 9791038112513
Disponible en format numérique.

www.editionsbookmark.com

Rinda : Je dédie ce livre à Jocelynn car nous avons rencontré quelques bosses sur la route durant l'écriture de ce livre et qu'elle n'a pas une seule fois perdu foi en moi.

Jocelynn : Je dédie ce livre à nos maris. Nous avons travaillé de longues heures et avons passé beaucoup de temps au téléphone pour écrire ce livre. Merci d'avoir tenu le coup.

Remerciements

Nous voulons remercier pas mal de monde qui nous ont aidées dans la création de ce livre.

L.D. Rose, auteur et médecin extraordinaire, qui a accepté de répondre à nos questions entre deux vies à sauver. (http://writerldrose.com/)

L'auteur Maria Bitar pour son aide pour les traductions en grec.

(https://www.facebook.com/amadjournalist)

Robert Smith pour son aide inestimable sur l'écriture des scènes de bagarre.

(FightWriteConsulting.com) S'il y a des erreurs, c'est notre faute.

Stephen Drake pour avoir créé une autre sublime couverture. (DesignbyDrake.com)

Et nous aimerions également remercier les merveilleux fans de notre groupe Facebook *Unbreakable Readers*. Votre enthousiasme et votre aide pour faire connaître nos livres sont inestimables !

Chapitre 1

Le bar offrait une nouvelle définition du mot « tripot ».

Ashton « Snow » Frost était avachi sur la chaise la plus inconfortable sur laquelle il ait déjà posé ses fesses et essayait de ne pas regarder de trop près ce qui l'entourait. Soit le décorateur avait fréquenté un repaire de junkies au début des années 70, soit l'endroit était niché dans ce coin de Covington, Kentucky, depuis bien avant sa naissance. La chanson d'un groupe grunge des années 90 s'élevait depuis un juke-box près des toilettes et le grand nombre d'étudiants qui s'enfilaient des bières au comptoir du long bar et autour des tables de billard le surprit. *Et le déprimait.* Il ne pouvait même plus espérer s'envoyer en l'air ce soir ; la foule était trop jeune à son goût.

Cela dit, la soirée n'était pas un désastre total. Il observa ses amis à travers la salle, visibles malgré la foule. Ils se trouvaient autour de l'une des tables de billard, et d'après l'expression contrite sur le visage d'Andrei Hadeon alors qu'il pressait la queue de billard contre son front, Melissa Ward était en train de lui botter le cul.

Lucas Vallois et Ian Pierce étaient assis sur des tabourets de bar autour d'une haute table de pub, et riaient. Probablement parce que tous savaient que la femme de Rowe était une pro et qu'il semblait que personne n'avait pris la peine d'en avertir le Roumain. Snow ne put s'empêcher de sourire. Lucas et Ian ne parvenaient pas à se fondre dans le décor, bien qu'ils soient habillés de la même façon que les autres, en jeans et en bottes. Ian, malgré sa petite taille, avait l'air tout droit sorti d'un défilé de mode, avec sa chemise bleue dont le col était déboutonné, et son blazer marron cintré. Et Snow ne comprenait pas comment Lucas faisait pour ne pas transpirer sous son pull en cachemire dans cet endroit étouffant.

Apparemment, le propriétaire aimait jeter son argent par les fenêtres, parce que cet enfoiré avait mis le chauffage au maximum, obligeant le personnel à garder les portes avant et arrière ouvertes pour laisser entrer un peu d'air frais. Snow bougea sur son siège et regarda Rowan Ward, assis à côté de lui à la grande table qu'il avait réservée derrière le bar.

— Tu sais quoi, Ward ?

Rowe ancra son regard vert au sien et fronça les sourcils en tirant sur l'encolure de son sweat-shirt noir. La transpiration assombrissait ses cheveux roux autour de ses tempes, les faisant boucler.

— Quoi ?

— J'ai trouvé ce qui ne va pas avec ce bar : je ne suis ni aveugle ni sourd.

Rowe sourit et essuya une goutte de sueur qui coulait le long de sa tempe à l'aide d'une serviette en papier.

— Il est très populaire auprès de certains de mes employés, alors j'ai pensé que nous pourrions l'essayer. Allez, doc. Il y a une sacrée ambiance, même toi, tu dois l'admettre.

Snow lui jeta un regard agacé.

— Il y a des panneaux en bois.

— J'ai toujours aimé les boiseries. Mon grand-père possédait une vieille cabane de chasse dans le Colorado, avec des lambris dans chaque pièce. Je trouve que ça donne une atmosphère familiale. J'adorais cet endroit.

Il saisit sa chope de bière et en avala une énorme gorgée, puis inclina son verre vers Snow.

— Et la bière n'est pas chère.

— C'est parce que c'est de la bière de merde.

Snow se retourna pour découvrir Andrei penché sur la table de billard et gloussa quand il vit que Lucas regardait aussi, concentré sur le cul de son ancien garde du corps. C'était un très beau cul, donc il ne pouvait pas lui en tenir rigueur.

Rowe avait suivi le regard de Snow et secoua la tête.

— C'est fou, pas vrai ? Il a rendu gay mon employé hétéro. C'est l'un des super-pouvoirs de Vallois.

— Je doute qu'il ait jamais été tout à fait hétéro, répondit Snow en se penchant, crochetant son coude au dossier de la chaise. Je suis tombé sur eux il y a deux semaines et je les ai surpris en pleine action. Le Roumain y allait à fond. C'était tellement chaud, putain.

Snow désigna d'une main Andrei qui se redressait après avoir frappé la boule.

— Regarde-le. Moi aussi, j'aurais tout donné pour profiter un peu de lui.

Lucas refusait d'admettre qu'il couchait exclusivement avec son ex-garde du corps, mais il était évident que c'était le cas.

— Tu les as vus ? demanda Rowe en lui donnant un coup de coude.

L'intonation de son ami poussa Snow à l'observer de plus près. Les yeux de Rowe étaient écarquillés d'une évidente curiosité. Il y avait quelque chose dans son expression que Snow avait déjà remarqué plusieurs fois, des années auparavant, avant que Rowe ne rencontre Mel. Comme s'il était intéressé, mais pas sûr d'être tout à fait à l'aise avec cette idée.

— Tu aurais aimé voir ça par toi-même ? demanda-t-il, plissant les yeux pour étudier son ami.

Rowe détourna le regard et haussa les épaules.

— J'aime ma femme. Tu le sais. Mais je ne suis pas aveugle, et ces deux-là sont ridiculement beaux, alors ça devait valoir le coup d'œil, répondit-il avant de se pencher vers Snow et de baisser la voix. Tu as vu qui était l'actif ?

Snow, qui était en train de boire sa bière, l'avala de travers et faillit s'étouffer. Il ne se serait jamais attendu à entendre Rowe prononcer ces mots. Aussi grossier qu'il puisse être, Rowe n'avait jamais exigé de détails ni même montré le moindre intérêt à les connaître. Bien sûr, au fil des ans, Snow et Lucas avaient été très graphiques dans leurs commentaires sexuels, heureux de décrire la scène. Rowe n'avait jamais eu à demander.

Se raclant la gorge, Snow posa son verre.

— Ce n'est pas toujours en sens unique. Tu comprends ça, pas vrai ?

— Non, je ne comprends pas vraiment. D'après ce que Lucas et toi avez dit, j'ai eu l'impression que c'était l'un ou l'autre. Allez. Explique-moi.

— Putain, non, répondit Snow en secouant la tête. Loue un porno. Je sais que ta femme aime le porno gay. Elle aime *vraiment* le porno gay.

Snow se tut et sourit à son ami, et Rowe serra la mâchoire comme pour se préparer aux insanités qui allaient lui sortir de la bouche.

— Tu sais qu'elle m'a demandé de filmer quelque chose, pas vrai ? La fois où on était tous dans ce steakhouse et où j'ai chopé ce serveur blond ?

— Je me souviens, gémit Rowe, ses épaules s'affaissant à nouveau. Malheureusement. Tu nous as laissé l'addition et tu as commencé à embrasser ce type avant même d'avoir passé la porte. Ce qui est marrant, c'est que tu crois que je ne suis pas déjà au courant pour le porno et ma femme.

— Vous le regardez ensemble ? demanda Snow, levant un sourcil, intrigué.

— Pas question que je te donne des idées pour te branler, répondit Rowe en levant les yeux au ciel.

— Trop tard.

Il offrit à Rowe son sourire le plus démoniaque, le plus taquin.

— C'est ça. Tu n'aimes pas coucher avec des femmes.

— Oh, Rowe, on a besoin d'une leçon sur la différence entre mater du porno et baiser ? J'aime le bon porno hétéro de temps en temps. Rarement, certes.

Il ramassa une capsule de bouteille sur la table.

— Quand quelque chose est chaud, c'est chaud.

— Tu es en train de me dire…

L'expression de Rowe devint sérieuse et il appuya ses avant-bras sur la table, en se rapprochant un peu plus.

— Tu es en train de me dire que tu pourrais être avec une femme ?

— Non. J'ai appris il y a longtemps que ça ne fonctionne pas pour moi.

L'intérêt de Snow pour les femmes n'avait toujours été qu'amical. Il aimait les hommes. Il aimait leurs corps plus durs, leurs mains calleuses et leurs parfums masculins… leur capacité à supporter la brutalité. Il savait qu'il y avait des femmes qui aimaient ça aussi, mais il aimait la bite. Ça avait toujours été le cas.

Depuis quelque temps, son esprit s'égarait sur un homme en particulier, qui était hors d'atteinte. Ce satané secouriste parvenait à attirer son attention chaque fois qu'il passait par les urgences ou la salle de repos, en fait à peu près n'importe où dans l'hôpital. Ses mains le démangeaient d'attraper cet homme et de découvrir si ces beaux muscles visibles sous son uniforme noir moulant étaient aussi puissants qu'ils en avaient l'air.

Mais Jude Torres était intouchable. Snow ne baisait pas ceux avec qui il travaillait. Cette règle lui permettait de ne pas mélanger sa vie privée à celle de l'hôpital. Son cerveau l'avait intégré, mais même à cet instant, rien que de penser à ces yeux noirs et à ce sourire en coin, Snow se sentit durcir. Jude dégageait ce truc, comme si son air jovial et facile à vivre masquait un feu pur et intact.

Snow se tortilla sur son siège, essayant de trouver une position confortable tout en masquant son érection. Il joua avec la capsule, la retournant du bout des doigts.

— Ce que je cherche à te dire, continua-t-il en regardant Rowe, c'est que ce que nous aimons regarder ne coïncide pas toujours avec ce que nous aimons faire. Tu regardes du porno gay avec ta femme, mais tu ne te tapes pas de mec, si ?

Le signe de tête de son ami était lent et contemplatif.

— J'ai compris.

Rowe leva les yeux et l'étrange mélange de curiosité et d'inquiétude de son expression disparut sous un sourire sincère alors qu'il poussait le siège près de lui.

Snow suivit son regard pour découvrir Ian se frayer un chemin à travers la foule vers leur table. Quelque chose chez ce gamin avait toujours mis leur groupe à l'aise, et ce, dès la première fois que Lucas et Snow l'avaient vu.

Apparemment, lui aussi souffrait de la chaleur, car il avait enlevé son élégante veste et l'avait posée sur son bras. Ses cheveux châtain clair arboraient un style ébouriffé qu'il avait sans doute mis une vingtaine de minutes à réaliser. Tout ce que Ian faisait semblait dénué du moindre effort et, le connaissant, c'était généralement le cas. Il avait un flair impressionnant lorsqu'il s'agissait de créer une image. Snow faisait son shopping avec lui et Ian savait exactement comment accorder les vêtements avant même de les retirer des étagères. Il laissait Ian choisir la plupart de ses costumes, désormais. Cela lui évitait de devoir se tenir au courant des dernières tendances en matière de mode. Non pas qu'il s'en soit vraiment soucié. Il aimait juste savoir qu'il avait la classe. De plus, il détestait le shopping, et seule l'authentique euphorie de Ian pour les vêtements rendait ces sorties tolérables.

— Je ne sais pas pourquoi j'ai pensé que m'habiller comme pour un mois de janvier était une bonne idée, déclara Ian avec sarcasme en s'asseyant à côté de Rowe avant d'attraper le cabernet maison qu'il avait laissé sur la table.

Il le sirota et fit une grimace, comme la première fois qu'il l'avait goûté.

— Mais je passe quand même un bon moment. Cet endroit est sympa !

Il posa le verre et le repoussa d'un doigt, regardant le liquide comme s'il allait jaillir et s'attaquer à nouveau à ses papilles gustatives.

Rowe jeta un regard suffisant à Snow.

— Snow n'est pas d'accord. C'est un snob du bar. Lucas et ses boîtes de nuit de luxe ont entaché sa vision des endroits appropriés pour les hommes.

Le sourire de Snow s'agrandit, et sa bouche s'élargit. Il se pencha à nouveau sur sa chaise et croisa les bras.

— Des endroits appropriés pour les hommes ? Dis-m'en plus.

— Tu sais, répondit Rowe en fermant les mains en poings pour insister. Des tanières. Des endroits où on n'a pas besoin de se déguiser. Où on n'est pas exposé, où on n'essaie pas de draguer quelqu'un ? Où on n'a pas à sentir bon pour les dames. Où on peut être avec d'autres hommes dans notre état naturel de flemmards. Laisser nos couilles traîner.

Le silence suivit son discours emphatique. Puis la bouche de Ian s'ouvrit.

— Il y a tellement de choses qui ne vont pas dans ce que tu viens de dire.

En riant, Snow prit une serviette pour essuyer la condensation de sa bière sur la table.

— Les femmes ne sont pas les seules à détester les odeurs corporelles, et tous les hommes ne sont pas systématiquement fainéants. À quoi ressemble le monde avec ta tête enfoncée si loin dans le cul ? Tu es le seul homme que je connaisse qui soit naturellement paresseux…

Il ravala son rire et baissa la tête.

— Attends, ce n'est plus vrai. Je viens de me souvenir de Banner.

— Le flic ? demanda Rowe.

Il n'échappa pas à Snow que Ian, qui avait tourné la tête pour regarder par-dessus son épaule, était immédiatement revenu à leur conversation. Hollis Banner, un inspecteur plutôt agaçant de la police de Cincinnati, s'était imposé plus que d'habitude ces derniers temps, et aucun d'entre eux n'en ignorait la raison. Cet enfoiré de dur à cuire tournait autour de Ian et cela donnait envie à Snow de lui taper dessus. Non pas que lui-même ait des vues sur Ian – non, leur amitié était trop solide pour ça – mais personne n'était assez bien pour le jeune homme. Ian faisait ressortir tous ses instincts protecteurs. De plus, ils n'avaient pas besoin que les forces de l'ordre traînent dans le coin alors qu'ils avaient tous des choses à cacher.

Il essuya une autre tache de condensation à l'aide de sa serviette et lorsqu'elle resta collée, il ôta vivement sa main, grogna et pointa Rowe du doigt.

— Vraiment, Rowan ? Je préfère quand les tanières sont propres.

— Ceci venant d'un homme qui s'est agenouillé dans les toilettes pour hommes de toute la ville.

— Je pensais que tu avais été plus attentif durant toutes ces années, répondit Snow en faisant un clin d'œil, et Ian ricana. Ce n'est pas moi qui suis habituellement à genoux.

— Enfoiré d'égoïste.

Rowe rit, probablement parce qu'il en avait suffisamment entendu durant leurs dix ans d'amitié pour savoir que c'était vrai. Snow s'émerveillait parfois de la façon dont Rowe prenait la parole au sein de leur groupe de quatre personnes alors qu'il était le seul homme hétéro. Enfin, *pratiquement* hétéro. Snow avait toujours soupçonné que le cerveau brouillé de Rowe cachait une certaine curiosité, qu'il était peut-être un peu plus bi que ce qu'il n'avait jamais voulu admettre. La conversation de ce soir raviva de vieux souvenirs de Rowe en compagnie de Lucas et lui dans des bars et des boîtes de nuit gays. Un Rowe flirteur qui semblait plus à l'aise avec les attouchements et les pelotages que tous les hommes hétéros qu'il avait connus.

Même si le regard de Rowe s'égarait parfois, Snow n'était pas inquiet. Le type était raide dingue de Melissa et, à en juger par le nombre de fois où il l'avait cherchée du regard ce soir, son amour pour sa femme restait fort. Curieux ou non, il ne la tromperait jamais. Mais Snow se demandait si les choses auraient été différentes si Melissa avait été un homme plutôt qu'une femme.

Et si Lucas dérogeait parfois à ses principes et couchait avec des femmes, Snow avait toujours su que c'était ce qu'il imaginait avoir envie de faire, et non ce qu'il aimait vraiment. Il était entièrement gay. Comme Ian et lui-même.

Les autres revinrent à la table, boissons fraîches à la main, et la discussion dériva vers les prouesses de Melissa aux couilles d'acier. Snow écoutait d'une oreille, détendu par la présence de ses amis, même si Rowe n'avait aucun goût en matière de bar. Il laissa son regard errer à nouveau dans l'établissement, espérant trouver quelqu'un d'assez âgé pour l'intéresser, et fronça les sourcils lorsqu'une silhouette s'éloigna rapidement de son champ de vision et se perdit au milieu de la foule. Il plissa les yeux, tentant d'apercevoir de qui il s'agissait, parce qu'il avait le sentiment que l'homme était en train de les observer. Un sentiment qui lui inspira un certain malaise et lui donna la chair de poule.

— Qu'en penses-tu ?

Ian fit claquer ses doigts devant le visage de Snow.

— Snow ?

— Hein ?

Il se tourna vers son ami, se rendant compte qu'il n'avait rien écouté. Ian fronça les sourcils, ses yeux bruns le sondant un moment avant de soupirer.

— N'es-tu pas d'accord que faire les courses ensemble est une sorte d'engagement ? dit-il en agitant son doigt vers Lucas et Andrei. Ils y vont tous les deux, désormais.

Snow se pinça les lèvres, ravalant un commentaire. C'était… inattendu. Pour autant qu'il le sache, Lucas n'avait pas mis les pieds dans une épicerie depuis plus d'un an. Sa gouvernante, Mme Mason, se chargeait de la nourriture que Ian n'apportait pas lui-même.

Un soupçon de rouge colora le cou d'Andrei.

— Ian, ce n'est que de la nourriture. Nous comprenons que pour toi, c'est une religion ou peut-être même une sorte de préliminaires fantasques, mais ça ne marche pas comme ça pour le reste d'entre nous.

— Ça devrait.

Ian fixa Lucas jusqu'à ce que l'autre homme commence à le fixer en retour. Mais Ian lui offrit ce sourire – si doux qu'il aurait pu faire fondre le plus froid des cœurs – et l'expression de Lucas s'adoucit. Ian effleura le bras d'Andrei.

— Mais c'est sérieux ? Vous deux ? J'ai raison, pas vrai ? demanda-t-il en riant. Tes parents sont venus pour Thanksgiving, Andrei.

Ian et son amour de la romance. Snow ne put s'empêcher de sourire. Que le gamin croie toujours aux âmes sœurs, à l'idée d'un bonheur éternel, tenait du miracle compte tenu de ce qu'il avait vécu. Bon Dieu, son cœur était une chose magnifique, qui rappelait constamment à Snow que certaines personnes étaient assez précieuses pour valoir n'importe quel sacrifice.

Toutes les personnes assises à cette table l'étaient. Peut-être même le nouveau membre – qui semblait prêt à s'enfuir en essayant de résister aux questions de Ian. Le pauvre Roumain jeta un regard à Lucas, puis s'éclaircit la gorge.

— On s'amuse, c'est tout.

Même pour Snow, son sourire semblait nerveux.

— C'est tout ?

Un silence choqué s'abattit sur le groupe au son de la voix aiguë de Lucas. Son expression en disait long sur ses sentiments pour Andrei, et Snow savait qu'il n'était pas le seul autour de cette table à être sous le choc.

— C'est tout ce que nous faisons ? insista Lucas à voix basse.

Andrei baissa la tête, ses yeux couleur zibeline se plissant vers Lucas. Comme d'habitude, la passion entre les deux donnait à Snow l'impression d'être témoin de quelque chose d'infiniment privé. Andrei avait tiré ses cheveux noirs bouclés en queue de cheval sur sa nuque, de sorte que tous remarquèrent sa curieuse expression lorsqu'il fixa Lucas du regard.

— C'est ce que je croyais. Je pensais que c'était ce dont nous avions convenu. Pas d'attaches.

Andrei se tut, se léchant les lèvres.

— Tu veux dire que tu en veux plus ?

Lucas sourit soudain. Snow n'avait vu cet éclat dans ses yeux que lorsqu'il les posait sur l'un de ses trois amis proches, et même alors, il n'y avait jamais eu cette chaleur, ce plaisir exclusif qui l'illuminait à chaque fois qu'il regardait Andrei. Avec lenteur, il mit la main dans la poche avant de son jean et en sortit un préservatif qu'il tint entre deux doigts.

— Toujours prêt ? lui demanda Rowe, fermant la bouche lorsque sa femme se pencha par-dessus la table pour le frapper. Hé ! s'insurgea-t-il en se frottant le bras.

Lucas fixa Andrei tout en passant le préservatif par-dessus son épaule avant de le jeter au loin.

— Ça répond à ta question ?

Les deux hommes restèrent immobiles pendant que Snow retenait son souffle, puis Andrei glissa brusquement de sa chaise, saisit la mâchoire de Lucas et l'embrassa devant tout le monde.

Snow ressentit un déchirement qui le troubla et il en éprouva une légère honte.

Il aurait dû être ravi pour son ami, heureux qu'il ait trouvé quelqu'un qui le comble. *Et il l'était.* Mais une partie de lui avait peur ; peur que son monde change. Il n'avait jamais vu son meilleur ami ainsi et cela lui fit mal au cœur, parce qu'ils avaient toujours été rien que tous les deux depuis l'école primaire. Il observa l'air détendu de Lucas tandis qu'il laissait un homme l'embrasser en public, observa la manière dont il leva le pouce pour caresser la main qu'Andrei avait posée sur son visage.

Ce geste tendre montrait bien à quel point les choses avaient changé. Quand Andrei mit fin au baiser et murmura quelque chose que personne ne put entendre, Snow détourna le regard, ne se concentrant sur rien en particulier. Lucas réorganisait sa vie autour de quelqu'un qu'il aimait manifestement, et cette partie égoïste de Snow – celle à propos de laquelle Rowe avait plaisanté – ne savait pas trop comment l'encaisser.

L'une de ses plus grandes craintes secrètes était de ne rien posséder de fondamental en dehors de sa relation avec Lucas.

Il allait rapidement le découvrir.

Il se retourna pour constater qu'Andrei s'était rassis sur sa chaise, mais que leurs mains étaient restées enlacées sur les genoux de Lucas. L'espace d'un instant, il se demanda ce que cela ferait de vouloir quelqu'un comme ça dans sa vie. Quelqu'un d'intime. Pour une raison quelconque, une paire d'yeux marron foncé lui vint à l'esprit et il fronça les sourcils. *Non, absolument pas.*

Quelqu'un attira une nouvelle fois son attention avant qu'il ne se détourne rapidement. Mais la lumière frappa un visage basané qui l'emplit instantanément de fureur. Ses pensées s'évanouirent, son estomac se tordit et ses paumes devinrent moites. Il espérait se tromper, mais les griffes de colère noire qui le déchirèrent lui disaient que non.

— Oh-oh, j'ai déjà vu ce regard sur le visage de Snow, déclara Melissa en étirant son cou, essayant visiblement de voir où il regardait. On dirait qu'il a mis le doigt sur une cible potentielle. Est-ce que quelqu'un d'autre peut voir ? Il est sexy ?

Snow les laissa imaginer ce qu'ils voulaient. Il avait déjà plusieurs fois pris congé du groupe comme ça et il ne voulait pas qu'un de ses amis voie qui était l'homme qu'il pensait avoir aperçu. Il devait d'abord trouver le type. Il se remit debout, ignorant le regard perçant et interrogateur que Lucas lui adressait, et prit sa veste marron.

— Désolé, mais je dois partir. Opération matinale demain.

— Ouais, c'est ça, murmura Rowe, son sourire montrant qu'il n'était pas le moins du monde dupe.

Snow s'arrêta pour laisser à Melissa le temps de déposer un baiser sur sa joue.

— Amuse-toi bien, mon chéri, murmura-t-elle avec un petit rire coquin.

Il se dirigea rapidement vers l'endroit où cette silhouette avait disparu et vit l'homme qui essayait d'esquiver la foule en se précipitant vers l'entrée. Il aperçut sa veste noire alors que le type s'éloignait. Juste avant que ce dernier n'atteigne la porte, il se tourna légèrement, et la lumière éclaira une nouvelle fois son visage.

Snow s'immobilisa, pétrifié, lorsqu'il découvrit la longue cicatrice qui lui barrait la joue gauche. Une cicatrice dont il était le responsable.

— Oh non, bon sang, murmura-t-il en jouant des coudes à travers la foule et en se précipitant dehors.

Son haleine s'embua instantanément à cause du froid.

Il enfila sa veste, clignant des paupières sous la lumière aveuglante suspendue juste au-dessus de l'entrée, forçant ses yeux à s'adapter à l'obscurité alors qu'il cherchait sa cible. Plus loin sur la droite, il aperçut un individu se glisser dans une ouverture de la vieille clôture en fils de fer barbelés qui entourait le parking à côté d'un magasin de fournitures scolaires. Snow se précipita à sa suite, donnant un coup d'épaule à deux étudiants qui se dirigeaient vers le bar d'où il venait de sortir. Ils jurèrent bruyamment, mais il continua à avancer, les ignorant au profit du bâtard sadique qu'il avait l'intention de démonter à mains nues.

Lorsque Snow vit la silhouette qui s'échappait se glisser parmi les voitures et revenir sur le trottoir de la Sixième Rue Ouest, il sourit. Dwight Gratton se dirigeait tout droit vers les trottoirs bondés et les rues animées. Le choix discutable d'établissement de Rowe se situait sur Banklick, à un pâté de maisons de MainStrasse Village, et Gratton marchait vers les lumières et les embouteillages du quartier commercial. Même un mercredi soir, le Village était un lieu animé.

Les chaussures à semelles dures de Snow résonnaient sur le pavé accidenté et inégal, dans le froid perçant. Chaque pas faisait jaillir une nouvelle image dans son esprit, tel un diaporama démoniaque. Ian en sang et blessé. Ian les mains et les pieds ligotés. Les grands yeux bleus de Ian remplis de terreur, de défaite et de désespoir. Et l'homme qui se tenait au-dessus de lui était Dwight Gratton. Au fil de ses souvenirs, Snow pouvait encore entendre Gratton rire, haut et fort, une hyène dérangée se lâchant sur une créature blessée.

Gratton n'était pas censé être à Cincinnati – n'était pas censé respirer le même air que Ian. Cela faisait partie de l'accord que Lucas avait conclu cette horrible nuit, tant d'années auparavant, dans une ultime tentative pour sauver la vie de Ian et, peut-être, les restes de l'âme de Snow. L'exil permanent de Gratton était la seule chose qui permettait à Snow de dormir la nuit, quand il pouvait dormir.

L'angoisse le déchira. Ian ne pouvait plus être la cible de Gratton.

La rue était pauvrement éclairée et les maisons étroites et affaissées étaient pour la plupart plongées dans le noir à cette heure tardive. Snow retint son souffle alors qu'il contournait une dernière voiture et émergeait sur le trottoir de la Sixième Ouest, en direction de Main. L'air glacé lui irritait la gorge jusqu'aux poumons, mais il resta concentré sans jamais faiblir sur l'homme qui se trouvait encore à une dizaine de mètres devant lui. Gratton écarta un couple hors de son chemin alors qu'ils se dirigeaient vers le parking. La femme cria en vacillant sur ses talons et tomba sur son compagnon.

Alors que Gratton passait devant la fontaine de bronze de la Goose Girl, située au centre du terre-plein central, les lumières vives le balayèrent, permettant à Snow de le voir plus distinctement. Des rides soulignaient ses yeux, inexistantes la dernière fois qu'ils s'étaient rencontrés. Ses joues étaient plus décharnées, ses pommettes plus saillantes, comme si le temps avait aspiré la vie hors de son corps. Gratton s'arrêta au coin de la rue, juste à l'extérieur du pub anglais Cock & Bull, et jeta un coup d'œil par-dessus son épaule. Le nombre de piétons était plus faible que ce que Snow avait prévu, ce qui lui permit de voir clairement Gratton alors qu'il le regardait en retour, la longue cicatrice sur sa joue tordant la chair pour faire paraître son expression un peu plus folle.

L'enfoiré savait qu'il le suivrait.

Gratton fit demi-tour, traversant Main Street à contresens. Les klaxons des voitures retentirent et les pneus crissèrent alors qu'il manquait de peu d'être heurté par une voiture, puis il roula adroitement sur le capot d'un taxi jaune cabossé pour atterrir debout de l'autre côté de la rue. Gratton courut, poussant les gens qui s'étaient arrêtés, abasourdis.

Un grondement sourd s'échappa de la gorge de Snow, contraint de s'arrêter à l'intersection, les yeux toujours fixés sur Gratton qui plongeait une nouvelle fois dans l'obscurité grandissante pour disparaître dans l'ombre. Mieux valait rester loin des yeux indiscrets. La bile s'éleva alors que les souvenirs de ce que cet homme avait fait à Ian encombraient son cerveau. Plus jamais. Gratton ne devrait même pas être autorisé à respirer.

L'air froid lui griffait les doigts et lui piquait les yeux, mais c'est à peine s'il s'en rendait compte. Il n'attendait qu'une brèche dans la circulation. Tout son corps bourdonnait d'une énergie difficilement contenue qui allait finir par jaillir hors de sa peau s'il ne bougeait pas rapidement.

Alors que le feu changeait, Snow jura, s'élançant à travers l'intersection avant que la dernière voiture n'ait fini de franchir les épaisses lignes blanches. Il bouscula une poignée de piétons, sourd à leurs cris, se concentrant uniquement sur l'endroit où il avait vu Gratton pour la dernière fois avant que les ombres épaisses ne se referment autour de lui.

La lueur du Village ne s'étendait qu'à quelques portes de la Sixième Ouest tandis qu'il se dirigeait vers l'est. Les branches dénudées des sycomores s'étendaient au-dessus de sa tête. Les quelques lampes qui longeaient cette rue étaient éteintes, que ce soit par une défaillance de la ville ou parce qu'il jouait de malchance, il n'en savait rien.

Ses pas ralentirent lorsqu'il atteignit le bout de la rue, et la bouche noire et béante d'un tunnel se profila devant lui. Aucune lumière ne brisait l'obscurité intérieure. Gratton attendait-il là-dedans ?

Fouillant dans ses poches, Snow sortit ses clés de voiture et posa son pouce sur la petite lampe de poche attachée au porte-clés. Il scanna le sol, à la recherche d'une arme potentielle, mais ne trouva rien. Il serait stupide d'entrer dans ce tunnel sans arme, pourtant il refusait de laisser Gratton s'échapper. Il s'avança, son cœur battant frénétiquement dans sa poitrine alors qu'il balayait la minuscule lumière d'avant en arrière dans l'espace suffisamment large pour accueillir une camionnette. Personne ne l'attendait.

Il s'arrêta en sortant du tunnel. La zone immédiate apparut, révélant l'intersection entre la Sixième Rue Ouest et Johnson. Il y avait un petit parking mal éclairé, pour les entreprises locales, un bar et un espace vert avec une sorte de panneau qu'il ne pouvait pas lire, mais aucune trace de Gratton. C'était comme s'il avait complètement disparu.

— Putain !

Il serra les poings et avança d'un pas, mais il ne savait pas où aller. Il avait besoin d'aide, ou peut-être d'un plan. Rowe serait plus qu'heureux de l'aider, laissant Ian sous la protection de Lucas et Andrei, en sécurité.

Alors qu'il rebroussait chemin vers le tunnel, le grondement sourd d'une voiture qui démarrait lui parvint aux oreilles. Il se retourna pour voir une berline sombre sortir d'une place de parking et se diriger lentement vers le tunnel. Il fit un pas en arrière, ses épaules heurtèrent le mur de béton froid. Il était pris au piège. Et le conducteur le savait.

Le moteur de la berline rugit et la voiture bondit en avant, se dirigeant vers le mauvais côté de la route et vers le minuscule morceau de trottoir où il se trouvait. En se retournant, il s'écorcha la joue contre le béton, trébuchant dans sa hâte. Il courut jusqu'au bout du tunnel. Derrière lui, le moteur de la voiture vrombissait, le bruit se répercutant à travers le passage souterrain. Le métal hurla alors que la voiture sautait sur le trottoir pour courir sur ses talons. Il n'osait pas regarder autour de lui et risquer d'être renversé ou écrasé contre le mur.

À la seconde où il sortit du tunnel, il plongea par-dessus une clôture en fer qui lui arrivait à la taille et roula sur la terre dure et gelée jusqu'à pouvoir se remettre debout. Des étincelles éclairèrent l'obscurité lorsque la carrosserie frôla le mur avant de redescendre sur la route. Le conducteur braqua la voiture à travers le terre-plein central herbeux pour la diriger sur la bonne voie avant de foncer vers le Village. Une fois sur Main, la voiture tourna à droite, en direction de la rivière.

Snow rejeta la tête en arrière et ferma les yeux, essayant de reprendre son souffle à présent qu'il se trouvait en sécurité. Ce connard avait essayé de l'écraser.

Malheureusement, il n'avait pas eu le temps de lire la plaque d'immatriculation.

En se redressant, il laissa échapper un gémissement, la douleur cinglant son épaule et son dos. Son visage le piquait à l'endroit où sa joue était éraflée. Un filet de sang refroidi par le vent coulait vers sa mâchoire.

Debout, les deux mains agrippées à la clôture de métal glacée devant lui, il fixa l'endroit où la voiture avait disparu. Devait-il prévenir Ian que Gratton était en ville ? Y avait-il une chance que ce ne soit qu'une coïncidence qu'ils se retrouvent tous deux au même endroit au même moment ? Il souhaitait que ce soit le cas, mais l'affreux nœud qui lui tordait l'estomac l'avertissait que leur passé était revenu pour détruire leur vie.

Chapitre 2

— Tu veux venir chez *Mana* avec moi demain soir ? Elle va faire ce poulet avec le glaçage à l'orange que tu aimes.

Dans la cabine sombre de l'ambulance, Jude Torres se tourna sur son siège pour faire face à sa partenaire qui s'installait au volant. C'était une longue garde interminable, remplie de périodes d'inactivité ennuyeuses, entrecoupées d'interventions auprès de deux patients atteints de difficultés respiratoires et d'une femme âgée qui avait glissé sous le porche de son voisin. Elle n'avait rien de grave, mais son cri avait attiré presque tout le monde dans le quartier malgré les températures glaciales. L'un des voisins, insistant, n'avait pas arrêté de leur poser des questions en matière de santé, et Jude avait cru que Rebecca et lui ne s'en sortiraient jamais.

Il ne pouvait s'empêcher de sourire. Toute personne suffisamment courageuse pour admettre avoir des troubles érectiles devant ses voisins rassemblés – tous en pyjama – méritait qu'on se fende d'une réponse ou deux. Ni lui ni sa partenaire n'étaient médecins, mais cela ne paraissait jamais avoir d'importance. Dès que les gens apprenaient qu'ils évoluaient en milieu médical, les questions fusaient inévitablement. Jude était presque sûr d'avoir tout entendu durant ses six années en tant que secouriste et les deux années précédentes en tant qu'auxiliaire médical, mais les gens réussissaient tout de même à le surprendre.

— Glaçage à l'orange, murmura Rebecca. Oh ! Tu veux dire le plat du Yucatan ? J'adore ça.

Elle leva le bras pour défaire sa queue de cheval, laissant retomber ses longs et épais cheveux bruns. Elle rassembla ceux qui virevoltaient dans le vent et les rattacha rapidement, puis regarda dans son rétroviseur une voiture de police les dépasser.

Il travaillait avec Rebecca depuis des mois, depuis son transfert à l'Université du Connecticut, et elle était rapidement devenue son amie la plus proche. Elle avait ce charme qui attire les gens. Même quand elle grognait auprès des grandes gueules qui avaient des problèmes de tuyauterie. Il se sentait sacrément chanceux, parce que les secouristes passaient plus de temps ensemble que beaucoup de couples mariés. Le fait d'apprécier son partenaire était un atout majeur.

— Alors, tu viendras ?

Rebecca jeta un coup d'œil à Jude en démarrant le véhicule.

— Ta mère risque encore de se lancer dans ce délire de petite amie si tu me ramènes pour le dîner. Je n'aurais pas dû t'embrasser. Elle n'a pas eu l'air de comprendre que c'était une blague.

Il haussa les épaules avant de tendre la main pour régler le chauffage. La température avait tellement chuté qu'il pouvait voir son souffle dans la cabine et ses mains étaient encore gelées d'être restées dehors si longtemps.

— Elle savait que c'était une blague, même si elle semblait pleine d'espoir. Elle a accepté que je sois gay.

Il songea aux nouveaux tee-shirts arc-en-ciel préférés d'Anna.

— Elle l'a trop bien accepté, en fait. Crois-moi. Elle comprend que tu n'es qu'une amie. Ne sois pas surprise si elle commence à t'interroger sur les antécédents médicaux de ta famille.

— Oh mon Dieu ! gloussa-t-elle. Recherche utérine ?

— Évidemment ! Elle veut absolument des petits-enfants et dans sa famille, trente ans, c'est bien trop tard pour être père. Mais tu es invitée à te joindre à nous pour dîner n'importe quand. Elle déteste savoir que ta famille habite si loin, et elle adore te nourrir. Elle dit que tu es trop maigre.

— Bon sang, j'adore la définition que ta mère donne de la maigreur. J'aimerais que ça aille avec celle du reste du monde.

Elle alluma les phares, les faisceaux lumineux éclaboussant les voitures garées devant une rangée apparemment infinie de maisons à deux étages en briques rouges usées par les intempéries. Des arbres sans feuilles s'étendaient le long de la rue, s'agrippant au ciel noir comme s'ils essayaient de faire tomber la couverture nuageuse contre le vent hivernal.

Jude sourit.

— Tu es canon, et tu le sais.

Elle l'était. À peine plus petite que son mètre quatre-vingts, elle avait de longues jambes et un corps tout en courbes. D'ailleurs, les frères de Jude la suivaient partout comme des chiots énamourés. S'il avait été hétéro, elle aurait été son genre. Drôle, très famille et gentille… rien à voir avec l'homme que Jude ne pouvait chasser de ses pensées – celui qu'ils appelaient le chirurgien général derrière son dos à l'hôpital.

Le Dr Ashton Frost était tout sauf sympa et intéressé par la famille, et il avait écopé de ce surnom grâce à sa passion pour aboyer des ordres. Mais, depuis la première fois où ses yeux avaient croisé les siens, bleu glacé, Jude ne parvenait pas à sortir l'homme de ses fantasmes. Son regard franc et acéré l'empêchait de respirer. Son aura dominatrice était écrasante, son arrogance, aussi grande qu'une montagne, se répercutait sur lui par vagues, et tout le sang lui descendait jusqu'à l'entrejambe, alors qu'il combattait l'envie de faire tomber le praticien de son piédestal.

Il voulait anéantir le médecin.

Il voulait le voir couvert de sueur et tremblant de passion sous lui. Il le voulait tellement qu'il devait enfoncer ses ongles dans les paumes de ses mains pour éviter de tendre le bras et de le traîner dans la pièce vide la plus proche chaque fois qu'il le croisait.

— Wouah ! Où étais-tu parti ?

Le rire de Rebecca emplit la cabine de l'ambulance, le ramenant à l'instant présent.

— La chaleur qui émane de toi est plus efficace que le léger souffle qui sort de l'aération.

Il fallut un moment à Jude pour se débarrasser de son homme des cavernes intérieur et se rappeler où il était. À l'avant d'une ambulance, pas en train de baiser un chirurgien sexy contre un mur. Il avait peut-être besoin d'une nuit de congé, loin de l'hôpital, pour sortir le Doc Frost de son esprit. Il suffisait d'un rien pour que ses pensées tourbillonnent vers lui.

— Alors, dit-elle tout en ralentissant avant de s'arrêter à une intersection. Ton frère sera là ?

— Quel frère ? demanda-t-il en souriant, reconnaissant qu'elle change de sujet. J'en ai deux.

— Tu sais très bien quel frère. Et juste… beurk d'avoir posé cette question, dit-elle en levant les yeux au ciel. Jordan va probablement devenir un magnifique morceau de virilité, mais je n'ai pas le temps d'attendre. Et je ne veux pas non plus que ta mère me voie comme la couguar qui a fait de son petit garçon un homme.

Jude éclata de rire.

— Je suis sûr que la petite amie de Jordan lui apprend beaucoup de choses sur ce sujet.

Jordan, à dix-sept ans, était déjà plus grand que lui et très populaire auprès des filles, mais son cœur était pris par l'une d'elles en particulier qu'il trouvait parfaite. Ce n'était pas l'avis de Jude.

— Mets fin à mes souffrances. Carrick sera-t-il là ? Merde, je ne peux pas respirer quand je suis près de lui.

— Je vais m'assurer qu'on apporte de l'Albuterol alors, ricana Jude. Ou, je peux juste dire à Carrick de te faire une RCP[1]. Il sait comment faire.

Jude s'était assuré que tous les membres de sa famille soient formés. Bon sang, Jordan avait tellement apprécié les cours de premiers secours et de sauvetage qu'il parlait de devenir médecin. Leur *mana* adorerait ça.

Elle gémit, les mains serrées sur le volant.

— Ton frère qui me fait du bouche-à-bouche ne m'aiderait pas à respirer, mon joli.

Jude tira sur la ceinture de sécurité pour la desserrer et pouvoir se tourner vers elle. Les lumières de la ville affluèrent dans la cabine, illuminant son visage alors qu'ils quittaient les immeubles résidentiels pour les magasins très éclairés de Saint-Bernard.

— Tu dois arrêter de m'appeler comme ça. Quelqu'un t'a entendue aux urgences l'autre jour et je ne veux pas que ça me colle à la peau.

— Pourquoi ?

Alors qu'ils s'arrêtaient à un feu rouge, elle lui lança un clin d'œil. Après avoir vérifié le flux de voitures, elle tourna à droite, s'engageant sur la voie qui allait les entraîner sur l'autoroute et les ramener à l'hôpital.

— Je n'ai jamais vu un homme avec des cils aussi longs et épais sur de si grands et jolis yeux noirs. Alors c'est le cas.

Jude enfonça une main dans ses cheveux noirs, indifférent au fait qu'ils devaient être tout ébouriffés. Il était tiraillé entre l'amusement et la frustration face à Rebecca.

— Est-ce le but de ta vie de m'émasculer complètement ?

— Ce serait impossible. Tu es trop viril, avec ces poils au torse et cette barbe que tu t'échines à raser tous les jours.

Elle agita sa main droite devant lui, indiquant son corps sans quitter la route des yeux.

---

1 Réanimation Cardio-Pulmonaire

— Tu sais combien de fois tu as mis ça sur le tapis ? Je regrette d'avoir changé de chemise devant toi.

— Tu pourrais faire faire *n'importe quoi* à n'importe qui en enlevant ta chemise.

Elle se tut et un sourire malicieux ourla ses lèvres, ce qui le mit mal à l'aise.

— Je parie que même le chirurgien général oublierait ses principes de ne pas s'encanailler avec le personnel hospitalier si tu paradais devant lui avec tous ces muscles et ces poils noirs et sexy.

Jude ferma les yeux et se frotta l'arête du nez. Il avait fallu qu'elle prenne ce médecin comme exemple.

— Allez ! Tu crois que je ne remarque pas que ton visage se tourne dans sa direction à chaque fois qu'il est là ? Je ne peux pas t'en vouloir. Il y a quelque chose de torride dans tout ce pouvoir à peine contenu, mais j'ai l'impression que c'est un vrai trou du cul…

Elle se tut sous un éclat de rire qui la fit se plaquer contre son siège.

— C'est comme bosser avec une ado, marmonna-t-il en secouant la tête.

— Tu le sais !

Elle mit son clignotant, puis changea doucement de voie.

— Mais sérieusement, Torres, tu devrais peut-être pointer ton bâton dans une autre direction.

Il décida de laisser passer cette remarque et de changer de sujet.

— Tu crois que tu pourras maîtriser la discussion sur les bites si tu viens dîner demain soir ? Tu viens, non ? Ou tu tiens tellement à tes tacos ?

— Ne t'en prends pas à mes tacos. On vit une histoire d'amour folle et passionnée.

— Ouais, je sais. Ton souffle me le rappelle chaque jour. Tu devrais vraiment manger des fruits et des légumes.

— Il y a des légumes dans les tacos.

— La laitue n'a pas assez de…

Elle ôta une main du volant et la pointa vers lui.

— Des tomates aussi. Et n'oublie pas la sauce salsa. Il y a des tomates, des oignons et du poivron dans cette salsa.

— Becca, tu as besoin de manger des trucs comme des brocolis et des bananes.

Elle frissonna.

— Le brocoli vient des arbres à trolls maléfiques.

— Des trolls ? répéta-t-il en haussant un sourcil. Ces grands trolls effrayants ? Comme ces créatures monstrueuses et massives ?

— OK, des fées, alors.

Elle renifla et prit la rampe de sortie, quittant l'autoroute et ralentissant en entrant dans une zone résidentielle.

— Mais elles ne sont pas maléfiques, si ? Elles sont toutes mignonnes et ressemblent à des princesses.

Il éclata de rire.

— Tu n'y connais rien. Essaye de lire de vraies histoires sur les fées.

Il fronça les sourcils quand un groupe d'adolescents s'arrêta juste devant l'ambulance et leur sourit en traversant la rue. Des gangs locaux s'en étaient pris aux ambulances lors d'accidents de la route dernièrement, volant des médicaments et tout ce qu'ils pouvaient récupérer. Chaque secouriste était en état d'alerte supplémentaire ces jours-ci.

— Alors, dîner en famille ?

— D'accord, grommela-t-elle, plissant les yeux en fixant Jude. Mais assure-toi d'apporter cet Albuterol.

Il sourit, se pencha sur son siège et regarda sa montre. Onze heures.

— Il nous reste encore une heure. Arrêtons-nous prendre un café.

* * *

Deux heures plus tard, le café avalé depuis longtemps, Jude s'affaissa sur une chaise dure à côté du poste de soin et observa les médecins et les infirmières s'affairer alors qu'ils prenaient en charge les victimes d'un accident impliquant plusieurs véhicules sur lequel Rebecca et lui avaient été appelés. Rebecca venait de rentrer chez elle. Il n'y avait plus rien qu'il puisse faire, mais il se sentait accablé par l'épuisement et la tristesse. Un chauffeur de camion de livraison fatigué avait dérivé sur plusieurs voies de la I-75 près de Hopple et avait heurté un groupe d'adolescents qui rentraient chez eux. Deux d'entre eux étaient morts sur place. Une autre personne était morte dans l'une des voitures derrière les adolescents.

Il se frotta les yeux et essaya de faire bouger ses jambes pour regagner son appartement et se laver de cette horrible nuit. Les gémissements de souffrance l'entouraient. Des plaintes qui allaient du chagrin à la peur en passant par la douleur. Le deuil était toujours le plus facile à reconnaître, car les cris lui transperçaient le cœur et effaçaient toute autre émotion. Jude voyait cela comme une piqûre d'empathie, ce moment où les sentiments d'une personne se mêlent parfaitement à ceux d'une autre, si vite que tout se réduit à une douleur intense et lancinante au milieu de la poitrine. Quelque chose de similaire se produisait avec d'autres types de cris, mais l'intensité du chagrin pénétrait sa chair telles des fourches qui le poignardaient sans relâche. À. Chaque. Fois.

La voix grave du Dr Frost se fit entendre sur sa droite. Jude ouvrit les yeux, plus que prêt à découvrir le chirurgien, et fronça les sourcils devant le rideau brun fermé. Sa voix lui parvenait de derrière le rideau, un murmure de réconfort entre deux sanglots féminins. Il avait entendu ces sanglots le long du chemin jusqu'ici, à l'arrière de l'ambulance, et savait que la femme était apeurée. Elle était dans une des voitures juste derrière les adolescents. Son petit garçon avait été arraché des ruines déchiquetées de leur minivan et emmené directement à l'imagerie avant l'opération. Tous les chirurgiens pédiatriques étaient occupés, donc il était plus que probable que le Dr Frost soit celui qui pratiquerait l'opération du garçon. Il était sans doute en train de lui expliquer en détail la manière dont il allait procéder.

Jude ferma de nouveau les paupières et pencha la tête pour pouvoir en entendre davantage. Seuls quelques mots étaient audibles. Frost se révélait étonnamment doux au chevet des patients, considérant que la plupart des gens ici pensaient que c'était un connard. On ne manquait pas d'avertir les nouveaux arrivants de la facilité avec laquelle il s'emportait, mais tous se rendaient rapidement compte que cela n'avait aucune importance : il était l'un des meilleurs. Jude l'avait vu ouvrir la poitrine d'un patient quelques minutes après son arrivée aux urgences et ainsi lui sauver la vie.

Le rideau s'ouvrit et les yeux bleu clair se verrouillèrent aux siens. Son cœur rata un battement et une chaleur familière réchauffa son estomac. Il dut se faire violence pour retenir un frisson d'excitation. Frost avait ce regard pénétrant qui lui donnait l'impression de voir tout ce qu'il cachait au monde extérieur. Des égratignures marquaient sa joue. Jude grimaça. On aurait dit une éruption cutanée. Sans un mot, le médecin s'éloigna à grands pas, ses longues jambes avalant le sol en vitesse, tandis qu'il se rendait au bloc opératoire.

Jude revit le visage de ce garçon de sept ans, la terreur lisible dans ses grands yeux, alors qu'il était tiré hors de l'épave. La mère avait cessé de sangloter et Jude se mit debout, la découvrant en train de fixer le mur d'un air pensif. Ses blessures n'étaient pas trop graves – une légère commotion cérébrale qui nécessitait juste une surveillance, une fracture du poignet et quelques contusions ici et là. Il avança pour se poster à côté du lit, puis lui offrit un sourire et lui tendit la main, l'invitant à la serrer.

— Julie ? Y a-t-il quelqu'un que je puisse appeler ?

Elle commença à secouer la tête, puis grimaça et demeura parfaitement immobile.

— Non, il n'y a que moi et Justin. Son père est parti. Ma mère est dans un hospice et ne ferait que s'inquiéter.

Elle lui prit la main.

— Dites-moi que ce docteur est doué.

— Très. Justin est entre de bonnes mains, répondit-il en souriant. Je vais prendre une chaise et attendre avec vous, d'accord ?

Elle acquiesça et relâcha sa main. Jude attrapa une des chaises et fit un signe de tête à une infirmière qui lui répondit par un sourire fatigué. Il était habituellement doué pour retenir les noms, pourtant, cette fois, son cerveau épuisé n'était pas certain de s'en souvenir. Sandy, pensa-t-il. Elle lui apporta une autre tasse de café.

— Cette femme vous aime bien, chuchota Julie quand Sandy partit. Beaucoup.

Il remua ses sourcils vers Julie, un sourire enjoué taquinant ses lèvres.

— Elle est gentille, mais elle n'est pas du tout mon genre.

— Vraiment ? l'interrogea-t-elle, fixant l'endroit où Sandy se tenait une seconde plus tôt. Quel est votre genre ? Brune ?

Jude hésita, puis haussa les épaules, son sourire s'élargissant.

— Non. Les chirurgiens sexy et prématurément grisonnants qui viennent rassurer les mères inquiètes avant l'opération de leur fils.

Il n'avait pas l'habitude de confier de telles informations personnelles, surtout que Cincinnati n'était pas connue pour son ouverture d'esprit, mais Julie avait besoin de cette distraction. Elle avait besoin de penser à autre chose qu'au fait que la vie de son précieux petit garçon était entre les mains d'un étranger.

Elle le comprit aussitôt et, reconnaissante, son sourire se fit taquin malgré les blessures qu'elle avait au visage.

— Oui, c'est aussi mon genre, répondit-elle en serrant de nouveau sa main. Il est gay, lui aussi ? Vous êtes sorti avec lui ?

— Il est gay et non, on ne s'est jamais vraiment parlé.

— Pourquoi ?

— Disons que j'ai l'intention d'y remédier.

Jude lui fit un clin d'œil et passa les deux heures suivantes à essayer de lui faire oublier l'opération de son fils. Une fois qu'elle fut endormie, sans jamais lâcher sa main, il s'affaissa sur la chaise. Les bruits de l'hôpital se mêlèrent aux bourdonnements des gémissements en arrière-plan, les urgences devenant inhabituellement silencieuses en ces premières heures du matin. Se penchant en arrière, il ferma les yeux. Juste pour quelques minutes, se dit-il.

— *L'infirmière a dit qu'il a terminé son service depuis plusieurs heures,* chuchota une femme. *Il a l'air trop épuisé pour rentrer chez lui. Peut-être que vous pourriez le raccompagner ?*

La voix basse et les bruits alentour parvenaient à ses oreilles, essayant de l'arracher au sommeil, mais Jude était tellement exténué que c'est à peine s'il comprenait les mots qui flottaient aux abords de sa conscience. Un tiraillement dans sa nuque l'empêcha de se rendormir complètement.

— *Il est resté assis avec moi tout le temps,* poursuivit-elle, sa voix se faisant plus proche. *Il est merveilleux. Il est beau aussi, hein ?*

Quelqu'un lui toucha l'épaule. Il cligna des paupières et croisa un regard bleu étonnamment chaleureux. Il n'avait jamais vu une telle expression sur cet homme auparavant. Ses yeux tombèrent sur les lèvres du médecin tandis qu'il parlait. Jude ne parvint pas à entendre ses mots, mais il resta fixé sur le sillon profond au centre de sa lèvre supérieure, celui qui offrait à sa bouche une courbe sexy. La lèvre inférieure du docteur était plus pleine. Appelant à être mordue. Il avait aussi une fossette au menton et Jude aurait voulu y passer sa langue.

— Magnifique Doc Frost, murmura-t-il, appréciant ce rêve qui faisait battre la chamade à son cœur.

Les yeux bleus s'écarquillèrent.

Une femme gloussait derrière le médecin penché sur lui. Cette femme n'avait pas sa place dans ses rêves érotiques, et, l'espace d'un instant, il fronça les sourcils, confus. Puis il se redressa et glissa sa paume sur la nuque du médecin, le tirant vers lui pour qu'ils ne soient plus que tous les deux.

— Allez, dit-il doucement. Nous devrions aller nous coucher. Je veux te sentir contre moi.

Il pressa ses lèvres contre celles du docteur, ouvrit la bouche et lécha son arc de Cupidon. La chaleur le transperça et il laissa échapper un gémissement du plus profond de lui-même.

Le Dr Frost répondit, sa main allant jusqu'à sa bouche. Il toucha ses lèvres et ses yeux se rétrécirent, et Jude se tortilla sur son siège en découvrant leur lueur brûlante. Puis son cocon éclata quand il prit conscience de la situation. Il avait embrassé le chirurgien général. Il l'avait léché, putain. Il se mordit la lèvre, clignant des paupières en fixant la peinture jaune sur les murs, si différente de la peinture blanche ou de la brique de son petit appartement.

— Je suis à l'hôpital, déclara-t-il, la voix rendue rauque par le sommeil. Et pas dans un rêve érotique, pas vrai ?

La femme – Julie, se souvint-il – éclata de rire.

Le coin de la bouche du médecin se releva alors qu'il tentait de dissimuler un amusement évident.

— Tu y es, et non, ça ne l'est pas.

Il se pencha de nouveau sur lui, l'air confus alors même qu'il touchait ses lèvres et le fixait intensément.

L'épuisement de l'homme devait également lui faire baisser sa garde, mais Jude savait reconnaître le désir quand il le voyait et Frost avait envie de lui. Une étincelle d'espoir jaillit dans sa poitrine. Jude voulait y croire. Il inspira, s'assurant de ne pas briser leurs regards verrouillés, et les mains du médecin se crispèrent. Il sentait tellement bon, probablement à cause du savon utilisé après l'opération. *L'opération.* Jude se redressa, se rappelant qu'il était dans cette pièce avec une mère nerveuse. Il tourna la tête et croisa le regard surpris de Julie.

— Justin ?

— Il va bien, répondit-elle en souriant. Et si ça ne vous ennuie pas, Dr Frost, j'aimerais vraiment aller le voir à présent.

Frost se redressa une fois de plus, puis s'écarta.

— Son fils va bien. Il a survécu à l'opération sans aucune complication. Je suis sur le point d'emmener Mme Foster le voir.

C'était la première fois que le médecin lui parlait autant. Lorsqu'il n'était pas en train d'aboyer des ordres, sa voix était grave et veloutée. Le genre de voix qui effleurait la peau de Jude dans le noir. Il avait tellement envie de lui que ses mains se serrèrent en poings.

— Je vais vous accompagner, dit-il, ne voulant pas renoncer à quelques minutes de plus en compagnie du médecin.

Il regarda Julie, souriant, malgré la chaleur colorant ses joues suite à ce satané baiser.

— Sauf si vous y voyez un inconvénient ?

Julie avait l'air fatiguée et semblait souffrir, comme si les effets des médicaments qu'on lui avait donnés commençaient à se dissiper, mais elle hocha la tête.

— Je vous en prie.

Frost se retourna et se plaça derrière le fauteuil roulant. Jude se demanda pourquoi le médecin faisait cela, tout en étant étonné d'avoir continué à dormir pendant que quelqu'un aidait Julie à s'installer dans le fauteuil. À l'époque où il vivait encore chez sa mère avec ses frères, il avait le sommeil léger, toujours sur le qui-vive en tant qu'homme de la maison, prêt à protéger sa famille. Depuis qu'il avait déménagé, il dormait comme un loir entre deux gardes. Il se mit debout, grimaçant, la nuque douloureuse de s'être assoupi sur une chaise.

Pendant ce temps, le médecin l'observait. Son regard enflammé n'était pas le fruit de son imagination. Lorsqu'il s'en rendit compte, son estomac se contracta si fort qu'il dut reprendre son souffle. Qu'est-ce qu'il y avait chez cet homme ?

Julie laissa échapper un bruit impatient.

— Loin de moi l'envie de gâcher le spectacle ou quoi que ce soit, mais encore une fois, j'aimerais voir mon petit garçon.

Même Frost eut l'air contrit et Jude sourit. L'expression du chirurgien affichait un mélange d'amusement et de curiosité alors qu'il faisait un signe de tête vers le rideau.

Jude l'ouvrit et huma une nouvelle fois l'odeur de l'homme qui poussait Julie devant lui. Le regard amusé que le médecin lui lança par-dessus son épaule après l'avoir dépassé lui fit comprendre qu'il avait été pris en flagrant délit. Il se contenta de hausser les épaules et de relever un sourcil, laissant apparaître ses intentions dans son regard. À présent qu'il savait que son intérêt était réciproque, il ne lâcherait pas l'affaire tant que Frost ne serait pas nu. Conscient de la présence de l'homme à côté de lui, un frisson parcourut sa peau tandis qu'ils traversaient l'hôpital.

Justin n'était pas réveillé. Frost poussa Julie près du lit et recula dans le couloir, s'arrêtant près de Jude qui observait à travers la porte. Le petit garçon aux cheveux blond cendré semblait menu et frêle dans le lit entouré de machines bipant, mais un rapide coup d'œil aux statistiques qui clignotaient sur les moniteurs révéla que son état était stable. Grâce au médecin qui se tenait à ses côtés, le gamin avait toutes les chances de s'en sortir.

— Il a l'air en forme, Doc, dit Jude à voix basse. Vous l'avez sauvé.

— Snow, aboya l'homme, dont la réponse sembla le surprendre lui-même.

— Hein ?

— Appelle-moi Snow.

Il se retourna et appuya une épaule contre le mur à l'extérieur de la pièce, le regard à nouveau fixé sur Jude.

— Et c'est toi qui l'as sauvé.

Déconcerté, Jude afficha une expression étonnée. La plupart des médecins considéraient leurs victoires comme un travail d'équipe. Bon sang, ils disaient former une famille. Mais le docteur Frost, ou Snow, s'était toujours tenu à l'écart. C'était l'une des raisons pour lesquelles il était surnommé « chirurgien général ». Mais il ne s'attendait pas à ce que ce médecin en particulier accorde ce genre de crédit à un secouriste.

— Pourquoi as-tu l'air surpris ? demanda Snow en soutenant son regard, le fixant comme s'il essayait de sonder son âme.

C'était quelque chose qui avait toujours frappé Jude. Lorsque Snow s'adressait à quelqu'un, il regardait toujours la personne dans les yeux, même lorsque la discussion devenait difficile. Il n'y avait pas moyen de lui échapper.

— Tu gères les traumatismes. Tu t'occupes des gens qui sont *impliqués* dans un traumatisme. Cette première aide médicale permet de sauver des vies. Aimes-tu ce que tu fais ?

— Beaucoup.

Jude sourit et s'appuya contre le mur.

— C'est simplement que d'habitude, cette question vient après « pourquoi n'es-tu pas devenu médecin ? ».

Snow se contenta de hausser les épaules et jeta un coup d'œil dans le couloir tandis qu'un petit groupe de personnes se faufilait dans l'une des pièces.

— Je me suis dit que tu serais déjà médecin, si c'était ce que tu avais voulu.

— J'aime ce travail. C'est celui que je souhaitais exercer depuis que j'ai vu des secouristes répondre à un appel pour ma grand-mère quand j'étais enfant. Ils sont entrés, l'ont aidée, puis ont calmé ma mère, ce qui a probablement été la partie la plus incroyable. J'ai toujours su que c'était ce que je voulais faire.

Jude se frotta la nuque, la crampe s'aggravant. Il en avait toujours quand il s'endormait assis. Il devrait rentrer chez lui, prendre une douche chaude – en espérant qu'il y ait suffisamment d'eau chaude pour le faire. Mais il ne pouvait pas se résoudre à laisser passer cette chance de parler à Snow.

— Tu as toujours voulu être médecin ?

Snow inclina la tête et fit un pas de plus.

— C'était quoi, ce baiser ? demanda-t-il brusquement.

Apparemment, il était de nouveau reparti avec ses aboiements. La chaleur colora le cou de Jude et il espéra que la barbe qui avait inévitablement poussé sur son visage le cacherait. Rougir n'était pas quelque chose d'habituel pour lui, mais lécher les lèvres d'un homme à qui il n'avait jamais parlé non plus. Lorsque Snow baissa les yeux et que le coin de sa bouche s'incurva, Jude comprit que ça n'avait pas fonctionné. Bon sang. Cet homme le rendait stupide.

— Je croyais que je rêvais. Je m'excuserais bien, mais je ne suis pas désolé.

Snow le fixa pendant ce qui semblait être une éternité avant de s'approcher encore davantage.

— C'est drôle, moi non plus, répondit-il en posant sa main sur l'épaule de Jude. Tu continues à te frotter la nuque. Tourne-toi.

Un frisson d'anticipation traversa Jude alors qu'il se retournait lentement et s'éloignait de la porte ouverte de la chambre de Justin. Snow s'arrêta derrière lui. Un souffle chaud effleura la nuque de Jude et il s'immobilisa, essayant de se concentrer sur autre chose que le sang qui se précipitait vers sa queue parce que Snow était sur le point de le toucher.

Le couloir était vide, les patients dormaient dans leur lit. Le seul bruit provenait des bips constants des machines et des conversations des infirmières à leur poste au fond du couloir. L'hôpital changeait la nuit, prenait une atmosphère surréaliste, feutrée. Comme si les patients se délestaient de leurs inquiétudes et de leurs insomnies pour ressentir la douceur d'un monde au ralenti. Il retint son souffle lorsque Snow plaça fermement ses deux mains sur ses épaules et pressa ses doigts sur les muscles.

Jude gémit.

Les mains hésitèrent et le rire à peine perceptible près de son oreille lui fit abandonner le combat contre le sang qui se déversait vers son entrejambe. Il espérait que la salle resterait vide, car son problème allait rapidement être visible dans son pantalon. Snow fit remonter ses pouces le long des cordes cervicales. La douleur commença à s'atténuer.

— Tu es vraiment doué avec tes mains, murmura Jude, amusé par le fait que si sa nuque commençait à se détendre, c'était loin d'être le cas pour le reste de son corps.

— Je suis payé pour l'être.

Snow enfonça ses pouces plus fort, sachant exactement où étaient regroupés les muscles tendus responsables de la douleur. Ses mains étaient chaudes. Dures. Son toucher était sûr et clinique, même si certains mouvements ressemblaient plus à des caresses. C'était peut-être son imagination, mais il ne s'attendait pas à un massage de ces mains à un million de dollars.

Jude gémit à nouveau lorsque les muscles se relâchèrent et que la douleur disparut. Le médecin dut le sentir, car il recula et s'éclaircit la gorge. Jude se retourna et quelque chose de nouveau l'envahit lorsqu'il se rendit compte à quel point Snow semblait mal à l'aise. Pour la première fois qu'il puisse s'en souvenir, les yeux du médecin ne soutinrent pas les siens. Snow lui jeta un rapide coup d'œil avant de dévier le regard. Son visage avait pâli, faisant ressortir les égratignures sur sa joue.

Choqué, Jude le fixa du regard. Il y avait quelque chose de nerveux chez cet homme, quelque chose d'un peu fragile. Il devinait que Snow n'aimait pas que les gens s'en aperçoivent. Lui-même n'en était témoin qu'à cause de ce mélange de trop d'heures stressantes et du milieu de la nuit, quand l'épuisement s'abattait même sur les personnes les plus impassibles.

Une forte envie de le réconforter submergea Jude et il dut se faire violence pour ne pas tirer l'homme dans la pièce vide la plus proche et le prendre dans ses bras. Il était stupéfait. Après avoir observé Snow pendant des mois, il croyait l'avoir cerné. Intelligent, arrogant, motivé. Mais ce seul acte de gentillesse, ce pas inattendu en dehors de la norme pour tous les deux, lui avait montré un côté séduisant de la face cachée de ce médecin d'ordinaire bourru et froid. La personnalité de Frost était plus complexe que ce qu'il avait pensé au départ et, oui, il voulait baiser cet homme étonnant, mais plus encore, il voulait soudain le connaître. Le connaître vraiment.

Snow se racla la gorge.

— La nuque va mieux ? demanda-t-il, la chaleur ayant disparu de sa voix.

— Beaucoup. Merci. Ça m'arrive souvent.

Jude se lécha les lèvres, ravi que le regard de Snow ait suivi le mouvement et se soit fixé sur sa bouche. Il prit un risque audacieux.

— J'aimerais savoir ce que tu peux faire d'autre avec tes mains talentueuses.

Le docteur devint encore plus agité. Il était semblable à ces boîtes de casse-tête japonais. Et Jude en savait quelque chose – il les collectionnait depuis son enfance. Il n'aimait rien de plus que de trouver son chemin dans un beau, unique et délicat mystère.

— Tu ne le découvriras jamais, répondit Snow en fronçant les sourcils. Je dois aller voir mon patient. Rentre chez toi.

Jude sourit. Voilà qu'il recommençait à donner des ordres. Mais quelque chose dans la façon dont il le regardait avait changé. Il avait trouvé le premier indice dont il avait besoin pour résoudre le casse-tête qu'était le Doc Frost.

La détermination.

Chapitre 3

Snow l'avait congédié trop facilement, et Jude savait quelle devait être la prochaine étape pour résoudre l'énigme : montrer à l'arrogant médecin qu'on ne se débarrassait pas si aisément de lui. Il savait où Snow était garé et décida de l'attendre dans le parking.

Le vent glacial de janvier, humide et perçant, se glissa sous sa veste et il souffla sur ses mains, regrettant de ne pas avoir pris ses gants. L'immense parking réservé aux employés était toujours bondé de voitures, serrées les unes contre les autres et lustrées par la pluie. La lumière des rares éclairages était faible, insuffisante pour repousser l'obscurité. Les gens qui sortaient de leur service se précipitaient vers leur véhicule, tête baissée, mais leur posture n'avait pas grand-chose à voir avec le froid mordant. L'hôpital était situé dans un quartier défavorisé de la ville, où les maisons s'effondraient, tombant dans un état de délabrement presque total, tandis que les bâtiments étaient condamnés et couverts de graffitis représentant tel ou tel gang. La seule chose positive était que les victimes de fusillades et d'attaques violentes n'avaient qu'une courte distance à parcourir pour obtenir une aide médicale.

Appuyé contre la voiture de Snow, Jude fronça les sourcils, grinçant des dents tandis que les premières morsures de la réalité commençaient à le ronger. *Qu'est-ce que je fais ?* L'homme l'avait rabroué. Et ce n'était pas son genre de traquer des médecins condescendants dans des parkings.

Il resserra les pans de son manteau autour de lui et ferma les yeux. Un vent froid cingla ses joues, mais son esprit dériva vers un café chaud et un doux sourire. C'était le genre de personne qu'il appréciait de fréquenter après ses trois ans de relation cauchemardesque avec Brian. Michael avait été proche de la perfection. Durant des mois, ils s'étaient croisés tous les dimanches matin dans le même café. Cela avait commencé par un sourire et un signe de tête. Puis quelques mots échangés quand ils attendaient leur commande en même temps. Puis ça avait été au tour des déjeuners. Des dîners. Michael était chaleureux, doux et amical. Il était stable et fiable. Il avait été tout ce que Jude recherchait chez un partenaire. Ils avaient commencé à sortir ensemble, et ça avait duré quatre mois. Et puis, tout aussi facilement, ils avaient arrêté. Il n'y avait pas eu de drame, mais il n'y avait pas eu non plus d'étincelle, pas de lien profond qui le poussait vers l'autre homme comme s'il était l'air dont ses poumons avaient besoin.

— Merde, chuchota-t-il.

Cela avait toutes les caractéristiques d'une nouvelle erreur complètement folle. Mais même avec cette sensation de malaise dans l'estomac, Jude savait qu'il ne s'en irait pas. Il ne pouvait pas abandonner le médecin, pas alors qu'il y avait quelque chose entre eux qui lui semblait si différent. Si fort. Une force d'attraction qui l'attirait chaque fois qu'ils se regardaient.

De plus, cette rencontre dans le couloir lui avait montré une autre facette du médecin et il était intrigué.

Des pas crissèrent sur le gravier. Il leva les yeux et regarda Snow s'avancer vers lui. Ses cheveux brillaient sous la lumière des réverbères, les stries argentées étaient vives et son manteau sombre, qui lui arrivait jusqu'aux genoux, lui donnait l'air plus grand et plus maigre que le manteau blanc dans lequel Jude avait l'habitude de le voir. Son arrogance était de retour, tel un second manteau qui l'enveloppait dans ce qu'il pensait probablement être une armure invisible. Pourtant, Jude pouvait en discerner chaque centimètre. Tout comme il savait désormais déceler ce soupçon d'incertitude qu'il avait entrevu plus tôt.

Snow leva la main.

— Écoute, Torres…

— Tais-toi, Général.

Jude jeta un rapide coup d'œil autour du parking, qui était heureusement vide désormais. Il attrapa les revers du manteau de Snow, le retourna et pressa le dos de l'homme contre sa voiture.

— Putain, qu'est-ce que…

Jude le fit taire en pressant sa bouche sur la sienne et en murmurant contre ses lèvres.

— J'ai dit… tais-toi.

Cette fois, il était totalement réveillé et savait où il se trouvait. Cette lueur d'incertitude aperçue précédemment, cette brève hésitation, lui avait révélé quelque chose de réceptif chez Snow – quelque chose qui réveillait les instincts protecteurs de l'homme des cavernes en lui. Quelque chose qui lui faisait mal aux couilles sous le besoin d'explorer davantage cet homme.

Il se pressa contre le corps de Snow et inclina sa bouche plus fortement contre celle du médecin. Entrouvrant les lèvres, Jude glissa sa langue à l'intérieur et gémit lorsque Snow ne résista pas. Au début, il ne lui rendit pas son baiser. Entêtement, choc, Jude ne savait pour quelle raison le docteur restait si immobile, mais il en profita. Il glissa ses mains froides dans la nuque de Snow pour maintenir sa tête, en passant un doigt autour de l'oreille de l'autre homme.

Snow frissonna, puis céda. Il répondit, sa langue dansant avec celle de Jude. Il n'y eut aucune tentative d'exploration, comme c'était habituellement le cas lors d'un premier baiser. Non, cela devint rapidement brûlant et sale.

Et époustouflant.

Bon sang, la bouche du général était faite pour davantage qu'aboyer des ordres. Sa lèvre inférieure pulpeuse amortissait parfaitement celle de Jude. Sa langue était soyeuse, sa bouche chaude. Elle avait un léger goût de café et la barbe autour de ses lèvres râpait contre le menton de Jude. Il ouvrit la bouche plus largement et Jude se demanda si la combustion spontanée était réellement possible, car chaque partie de lui se sentait prête à s'enflammer.

Il crevait de voir cette bouche – cette bouche incroyable et chaude – se refermer autour de sa queue.

Des mains se levèrent pour lui saisir la taille à travers son manteau. Snow le tira encore plus près, glissant une jambe entre les siennes, sa cuisse se pressant contre son entrejambe. Avec force.

Jude arrêta de respirer, son cœur pulsait contre ses côtes et sa queue passa d'intéressée à frénétique. Il se frotta contre la cuisse musclée de Snow et avala le bruit sexy qui sortait de la bouche du médecin. Leur baiser devint plus dur, plus humide, et Jude ne fut plus le seul à essayer d'obtenir une friction sur son sexe. Snow les fit se retourner, se pressa contre lui et poussa le dos de Jude contre la Lexus froide derrière lui. Il chevaucha sa cuisse, ses poussées rythmiques, presque violentes contre lui, lui faisaient si mal et lui procuraient tant de bien-être que Jude ne savait pas comment il arrivait encore à tenir debout.

Snow se retira brusquement, son souffle chaud s'embrumant dans l'air froid entre eux alors qu'il haletait. Des mains gantées s'approchèrent de la tête de Jude, qui sentit le cuir froid sur ses joues, puis la langue chaude de Snow fut de retour dans sa bouche.

Jude la suça tout en accélérant le mouvement de ses hanches. Un kaléidoscope de sentiments se déclencha dans son corps et se déversa en un torrent de sensations écrasantes. La chaleur, la luxure, le besoin. Il pressa son aine contre la hanche du médecin, puis s'arrêta, aspirant l'air au fond de ses poumons. Cette fois, ce fut lui qui s'éloigna.

— Merde, Général, ta bouche. Si chaude. J'y suis presque. Je vais jouir dans mon pantalon.

Quelque part à proximité, une portière de voiture claqua et Snow s'immobilisa. Jude ne put réfréner le cri rauque de déception et de désir qui lui échappa. Il gémit presque et aurait rougi de honte s'il n'avait pas été aussi choqué. Et si près du bord ; il se sentait étourdi. Il avait désiré le médecin dès la première fois qu'il l'avait vu et s'était attendu à ce que les choses soient torrides entre eux – mais il ne s'attendait pas à ce genre de réaction fusionnelle. Il voulait plus. Beaucoup plus.

Le médecin n'était pas mieux. Ses hanches bougeaient à nouveau comme s'il ne pouvait pas s'arrêter, puis il repoussa Jude si fort qu'il recula de quelques pas.

Jude ne se donna pas la peine de regarder qui passait devant eux. Au lieu de cela, il observa Snow se ressaisir, aimant l'idée qu'il avait mis l'homme dans cet état.

— Viens dîner avec moi ce soir.

Ce n'était pas une question.

— Même si je ne travaillais pas, je dirais non, répondit Snow en secouant la tête.

— Après ce baiser ?

— C'était bien plus qu'un baiser.

Le sourire de Snow était ambigu, comme s'il ne savait pas s'il devait être amusé ou agacé. Puis il se transforma en une sorte de rictus.

Jude savait reconnaître un homme qui faisait marche arrière sous la panique. Il continua, refusant d'abandonner.

— Tu refuses même après cette séance de pelotage ? Est-ce que ça décrit mieux ce qui vient de se passer d'incroyable entre nous ?

— Séance de pelotage ? ricana Snow. On dirait qu'on est adolescents.

Jude se rapprocha de son espace personnel.

— Comment tu appellerais ça, alors ?

Il baissa la voix, si tenté de traîner l'homme à l'arrière de sa voiture qu'il eut du mal à se retenir.

— Stupide, déclara Snow.

Pourtant… il ne l'avait pas repoussé.

— J'ai envie de toi.

Jude n'avait pas envie de tourner autour du pot.

Snow esquissa un léger sourire prédateur qui provoqua chez Jude des frissons d'excitation et – s'il devait se montrer tout à fait honnête – de peur. Le médecin lui agrippa le membre à travers son pantalon. Il ne l'effleura pas, ne le caressa pas non plus. Il le saisit et le serra trop fort entre ses doigts.

— C'est ce que je vois.

Jude retint son souffle. Il ne bougea pas. Quelque chose éclata entre eux, quelque chose qui déclencha un incendie et réveilla toutes les pensées perverses qu'il avait réprimées. Bon sang. Cet homme était un danger avec un putain de D majuscule.

Mais il n'était pas que ça, et Jude était assez intelligent pour se rendre compte qu'il serait insensé de ne pas en découvrir plus. Snow n'était pas du genre à vouloir les mêmes choses que lui. Une famille… des enfants. Et le pire, c'était que rien de tout cela n'importait. Jude voulait le baiser à en perdre la tête, il voulait ramper dans son cerveau et apprendre tout ce qu'il y avait à savoir sur lui. Il voulait le voir en sueur et ravagé, et la peur que cela suscitait en lui aurait dû le faire reculer. Sauf qu'il ne pouvait pas bouger.

La prise sur sa queue se resserrait au point de le faire souffrir. Jude reprit son souffle et le retint alors qu'un reflet sombre traversait le regard de Frost. Ses yeux se remplirent de curiosité lorsqu'il serra ses doigts juste un poil de plus.

Jude laissa un sourire s'étendre lentement sur ses lèvres, puis il baissa le bras et retira la main du médecin avec plus de force que ce dernier n'aurait pu le penser. Il saisit ses doigts, les retira de son entrejambe et fut satisfait de voir la bouche de Snow s'ouvrir sous la surprise.

— Le parking de l'hôpital n'est pas l'endroit idéal pour ça. Peut-être que l'on pourrait se trouver un endroit plus privé, Général ?

— Ne m'appelle pas comme ça.

Snow venait une fois de plus de le repousser. Il sortit ses clés, fronça les sourcils à l'intention de Jude, et, l'espace d'un bref instant, la surprise traversa ses yeux bleus.

— Ça ne se reproduira plus.

Il appuya sur le porte-clés et sa voiture émit un bip lorsqu'elle se déverrouilla.

Jude lui offrit un nouveau sourire.

— Oh si, Général, ça se reproduira.

* * *

Après avoir dormi par à-coups, Snow regarda fixement le plafond sombre au-dessus de son lit et agrippa fermement ses cheveux. Trois nuits d'affilée sans dormir décemment et lorsqu'il réussissait enfin à sombrer, son sommeil était interrompu par un cauchemar récurrent qu'il faisait depuis son enfance. Il était sur les rotules. Grognant d'agacement, il prit son téléphone portable sur la table de chevet et appela le Dr Kleinberg, lui laissant un message lui demandant de prendre son tour de garde. Elle le lui avait proposé plus tôt et il avait refusé. Il n'était pas en état de s'occuper de patients traumatisés, pas quand il était aussi épuisé.

Et inquiet.

En début d'après-midi, il finit par abandonner et sortit du lit en titubant. Il but son café assis sur le rebord de la fenêtre de sa cuisine, donnant sur la rivière Ohio, et observa les groupes denses de joggeurs qui passaient en soufflant par cette rare journée ensoleillée. Le sentiment de paix qu'il ressentait habituellement lorsqu'il était chez lui avait disparu. Il ne parvenait pas à se sortir Gratton de la tête. Où cet enfoiré se cachait-il ? Pourquoi était-il de retour en ville ?

Alors que le soleil disparaissait derrière l'horizon, il fit les cent pas, attendant la tombée de la nuit pour partir à sa recherche. Il ne répondit pas aux messages de ses amis pendant la journée, car s'il leur parlait, il devrait leur annoncer que Gratton était de retour, que leur passé menaçait de détruire à nouveau leur vie soigneusement construite. Et il ne pouvait pas faire ça. Pas encore. Il espérait avoir tort. Ou du moins, voulait leur accorder un jour de plus d'ignorance bienheureuse.

Penser à Boris Jagger, le patron de la pègre de Cincinnati qui avait autrefois employé Gratton comme homme de main, avait été l'une des raisons de ses insomnies. Il se doutait que sa marionnette ne remettrait pas les pieds dans le bar après avoir été reconnue, mais il ignorait où chercher. Cette ordure de Jagger avait fait de la vie de Ian un véritable enfer avant même qu'il ne tombe entre les mains de son exécuteur. Et ce dernier avait espionné Snow et ses amis dans ce bar deux nuits plus tôt.

Enveloppé dans son manteau le plus chaud, il décida de partir le traquer à travers le Village et certains quartiers de Covington. Il avait prévu de se rendre au Laundry Room plus tard, pour trouver un corps chaud qui lui permettrait de se changer les idées et d'oublier Jude Torres, mais il devait d'abord faire face à ce besoin ardent d'obtenir des réponses. Gratton les avait-il suivis ou était-ce une coïncidence ? Il n'y avait aucun moyen de le savoir. Ce qu'il savait, c'est que Gratton n'était pas censé être près de Cincinnati. C'était l'accord qu'ils avaient passé pour qu'il reste en vie. De plus, Lucas,

Rowe et lui avaient payé Jagger pour qu'il respecte le contrat.

Que s'était-il passé pour que cela change ?

Parfois, Snow pouvait encore voir le sang sur ses mains, se remémorait ce jour-là, lorsque Lucas avait défoncé la porte de cette chambre de motel et lui avait arraché l'homme inconscient qu'il avait pratiquement battu à mort. C'était la seule fois où il avait vraiment perdu le contrôle et laissé sortir cette colère qui couvait constamment en lui. Alors que les souvenirs emplis de sang lui revenaient sporadiquement, le souvenir de Ian drogué et inconscient semblait planer en permanence dans le fond de son esprit. C'était des années auparavant, et Ian avait prouvé à maintes reprises qu'il était rétabli, qu'il était fort, capable et heureux.

La force de Ian avait rendu Snow humble.

Mais qu'il soit fort ou non, Ian ne méritait pas de tomber sur l'homme qui avait pris son pied en le torturant. Si Snow faisait encore des cauchemars, Ian devait en faire autant, et voir ce voyou à tête de rat ne ferait qu'empirer les choses. Parfois, il se surprenait à souhaiter avoir fini le travail. Mais Lucas avait raison quand il disait que tout ce qui faisait de lui un bon médecin était lié à son vœu de sauver des vies. S'il avait succombé à l'envie de tuer ce salaud, il n'aurait jamais pu s'en remettre.

En jurant, il descendit Madison Avenue, passa devant une banque et quelques petits magasins. Essayer de retrouver une personne dans ce quartier n'était probablement pas sa meilleure idée, mais il ne pouvait pas s'en empêcher. Son estomac grondait à cause du mélange d'odeurs de nourriture coréenne et italienne et… d'autre chose qu'il n'avait pas senti depuis longtemps. Un cigare Swisher Sweets. Rowe avait fumé ces foutus cigares quand ils avaient repris du service. Le bout incandescent du cigare éclaira une petite partie du balcon au-dessus de lui. L'homme s'avança vers la balustrade noire et le salua. Snow ralentit en découvrant des cheveux foncés et ondulés qui lui rappelaient Jude.

En secouant la tête, il continua à descendre la rue. Il passait trop de temps à penser à lui. À ce satané baiser et à la sensation de sa queue dans sa main. La chaleur de Jude lui avait brûlé la paume, même à travers les couches de ses vêtements.

Quand son téléphone bourdonna dans sa poche, il le sortit et fronça les sourcils face à l'écran. Il ne voulait pas parler à Lucas. Il était incapable de lui cacher des choses et ne voulait pas encore lui parler de Gratton. Pas alors que Lucas avait si récemment dû faire face à une violente agression. Et pas alors qu'il était dans une sorte de brouillard amoureux avec son ex-garde du corps. Le sexe sans protection était quelque chose que Snow n'avait jamais pratiqué – pas une seule fois – et il était incapable d'imaginer avoir un jour suffisamment confiance en quelqu'un pour le faire.

Snow s'arrêta au milieu du trottoir le long de Madison. Il avait marché si loin qu'il n'était plus qu'à quelques pâtés de maisons de la rivière. Il pouvait voir l'Ascent qui s'élevait devant lui et, avec, la promesse alléchante de Lucas et de son maudit penthouse. Mais il ferma les yeux. Andrei serait là.

La solitude s'écrasa sur lui telle une vague de goudron noir, douloureuse et épaisse, le laissant incapable de respirer.

C'était ridicule. Il ne devrait pas rester là comme un idiot à s'apitoyer sur son sort et il n'allait pas attendre tranquillement de tomber sur Gratton. Cet homme exécutait le sale boulot de Jagger depuis des années. Il n'était pas complètement idiot. Le fait était que s'il voulait vraiment retrouver Gratton, il devait en parler à Rowe. Ce bâtard sournois avait plus de relations et d'oreilles sur le terrain qu'il n'y avait de rats dans les ruelles. Si Gratton était toujours à Cincy, Rowe le trouverait. Snow retourna à l'endroit où il avait garé sa Lexus.

Il était temps de se rendre au Laundry Room et voir s'il pouvait trouver une distraction.

Son téléphone sonna à nouveau une heure plus tard, alors qu'il poussait un homme aux cheveux et aux yeux noirs contre un mur. Des corps couverts de vêtements serrés s'enroulaient autour d'eux, entassés dans la boîte de nuit en une masse de muscles et de sueur. La lumière tourbillonnait au-dessus d'eux, mais cette encoignure était agréable et se trouvait dans l'ombre, la musique légèrement étouffée. L'homme sous les mains de Snow avait presque la bonne taille et la bonne carrure.

S'il fermait les yeux, il pouvait prétendre que c'était l'homme qu'il voulait vraiment. Il ressemblait vaguement à Jude. Il était plus imposant que lui et il n'y avait pas une ombre de barbe sur son menton, mais sa couleur était proche.

— Alors, est-ce qu'on va au moins échanger nos noms ?

Snow se jeta sur lui, appréciant ses larges épaules, les muscles puissants de ses bras révélés par le tee-shirt noir ajusté.

— Pourquoi ?

— Ce n'est pas dans mes habitudes.

— Quoi ? Le sexe ?

L'homme effleura sa mâchoire.

— Non, le sexe, c'est mon truc. Putain, c'est le truc de tout le monde ici.

Le type frissonna quand Snow s'appuya plus fort contre lui.

— Je voulais juste dire que j'aime connaître les noms, et peut-être avoir un ou deux rendez-vous d'abord.

Merde, il parlait trop. Snow se pencha plus près et enfouit son nez contre le cou de l'homme. Il inhala. Trop d'après-rasage. Trop épicé. Il n'avait rien contre certains parfums, mais il aimait qu'ils soient appliqués avec plus de légèreté parce qu'il aimait l'odeur des hommes, leur sueur naturelle et leur musc masculin. Il tourna la tête et planta fermement ses dents sur le long muscle du cou, appréciant le gémissement qui résonna contre sa poitrine. Les mains serrées sur sa taille, il raffermit sa prise.

La question de savoir si c'était dans les habitudes du mec ou non était discutable, vu comme il avait la queue dure contre sa hanche. Pourtant, la sienne ne répondait pas avec autant d'empressement que Snow aurait souhaité. Pas comme la nuit précédente – ou plutôt tôt le matin – avec Jude.

Le téléphone dans sa poche avant vibra à nouveau. Il l'ignora. Lorsqu'il se remit à vibrer, il recula et fronça les sourcils. En jurant, il sortit son téléphone. Le numéro de Lucas s'afficha une fois de plus sur l'écran et la peur s'empara de lui. Son ami n'était pas du genre à appeler avec insistance. Il ne faisait qu'une tentative et ne laissait jamais de message, car cet arrogant s'attendait à être rappelé immédiatement.

— Quoi ? aboya Snow dans le téléphone, plaçant sa main sur la poitrine de l'homme.

Il ne s'attendait pas à ce qu'il s'en aille, mais il ne comptait pas prendre de risque ce soir. Il en avait besoin. Vraiment.

— *Pourquoi tu ne réponds pas à ton putain de téléphone ?* répondit Lucas en hurlant, sa voix assez forte pour atteindre la musique. *Tu dois venir à l'UC, tout de suite. Ian et Melissa ont eu un accident.*

Les murs se rétrécirent autour de Snow alors qu'il laissait retomber sa main et s'éloignait de l'homme. Sa poitrine se serra, l'empêchant pratiquement de respirer. L'espace d'une seconde, il ne put se résoudre à poser la question qui lui brûlait les lèvres, craignant la réponse. Mais il se fit violence :

— Est-ce qu'ils vont bien ?

— *Amène-toi. Je croyais que tu travaillais ce soir.*

Lucas semblait furieux et… anéanti. Quelqu'un pleurait dans le fond. Son cœur se transforma en glace.

— Ian ? souffla-t-il alors que la panique le submergeait. S'il te plaît, dis-moi qu'il va bien.

— *Il est blessé*, répondit Lucas, la voix tremblante. *Écoute, Snow, c'est mauvais. Il faut que j'y aille. Amène-toi. S'il te plaît, dépêche-toi.*

Snow fixa son téléphone avec incrédulité. Lucas avait raccroché sans lui donner de détails. La colère et la peur se transformèrent en une masse noire tourbillonnante à l'intérieur de lui et il cligna des yeux quand quelqu'un le toucha. Il grogna, puis se concentra sur l'homme qui se trouvait devant lui, l'ayant oublié.

— Il faut que je parte. Urgence familiale.

Le type hocha la tête, son expression étonnamment pleine d'inquiétude.

— Qui que ce soit, j'espère qu'il va bien, dit-il en effleurant le bras de Snow. Attends.

Il fouilla dans sa poche et en sortit une carte.

— Voici mon numéro. Appelle-moi. On aura ce rendez-vous.

Bien qu'il ne fasse pas dans les rendez-vous, Snow récupéra la carte et la rangea dans sa poche en s'enfuyant du club. Pourquoi Lucas ne lui en avait-il pas dit plus ? La seule raison à laquelle il pouvait songer, c'est que ce devait être la pire des nouvelles possibles.

Chapitre 4

La première personne qu'il vit en entrant dans l'hôpital fut Jude. Il était assis sur une chaise, affaissé, son uniforme froissé et sale… Il avait les traits tirés d'inquiétude. Ses yeux s'élargirent lorsqu'il aperçut Snow et il sauta sur ses pieds. Snow s'arrêta, ancra son regard dans les yeux marron foncé, brillants de sympathie, et sut, sans le moindre doute, qu'il ne voulait pas aller plus loin. Il n'était même pas certain que ses jambes puissent le porter.

— As-tu fait entrer mes amis ? demanda-t-il, d'une voix enrouée et brisée, les mots irritant sa gorge.

C'est à peine s'il reconnaissait sa propre voix.

— C'était un délit de fuite, répondit Jude après avoir hoché la tête. Leur 4x4 s'est retourné et ils étaient tous les deux coincés à l'intérieur.

Il tendit la main et effleura le bras de Snow.

— Je suis vraiment désolé. Tu devrais rejoindre tes amis.

Son esprit se raccrocha à l'explication de Jude, préférant rester empli de confusion plutôt que d'affronter l'horreur qui l'attendait à quelques pas de là. Ni Ian ni Melissa ne conduisaient de 4x4. Étaient-ce vraiment eux ? Lucas pourrait-il se tromper ? *Putain, s'il vous plaît, faites qu'il se trompe. Qu'ils se trompent tous.*

Il fronça les sourcils alors qu'il se forçait à détourner le regard de Jude et à marcher vers la salle d'attente. Son cœur battait si fort qu'il résonnait dans ses tempes.

C'est alors qu'il se figea, le souffle court. Rowe était assis par terre, Lucas le berçant entre ses bras. Ce dernier leva les yeux, la mine sombre. Croisant le regard de Snow, il secoua lentement la tête. Andrei planait au-dessus des deux, sa peau d'habitude sombre anormalement pâle. Snow se couvrit la bouche de sa main tandis que les violents sanglots qui traversaient le corps de Rowe se répercutaient jusqu'à lui. Il chancela, ses genoux menaçant de lâcher.

Les différentes voix qui les entouraient se mêlaient en un rugissement à ses oreilles. Rowe – leur Rowe, fort et drôle – était complètement dévasté. Il savait ce que cela signifiait. Melissa. *Oh mon Dieu.* Le monde commença à tourner autour de lui, puis se rétrécit pour devenir un tunnel vacillant. Il cligna des yeux lorsque quelqu'un de l'hôpital apparut soudain devant lui. Il la connaissait. Sanders. Sarah. Docteur. Pédiatrie. Que faisait une résidente en pédiatrie ici ?

— Hey, Dr Frost, vos amis vous attendent. Asseyons-nous.

Elle désigna sa droite d'un hochement de tête et il se retourna pour découvrir Jude. Ce dernier enroula une main forte autour de son bras et le tira vers la chaise derrière Andrei.

— Non.

Snow se libéra.

— Où est-elle ? Où est Ian ? Que quelqu'un me dise ce qui s'est passé !

Son regard croisa celui de Rowe et il attendit que le monde s'écroule sous ses pieds.

* * *

Ils avaient tort. *Tort. Tort. Tort.* Rowe répétait sans cesse le mot dans sa tête parce que s'il ne le faisait pas, il ne pourrait plus respirer. La vie commençait et se terminait avec Mel. Rien ne pouvait l'arrêter. Rien ne pouvait la lui voler. Elle était tout. L'air, le rire, l'espoir, la vie. Le monde.

Pas sa Mel.

Mais Lucas le tenait serré contre lui et le monde autour de lui continuait de tourner, se brouillant avec les mots de ce médecin.

Les dégâts étaient trop importants.

Elle avait perdu trop de sang.

Nous n'aurions rien pu faire.

Trop tard.

Rien…

Mais cela n'avait pas de sens. Ils étaient médecins. Ils pouvaient toujours faire quelque chose pour arrêter l'hémorragie et soigner les blessures.

La voix de Snow transperça le grondement sourd à ses oreilles. Il aurait dû être là. Avec Snow, il n'y avait pas de « trop » ou de « trop tard ».

Se libérant de l'étreinte de Lucas, il se remit debout sans grâce.

— Où étais-tu ? exigea-t-il, sa voix graveleuse se brisant.

Snow cessa de demander des réponses, deux étrangers de chaque côté de lui.

— Où étais-tu ? Tu étais censé être ici.

Une main agrippa son épaule, mais Rowe se dégagea, avançant en trébuchant pour réduire la distance entre Snow et lui. Il enroula ses doigts dans les revers du manteau de Snow et le tira tout près.

— Où étais-tu ? Tu étais en train de te faire sucer pendant que ma femme mourait ? Pourquoi n'étais-tu pas là pour la sauver ? Tu étais censé la sauver !

— Non, Rowe !

La voix de Lucas claqua dans l'air, essayant de couper court à la rage qui s'installait. Une partie de son cerveau enregistrait la douleur brute qui avait creusé d'horribles sillons dans le visage de Snow, mais ce n'était pas suffisant. Il n'avait pas été là. De combien de problèmes et de cauchemars s'étaient-ils sortis au fil des ans ? Ils étaient toujours là les uns pour les autres. *Toujours.* Mais Snow n'avait pas réussi à respecter sa part du marché.

Il écarta les mains fortes qui l'agrippaient, l'éloignant de Snow. Des mots bourdonnaient autour de lui, mais il ne pouvait pas les comprendre. Il n'y avait que l'homme qui l'avait laissé tomber. Qui avait laissé tomber sa femme.

Il leva son poing et l'envoya dans la mâchoire de Snow. Ce dernier tituba, tombant à genoux. Il ne ressentit aucune douleur dans son poing. Il bondit vers l'avant, se préparant à réitérer son attaque, mais plusieurs mains le retinrent, l'enveloppant. Il y eut d'autres mots apaisants, qui ne le touchaient pas.

— Combien de personnes as-tu sauvées ? Des gens dont tu n'avais rien à foutre. Des gens qui n'en avaient rien à foutre de toi. Tu les as sauvés. Pourquoi tu n'as pas pu sauver Mel ? Elle t'aimait. Elle t'a défendu. Où étais-tu ?

— Rowe…

La voix de Snow était rauque et à peine audible par-dessus le martèlement dans ses oreilles.

— Elle t'aimait ! cria-t-il.

— Rowe, arrête. Ce n'est pas de sa faute.

La voix calme de Lucas ne parvint pas à éteindre le feu dans ses tripes.

— Sors d'ici, *doc*. Va-t'en.

Un étranger en uniforme de secouriste aida Snow à se relever. Le visage de son ami était ravagé, mais Rowe n'en avait cure. Il regarda le médecin s'éloigner, soutenu par l'autre homme, jusqu'à ce qu'il disparaisse. Puis la rage le quitta. Ses jambes s'effondrèrent sous lui et Lucas le tint dans ses bras alors qu'ils retombaient sur le sol, les sanglots l'étranglant. Sa Mel avait disparu.

* * *

Jude ne pouvait pas se résoudre à partir et il ne savait pas pourquoi. Son service était terminé depuis des heures et il ne parvenait pas à faire les quelques pas nécessaires pour sortir dans la nuit. Il aurait voulu retourner dans son appartement ridiculement petit et dormir. Ou essayer. Il devait cesser de voir l'accident, le sang… et il avait désespérément besoin d'oublier le regard du médecin quand il s'était rendu compte que son amie était morte. Ajoutez à cela les ravages causés par la réaction du mari et Jude ne pouvait tout simplement pas partir.

Patientant devant la chambre de Ian Pierce, il passa une main sur son visage, pour essayer de se vider la tête. Rebecca et lui avaient été les premiers sur les lieux et elle avait couru vers le côté du conducteur tandis qu'il allait voir Ian côté passager. Quand ce dernier était revenu à lui, il paniquait, délirait, marmonnait des inepties, mais il avait retenu certains mots. Surtout ceux concernant des chambres d'hôtel et son horreur d'être attaché – la ceinture de sécurité l'avait maintenu en place lorsque leur 4x4 s'était retourné.

Le jeune homme avait été immédiatement reconnaissable car, comme la plupart des gens à l'hôpital, Jude n'avait vu que quelques personnes capables de faire sourire le Doc Frost d'une joie véritable, et lui se présentait souvent en portant des paquets de nourriture qui sentaient incroyablement bon. Savoir que la victime était l'ami du doc avait presque tué Jude – surtout quand Rebecca l'avait regardé droit dans les yeux en secouant la tête. Elle savait que les blessures de l'autre passagère étaient trop graves.

Pourtant, ils avaient tout fait pour la sauver.

Il regarda les taches sombres et sèches sur son uniforme et dut fermer les yeux. Il détestait, *détestait* perdre des gens, mais c'était bien pire quand il s'agissait de quelqu'un lié à l'hôpital.

Bien que Ian ait été conscient, il souffrait trop pour se rendre compte à quel point son amie était mal en point. Il avait tenu bon jusqu'à ce qu'il comprenne qu'elle n'avait pas survécu.

Jude savait qu'il entendrait ses pleurs dans ses cauchemars pendant des mois.

Une des infirmières sortit de la chambre, et Jude aperçut le Doc Frost penché sur le lit, sa main caressant les cheveux du jeune homme. Des yeux bleu clair, pleins d'angoisse, croisèrent les siens avant que la porte ne se referme.

Cinq minutes plus tard, le docteur quitta la chambre et s'arrêta devant Jude.

— Pourquoi es-tu encore là ?

— J'ai pensé que tu pourrais avoir besoin…

— De quoi ? demanda-t-il en se penchant, son souffle chaud sur le visage de Jude. De quoi pourrais-tu penser que j'ai besoin ?

Jude se pinça les lèvres, puis haussa les épaules.

— Honnêtement, je ne sais pas pourquoi je suis resté.

— Je ne sais pas non plus.

Snow le fixa comme s'il ne le voyait pas, et cette fois, sa voix ne fut pas aussi sèche que d'ordinaire. Il porta son regard vers la porte de la chambre de son ami.

— Parle-moi de l'accident.

Un groupe de personnes apparut dans le couloir, riant bruyamment, des ballons de fête serrés dans leurs mains. Ils s'arrêtèrent juste à côté d'eux, et un seul sembla remarquer l'atmosphère pesante qui entourait Snow et Jude.

— Attends, dit Jude.

Il descendit le couloir jusqu'à une petite salle d'attente et, la trouvant vide, lui fit signe de la main. Les pas de Snow n'avaient rien de son habituelle démarche hautaine alors qu'il fronçait les sourcils et le suivait dans la salle. Il ne le dépassait que de quelques centimètres, mais sa présence était si imposante que la pièce sembla instantanément minuscule. Snow regarda autour de lui comme s'il n'avait jamais vu la niche privée auparavant. Le chagrin et le choc qui inondaient l'homme se déversèrent en vagues qui giflèrent Jude. Avant de pouvoir s'en empêcher, il s'approcha de Snow et le tira vers lui, s'attendant à recevoir un coup au visage à tout moment.

Mais les genoux du docteur se plièrent et il surprit Jude en l'entourant de ses bras et en enfonçant son visage dans son cou.

— Hé, Général, dit Jude d'une voix douce. Je suis tellement, tellement désolé.

Il enroula ses bras autour de Snow et le serra contre lui, le tenant tout près.

— Je ne sais pas ce que je peux dire que les flics n'ont pas déjà relaté. Je dirais que je suis choqué que quelqu'un les ait percutés si fort et se soit enfui.

Il décrivit ensuite l'accident et ce qu'ils avaient fait pour aider Ian et Melissa.

— Ses blessures étaient trop graves.

— J'aurais dû être là. J'étais censé être ici ce soir.

Jude le serra encore plus fort.

— Tu n'aurais rien pu faire pour la sauver.

Il savait que le médecin s'en rendrait compte une fois le choc passé. Et, malheureusement, la culpabilité de ne pas avoir été là, Jude la comprenait, vraiment. Si un membre de sa famille avait été amené, il aurait voulu être là pour s'assurer que tout était réalisé correctement. Et il n'avait probablement pas le caractère dominant de cet homme. Jude le connaissait à peine, mais c'était une chose qu'il voyait clairement. Eh bien, la maîtrise de soi avait tendance à être une caractéristique des chirurgiens. C'était également une bonne chose. Cela les rendait plus aiguisés, plus concentrés.

— Tu veux que je te reconduise auprès de vos amis ? Je pense que vous aurez besoin les uns des autres, ce soir.

Ses yeux le picotèrent quand il songea à l'homme roux sur le sol, au désespoir qu'il devait ressentir.

— Dr Frost ?

— Snow, grogna-t-il dans le cou de Jude. Je t'ai dit de m'appeler Snow.

Le médecin recula, recula encore, jusqu'à ce que sa colonne vertébrale se retrouve contre un mur. Ses yeux bleus larmoyants se fermèrent et il pencha la tête en arrière. Il avait un long cou et de larges épaules. Avec ces yeux perçants fermés et le chagrin qui adoucissait ses traits, il exsudait une sorte de beauté masculine à couper le souffle. Mais ce n'étaient pas le visage et le corps qui avaient attiré Jude si fortement vers lui. Ces deux éléments étaient hors norme et représentaient tout ce qu'il aimait chez un homme, oui, mais Snow avait quelque chose de plus qui le séduisait profondément. Une sorte de besoin qui brûlait sous toute cette confiance en soi.

Jude voulait le connaître. Pas seulement coucher avec lui – et il le voulait vraiment. Non, il souhaitait simplement être près de lui.

— Allez, dit-il doucement. La dernière fois que j'ai vérifié, tes amis étaient toujours là. Le Dr Sanders les a installés dans une chambre vide.

Il pensa à lui tendre la main, mais il savait que le moment de faiblesse du docteur était passé et qu'il verrait le fait de se tenir la main à l'hôpital comme un *énorme* signe de faiblesse. Personne ici ne s'en soucierait, mais cela n'aurait pas d'importance pour Snow.

Ils se frayèrent un passage à travers la foule des personnes en fête, qui cette fois se calmèrent. Un des membres du personnel avait dû intervenir et leur demander de respecter ceux qui n'avaient pas reçu de bonnes nouvelles ce soir. Sur le chemin, Jude ne cessa de se retourner brièvement, haïssant voir Snow si triste, mais incapable de détacher son regard de lui.

Le Dr Sanders les repéra et leur désigna la pièce dans laquelle se trouvaient les amis de Snow. Son joli visage arborait des rides d'inquiétude et d'épuisement, alors il le laissa se rendre dans la salle et continua d'avancer vers elle. Il jeta un nouveau coup d'œil par-dessus son épaule pour trouver Snow, planant dans l'embrasure de la porte. Il se retourna vers la pédiatre.

— Pourquoi travaillez-vous aux urgences ce soir ?

— Ils avaient besoin de mains supplémentaires. Une école a été inondée cet après-midi et nous étions occupés, alors je suis restée dans le coin. Je ne savais pas que vous et le Dr Frost étiez amis.

— Nous ne le sommes pas. C'est moi qui ai amené ses amis.

— C'est tellement triste.

Il était en train de hocher la tête lorsque tous les événements de la journée le frappèrent de plein fouet. Fermant les yeux, il se frotta l'arête du nez, essayant de soulager le mal de crâne qui pointait.

— Et le revoilà, murmura le Dr Sanders.

Jude se retourna à temps pour voir Snow sortir en trombe de l'hôpital. Sans manteau. Il commença à le suivre, puis décida d'aller récupérer son manteau. Lorsqu'il arriva dans la chambre de Ian, le jeune homme dormait encore. Un autre homme veillait sur lui – un homme aux longs cheveux noirs attachés en arrière. Il reconnaissait son visage pour l'avoir vu dans les journaux. Les yeux noirs se levèrent pour épingler Jude pendant une seconde avant de hocher la tête. Jude saisit le manteau du médecin et se dépêcha de sortir.

Tous ces hommes semblaient adorer le jeune homme allongé sur ce lit d'hôpital. Jude avait entendu une infirmière dire plus tôt que Ian Pierce n'avait absolument aucune famille à appeler. Elle avait tort. Il n'avait peut-être pas de parents par le sang, mais il était clair que les hommes qui se succédaient à son chevet formaient bel et bien une famille autour de lui.

Jude ne parvint pas à rattraper Snow à temps, et il ne voulait pas déranger le veuf en deuil, alors il emporta le manteau chez lui. Il le rapporterait avec lui au travail le lendemain.

Chapitre 5

Daisy était étendue à côté de lui, sa tête reposant sur ses genoux. Rowe gratta le berger allemand derrière l'oreille, mais sa queue ne frappait pas le sol comme elle le faisait habituellement lorsqu'il caressait son endroit préféré. Elle savait que quelque chose n'allait pas. Les trois chiens le savaient.

Durant les premières heures, ils avaient fait des allers-retours entre lui et la porte d'entrée, attendant et observant jusqu'à ce qu'il ne puisse plus le supporter. Il s'était retranché dans la chambre, mais n'arrivait pas à trouver le sommeil. Pas alors qu'il pouvait sentir son odeur sur les draps, son shampoing fleuri sur l'oreiller à côté de lui.

Melissa était partout. Assis par terre dans un coin de la chambre, il tenait le tee-shirt dans lequel elle avait dormi la veille. Une paire de chaussures de course dépassait de sous le lit tandis que deux paires de talons étaient empilées à côté de la commode. Des baskets usées et boueuses se trouvaient près de la porte d'entrée – elle les portait quand elle promenait les chiens – et des pantoufles en forme de lapin tueur des *Monty Python : Sacré Graal !* étaient abandonnées quelque part dans le salon. Elle était insupportable à laisser traîner ses chaussures partout. Du moins, elle l'avait été.

Mais désormais, tout comme les chiens, les chaussures attendaient leur propriétaire. Toute la maison retenait son souffle en attendant que Melissa passe la porte d'entrée.

Rowe ferma les paupières et laissa retomber sa tête contre le mur. Ses yeux le brûlaient à cause des larmes versées, et sa gorge semblait avoir été tranchée par ses cris. Mais rien de tout cela n'était comparable au poids compressant sa poitrine, qui écrasait son cœur et l'empêchait de respirer profondément.

Il était en train de se noyer.

Depuis le salon, la voix basse de Lucas s'élevait. Ses pas lourds grinçaient sur les planches usées du parquet. Il faisait les cent pas en parlant au téléphone. Il y avait des appels à passer et des décisions à prendre, mais Rowe ne pouvait pas se résoudre à bouger. Il préférait laisser Lucas s'occuper de tout.

Il aurait dû appeler les parents de Mel. Mais le faire aurait rendu la situation réelle. L'aurait rendue définitive. Il n'y aurait pas de retour en arrière une fois qu'il aurait prononcé les mots à haute voix. Et il n'en trouvait pas encore la force.

Les heures passaient et ses gardiens tournaient. Andrei avait remplacé Lucas qui avait pris la place de son amant aux côtés de Ian à l'hôpital.

Mel était partie. Elle ne passerait plus jamais la porte d'entrée tel un mini-tourbillon de chaos, provoquant les sauts frénétiques des chiens qui la salueraient en aboyant. Du bout des lèvres, elle aurait soit trouvé une excuse pour expliquer la raison pour laquelle c'était à son tour à lui de cuisiner, soit sorti une blague salace qui, elle le savait, le ferait sourire. Une blague qu'elle aurait hâte de partager avec Snow.

Snow.

Un nœud se forma dans la gorge de Rowe, menaçant de l'étouffer. Il n'aurait jamais dû dire ces choses à son frère. Mais il ne pouvait pas s'empêcher de penser que si Snow avait travaillé ce jour-là, s'il avait été à l'hôpital, il aurait pu sauver Melissa. C'était un génie avec un scalpel. Les rares fois où il avait murmuré des éloges, c'était pour son équipe chirurgicale. N'auraient-ils pas pu sauver sa femme ?

Rien de tout cela n'avait de sens. Ça n'aurait pas dû se passer comme ça. C'est lui qui vivait dangereusement, qui avait des armes planquées dans la maison et qui investissait son temps et son énergie dans le développement de systèmes de sécurité de pointe. C'est lui qui avait gardé un pied dans les bas-fonds de la ville et qui maintenait des contacts, tant avec l'armée qu'avec les différentes agences d'espionnage. Sa tête était pleine d'un tas de merde qu'il n'était pas supposé savoir, pourtant, il voulait se trouver au milieu de tout ce bordel quand les balles se mettraient à voler. *Il* était censé y passer en premier.

Pas Mel. Pas à cause d'un stupide accident de voiture alors qu'elle avait toute une vie incroyable devant elle.

La porte d'entrée s'ouvrit et se referma. Andrei discutait avec une nouvelle venue, à la voix douce. Daisy leva la tête, ses oreilles se tournèrent vers les voix, mais elle se calma quand elle comprit que ce n'était pas celle qu'ils attendaient tous. La nouvelle venue était Gidget, la hackeuse qui bossait pour lui. Une nouvelle gardienne pour le veiller.

Il cligna des yeux et tourna la tête vers la fenêtre. La lumière passant à travers les stores avait changé, devenant faible et granuleuse. La nuit approchait à grands pas. Était-ce samedi soir ? Mel était-elle vraiment partie depuis presque vingt-quatre heures ? Ou peut-être était-ce dimanche matin… il ne savait plus. Il ne pouvait pas rester comme ça. Rester ici. Pas alors qu'elle ne reviendrait pas le retrouver.

* * *

Snow tressaillit au bruit d'une clé insérée dans la serrure de la porte d'entrée. Sa maison était restée si longtemps dans un silence intact et indéfectible qu'il avait l'impression d'être devenu sourd.

En levant les yeux de l'endroit où il était assis sur le canapé, il ne fut pas surpris de voir Lucas entrer et verrouiller la porte derrière lui. Il avait ôté son long manteau d'hiver, révélant le même jean et le même pull qu'il portait à l'hôpital. N'était-il pas encore rentré chez lui ? Non, Lucas était certainement resté avec Rowe, et probablement avec Ian. Snow était revenu après le départ de Rowe et avait veillé sur le jeune homme.

Son corps tendu fut parcouru d'un frisson face au souvenir de la panique de Ian, puis de son hystérie quand il avait appris pour Melissa, qui avait forcé Snow à demander de l'aide. Il avait dû droguer le jeune homme pour le faire retomber dans l'inconscience afin que son corps ait une chance de guérir. Il était resté avec Ian jusqu'à ce que son patron le renvoie enfin chez lui, lui conseillant de dormir et de se doucher avant de revenir rôder à nouveau dans les couloirs jaune pâle. Il n'avait pu retrouver son manteau nulle part.

Il n'était pas allé plus loin que son canapé. Ses yeux brûlaient d'épuisement, mais l'énergie nerveuse se frayait un chemin à travers ses muscles tendus, tandis que son cerveau alternait entre les accusations de Rowe et les souvenirs sans fin de Mel qui riait, formant un tableau écœurant.

Lucas se laissa tomber sur la chaise la plus proche du canapé, posant ses avant-bras sur ses genoux. Son visage était creusé et des ombres étaient apparues sous ses yeux normalement brillants. Il avait l'air épuisé jusqu'à l'os et pourtant, il se maintenait en mouvement, probablement par pure volonté. Snow n'aurait rien attendu de moins de la part de Lucas. Ils étaient amis depuis trois décennies et il avait toujours semblé être une force de la nature. Quand Lucas voulait quelque chose, il travaillait d'arrache-pied jusqu'à le tenir entre ses mains, même si cela signifiait devoir pratiquement se briser dans le processus.

Et cela impliquait de prendre soin des personnes qui comptaient le plus pour lui.

— As-tu dormi ?

La voix de Lucas n'était guère plus qu'un murmure rugueux, comme s'il était lessivé.

— Un peu, mentit-il.

Il était incapable de se souvenir de la dernière fois qu'il avait fermé les yeux.

— Rowe ?

— Dans l'état dans lequel on peut s'attendre à ce qu'il soit.

Lucas baissa la tête et passa ses doigts dans ses cheveux, les ébouriffant davantage.

— Il ne parle pas. Ne mange pas. Ne dort pas. Quand j'y retournerai ce soir, j'essaierai de lui faire faire une de ces choses.

Snow grogna et se mit debout. Il se dirigea vers les fenêtres à l'arrière de la maison, regardant la rivière Ohio qui passait au bord de sa propriété. L'allée où les gens couraient habituellement était déserte, et il ne pouvait que fixer un parking vide, de l'eau marron et des arbres bruns et morts. Mais c'était mieux que d'essayer de regarder Lucas dans les yeux, de le laisser essayer d'abattre le mur qui lui permettait de tenir debout.

— Andrei m'a dit que tu es resté avec Ian pendant un certain temps. Comment va-t-il ?

— Une jambe cassée. De graves contusions sur la poitrine et le cou dues à la ceinture de sécurité qui l'empêcheront probablement d'utiliser des béquilles. Une légère commotion cérébrale. Quelques coupures qui ont nécessité des points de suture.

La tension dans la poitrine de Snow s'atténua quand il énuméra les blessures de Ian. Il écarta le jeune homme, la personne qu'il aimait, de l'équation pour se focaliser sur le temps de récupération et la rééducation nécessaire. Le fait de se rendre à la clinique lui avait donné un sentiment de contrôle, une zone de sécurité dans laquelle fonctionner.

— Je vais retourner le voir ce soir avant de commencer mon service. S'il peut se passer des sédatifs, ils le renverront chez lui demain.

— Tu dois vraiment y aller ce soir ? Tu ne peux…

— Non, j'ai besoin de travailler.

Il marqua une pause et sentit un sourire hideux se tordre sur ses lèvres alors qu'il se retournait pour regarder Lucas.

— En plus, j'ai déjà échangé mon service de vendredi soir.

La tête de Lucas se redressa d'un coup.

— Quoi ?

— J'étais censé travailler, mais j'ai échangé avec un autre médecin. Je lui ai demandé de me remplacer.

Snow se tut, ne voulant pas avouer qu'il était déjà épuisé avant que le chaos ne s'installe dans leur vie. Il préférait laisser Lucas penser le pire de lui, qu'il avait pris une journée de repos pour se faire sucer. C'est certainement ce que Rowe pensait. Sa famille lui avait dit pendant des années qu'il était une ordure. Ils avaient peut-être raison.

Lucas se leva et s'approcha de lui, ses pas étouffés par l'épais tapis.

— Ash, ce n'est pas de ta faute.

— Va te faire foutre ! Tu ne sais pas…

— J'ai parlé au chirurgien qui s'est occupé de Mel ainsi qu'à l'un des secouristes sur place.

Snow se redressa, surpris par l'annonce de Lucas, clignant des yeux alors qu'il essayait d'ordonner ses pensées.

— Tu as parlé à Torres ?

Lucas secoua la tête, l'air un peu confus.

— Je ne me souviens pas de son nom. Tous deux ont dit que rien n'aurait pu être fait pour Mel, répondit-il, posant sa main sur la nuque de Snow avant de la presser. Son cœur s'est arrêté pendant qu'ils la sortaient du 4x4 et de nouveau durant le trajet vers l'hôpital. Tu n'aurais rien pu faire pour la sauver.

Repoussant le bras de Lucas, Snow recula, s'accrochant désespérément à sa colère. Il ricana.

— Pourquoi es-tu encore là ?

— Snow.

— La femme de ton ami vient de mourir. Ne devrais-tu pas être avec lui ? Tu en as un autre à l'hôpital. Peut-être que tu devrais être à son chevet. Ou même garder un œil sur ton petit ami. Il était proche de Mel.

— C'est quoi ce bordel, Snow ? Tu l'es aussi.

Snow secoua la tête, sachant qu'il ne se montrait pas très logique. Il balança ses poings sur le côté, repoussant une autre vague de souvenirs de Mel. Cette fois, c'était à un barbecue, l'été où Rowe avait failli mettre le feu à l'arrière de la maison. Mel et Ian essayaient d'arroser les autres avec des ballons qu'elle avait remplis d'eau glacée.

— Je vais bien, grogna-t-il. Va-t'en. Je dois me préparer pour le travail.

— Ash, tu ne vas pas bien.

Lucas plaça sa main sur son épaule quand il essaya de passer, mais il l'ôta en grognant.

— Vas-y. Tu ne peux pas réparer ça juste parce que tu le veux. Mel est morte et le monde doit continuer à avancer. Va voir Rowe ou ton petit ami. Je vais voir Ian ce soir. Si on a besoin de toi, je t'appellerai.

Snow monta les marches quatre à quatre, ne ralentissant qu'une fois parvenu dans la salle de bains principale au troisième étage. Le travail lui permettrait de se vider la tête. Il allait prendre une douche brûlante, puis il irait s'enterrer dans les corps tordus et déchiquetés de ses patients.

Chapitre 6

Snow roula sous l'arche du cimetière de Spring Grove, les mains serrées sur le volant. Les arbres avaient perdu la plupart de leurs feuilles. Quelques survivantes, dorées, s'accrochaient aux derniers halètements de l'automne. Les seuls autres éclats de couleur provenaient de conifères éparpillés sur les collines légèrement ondulées du cimetière.

Ce lieu de repos était une attraction locale populaire du fait de ses jardins soigneusement conçus et de ses monuments massifs, de sorte qu'un grand nombre de personnes s'y trouvaient, éparpillées, malgré le froid. Pour lui, les statues que tant de gens trouvaient belles et mystérieuses n'étaient rien d'autre que la représentation élaborée de désirs par des mains d'artistes qualifiés. Des expositions permanentes qui permettaient d'aspirer à quelque chose de plus au-delà de ce monde.

Ian l'avait amené ici une fois pour une promenade et le jeune homme avait fait courir ses mains le long des lignes fluides d'une statue de fille appuyée sur un sarcophage, en parlant des gens capables de créer de la beauté à partir de la dévastation qu'est la mort. Snow avait adoré cette journée parce que, l'espace de quelques instants, Ian l'avait forcé à voir ; il l'avait poussé à regarder au-delà des statues de jeunes filles en deuil et d'anges en pleurs, et s'était demandé s'il pouvait y avoir quelque chose de plus. Parce qu'il ne croyait pas. Il croyait en cette vie, et faisait son maximum afin qu'elle dure le plus longtemps possible pour quiconque avait la chance d'être vivant.

Le chagrin et la douleur étaient devenus interchangeables ces derniers jours, depuis l'accident, une masse noire faite de pointes qui le torturaient, qui l'étouffaient et perçaient d'énormes trous dans ce qui restait de son cœur. Des flashes de Melissa lui traversaient l'esprit, tant de souvenirs – en particulier ceux de la façon dont elle avait transformé Rowe. Il ne pouvait pas imaginer l'enfer absolu que vivait son ami.

Mais chez lui aussi, Melissa avait laissé un sentiment de perte. Savoir qu'il n'entendrait plus jamais sa bouche grossière et son esprit vif lui brisait le cœur. Elle aurait préféré que ses amis et sa famille se réunissent pour célébrer sa vie au lieu d'un service funéraire, mais Lucas avait appelé ce matin pour dire que Rowe avait prévu de mettre sa femme en terre ce jour-là, *seul.*

Et puis merde.

Snow n'était même pas sûr que Rowe voulait qu'il soit là. La culpabilité de ne pas avoir été à l'hôpital le rongeait au point qu'il avait l'impression de se fondre dans la grisaille du jour nuageux. De devenir invisible. Il avait essayé d'appeler Rowe et s'était rendu chez lui en voiture, mais n'avait pas pu se résoudre à lui parler.

Il se gara derrière un van de transport médical avec un homme inconnu au volant. Un corbillard et une autre berline noire étaient garés devant. Le souffle de Snow embrumait l'air alors qu'il marchait pour rejoindre ses amis, ses pas crissant sur les cinq centimètres de neige qui étaient tombés la nuit précédente, recouvrant le monde d'une couverture blanche étincelante. Lucas et Andrei se tenaient derrière Rowe. Ian était emmitouflé sur un fauteuil roulant, son plâtre recouvrant sa jambe entière appuyée sur une extension et reposant sur un oreiller.

Devant eux, posé sur un lit de fausse herbe brillante, se trouvait un cercueil de bois clair et miellé aux poignées dorées. Le dessus était recouvert d'une multitude de fleurs aux couleurs vives, comme si l'été lui-même jaillissait du bois. Tout dans ce cercueil était chaud et doux, et pourtant le seul fait de le voir posé là était suffocant. Il semblait tellement déplacé face à la couverture de neige et aux arbres morts.

Un autre tapis d'herbe artificielle avait été jeté sur le monticule de terre tout proche. La facilité avec laquelle l'équipe au sol avait réussi à creuser un trou témoignait de la douceur de cet hiver. Snow aurait voulu garder les yeux sur ce vert criard, détestant ce revêtement plastique, mais ses yeux retournaient toujours vers la boîte. Son cœur battait péniblement dans sa poitrine et son estomac se retournait. Melissa se trouvait dans cette fichue boîte. Cette femme, qui n'aurait voulu ni n'aurait pu s'arrêter pour quoi que ce soit ou pour qui que ce soit… – enfin si, elle s'était arrêtée assez longtemps pour voler Rowe – était soudain partie et rien que d'y penser, il avait du mal à respirer.

Lucas se retourna pour le regarder et lui tendit la main, les yeux si tristes que Snow eut l'impression que le désespoir qui lui brûlait la gorge allait l'étouffer. Quand les yeux de Lucas se plissèrent en fixant sa clavicule, Snow sut qu'il n'était pas parvenu à parfaitement couvrir le nouveau bleu qui accompagnait désormais celui qui était encore en train de guérir sur sa mâchoire. Rowe lui avait donné un sacré coup de poing. Il ajusta son écharpe, incapable de croiser le regard de Lucas cette fois-ci. Ce dernier tendait toujours la main, alors il entrelaça ses doigts à ceux de son ami, et salua Andrei, qui avait l'air tout aussi dévasté que Rowe. Snow se souvint alors que Lucas lui avait dit qu'Andrei et Melissa avaient été proches. Beaucoup de monde aurait aimé être là pour Melissa. *À quoi pensait Rowe ?*

Il serra la main de Lucas plus fort, sachant que chacun puisait dans l'autre le réconfort qu'il lui offrait.

Le jeune chef n'avait pas l'air bien du tout. Il frissonnait sous l'épaisse couverture dont la couleur noire rendait sa peau encore plus pâle et ses joues rouges plus proéminentes. Le bout de ses oreilles découvertes était rouge vif. Une ecchymose assombrissait le côté de son visage et un plâtre enveloppait sa jambe à partir de la cuisse. Il n'aurait même pas dû être là, mais Snow comprit pourquoi il était présent. Rowe en avait besoin, quoi qu'il en pense. Snow lâcha Lucas, sortit un bonnet bleu marine de la poche de son manteau et l'enfonça sur la tête de Ian. Le jeune homme essaya de lui sourire, mais le rictus s'effaça trop rapidement pour être davantage qu'une grimace.

Il avait eu de la chance de sortir vivant de cet accident. Snow n'avait pas vu la voiture, mais il avait entendu un des flics à l'hôpital et savait que c'était un miracle. Même Jude le lui avait dit. Ce dernier était venu le chercher, il lui avait même apporté le manteau disparu, et il avait un peu honte d'avoir tout fait pour l'éviter.

Il posa ses mains sur les épaules de Ian et se pencha pour parler à voix basse.

— Ce van de transport t'appartient ?

— Lucas l'a loué aujourd'hui, répondit Ian en hochant la tête. Avec l'infirmier.

Une lueur de ce feu obstiné que Snow aimait tant éclaira brièvement les yeux de Ian.

— Ils pensent tous les deux que je ne retournerai pas travailler demain.

— Certainement pas. Demain, c'est trop tôt, répondit Snow en secouant la tête. Je sais que tu veux être là pour Rowe, mais tu devrais rentrer chez toi.

Ian ouvrit la bouche pour argumenter, au lieu de quoi, il frissonna puis hocha la tête, les lèvres pincées.

— Je vais le ramener à la camionnette, déclara Andrei en s'approchant doucement d'eux.

Il bougeait toujours comme ça : en silence et avec grâce.

Snow acquiesça et s'écarta pour qu'Andrei puisse prendre les poignées. Il regarda Lucas se pencher pour serrer Ian dans ses bras.

— Je viendrai te voir plus tard, murmura Lucas, sa voix à peine plus qu'un murmure, chargée d'émotion.

— Oui, c'est notre tour de t'apporter de la nourriture, renchérit Andrei en tournant le fauteuil roulant.

— Attends, dit Ian en fixant Rowe. Rowe ? Je suis vraiment désolé.

Sa voix se brisa.

Snow couvrit la distance qui le séparait de Rowe et serra les poings face à son appréhension de le toucher. Puis, il se maudit intérieurement, parce qu'il était son ami, l'était depuis des années, depuis qu'ils avaient servi dans l'armée ensemble. Il effleura le bras de Rowe, haïssant de le voir sursauter. Rowe le regarda, puis ses amis autour de lui. Il s'effondra, les yeux brillants de larmes, sa gorge bougeant comme s'il se battait pour retenir les sanglots que Snow savait s'accumuler. Il tendit le bras et Rowe leva les mains et recula, ses pas presque frénétiques dans son besoin de s'échapper.

Et il continua à reculer jusqu'à se retourner et se diriger vers les véhicules garés. Il ne prononça pas le moindre mot.

— Rowe, attends ! cria Lucas en partant à sa poursuite.

Il le rattrapa avant que Rowe n'atteigne son 4x4, l'attrapa par le bras et le serra contre lui. Les épaules de Rowe tremblèrent et, pendant un bref instant, il s'accrocha à Lucas, puis le repoussa. Il grimpa dans son véhicule et démarra, trop vite et trop fort.

— Il ne devrait pas conduire, dit Ian, sa voix râpeuse – probablement à cause des larmes qui lui mouillaient le visage. Je serais heureux de ne plus jamais revoir un de ces 4x4 de société.

— C'est vrai, répondit Snow.

Ses sourcils se froncèrent lorsque le commentaire de Ian fit surgir une pensée qui lui était restée en tête. Quelque chose qui lui paraissait étrange.

— Jude m'a dit que vous étiez tous les deux dans l'un des SUV. Pourquoi ?

Ian ferma les yeux et prit une profonde inspiration, ses tremblements s'aggravant.

— Sa voiture était au garage. Elle avait emprunté celle de Rowe pour qu'on puisse faire du shopping, expliqua-t-il, devenant de plus en plus pâle. Melissa… elle voulait acheter un autre chiot à Rowe. On devait aller voir une portée après notre shopping.

Sa voix se brisa.

— Je n'arrive pas à y croire. Je n'arrive pas à croire que c'est réel.

Le regard de Snow fit le tour du cimetière vide.

— Où est la famille de Melissa ? Et Gidget ? Tant de gens voudraient être ici.

Tout comme Gretchen, la sœur enceinte de Melissa. Il se frotta le ventre sous l'acide bouillonnant. Un vent fort et froid le gifla, lui gelant les coins des yeux. Il ne s'était pas rendu compte qu'ils étaient encore humides.

— J'ai appelé Gidget et lui ai demandé de contacter tout le monde, déclara Andrei dont les mains étaient serrées sur les poignées du fauteuil roulant. Je pense qu'ils vont bientôt commencer à arriver.

— Rowe n'a pas les idées claires, répliqua Ian en frissonnant, s'essuyant le visage. Non pas que je puisse le blâmer.

Il s'affaissa dans le fauteuil, l'épuisement visible sur ses traits arborant des bleus et des coupures en cours de cicatrisation.

— Tu dois partir. Aller te réchauffer, déclara Snow en serrant de nouveau l'épaule de Ian.

Andrei dirigea le fauteuil vers le van. L'infirmier sauta du véhicule et vint aider Ian à se mettre en position. Lucas se tenait toujours près des véhicules, grand et sombre avec ses cheveux et son manteau volant au vent. Lorsque la camionnette démarra, il se retourna et attrapa Andrei. Ils se blottirent l'un contre l'autre. Snow regarda Andrei reculer pour encadrer le visage de Lucas de ses mains. Lucas leva les siennes et tira son amant plus près de lui, posant son front contre celui du Roumain.

Ce moment entre son meilleur ami et son compagnon était si incroyablement tendre et intime que Snow sentit quelque chose bouger dans sa poitrine. Quelque chose qu'il ne savait pas interpréter, alors il se détourna et observa la tombe. La fausse herbe qui recouvrait le sol en dessous avait l'air dure contre la terre dépouillée et les plaques de neige piétinées. Les fleurs formaient un contraste plus agréable, leurs couleurs vibrantes et joyeuses comme l'avait été Melissa.

— Je suis vraiment désolé de ne pas avoir été là, Melissa, chuchota-t-il, la voix cassée.

* * *

Rowe n'était pas chez lui. Snow ravala un juron et agrippa le volant, fixant la sombre maison à deux étages. Il était resté une heure de plus sous le froid glacial à Spring Grove, tel un gardien silencieux tandis que la famille de Melissa s'était réunie autour de la tombe pour faire son deuil. Mais il aurait dû partir, et suivre directement Rowe. Il avait besoin de le voir, de le regarder dans les yeux et de découvrir s'il restait quelque chose de l'homme heureux qu'était son ami. Il voulait lui poser des questions sur le SUV, parce que ça le rendait fou. Gratton qui se pointait, qui le poursuivait, lui, puis l'accident, tout ça en l'espace de peu de temps.

Une fois parti, il irait parler à Lucas, lui dirait ce qu'il devinait être en train de se passer. Son foutu cerveau était saturé par trop de Rowe, trop de Melissa. Il savait qu'il n'avait pas les idées claires. Lucas serait capable de donner un sens à tout ça, d'apaiser ses craintes.

L'obscurité familière s'installa en lui. Il voulait… quelque chose. Il aurait souhaité savoir quoi. Il avait essayé les applications de rencontre et, après un trou du cul de trop, avait décidé que ça ne fonctionnait pas pour lui. Les *scènes* ne lui plaisaient pas et il était foutrement hors de question de demander à Lucas de l'aider une nouvelle fois. C'est ce qu'il avait fait quelques mois plus tôt – lui avait demandé de l'aider à trouver quelqu'un qui aimait la brutalité – et il avait encore honte d'amener ses amis dans l'espace merdique qu'était parfois son esprit. Il avait passé les dernières années à garder ce côté de lui-même bien à l'abri. Depuis que Lucas l'avait poussé à se mettre en colère contre lui. Il était encore accablé par le regret, qui agissait telles des brûlures au quatrième degré sur son cœur, après cette expérience.

Mais la nuit précédente, il avait cédé. Il avait essayé cette stupide application une fois de plus. Il cherchait quelqu'un avec du répondant et l'avait trouvé. C'est drôle comme, parfois, les plus forts aimaient être bousculés. Celui-ci s'était battu pour la forme, mais il avait fini par lui donner quelques bleus qui l'avaient contrarié parce qu'il avait dû trouver une explication à la con au boulot. Et maintenant, à Lucas. Le pire dans tout ça, c'est qu'il n'avait rien retiré de cette rencontre, si ce n'était un orgasme et le goût rouillé de la honte qui persistait encore vingt-quatre heures plus tard. Il ignorait ce dont il avait besoin ces jours-ci, car il ne le trouvait pas dans ce qui, d'habitude, le sortait de son esprit pollué.

Ce baiser avec Jude lui vint à l'esprit et il l'écarta aussitôt. Cet homme le déconcertait d'une manière qui lui déplaisait.

Il fit un tour complet, avisant les autres maisons de deux étages avec leurs fenêtres éclairées, entourées d'érables, de chênes et de conifères. Quelques voitures bordaient la rue étroite et des chiens aboyaient dans les cours et les maisons. Aucun bruit de chien ne provenait de chez Rowe. Généralement, les aboiements de sa meute surpassaient ceux de tous les autres chiens. Il se servit de sa clé pour ouvrir la maison et entra le code de sécurité sur le panneau près de la porte.

L'air était plus frais qu'il n'aurait dû l'être, comme si Rowe avait mis le chauffage au minimum, juste pour empêcher la tuyauterie de geler. Il entra dans la cuisine, s'arrêtant au bruit du verre qui craqua sous sa chaussure. Il alluma la lumière et son cœur rata un autre battement. Le mur de mugs de Mel avait été mis en pièces. Elle les collectionnait depuis des années. De grandes tasses avec des dictons humoristiques. Rowe avait conçu une paroi dans la cuisine avec des rangées de crochets en fer. Elles étaient passées de marrantes à carrément dégoûtantes au fil du temps et elle les avait toutes aimées.

Un club de golf était posé par terre parmi les restes de l'humour de Mel.

Snow se frotta la nuque et ferma les yeux. Il avait l'impression que quelqu'un avait investi sa poitrine pour lui comprimer les poumons, car il manquait d'air.

Il avait l'estomac serré et une vague de chagrin le frappa de plein fouet et se propagea rapidement. Il marcha jusqu'au canapé et s'effondra, la tête entre les mains. Bon sang. Fixant aveuglément la table basse devant lui, encombrée de magazines usés et de télécommandes de l'équipement audiovisuel, son esprit dériva soudain vers les souvenirs de son père, alors que sa mère était mourante et qu'ils étaient trop pauvres et trop foutrement religieux pour lui apporter l'aide dont elle avait besoin. L'homme avait toujours été un grand buveur, mais cet été-là, il était carrément tombé dans une bouteille et n'en était jamais ressorti.

Pour autant qu'il le sache, il habitait toujours là, dans cette petite maison sombre de Collinsville, Oklahoma, bien que ce soit un miracle. Toujours en vie alors qu'il ne se nourrissait que de hot-dogs, de whisky bon marché et de versets bibliques. Encore à ce jour, Snow ne supportait pas l'odeur des hot-dogs frits et il n'en avait pas mangé depuis qu'il avait quitté son État d'origine.

Se maudissant lui-même et la vie en général, il se mit debout et se précipita vers la porte. Il fallait qu'il quitte cet endroit. Qu'il trouve Rowe. En sortant, son pied heurta quelque chose de dur et il trébucha. La lumière de l'intérieur éclaira le porche, illuminant la grosse pierre au beau milieu du chemin.

Une pierre qui n'était pas là quand il était entré.

Le regard de Snow fit le tour de la cour, à la recherche de tout signe de mouvement. Rien d'autre ne semblait avoir été déplacé, mais il ne pouvait se défaire du sentiment d'être observé. Les cheveux sur sa nuque étaient dressés. Quelque chose de sombre se recroquevillait péniblement dans son ventre. La lumière se refléta sur un objet partiellement dissimulé sous la roche. Il se pencha et arracha la photo.

Son estomac se retourna.

C'était une photo de Ian, endormi, à l'hôpital.

Il n'y avait qu'une seule personne suffisamment monstrueuse pour prendre cette photo et le narguer avec. Et comme ils avaient rarement laissé Ian seul, Gratton avait dû surveiller le jeune homme de près pour pouvoir le photographier. Il dormait. Complètement. Sans aucune putain de défense.

La fureur le frappa si fort qu'il ne parvenait plus à respirer. Il courut jusqu'à la limite de la cour et regarda frénétiquement des deux côtés de la rue. Une petite berline bleue arriva lentement, le conducteur le regardant en le dépassant. La voiture s'arrêta dans une allée trois maisons plus loin. Des chiens aboyaient dans différentes cours, mais pas plus agités les uns que les autres. Quelque chose bruissa sur sa gauche et il se retourna pour découvrir de lourdes touffes de neige tombant d'une haute branche.

Il sortit son téléphone et appela Lucas. Il jura lorsque son ami ne répondit pas et remit le téléphone dans sa poche. Gratton était trop malin pour indiquer sa position s'il était encore là, et Snow, à découvert, était une cible trop facile. Le cœur au bord des lèvres, il rentra dans la maison et verrouilla la porte. Il savait où Rowe avait placé son armoire à fusils et il connaissait la combinaison. Il se servit, les mains tremblant de fureur sans discontinuer. Car il était désormais certain que Dwight Gratton était responsable de l'accident.

* * *

Il était sept heures quand il s'introduisit dans l'appartement de Lucas et fronça les sourcils en trouvant le salon plongé dans l'obscurité. Ils avaient dû aller chez Ian ce soir-là au lieu du lendemain. Avant qu'il ne fasse demi-tour pour partir, un mouvement sur le balcon attira son attention. À travers la baie vitrée, il vit Andrei se retourner pour s'adosser à un muret. Lucas, allongé sur une chaise longue, leva un coin de la lourde couverture sous laquelle il était emmitouflé et lui fit signe de s'approcher. Snow se dissimula dans l'ombre et regarda le Roumain sourire et s'approcher pour se glisser sous la couverture et appuyer sa tête sur sa main. Lucas leva le bras pour caresser la mâchoire d'Andrei avant de le tirer vers lui. Ils commencèrent à s'embrasser. La neige avait cessé de tomber et le clair de lune baignait les zones ouvertes du balcon. Leur nid douillet était vierge de neige mais probablement encore sacrément froid. Snow ne comprenait pas pourquoi ils restaient dehors.

Mais son ami était amoureux et les gens amoureux faisaient des choses étranges.

Lucas ne le disait peut-être pas, mais Snow le connaissait mieux que quiconque. Sous la couverture, Andrei recouvrit le corps de Lucas du sien et, pour la première fois de la journée, Snow sourit. Il songea à rester pour les mater et voir jusqu'où ils iraient, mais il se remémora la photo et tout son amusement s'envola. Il se dirigea vers la baie vitrée et frappa, puis leur tourna le dos et se dirigea vers le placard à alcool. Quelques instants plus tard, la baie vitrée s'ouvrit derrière lui, envoyant un courant d'air froid. Les lumières s'allumèrent.

— Le Snow que je connais nous aurait permis d'aller beaucoup plus loin avant de nous avertir de sa présence, déclara Lucas derrière lui. Mais après aujourd'hui, je comprends.

— Il fait un peu froid pour baiser dehors, non ? demanda Snow en ouvrant le placard.

— Andrei a vraiment chaud à l'intérieur.

— Lucas ! s'exclama le Roumain en riant. Bordel de merde !

Snow grogna de surprise. En secouant la tête, il attrapa une bouteille de bourbon hors de prix et en versa trois verres sans poser de question. Il se retourna pour découvrir les deux hommes debout près du canapé où Lucas avait abandonné la couverture. Tous deux avaient les joues rouges à cause du froid et le pauvre Andrei avait une érection évidente, tendant son survêtement gris. Il croisa ses bras musclés, ne prenant pas la peine d'essayer de la cacher. Ses cheveux étaient un fouillis de boucles noires tout autour de son visage, ses lèvres gonflées par les baisers. Bon sang, Snow aurait été heureux de s'asseoir et de l'admirer, mais quand il se retourna vers Lucas, il dut ravaler un autre grognement. Lucas fixait Andrei comme s'il avait l'intention de le jeter par-dessus son épaule et de le porter en haut des escaliers.

Snow se sentit mal de les avoir interrompus, mais ce qu'il devait partager était tout simplement trop gros pour qu'il puisse attendre plus longtemps. Il s'éclaircit la gorge, versa une double dose à Lucas, puis lui tendit le verre. Il allait en avoir besoin. Lucas regarda dans sa direction, arquant simplement un sourcil interrogateur alors qu'il prenait le verre en étudiant le visage de Snow. Andrei aussi retrouva rapidement son sérieux, hochant la tête pour le remercier, et alla s'installer sur le canapé avec son bourbon. Lucas le suivit, une jambe pliée sous lui sur le coussin.

L'alcool brûla la gorge de Snow et il ferma les yeux un instant. Le fait de leur faire subir ça alors qu'ils venaient juste de mettre leur amie en terre lui semblait être la pire chose qu'il puisse faire. Jusqu'à ce qu'il pense à la menace. Dwight Gratton était un fou. Même si c'était Snow qui l'avait battu presque à mort, son expression, lorsqu'il se tenait au-dessus de Ian dans cette chambre de motel, avait laissé une empreinte marquée au fer rouge dans ses souvenirs. La folie était un mot trop faible pour décrire les couches de l'enfer qui vivaient en cet homme.

Il mit la main dans sa poche et en sortit la photo.

— Ce soir, je suis allé chez Rowe et, quand je suis ressorti, cette photo était sous une pierre, sous le porche.

Il se dirigea vers le canapé et la remit à Lucas.

Son ami fixa l'image.

— Je ne comprends pas.

— Je n'ai pas eu l'occasion de te le dire, mais tu te souviens de cette nuit-là, quand nous étions à Covington et que je suis parti tôt ? J'avais vu Dwight Gratton dans ce bar, annonça-t-il, avisant la main de Lucas d'un signe de tête. Je suis presque sûr qu'il a laissé ça pour que je le trouve ce soir.

Toute couleur quitta le visage de Lucas et il regarda de nouveau la photo.

— Oh non. Oh putain, non !

Andrei se redressa, les yeux écarquillés et les lèvres tordues sous la confusion et l'inquiétude.

Snow s'assit sur la chaise en face de la table basse.

— Il est de retour.

— Et il était à l'hôpital, dit Lucas, la voix à peine plus qu'un murmure avant qu'elle ne s'intensifie alors que la colère colorait ses joues. Il était là à un moment où nous n'y étions pas. Tu l'as vu à Covington ? C'est pour cette raison que tu as agi… que tu t'es enfui comme ça.

Il secoua la tête.

— J'ai cru que c'était en réaction à ce qui s'était passé entre Andrei et moi.

— Pourquoi aurais-je fait ça ? demanda Snow en fron-
çant les sourcils.

Lucas se contenta de hausser un sourcil avant de jeter un coup d'œil à la photo.

— Ça ne sent pas bon. Tu aurais dû nous en parler. C'était il y a une semaine ! Pourquoi tu ne me l'as pas dit ?

— J'avais prévu de le faire. Je l'ai poursuivi cette nuit-là, je suis retourné le traquer, et c'est la nuit où Ian et Melissa ont été percutés. Depuis lors… tout a foiré. Je l'ai tout simplement oublié. Après avoir vu cette photo ce soir, je pense… non, je *sais* qu'il était derrière l'accident. Seulement, je ne pense pas qu'il en avait après Ian et Melissa.

Lucas montra la photo.

— Oh, il en a définitivement après Ian.

— Ce que je veux dire, c'est qu'ils n'étaient pas censés être dans cette voiture. Dans le 4x4 de Rowe.

En laissant tomber la photo, Lucas attrapa son verre et le vida. Il se leva et marcha jusqu'au bar pour s'en servir un autre.

— Il faut mettre la main sur Rowe. Il faut prévenir l'infirmier que j'ai engagé, lui dire que Ian et lui doivent rester enfermés. L'infirmier est imposant, donc il pourra probablement veiller sur Ian, mais nous devons vous mettre tous les deux sous la protection d'un garde du corps.

— Je ne suis pas inquiet pour moi, répondit Snow quand il se retourna pour le fixer. Tu sais où est Rowe ?

Lucas secoua la tête avant d'attraper la bouteille de bourbon et de retourner vers le canapé.

— Non, mais il a envoyé un SMS pour dire qu'il avait pris les chiens et quitté la ville. Qu'il avait besoin de temps.

Snow ne pouvait pas lui en vouloir. Il aurait fait pareil.

— Il sera probablement en sécurité dans ce cas, parce qu'on est sûrs que Gratton est ici. Cette photo n'était pas sous le porche quand je suis entré chez Rowe ce soir.

— Ce qui veut dire qu'il était là en même temps que toi.

Lucas posa la bouteille sur la table et se retourna pour regarder Andrei.

— Dwight Gratton est quelqu'un de notre passé qui n'est pas supposé être en ville. Il est dangereux. Il travaillait pour Boris Jagger – c'était son bras droit, en fait. Un homme de main qui ne se souciait pas d'avoir du sang sur les mains.

Andrei haussa ses sourcils sombres mais ne dit rien. Tous les habitants du coin savaient qui était Boris Jagger.

— Nous devons parler à Jagger, dit Lucas.

— Pas question, répondit Snow en secouant la tête. Il est revenu sur notre accord et nous devons savoir pourquoi, pas y aller à l'aveuglette. Pas avec lui. Nous avons coupé les ponts après qu'il a appris ce que nous avions fait à lui et ses hommes. C'était tout ce qu'on pouvait faire pour empêcher Rowe de nous emmener avec Ian sur la côte Ouest.

Il se pencha en avant, posant ses coudes sur ses genoux.

— Je me disais qu'on pourrait peut-être mettre Gidget sur le coup.

— Bonne idée.

Lucas observa à nouveau la photo. Il repoussa son verre sans s'en verser un autre.

— Andrei et moi allons chez Ian ce soir. Boire de trop, dit-il en mimant des guillemets. Et finir par s'effondrer dans sa chambre d'amis.

— Tu ne vas pas lui parler de Gratton, n'est-ce pas ? demanda Snow en se levant et en attrapant son manteau.

— Pas encore. Il est coincé dans ce foutu plâtre. Je ne veux pas qu'il panique, mais il va comprendre qu'il se passe quelque chose quand on lui assignera un garde du corps. Je le lui dirai à ce moment-là.

Lucas fronça les sourcils dans sa direction.

— On devrait appeler les flics ? demanda Andrei, attirant les regards de Lucas et de Snow.

— Non.

Snow attendit que Lucas continue, mais il se tut. Il se contenta de fixer Andrei, son expression froide et distante, comme si un mur s'était élevé entre l'amant de Lucas et son passé.

— Nous n'avons aucune preuve et cela va soulever beaucoup de questions gênantes, expliqua Snow.

Andrei sourit, apaisant ainsi une partie de la tension qui s'était accumulée dans l'air.

— Je comprends, mais au moins l'un de nous devait le suggérer.

— Où vas-tu ? demanda Lucas, en faisant un signe de tête au manteau que Snow serrait entre ses poings.

— Chez moi. Ne t'inquiète pas, je suis armé, et Rowe a mis en place un système de sécurité monstrueux chez moi pour que tout aille bien.

Lucas ferma les yeux, comme s'il voulait argumenter, mais, heureusement, il ne le fit pas. Snow s'attendait à se retrouver pris en filature rapidement.

Andrei se mit debout et rejoignit Lucas.

— Nous sommes un peu à court de personnel, Rowe est parti et c'est moi qui dirige le bureau, mais Sven, le nouveau que je viens d'embaucher, a bientôt terminé sa mission, dit Andrei. Je vais rester dans les parages de Ian jusqu'à ce que je puisse mettre Sven en place. Je me suis battu avec lui. Il est doué.

Lucas chiffonna la photo dans son poing.

— Snow, je n'aime pas l'idée que tu rentres seul à la maison. Ou n'importe quel endroit qui risque de te couvrir de davantage d'ecchymoses.

Son regard inquiet transperça Snow.

— Reste ici, ou mieux encore, viens avec nous chez Ian. Nous devions être tous ensemble ce soir de toute façon.

Snow secoua la tête.

— J'ai promis de remplacer quelqu'un et de commencer tôt. Je rentre à la maison.

Son ton ne laissait aucune place à l'argumentation et il se fichait de voir Lucas afficher un rictus de contrariété. Il espérait également que Lucas ne se rende pas compte qu'il mentait. Snow avait une idée.

Gratton les aimait jeunes et Snow était hors-jeu depuis trop longtemps pour savoir où se trouvait le point chaud actuel pour les appâts – ce qu'il n'avait d'ailleurs jamais fréquenté car il n'avait jamais été attiré par les jeunes hommes. Mais il connaissait un endroit où il pourrait le découvrir. Dans le bar gay le plus populaire de la ville, il y avait toujours quelqu'un qui connaissait l'underground.

Chapitre 7

— Tu sais, je ne m'attendais pas à ce que cette soirée devienne encore plus marrante.

Rebecca sourit, prit une gorgée de son vin et se pencha sur sa chaise avec un énorme soupir que Jude vit plus qu'il ne l'entendit. De la musique forte se répandait dans l'air et des lumières clignotaient sur ses traits. Le Dock était bondé ce soir – comme toujours. C'était seulement la troisième fois qu'il venait ici.

Elle se pencha davantage, ses longs cheveux balayant la table entre eux.

— Les femmes doivent savoir ce qu'est un bar gay. Il y a encore plus d'hommes canon et musclés que je n'en ai jamais vu réunis devant un gymnase. En train de danser et de s'embrasser dans tous les coins. Je pourrais passer mon temps ici.

Jude devait admettre que ce qu'il voyait était sacrément fantastique, même s'il n'était généralement pas fan de ces grands clubs bruyants. Il préférait les lieux plus petits et plus intimes. Il préférait les relations aux corps-à-corps anonymes. Raison pour laquelle il n'avait pas baisé depuis plus de six mois. Il n'avait même pas appelé son ami Shane – son unique sex-friend – depuis tout ce temps.

— Je veux lécher la sueur de celui-là, déclara Rebecca en pointant du doigt un type, puis un autre. Et celui-là. Ohhhh… et celui-là.

Jude suivit son doigt et dut admettre qu'elle avait bon goût, surtout quand elle avisa un homme qui tournoyait sur la piste de danse, son débardeur mettant en valeur des épaules larges et musclées, une peau noire luisante de sueur. L'homme croisa le regard de Jude et sourit, ce qui était clairement une invitation. Son sourire était également doux, le genre de sourire qui aurait dû l'attirer, si différent de l'attitude du médecin. En soupirant, il se retourna vers Rebecca. Il n'était pas dans sa nature d'aller voir ailleurs une fois qu'il était intéressé par quelqu'un et, cette fois, il était complètement piégé. Bon sang.

— Comment ça, la soirée ne pouvait pas devenir plus amusante ?

Elle ne lui prêta aucune attention. Il attendit, souriant, tandis qu'il observait son amie se perdre dans ses fantasmes de léchage. Certaines personnes seraient sans doute d'accord pour la laisser faire – surtout les femmes, mais elle n'avait aucune chance d'arriver à ses fins avec les hommes qu'elle convoitait. Elle finit par reporter son attention sur lui, ses yeux brillants reflétant les lumières stroboscopiques.

— Parce que…

Elle se tut, puis avala une gorgée de son verre.

— Les choses vont devenir très intéressantes maintenant que le chirurgien général est là. J'ai hâte de le voir en action. Tu parles d'un canon. Tu crois qu'il se contente de pointer du doigt et de donner des ordres aux hommes dans une chambre comme il le fait à l'hôpital ? demanda-t-elle en frissonnant.

Jude dut se faire violence pour ne pas montrer davantage qu'un léger intérêt lorsqu'il se retourna sur son siège. L'épaisse foule l'empêchait de voir, mais il patienta et dut ravaler sa langue lorsque Snow apparut. Il en resta bouche bée.

— Bordel de merde, souffla-t-il.

Rebecca, qui était suffisamment près pour lire sur ses lèvres, gloussa.

— Comme tu dis. Je savais que ce type était magnifique, mais quand il met ce genre de fringues qui mettent son corps en valeur, il est incroyable. Et c'est évident qu'il est ici pour s'envoyer en l'air.

Elle se pencha plus près.

— Et regarde toute cette testostérone qui commence à se rassembler autour de lui. Ça va être génial.

Doc Frost ne portait rien d'autre qu'un jean délavé et un tee-shirt bleu ajusté de la même couleur que ses yeux et qui faisait briller le blanc de ses cheveux. Décontracté. Simple. Les longs muscles déliés de ce corps aux épaules larges étaient parfaitement mis en valeur. Ses cheveux étaient savamment ébouriffés. Il avait l'air plus jeune, habillé comme ça. Il se promenait dans la foule, l'expression féroce comme d'habitude, ses intentions évidentes.

Oui, le général voulait s'envoyer en l'air.

Snow se pencha par-dessus le comptoir du bar tandis que le barman lui parlait, et Jude déglutit en découvrant la façon dont son jean moulait son cul bombé. Il en avait déjà eu un aperçu auparavant, mais habituellement, sa longue blouse de médecin couvrait tout. Ce qui était dommage. Il observa Snow poser une question au barman, sa main remontant jusqu'à sa joue comme pour montrer quelque chose sur son visage. Ou sur celui d'une autre personne. Cherchait-il quelqu'un ?

Le barman pointa vers l'arrière du bar et Snow hocha la tête d'un geste brusque. Il s'éloigna du bar et traversa la foule, s'éloignant du champ de vision de Jude, qui combattit l'envie de se pencher en avant pour pouvoir continuer à l'observer. Rebecca, elle, n'hésita pas et faillit glisser de son siège en s'étirant.

— Merde ! Cet homme est super bien foutu !

Elle se redressa, attrapa sa boisson.

— J'aime sa façon de marcher. Avec cet air prédateur. S'il n'était pas gay, je serais en train de ramper sur son corps comme un singe-araignée, déclara-t-elle avant de siroter son verre. Ce qui m'amène à cette question. Qu'est-ce que tu attends ?

Jude arrêta de grincer des dents assez longtemps pour terminer son verre, essayant de ne pas penser à Snow en train de ramasser un inconnu alors que lui était plus que disposé à l'accueillir dans son propre lit. Simplement, il n'avait pas l'intention de courir après Snow avec Rebecca qui le surveillait.

À peine dix minutes s'écoulèrent avant que Snow ne revienne au bar, seul. Son expression était toujours aussi froide alors qu'il se penchait par-dessus le comptoir, parlant à nouveau au barman. Cette fois, Snow tendit la main et lui donna quelque chose, mais cela ne ressemblait pas à de l'argent ni même à une carte de crédit. Avait-il donné son numéro de téléphone au barman ?

Un gamin blond s'approcha derrière Snow, bloquant la vue de Jude, et une irritation soudaine le submergea lorsque le médecin se retourna et que le gosse glissa ses mains sous son tee-shirt.

— Wow, s'exclama Rebecca en rapprochant son siège de celui de Jude pour ne pas avoir à crier. Regarde son estomac. Il a ce V parfait qui descend sur ses hanches, comme toi. Merde, il faut vraiment que je commence à traîner dans les bars où j'ai peut-être une chance.

Elle appuya son menton sur son poing.

— Qui aurait cru qu'il ressemblait à ça sous ses vêtements ?

Jude le savait, parce qu'il observait cet homme. Constamment. Il regardait ce corps tonique et époustouflant se mouvoir, et lorsqu'on aimait les formes masculines autant que lui, on discernait les signes. En plus, il s'était frotté à lui cette nuit-là dans le parking. La nuit précédant la mort de l'amie de Snow.

Il fronça les sourcils lorsqu'il comprit ce qui clochait chez le médecin ce soir – plus que l'arrogance piquante habituelle. Son visage était fermé, comme si Snow serrait les dents et que ses mains s'ouvraient et se fermaient à ses côtés. On aurait dit qu'il était sur le fil du rasoir et prêt à se battre.

Putain, est-ce que les funérailles avaient eu lieu aujourd'hui ?

— Il y a tellement de mecs ici, avec des vêtements si serrés qu'ils ont probablement du mal à respirer, et cet homme porte son jean ample et bas, fredonna-t-elle d'un air appréciateur. Et il sait exactement à quel point il est fantastique dedans.

Jude le fixa du regard, à la fois inquiet de l'état d'esprit de l'homme, et excité par la façon dont le jean tombait sur ses hanches. Il s'imaginait glisser ses mains à l'intérieur, agripper ses fesses. Le jean glisserait de ses jambes si facilement. Il se demandait à quel point le corps de Snow était poilu.

Rebecca rit.

— Ce gamin l'énerve, mais je dois dire que j'apprécie le spectacle.

Jude l'écoutait à peine, perdu dans son fantasme de déshabiller le docteur sexy alors même qu'il le regardait se défendre contre le blondinet. Snow fronça les sourcils avec férocité devant le garçon délicat qui ne semblait même pas être suffisamment âgé pour être là et qui avait manifestement les mains baladeuses. Le médecin l'obligea à le lâcher, mais les mains revinrent vite, cette fois en soulevant la chemise bien haut et en donnant à tous les hommes autour de lui un aperçu de ce ventre parfait.

La chaleur envahit Jude si vite et si fort qu'il sauta du tabouret avant même de réaliser ce qu'il faisait.

— Je reviens tout de suite.

— Enfin ! Est-ce que je vais pouvoir te voir en action ?

— Oui, tu vas pouvoir, murmura-t-il, mais il savait qu'il était impossible que Rebecca l'ait entendu à cause de la musique.

Il se tourna vers Snow et vit qu'un géant s'était approché de lui. Le médecin lui offrit un sourire démoniaque. La luxure s'empara de Jude et le tira dans cette direction comme s'il était attaché par un fil. Il n'avait jamais vu cette expression particulière sur le visage du général.

Et il voulait qu'elle lui soit adressée. À lui seul.

Le petit blond se mit devant le grand gaillard et lui jeta un regard noir. Jude ne pouvait voir que le dos du géant, mais le gamin était parfaitement visible. Il n'était qu'une petite chose délicate, avec des traits fins et des cheveux platine. Il dit quelque chose au grand type qui serra ses mains en poings, carrant les épaules. Il attrapa le gosse et l'écarta du chemin.

Ce qui se passa ensuite était un accident – même Jude, toujours de l'autre côté de la pièce, le comprit –, car la hanche du gamin frappa le comptoir trop fort.

Le blondinet poussa un cri et Snow se tourna lentement vers lui, une fureur sombre, violente, apparaissant sur ses traits. Il grogna et poussa le géant.

Dans la seconde qui suivit, un énorme poing bien charnu attrapa le docteur par le tee-shirt.

Les corps surgirent autour d'eux, certains se précipitaient pour arrêter le combat, et d'autres pour l'encourager.

L'alarme se déclencha dans la tête de Jude qui poussa le groupe de personnes qui avaient vu la scène et se rassemblaient pour regarder. Il se demanda pourquoi les putains de videurs n'étaient pas encore là, mais il sut qu'il ne pourrait pas atteindre Snow et l'autre trou du cul avant que tout ne parte en vrille. Dans le laps de temps qu'il lui fallut pour rejoindre le médecin, ce dernier perdit la tête. Il frappa le géant au visage, puis s'éloigna rapidement du comptoir.

Pas suffisamment vite, car un poing s'écrasa sur son épaule. La force le fit tournoyer vers le bar. Le jeune blond essaya une nouvelle fois de s'interposer.

Mais une fois de plus, le géant ne lui prêta aucune attention, et son coude frappa le gamin dans le nez alors qu'il armait son poing vers Snow.

Le médecin fixa le sang qui coulait, puis grogna et enfonça son épaule dans la poitrine du type, dont le dos percuta le comptoir suffisamment fort pour faire trembler verres et bouteilles. Le barman cria et recula, comme s'il cherchait à prendre de l'élan pour s'élancer par-dessus le bar afin de séparer les deux hommes.

D'autres personnes se précipitèrent pour tenter d'arrêter le combat. Jude se fraya un chemin à travers le petit groupe.

— Putain, Snow !

Il s'arrêta devant le médecin, l'attrapa par le bras et lui hurla au visage.

— Snow !

Ce dernier cligna des yeux en haletant, et Jude eut de nouveau l'impression qu'il était sur le fil du rasoir. Il fallait qu'il le sorte de là.

Il regarda par-dessus son épaule le type que Snow avait frappé. Il arborait un visage furieux ainsi qu'un hématome rouge vif sur la joue.

— Écoute, dit-il au type, gardant la voix aussi basse que possible avec la foule et la musique forte. Il a enterré quelqu'un qu'il aimait aujourd'hui.

L'expression du type ne s'adoucit pas.

— Ça n'excuse pas le fait qu'il soit un connard.

— Non, ça ne l'excuse pas. Mais peut-être que tu devrais faire attention avec les petits gars comme lui, répondit Jude en avisant le blond d'un signe de tête. Et peut-être que tu devrais simplement laisser tomber. Le docteur ici présent n'avait pas l'intention de t'aplatir le visage.

— Bien sûr que si, marmonna Snow.

Jude resserra sa prise sur le bras de Snow et le tourna vers le blondinet.

— Regarde le visage du gamin.

Il jeta un coup d'œil au type massif, s'attendant à ce que cela dégénère une nouvelle fois, mais le mec fixait le gamin, le visage empli de remords, puis il disparut dans la foule. Jude se retourna vers le blondinet.

— Je suis Geoffrey, se présenta-t-il, la voix étouffée par les serviettes de table qu'on lui avait glissées sous le nez.

— Vas-tu l'ausculter, doc ? demanda Jude en haussant un sourcil.

Le barman les fixa tous les deux avec insistance, tandis que des hommes plus musclés, portant des tee-shirts noirs avec le logo du Dock sur le torse, s'attardaient dans la foule qui se dispersait rapidement.

Snow respirait fort et regardait Jude comme s'il était celui qui avait tout gâché. Pour une raison quelconque, son corps réagit et Jude ne fit rien pour le dissimuler. Au lieu de cela, il fit exactement ce qu'il avait fait sur le parking quand Snow avait dit qu'ils ne s'embrasseraient plus. Il sourit et enroula sa main autour du biceps de Snow.

Geoffrey émit un bruit étranglé, observa sa main, puis descendit vers l'excitation évidente de Jude.

— Mais j'ai trouvé Snow en premier, se plaignit-il.

Jude ne sut que répondre à cela. Il regarda fixement Snow pour voir comment il réagissait. Peut-être que ce gamin lui plaisait. Geoffrey connaissait le surnom de Snow et l'avait prononcé d'une manière familière. Jude fronça les sourcils. Le doc les aimait-il si jeunes ?

— Il a vingt-six ans, cracha Snow. Arrête d'avoir l'air si dégoûté.

— Toi et lui ? demanda Jude, toujours surpris et légèrement alarmé, car si c'était ce que le docteur aimait, il n'avait aucune chance.

Il était plus grand, plus basané, et bien qu'il n'ait que quatre ans de plus que Geoffrey, il paraissait bien plus vieux. Et Geoffrey était beaucoup plus beau. Si on aimait les visages blonds avec un air de lutin. Ou les hommes qui ressemblaient à des mineurs.

— Bien sûr que non !

Geoffrey grogna soudain et leva les mains, jetant ses serviettes ensanglantées dans la foule.

— Bien sûr que non ? dit-il en émettant un grognement sacrément mignon. Jamais je n'ai eu à galérer autant pour me taper quelqu'un.

Jude voulait bien le croire. Le gamin était magnifique. Il semblait également gentil, alors Jude n'avait pas envie de le blesser.

— Désolé. Le docteur et moi avons un problème.

— Vraiment ?

Snow libéra son bras, le fixa l'espace d'un instant, puis alla voir Geoffrey et toucha doucement son nez. Ce dernier ferma les yeux et se pencha vers Snow, même si cela devait lui faire mal. Jude discernait beaucoup de désir refoulé dans ce mouvement et, une fois de plus, il se sentit désolé pour le petit bonhomme. Il comprenait. Lui aussi voulait sentir les mains du médecin sur lui.

— Ce n'est pas cassé, dit Snow. Mais tu devrais mettre de la glace pour arrêter le gonflement. Toutes les quinze à vingt minutes.

Geoffrey cligna des yeux vers Snow et le sourire aimable qu'il lui offrit fit palpiter encore davantage la queue déjà dure de Jude. Il y avait des couches dissimulées à l'intérieur du docteur, des couches profondes, et Jude était déterminé à se voir offrir le même sourire. En fait, il voulait tous ses sourires.

Mais Snow se retourna vers lui et toute cette fureur à peine contenue revint avec force. Il essaya de passer devant Jude qui agrippa de nouveau son bras.

Il tenta de se libérer, mais Jude ne le lâcha pas. Entre sa détermination et ses entraînements, il savait qu'il avait suffisamment de force pour retenir le médecin. Il tira le général pour lui faire face, appréciant qu'ils soient de taille suffisamment similaire pour le regarder droit dans les yeux.

— Calme-toi, putain. Je sais que tu souffres, mais ce n'est pas une raison pour t'en prendre à n'importe qui.

En secouant la tête, il continua de le tenir fermement et se fraya un chemin à travers la foule jusqu'à la table où Rebecca était assise, bouche bée. Ils étaient venus séparément, mais il la raccompagnait toujours à sa voiture avant de rentrer chez lui.

— Tu es prête à partir ?

Elle acquiesça.

— Ça te dérange de rentrer seule, ce soir ? Je ne t'ai jamais laissée sortir seule, avant.

Elle ferma la bouche et hocha la tête, ses yeux lui posant un million de questions.

— Je suis une grande fille qui peut conduire sa propre voiture. Je sais où insérer la clé et tout.

Il aurait bien souri, mais la colère que Snow accumulait se répercutait telle une vague de chaleur contre son dos. Le médecin enfonça ses doigts dans la main de Jude et essaya de libérer son bras.

— On se voit demain, dit Jude à Rebecca alors qu'il se retournait et s'éloignait, le médecin à ses côtés.

Il ouvrit la porte et grogna de frustration lorsqu'il se heurta à un rideau de pluie glacée.

— Merde !

— Je ne sais pas quel est ton problème, mais tu n'as pas arrêté de me courir après dernièrement, Torres. J'en ai assez.

— Crois-moi, tu n'en as pas assez.

En jurant, Jude tira l'homme dans la rue jusqu'à ce qu'il aperçoive une ruelle sombre. La pluie s'abattait sur eux, mais il n'en avait rien à foutre.

— Il semble que je vais devoir trouver un meilleur moyen de te faire taire.

Il avança jusqu'à un coin dans l'ombre, à l'abri de la pluie, se retourna et poussa Snow contre les briques.

— Tu es un enfoiré dominant, murmura Snow, l'air énervé, mais légèrement amusé.

Jude ne manqua pas de remarquer une certaine curiosité dans sa voix.

— Tu ne te bats pas contre moi.

Jude ramena les deux mains sur son front pour repousser ses cheveux trempés et lécha la pluie sur ses lèvres. Merde, il faisait froid. La pluie se déversait au-dessus d'eux, créant un drap gris derrière lui, les enfermant dans une bulle. Cela aurait presque pu être confortable et intime.

Les iris bleu clair de Snow reflétaient le minuscule éclat de lumière qui pénétrait dans l'allée alors que son regard se posait brièvement sur la bouche de Jude avant de revenir vers ses yeux.

— Pourquoi t'es-tu interposé ? Dans le bar ?

— Tu es un idiot, mais tu es aussi un chirurgien.

Il leva la main de Snow, la pluie liant les paumes de leurs mains. Il la retourna.

— Non seulement tabasser ce type pourrait nuire à ton travail, mais ça pourrait aussi abîmer tes mains. Qu'est-ce que tu cherchais là-dedans ?

Snow libéra sa main.

— Ce ne sont pas tes affaires.

Il détourna les yeux, comme s'il n'était plus capable de soutenir le regard de Jude.

— Je veux en faire mon affaire. Tu as besoin de quelque chose ? Laisse-moi te le donner.

— J'essaie de trouver quelqu'un. Tu ne peux pas m'aider.

— Oh, je pense que je le peux.

Snow le repoussa.

— Non. Merde. Pas comme ça. Et tu n'as aucune idée de ce que tu me demandes.

— Alors explique-moi.

— On travaille au même endroit, continua Snow, esquivant la question.

— Et alors ?

— Et alors ?

Avec un grognement, Snow l'attrapa et échangea leur position, plaquant Jude face contre le mur. Son menton faillit heurter la brique mouillée, mais il réussit à amortir le choc de sa main. Le médecin s'appuya contre lui, le torse plaqué contre son dos tandis que sa queue s'enfonçait dans son cul. Jude faillit gémir tout en résistant à l'envie de se frotter contre l'érection qu'il sentait sous le jean de Snow. Ce dernier se pencha vers son oreille, et son souffle chaud le fit frissonner.

— Dis-moi quelque chose, Jude. Tu aimes crier ?

La main de Snow serra son épaule alors qu'il poussait à nouveau son sexe contre les fesses de Jude.

— J'aime les hommes qui veulent être maintenus au sol, qui sont prêts à tout abandonner juste pour sentir ma bite au fond de leur cul. J'aime les actes brutaux, Jude. Et toi ?

Ses paroles sonnaient faux. Jude avait connu des hommes qui aimaient la douleur, comme son ex, Brian. Il sourit.

— Tu racontes de la merde. Je crois que tu mélanges tout. C'est ce que tu cherchais là-dedans avec ce géant ? Une bagarre ? La douleur ?

— Pour qui tu te prends ? Ne me dis pas…

Profitant de la confusion de Snow, Jude se détacha du mur, repoussant le médecin qui perdit l'équilibre. Il se retourna, saisit les bras de Snow et les ramena devant lui.

— C'est quoi ton problème ?

Snow ricana. Mais encore une fois, il ne se défendit pas. Il semblait dans l'expectative, l'observant avec un regard laissant apparaître quelque chose de nouveau, de spéculatif. La pluie continuait à les frapper malgré l'auvent, plaquant le tee-shirt bleu clair de Snow et dessinant chaque muscle. Jude pouvait voir que ses tétons avaient durci sous le froid glacial, mais tout ce qui se trouvait en dessous restait dans l'ombre. Il souhaitait plus de lumière.

Il enroula une main autour de la gorge de Snow. Les yeux bleu acier s'élargirent lorsqu'il appuya son pouce juste sous l'oreille du médecin. Le bruit qui sortit alors de la bouche de Snow n'était ni de la colère ni de la peur. Non. C'était une excitation brute et incontrôlable. Sous le choc, un frisson se répandit le long de la colonne vertébrale de Jude. Il plissa les yeux, étudiant la façon dont l'autre homme haletait, l'évasement de ses narines. À cet instant, ses yeux bleus étaient tout sauf froids.

— Tu n'as pas envie de me faire crier, si ?

Jude resserra sa main sur la gorge de Snow et la remonta, le soumettant totalement à son contrôle. Il ondula ses hanches, frottant sa verge dure contre l'entrejambe de Snow. La tension monta d'un cran, s'ils ne s'étaient pas trouvés dans un lieu public et s'il n'avait pas eu l'impression de nager en plein pôle Nord, Jude se serait mis à genoux. Il imaginait parfaitement la chaleur de Snow glisser dans sa bouche. Sa gorge.

— Tu penses savoir ce que tu veux, mais ce n'est pas le cas.

Les yeux de Snow papillonnèrent, se fermant presque.

Jude se pencha et frotta son nez le long de la légère barbe de la mâchoire carrée de l'autre homme jusqu'à ce que sa bouche soit juste à côté de son oreille. Il lécha l'eau sur sa peau.

— Tu sais ce que je pense ?

Jude baissa la voix et se pencha davantage, jusqu'à ce que ses lèvres atterrissent près de l'oreille du médecin.

— Je pense que tu as tout faux. Je pense que tu ne comprends même pas ce dont tu as besoin. Ce n'est pas vraiment la douleur, pas vrai ?

Snow ne répondit pas, mais il commença à haleter alors que la pluie tombait sur son visage. Jude attendit, sans bouger ni le toucher plus qu'il ne le faisait déjà. Il se contenta de le fixer tandis que les émotions traversaient le regard du médecin, lui donnant l'impression d'y voir défiler des diapositives. Certaines des choses qu'il vit le transpercèrent ; principalement la peur.

Cette peur l'arrêta dans son élan.

Jude lâcha prise et recula.

— Allez, Snow. Je suis gelé et je sais que toi aussi. J'habite juste en bas de la rue. Séchons-nous et réchauffons-nous. Tu pourras me raconter ce qui se passe.

Snow se contenta de le fixer, respirant toujours fort, et, tandis que Jude le regardait, un voile recouvrit ses émotions et son expression s'adoucit. Il continua tout de même de l'observer et Jude attendit patiemment que l'autre homme décide s'il pouvait lui faire confiance ou non.

Il était évident que c'était ce qui lui passait par la tête. Pas faire confiance physiquement, mais s'ouvrir, partager ses soucis. Quoi qu'il en soit, Jude avait le sentiment que c'était plus qu'une évidence.

— Tu cherchais quelqu'un là-dedans, n'est-ce pas ?

Snow frissonna et essuya son visage pour en chasser l'eau.

— Pas pour baiser.

— Celui que tu cherches a-t-il quelque chose à voir avec la mort de ton amie ?

Les épaules du médecin s'affaissèrent et il détourna le regard. Un autre violent frisson l'enveloppa. Jude secoua la tête et saisit à nouveau le bras de Snow.

— Allez, viens. On va aller chez moi et se réchauffer.

L'autre homme resta silencieux pendant ce qui sembla être une éternité. Le froid et la pluie commençaient à agacer Jude et il fronça les sourcils.

— D'accord, oui, allons-y, finit par répondre Snow en hochant la tête. Mais j'ai découvert quelque chose là-dedans et j'ai besoin d'aide. Ce soir. Tu as le temps ?

Jude essuya de nouveau la pluie sur son visage et le fixa.

— C'est quelque chose de dangereux ?

— Absolument.

— Et c'est quelque chose que tu feras tout seul si je ne t'aide pas ?

Snow acquiesça.

— Alors c'est d'accord. Je vais t'aider.

En secouant la tête, il sortit de l'allée et se dirigea vers son domicile. Il avait le sentiment que ce que Snow allait lui demander serait quelque chose qu'il regretterait. Mais il n'était pas question qu'il le laisse partir seul nulle part. Pas alors qu'il venait d'enterrer son amie et qu'il semblait avoir tant envie de se battre.

Chapitre 8

Lucas allait le tuer quand il découvrirait qu'il était parti à la recherche de Gratton à Southgate House. La boîte de nuit/salle de concert n'avait jamais été liée à Jagger, mais l'endroit jouissait d'une certaine réputation impliquant des transactions louches et des pièces secrètes. Bien sûr, la rumeur disait que la plupart des habitants de Newport, dans le Kentucky, avaient affaire avec la mafia depuis les années 1920. Près d'un siècle plus tard, la région ne s'était pas encore débarrassée de ce lourd fardeau, même si elle accueillait à présent des restaurants branchés, des boîtes de nuit tape-à-l'œil et des bars pour hipsters. Et ce gamin à l'arrière du Dock lui avait dit ce qui avait lieu à cet endroit ce jour même.

Se glissant hors de la voiture, Snow posa sa veste de costume Tom Ford sur ses épaules et toucha sa cravate, s'assurant qu'elle était bien en place. Il adorait ce costume, la matière soyeuse et la façon dont elle l'enveloppait sans qu'il se sente confiné. C'était également le dernier costume que Ian l'avait aidé à choisir. Il s'était plaint du prix à l'époque, mais Ian n'avait pas tort. Il vivait comme un ermite la plupart du temps. Il pouvait se permettre de faire des folies de temps en temps.

Heureusement, il avait laissé le costume accroché à l'arrière de sa voiture après son dernier passage chez le teinturier. Il était allé avec Jude chez lui – un petit studio au-dessus d'un magasin de cigares – et, pour une raison quelconque, lui avait confié le plan fou de la soirée. Au moins, il n'y allait pas tout seul, bien que le fait de mettre Jude en danger crée une douleur inhabituelle dans son estomac. Ils avaient pris le temps de se sécher et de se changer, Jude enfilant aussi un costume.

Alors que Snow appuyait sur son porte-clés pour verrouiller les portes de la voiture, il regarda Jude qui se tenait de l'autre côté du véhicule et sentit sa queue palpiter tandis qu'il l'observait ajuster sa veste marine. Avec ses cheveux foncés, ses yeux bruns et sa barbe taillée, il ressemblait à un playboy européen venu s'encanailler dans les collines du Kentucky... ou peut-être qu'il ressemblait simplement à un homme tête brûlée en quête d'un divertissement illégal.

Si son plan était de se débarrasser de ce qu'il ressentait pour Jude, il était en train de commettre une terrible erreur. Mais il savait qu'entrer seul dans cet endroit serait une erreur encore plus grande. Lucas ou Rowe auraient été ses premiers choix pour ce genre de folie, mais Rowe avait disparu et Lucas aurait clairement dit non.

Snow n'était pas d'humeur pour un non.

— As-tu quelque chose à me dire avant qu'on y aille ? s'enquit Jude alors que Snow contournait la voiture et commençait à traverser le parking en direction de la route principale sur laquelle se trouvait le quartier des spectacles de Newport Levee.

— Garde ta bouche fermée et tes yeux ouverts.

Snow serra les poings en repoussant une autre vague de doutes. Jude était un homme bon. Un homme honnête et décent. À quoi pensait-il en le traînant dans cet endroit ? Fronçant les sourcils, il jeta un coup d'œil par-dessus son épaule vers l'autre homme et ralentit le pas.

— Putain, n'y pense même pas, Snow. Je ne te laisserai pas faire ça tout seul.

Un sourire réticent étira un coin de sa bouche et Snow tourna son regard vers le trottoir baigné de lumières. Bien que ce soit la mi-janvier, de petits groupes de personnes blotties les unes contre les autres se précipitaient d'un bar ou d'un restaurant à l'autre.

— Je n'arrive pas à croire que ça se passe à Southgate House, murmura Jude lorsqu'ils se retrouvèrent seuls sur le trottoir. J'ai vu tellement de groupes locaux ici, jamais je n'aurais pensé qu'il puisse se passer ce genre de choses.

Snow se mordit la langue, ravalant le commentaire sarcastique qui menaçait de lui échapper. Quand Lucas, Rowe et lui étaient arrivés dans la région, ils avaient passé beaucoup trop de temps à évoluer dans le côté miteux de la ville, afin de lui permettre de se perdre l'espace de quelques heures alors que l'obscurité rongeait son cerveau. Merde, il savait qu'une grande partie de la ville avait un côté moche qu'elle cachait à la population de la classe moyenne. Et, l'espace d'un instant, il se sentit sale de le partager avec Jude. Mais ce sentiment ne dura pas longtemps. Si cela signifiait arrêter Gratton, garder Ian en sécurité, alors Jude pouvait bien passer une heure à patauger dans la boue.

— Cet endroit est spécialisé dans la location de jeunes garçons, expliqua Snow en reprenant son rythme.

Heureusement, la pluie avait cessé, mais le vent d'hiver traversait la rivière Ohio, charriant juste assez d'humidité pour mouiller ses vêtements. Il aurait dû prendre son manteau dans sa voiture, mais il ne voulait pas le laisser au vestiaire et être obligé de l'abandonner derrière lui s'ils devaient sortir précipitamment.

— Jeunes comment ?

— Moins que l'âge légal.

— Merde, chuchota Jude alors qu'ils s'arrêtaient à un coin de rue, attendant que le feu change pour pouvoir traverser.

Il saisit le coude de Jude d'un geste brusque et l'éloigna d'un petit groupe qui attendait près d'eux. Baissant la tête pour atteindre l'oreille de Jude, il obligea ses pensées à s'éloigner de la douce caresse des cheveux de l'autre homme contre sa joue.

— J'ai besoin de savoir maintenant si tu peux faire semblant le temps que ça durera.

— Jusqu'à quel point devrai-je faire semblant ?

— Sois amical. Souris. Hoche la tête. Regarde et admire. Rien d'autre. Tu n'auras pas besoin de toucher.

— Mais…

— Et ce regard de dégoût sur ton visage ne doit pas apparaître. Pas une seule fois.

— J'ai compris, gronda Jude, son expression se durcissant.

— Vraiment ?

La main de Snow se resserra sur le coude de Jude alors que ses propres peurs commençaient à l'envahir.

— S'ils se rendent compte qu'on n'est pas censés être là, ils ne vont pas se contenter de nous foutre à la porte et d'appeler les flics. Ils nous emmèneront dans une pièce secrète de la cave et quelqu'un nous mettra une balle dans le crâne avant de jeter nos corps dans la rivière Licking.

Snow se tut, fixant les yeux écarquillés de Jude.

— Tu es toujours partant ?

— Je le suis, dit Jude avec une seconde d'hésitation. On peut y aller, maintenant ? Je n'ai pas eu suffisamment de temps pour me réchauffer et je me gèle les couilles ici.

Snow aurait voulu l'embrasser. Alors que l'envie le prenait, son regard descendit jusqu'aux lèvres de Jude et il se souvint de l'émoi qu'il avait ressenti lorsque ce dernier l'avait coincé contre sa voiture et l'avait embrassé à en perdre la tête. Un picotement traversa son corps, qui n'avait rien à voir avec le froid mordant. Les lèvres pleines de l'autre homme se recourbèrent en un sourire suffisant, comme s'il savait exactement à quoi il pensait. Puis Jude s'avança, inclinant son visage pour l'embrasser, l'arrachant à son fantasme. Snow s'éloigna et fronça les sourcils. Pas de baiser. Ce n'était que du business. Jude l'aidait simplement à se sortir d'un mauvais pas. Le baiser avait conduit Snow à faire des choses stupides et, pour l'instant, il devait se concentrer sur la chose stupide dans laquelle il se précipitait à Southgate House.

— Allons-y, grommela-t-il en traversant la rue avec le reste des fêtards de Newport.

Le petit rire de Jude le suivit, mais Snow ne se retourna pas. Qu'il se marre. Snow le méritait. Il avait prouvé plus d'une fois qu'il était un idiot en ce qui concernait Jude.

Southgate House s'élevait sur une colline à leur gauche, avec de larges escaliers en béton menant à la porte d'entrée d'une vieille maison de trois étages en briques rouges. Le porche couvert était l'endroit idéal pour boire une bière dans la chaleur déclinante d'une journée d'été après un concert. Snow pouvait aisément imaginer Jude, appuyé contre l'un des piliers de briques, en train de bavarder avec des amis. Mais ces rêveries estivales n'étaient qu'une pensée lointaine dans le vent d'hiver qui se brisait sur sa peau nue. Et le bâtiment qui se profilait à l'horizon ressemblait trop à un film d'horreur ce soir. Les hautes fenêtres du troisième étage laissaient apparaître une lumière vive et jaune à faire peur, tandis que la porte n'était rien d'autre qu'une gueule béante qui essayait de les avaler tout entiers. Ce n'était pas surprenant que la rumeur coure que l'endroit était hanté.

Un jeune homme aux cheveux blonds aussi doux et légers que les plumes d'une colombe les accueillit avec un sourire enthousiaste et des yeux bleus calculateurs alors qu'ils passaient devant le vestibule. Leurs pas étaient étouffés par les tapis persans usés qui recouvraient le parquet de bois dur grinçant doucement sous leur poids. Les lumières étaient tamisées et les ombres s'épaississaient dans tous les coins et fissures du hall décoré de vieilles photos et de lourdes boiseries sombres. Les affiches de concert et les publicités lumineuses pour la bière avaient disparu. Un air d'exclusivité et de secret enveloppait Southgate House ce soir.

— Bonsoir, messieurs, dit le jeune homme, sa voix à peine perceptible. Comment puis-je…

Snow saisit la main que le blond agitait dans les siennes, pressant plusieurs billets de cent dollars dans sa paume, son corps le cachant des yeux attentifs des gardes tapis dans l'ombre à quelques pas de là. Baissant la tête, il frôla volontairement l'oreille du jeune homme et sourit lorsque ce dernier frissonna.

— Mon ami arrive de Madrid et je lui ai promis de passer un très bon moment ce soir. Que pouvez-vous nous proposer ?

— La… la salle de devant.

Il se tut et se racla la gorge avant de lever les yeux vers Snow.

— La salle de devant est toujours très accueillante.

Libérant sa main droite, Snow saisit légèrement le menton du blondinet, laissant son pouce effleurer sa lèvre inférieure.

— Tu ne crois pas honnêtement que c'est ma première visite ici, si ?

Ses mots, bien que murmurés, se firent plus durs à chaque syllabe.

— Je sais que la salle rouge est l'endroit où vous gardez les produits de qualité, que la salle de jeux n'est ouverte qu'en octobre, et que le spectacle est à deux heures.

Il resserra son emprise sur le menton du jeune homme et son sourire devint un peu plus sauvage.

— À présent… dis-moi quelque chose qui ne soit pas une perte de temps.

— Pardonnez-moi, monsieur, bégaya Blondie, se détachant de l'emprise de Snow. Je l'ignorais. Je n'ai pas l'habitude de travailler à la réception.

Il se retourna et saisit deux petits folios en cuir noir, identiques à ceux qui contenaient l'addition d'un restaurant, posés sur une table voisine. Il les remit rapidement à Jude et à Snow avec un sourire nerveux.

— N'hésitez pas à vous promener dans toutes les pièces. Le spectacle est à deux heures, suivi d'un spectacle spécial exclusif à trois heures. Si vous voyez quelque chose qui vous plaît ou si vous avez des demandes particulières, veuillez les laisser dans les livrets que je vous ai donnés et quelqu'un se fera un plaisir de prendre votre commande.

Snow combattit son dégoût, gardant un visage impassible tout en faisant très attention à ne pas regarder Jude. Lorsque leurs épaules s'effleurèrent, il put sentir la tension grandissante du secouriste et ne put que prier pour qu'il ne lui demande pas pour quelle raison il en savait autant. Ce n'était vraiment pas le moment.

Avec le folio en cuir bien serré dans une main, Snow ouvrit la voie dans le couloir, en passant par la première série de portes closes, jusqu'à une deuxième pièce fermée par une paire de lourds rideaux. Aussitôt, un garde s'avança et ouvrit l'un des rideaux pour les laisser passer.

La petite salle était meublée de tables rondes avec deux ou trois chaises. Le lustre qui surplombait la pièce lui offrait une lueur chaude et onctueuse, mais les coins recelaient des ombres plus profondes. La moitié des tables étaient occupées par des hommes plus âgés en costume luxueux qui, verres d'alcool en cristal entre les mains, observaient le jeune homme sur scène jouer de la guitare acoustique.

Dans cette salle, il y avait encore un air légèrement civilisé. Enfin, hormis l'homme assis à une table à l'avant de la salle qui se faisait manifestement sucer par un type ayant l'air assez jeune pour être son petit-fils de dix-huit ans. À part ça, les serveurs étaient torse nu et vêtus de pantalons en cuir moulants. Bien sûr, les salles allaient progressivement se dégrader à mesure qu'elles s'enfonçaient vers la porte sud, mais Snow espérait qu'ils n'auraient pas à aller beaucoup plus loin. Ils ne pourraient pas s'attarder plus de trente minutes au maximum avant de risquer d'être découverts.

Snow les guida vers une table située à l'arrière de la pièce, dans l'ombre, et se laissa tomber sur le siège contre le mur. Pour la première fois depuis qu'il était entré au Southgate, il jeta un coup d'œil furtif à Jude. Le secouriste sexy parvenait à garder un air froid et désabusé, mais la rage qui brûlait dans ses yeux sombres ne le trompait pas.

— Ce n'est pas ce que tu penses, chuchota Snow en se penchant vers lui.

— Il vaudrait mieux que ce ne soit pas le cas, grogna Jude.

Il s'affala sur sa chaise, les yeux rivés sur le jeune homme à la guitare, probablement parce qu'il semblait être la chose la plus sûre à regarder dans toute la pièce.

Avant que Snow ne puisse ajouter quelque chose, un garçon avec un plateau apparut devant eux.

— Bonsoir, messieurs, murmura-t-il en plaçant une paire de verres vides sur la table.

Il prit une bouteille d'eau et s'apprêtait à en verser lorsque Snow posa sa main sur le verre.

— Une eau pétillante provenant d'une nouvelle bouteille non ouverte, demanda-t-il avant de poser le folio noir à côté de son verre.

Le jeune homme pâlit et hocha la tête avant de s'éloigner à nouveau.

Jude se pencha en avant, posant ses avant-bras sur la table.

— Drogue ?

Snow haussa les épaules.

— Je préfère ne pas prendre ce risque. Je ne bois rien dans les bars qui ne soit pas ouvert et versé juste devant moi.

Jude lui offrit un petit sourire en coin, la tension semblant se dissiper dans ses épaules. Snow laissa son regard s'attarder un instant sur la forte mâchoire et les yeux sombres et hypnotiques de Jude. Il était plus beau que quiconque à Southgate House. Et il avait accepté de venir dans cet endroit toxique juste pour surveiller ses arrières.

— Merci d'être venu, murmura-t-il en détournant les yeux.

— Il était hors de question que je te laisse venir ici seul.

Jude secoua la tête et se rencogna dans sa chaise.

Snow dut ravaler sa réponse lorsque le serveur réapparut, leur montrant une bouteille d'eau fraîche toute neuve avant de l'ouvrir et de remplir les deux verres.

— Que puis-je vous offrir d'autre, ce soir ?

— Rien pour l'instant.

Le serveur s'inclina et recula rapidement, se dirigeant discrètement vers les autres tables.

— Pourquoi as-tu dit que je venais de Madrid ? demanda Jude en se penchant suffisamment près de Snow pour pouvoir à nouveau sentir son eau de Cologne.

Snow aurait voulu fermer les yeux et enfouir son visage dans le cou de Jude, mais il se contenta d'un petit rictus.

— Parce que tu as l'air européen.

Jude ricana.

— De plus, les Américains font des suppositions stupides, comme par exemple que les riches Européens qui viennent ici ne parlent probablement pas anglais.

— Espérons que personne ne teste cette théorie. Je ne parle pas espagnol, murmura Jude.

Snow se fustigea intérieurement. Ouais, ce serait vraiment la merde. Il pria pour qu'ils trouvent Gratton ou qu'une information valable leur tombe dessus avant qu'ils ne soient obligés de s'enfuir du club.

Les rideaux s'ouvrirent et quatre jeunes hommes entrèrent dans la pièce à différents stades de déshabillage, leurs corps fins faits de muscles lisses et de peau douce et glabre. Aucun d'entre eux ne lui fit de l'effet. Alors que l'un d'eux s'approchait, Snow tendit le bras et saisit le poignet du jeune homme, le tirant jusqu'à ce qu'il atterrisse sur ses genoux. Le gamin haleta et cligna des yeux, la peur visible dans ses grands yeux noisette l'espace d'une seconde, avant de revêtir son masque. Il se lécha les lèvres et sourit, enroulant ses bras fins autour des épaules de Snow.

— Bonjour, beau gosse, ronronna-t-il en agitant son petit cul étroit sur les genoux de Snow. Que puis-je faire pour toi, ce soir ?

Snow regarda le visage de l'homme, et c'était un homme. Il avait l'air d'avoir à peine seize ans, mais son regard laissait deviner le poids d'une vie longue et dure qu'il ne parvenait pas tout à fait à dissimuler. Comme Geoffrey, il avait probablement une bonne vingtaine d'années, mais il était coincé dans le corps d'un adolescent.

Il lui fallut un certain effort pour se forcer à faire glisser ses mains sur les bras de l'homme avant de les enrouler autour de sa taille.

— J'espérais que tu pourrais m'aider à trouver quelqu'un.

— Oh, je pense que tu l'as trouvé, murmura-t-il.

Il essayait vraiment d'être sexy, mais il n'était rien comparé à l'homme assis près de Snow.

Snow sourit, prenant le visage du type en coupe dans sa main.

— Plus tard, je te promets. Mais pour l'instant, je cherche un homme du nom de Dwight Gratton. Mon ami vient d'arriver dans ce pays pour le rencontrer. Tu l'as vu ?

Il ne manqua pas de remarquer le sursaut qui traversa le jeune homme, ni la façon dont son expression s'était figée à la mention du nom de Gratton en fixant Jude. Ce dernier avait perfectionné son air blasé, légèrement irrité, comme si tout était une perte de temps totale. Snow ne savait pas d'où cela venait, mais ça fonctionnait.

— Désolé. Les gens ne sont pas très connus ici, dit le jeune homme avec un petit haussement d'épaules.

Snow augmenta légèrement la pression sur sa mâchoire, tournant son visage pour qu'il le regarde à nouveau.

— C'est vrai, mais tu le reconnaîtrais si tu le voyais. Il a une longue cicatrice sur la joue, juste ici.

Tout en parlant, il fit glisser l'ongle de son pouce sur la peau sans défaut de la joue du jeune homme, laissant derrière lui une légère marque rouge qui s'effaça une seconde plus tard.

— Tu l'as vu ?

— Oui, chuchota-t-il en tremblant.

L'espace d'un instant, les yeux du jeune homme devinrent hantés et Snow voulut tuer Gratton une fois de plus.

— Mais tu viens de le manquer. Il est parti il n'y a même pas vingt minutes.

Snow grogna et Jude bougea sur sa chaise, jurant entre ses dents. Tous ces putains de problèmes pour rien.

— Tu sais où il allait ? demanda Snow, sans se soucier de contrôler son humeur.

— Non, mais… mais…

Le jeune homme se tut et se lécha les lèvres. Il baissa encore plus la voix, se penchant plus près de Snow.

— Si ton ami est en ville pour la vente aux enchères, alors il n'a pas besoin de parler à Gratton. Marcus est en haut, dans la chambre verte. Il a toutes les informations dont vous avez besoin.

À la mention d'une vente aux enchères, le cœur de Snow se mit à battre plus vite et son estomac à gargouiller. Ce n'était pas Gratton, mais c'était une information incroyablement précieuse. Il résista à l'envie de forcer le jeune homme à lui donner plus d'informations sur la vente aux enchères à venir. Il était peu probable qu'il en sache beaucoup plus et Snow ne voulait pas prendre le risque d'éveiller des soupçons.

Glissant une main dans la poche de son pantalon, il saisit quelques billets de cent dollars supplémentaires et les enfonça dans la main du jeune homme.

— Mon ami est très reconnaissant de ton aide. Peut-être que tu devrais prendre le reste de la nuit.

Le jeune homme fixa Snow, la tête légèrement penchée sur le côté. Un doux bruit de froissement s'éleva entre eux alors qu'il serrait les billets entre ses doigts.

— Merci, monsieur. Cela semble être une merveilleuse idée.

Il lui offrit un sourire tremblant, puis glissa de ses genoux et sortit de la pièce avec désinvolture.

Jude attendit que le jeune homme ait disparu derrière le rideau avant de se pencher sur le bord de son siège, les bras sur la table.

— Une vente aux enchères ?

Snow lui fit un seul signe de tête avant de se mettre debout. Saisissant le folio, il sortit de la pièce, suivi de près par Jude. Il pouvait sentir les yeux des gardes sur lui alors qu'il remontait le hall vers le large escalier menant au deuxième étage. Ils manquaient de temps. Il n'avait aucun doute quant au fait que quelqu'un, quelque part dans Southgate House, vérifiait les noms et les photos des membres du club. Dans quelques minutes, on découvrirait qu'il s'agissait d'intrus et non de membres. Snow préférait être hors de Newport avant que cela n'arrive.

— Nous avons juste besoin d'un quand et d'un où, murmura Snow alors que Jude montait les escaliers à côté de lui. Ensuite, nous sortirons d'ici.

Le sol grinçait sous eux et leurs pas résonnaient alors qu'ils passaient des tapis persans au bois dur, et rebelote. Des cris de plaisir et de douleur s'échappaient de derrière les portes fermées, mais Snow ignora les bruits tout en se dirigeant vers la seule pièce dont la porte était ouverte. La salle verte portait bien son nom ; une petite salle verte qui servait de lieu de détente pour les groupes avant qu'ils ne se produisent.

Assis sur une causeuse en cuir usé, un homme de grande taille tapotait sur une tablette. Son crâne chauve brillait de sueur dans la lumière crue du plafond. Alors que leurs pas résonnaient sur le parquet, l'homme leva les yeux et fronça les sourcils.

— Je suis désolé, mais les invités ne sont pas censés venir ici.

— Vous êtes Marcus ? demanda Snow.

— Ouais…

— Gratton nous a dit que vous aviez les informations dont nous avons besoin.

L'homme hésita, ses yeux quittant Snow pour se poser sur Jude. Avant que Snow n'ouvre la bouche pour insister, Jude grogna et se rapprocha à grands pas. Il s'empara d'une chaise et la fit claquer devant Marcus, qui sursauta face au geste violent, le regard fixé sur Jude qui s'avachit sur la chaise. Soupirant bruyamment, il étendit son corps, les jambes écartées, tout en regardant Marcus.

— Je viens de passer la moitié de ma journée dans un putain d'avion pour venir ici, parce que ce putain de Gratton m'a appelé à la dernière minute et m'a dit que je devais me pointer tout de suite, commença Jude avec un accent que Snow savait très bien ne pas être espagnol.

Ça ressemblait beaucoup plus à du grec. Il plissa les yeux, intrigué. L'accent était épais et extravagant, et Jude jouait parfaitement le rôle du mondain en colère et gâté.

— Je veux une putain de pipe, une putain de douche et un putain de repas qui n'a pas le goût de ce foutu chef qui garde la tête dans le cul quand il cuisine. Mais je ne peux rien avoir de tout ça tant que je n'en ai pas fini avec toi.

Marcus avait pâli durant la diatribe de Jude, le fixant avec la bouche légèrement ouverte.

— Tu n'as pas l'air russe. Je pensais que Gratton avait dit que tu serais russe.

— Putain de Gratton ! grogna Jude, se levant pour se tenir au-dessus de Marcus tel un ange vengeur.

Snow dut se faire violence pour ne pas sourire. Jude était vraiment impressionnant.

— J'ai passé l'été en Russie avec ma tante. J'étais à Madrid avec la famille de ma sœur parce que, qui veut être en Russie pendant l'hiver ? Mais je viens de Grèce. Autre chose à savoir ?

— Je… je… je suis désolé, monsieur. Je ne voulais pas vous manquer de respect.

Jude jura entre ses dents et se rassit, sans lâcher Marcus du regard. Il dit quelques phrases en grec, terminant dans un anglais teinté d'accent :

— De quoi diable avez-vous besoin pour qu'on puisse faire ça ?

Marcus fouilla dans la poche de sa veste de costume et en sortit une carte blanche sur laquelle figuraient deux longs numéros.

— Le dépôt d'un demi-million doit être transféré sur ce compte bancaire dans les quarante-huit prochaines heures. Dès que le dépôt sera effectué, vous recevrez un e-mail avec l'heure et le lieu.

Jude prit la carte et bâilla en levant la main et en la passant par-dessus son épaule, en agitant la carte devant Snow.

— Tiens. Occupe-toi de ça, marmonna-t-il négligemment. Je veux que ce soit fait avant que je ne sorte de ma douche.

— Oui, monsieur, murmura Snow en rangeant la carte dans la poche de sa veste.

Jude se leva de sa chaise, rajustant sa veste. Marcus se leva aussi.

— Je suis désolé pour la confusion, monsieur, poursuivit Marcus.

— J'espère juste que l'autre affaire n'est pas une telle prise de tête, marmonna Jude en sortant de la salle.

— Gauche, chuchota Snow à la seconde où Jude passa l'embrasure de la porte, l'emmenant loin de l'escalier principal.

Ils continuèrent d'avancer sans un mot à travers le hall jusqu'à un escalier qui avait dû être celui de service à l'époque où le bâtiment était occupé par la famille Thompson, des décennies auparavant. Snow aurait voulu pousser Jude contre le mur, là, dans l'escalier, et l'embrasser. Il était tellement impressionné par sa performance, mais il allait garder ses mains pour lui. Ils devaient se tirer de là avant que leur chance ne tourne.

En bas de l'escalier, ils firent une pause d'une seconde. À gauche, le hall menait à la porte d'entrée, tandis qu'à droite, on s'enfonçait plus profondément dans la maison. Snow était sûr qu'il devait y avoir une sortie arrière, mais il n'avait aucune idée de l'endroit où elle se trouvait et il n'était pas partant à l'idée de fouiller l'endroit jusqu'à ce qu'ils la trouvent. Malheureusement, un type aux larges épaules se dirigeait vivement dans leur direction avec un froncement de sourcils qui rendait son affreux visage encore plus laid.

— Droite, dit Snow entre ses dents serrées, dirigeant Jude vers la direction opposée à celle du garde.

Il pria pour que l'homme ne les suive pas, mais ses espoirs étaient minces.

— Hé ! Vous deux ! aboya l'agent de sécurité à voix basse comme s'il essayait encore d'éviter de déranger les autres invités.

Snow poussa Jude à avancer, à la recherche de ce qui pourrait être une pièce vide dans laquelle se réfugier, car il y avait peu de place pour manœuvrer dans les couloirs étroits.

Une main lourde s'abattit sur son épaule et Snow n'hésita pas. Faisant volte-face, il enfonça le folio en cuir qu'il tenait toujours dans sa main dans la gorge de l'homme. Ce dernier haleta et se pencha instinctivement vers l'avant, cherchant de l'air face à la douleur de sa trachée blessée. Snow se glissa derrière lui, enveloppa son bras autour de la gorge du type tout en bloquant sa main sur son bras opposé. En exerçant une pression prudente et constante sur les artères-clés de son cou, il coupa le sang et l'oxygène. Le garde lutta contre son emprise, mais il ne put se libérer. Snow ferma les yeux, se concentrant sur les bruits de pas, les voix qui s'élevaient, en signe d'alarme, tout en comptant chaque seconde. Si quelqu'un survenait à ce moment-là, ils étaient foutus. Il avait toujours le flingue de Rowe dans son pantalon, mais il était seul face à au moins deux douzaines d'agents de sécurité, tous suffisamment armés pour maîtriser un petit village.

Il ne fallut que quatre secondes pour assommer le garde qui s'affaissa, inerte, dans ses bras. Le soulagement qu'il ressentit lorsqu'il comprit que personne n'avait été alerté le frappa si fort que son corps trembla l'espace d'une seconde et qu'il lutta pour libérer sa prise.

— Ici ! dit Jude d'une voix basse et dure.

Snow leva les yeux pour découvrir Jude qui tenait ouverte une porte sur laquelle était inscrit HOMMES à quelques mètres de l'endroit où il se tenait. Avec l'aide de Jude, ils placèrent en silence le garde inconscient dans les toilettes et fermèrent la porte.

— Sais-tu où se trouve la sortie arrière ? demanda Snow.

Il redressa soigneusement sa cravate et passa une main dans ses cheveux.

Jude fronça les sourcils.

— Juste celle de la salle de concert principale, et je suis sûr qu'il faudrait passer beaucoup plus de sécurité entre ici et là.

Snow regarda par-dessus son épaule, vers la porte d'entrée. Il n'y avait pas d'autres gardes en vue et personne n'avait passé la tête dans le couloir malgré le bruit qu'ils avaient fait. En se retournant vers Jude, il sourit.

— Je suppose que nous allons sortir par la porte d'entrée.

Jude leva les yeux au ciel et fit signe à Snow de le précéder dans le couloir. Il prit une profonde inspiration, ajusta une dernière fois sa veste avant de se forcer à marcher avec désinvolture dans le couloir et jusqu'à la porte d'entrée. Le jeune homme avait l'air un peu confus de les voir partir si peu de temps après leur arrivée, mais il ne dit rien en poussant la porte pour eux, tout en récupérant le folio en cuir que lui remit Jude.

Ils réussirent à descendre le long escalier en béton jusqu'au trottoir. Personne ne sonna l'alarme ni ne leur tira dessus. Et ils étaient sortis avec des informations très intéressantes. La hackeuse de Rowe serait capable d'en tirer quelque chose et cela les rapprocherait de Gratton.

Chapitre 9

Après s'être garé dans le petit parking derrière les magasins, Snow jeta un regard à Jude. Le clair de lune traversait le pare-brise, baignant son visage d'une lumière suffisante pour qu'il découvre que le jeune homme ne s'était pas calmé pendant le trajet. Il restait assis sans bouger, silencieux et raide, les mains posées sur ses genoux. Il n'avait pas prononcé le moindre mot depuis son «ramène-moi à la maison» lorsqu'ils avaient atteint la Lexus de Snow.

Soudain, il se retourna brusquement, les lèvres tremblantes de colère, en secouant la tête.

— Rentre à l'intérieur. J'ai des questions.

Snow le fixa silencieusement. Il lui devait une explication pour ce soir, mais Jude agissait comme s'il avait droit à plus, et ça l'énervait.

Et ça l'intriguait, aussi.

Merde, Jude était une contradiction ambulante. La plupart du temps, il avait l'air de bonne humeur, affichant un air tranquille durant ses temps morts à l'hôpital. Il arborait un large sourire engageant et montrait les signes d'un grand sens de l'humour. Mais Snow l'avait vu en action avec des patients et savait qu'il était vif sous la pression. Et fort. Sacrément fort, et cela l'excitait comme rien d'autre. Il avait d'ailleurs perdu le fil de ses pensées après avoir vu Jude prendre en main un patient en plein trip sous PCP et repousser tous ceux qui se trouvaient sur son chemin.

Et actuellement, il continuait à montrer des signes de domination qui faisaient perdre à Snow tout sens commun. « Brûlant » était un mot trop faible pour décrire dans quel état ces signes le mettaient.

Ce qui le dérangeait cependant, c'est que, parfois, Jude lui rappelait Lucas, et il ne savait pas comment gérer ça. Il avait toujours trouvé son ami séduisant, mais en dehors d'une expérience qu'il donnerait n'importe quoi pour oublier, sa relation avec Lucas n'avait jamais rien eu de sexuel. C'était quelque chose de complètement différent. De plus profond que fraternel, même, parfois. Peut-être était-ce dû au fait qu'ils s'étaient rencontrés enfants, il n'en savait rien. Il n'y avait vraiment aucun moyen de l'expliquer ou de le comprendre. Et Snow était tellement reconnaissant que l'idée de perdre Lucas le terrifiait. Il savait pertinemment qu'il s'appuyait sur son ami d'une manière que n'importe quel homme moins fort n'aurait pu supporter pendant toutes ces années. Il savait que l'obscurité qui se cachait dans son âme l'aurait peut-être tué depuis longtemps sans ce lien avec Lucas. Ce n'était pas quelque chose dont il était fier. C'était juste ainsi.

Raison pour laquelle il ne sortait pas avec d'autres personnes que celles rencontrées par hasard. Pourtant… ce soir… plusieurs fois, il avait vu quelque chose en Jude qui lui avait fait croire que cet homme serait capable de le gérer. Pas seulement physiquement… mais, peut-être, émotionnellement.

Et ça le rendait fou comme jamais ça ne lui était arrivé de sa vie. Jude l'incitait à vouloir des choses qu'il n'avait jamais voulues. Une relation, par exemple.

Il en eut des sueurs froides et mit rapidement cette pensée pétrifiante de côté. Dire qu'il n'avait même pas couché avec cet homme.

Avant que l'espoir ne se lève comme une vague monstrueuse sortie de son passé – à l'époque où il pensait qu'il y avait encore quelque chose chez lui qui méritait un véritable amour et un engagement à vie – il fut poussé hors de sa voiture. Il grinça des dents et suivit Jude dans l'étroite cage d'escalier qui menait à son appartement. Il allait simplement le remercier de s'être mis en danger et de l'avoir aidé à s'en sortir. Voilà tout. Puis il partirait et ne penserait plus au bonheur auquel il avait dit adieu depuis longtemps. Il irait dans un bar le lendemain soir et trouverait quelqu'un qu'il pourrait baiser sans qu'aucun de ces sentiments agaçants ne s'empare de lui.

Une fois à l'intérieur, Jude jeta ses clés sur une petite table près de la porte, ôta son manteau, puis s'appuya contre le mur. Il fixa Snow, la colère assombrissant son cou sous la barbe qui envahissait déjà son visage. La barbe lui allait bien, lui donnait un côté sombre et sexy. L'image de Jude frottant cette barbe sur son ventre et sur ses bourses envahit Snow, et son corps réagit instantanément. Il ravala un gémissement et observa l'appartement.

Il était un peu froid et lui rappelait celui qu'il avait partagé avec Lucas lorsqu'ils avaient quitté l'armée. Un vrai trou à rats. Au moins, ils avaient des chambres. Ici, tout tenait dans une grande pièce. Les murs étaient en briques, et une kitchenette ainsi qu'une petite table se trouvaient à côté du canapé-lit actuellement déplié. La couette bleu foncé et les draps blancs étaient en désordre, et il était bien trop facile d'imaginer le corps fin et musclé de Jude étendu là.

Le plus intéressant de toute cette pièce était les étagères, le long d'un mur, qui contenaient des boîtes en bois de toutes formes et de toutes tailles. Il se retourna pour découvrir Jude qui le regardait toujours.

Le secouriste grogna, passa ses mains dans ses cheveux, son agitation évidente.

— Honnêtement, je ne sais pas quoi ressentir ou penser en ce moment, Frost.

Il ferma les yeux, bascula la tête en arrière.

— Je ne voulais pas que tu ailles dans cet endroit tout seul, mais te voir là-bas et… savoir que tu… que tu y es déjà allé et…

Il jura et s'éloigna du mur.

— Je crois que j'ai besoin d'une douche pour me nettoyer de cet endroit et je ne comprends pas pourquoi tu es mêlé à ça.

— Tu ne me connais pas, gronda Snow alors que le ressentiment et la honte lui remontaient dans la gorge.

Jude s'approcha, les narines dilatées, les mains crispées sur les côtés.

— Non, je ne te connais pas. Je ne te connais pas et j'ai tout essayé pour en avoir l'occasion. Mais désormais…

Il se tut, prit une profonde respiration, et le soupir qui sortit de sa gorge était empreint d'une déception évidente. Il offrit à Snow un demi-sourire amer.

— Je ne suis pas sûr de vouloir cette chance.

Snow serra les dents, ses ongles s'enfoncèrent dans les paumes de ses mains alors que la colère, réconfortante et familière, coulait en lui et chassait toute la douleur qui essayait de le submerger. L'amertume qui l'accompagnait n'aurait pas dû le surprendre, mais ce fut le cas. Il avait en quelque sorte laissé entrer cet homme juste assez pour pouvoir le blesser.

— Tu sais quoi, Torres ? Merci de m'avoir aidé ce soir. J'apprécie que tu surveilles mes arrières, mais je n'ai pas besoin de cette merde.

Il se tourna pour partir.

— Oh non, tu n'en as pas besoin.

La paume de Jude frappa la porte juste à côté de la tête de Snow. Il s'immobilisa et dut se faire violence pour ne pas perdre la tête lorsque Jude pressa son corps contre le sien. Il le plaqua contre la porte, son sexe dur poussant contre le cul de Snow.

— J'ai l'impression que tu n'as pas changé d'avis, grinça Snow entre ses dents serrées.

Intérieurement, il se maudit de ne pas réussir à s'empêcher de se frotter un tout petit peu contre cette érection pressée entre ses fesses.

Jude, cet enfoiré costaud, le retourna, le manipulant comme s'il ne pesait rien malgré son mètre quatre-vingts, et, tout comme il l'avait fait dans l'allée plus tôt, il lui mit sa main sur la gorge.

— Bon Dieu, tu me fais chier ! Et tu m'excites tellement que j'ai envie de t'éclater.

Il pressa son corps contre lui.

— Je ne sais pas quoi faire de toi et ça me fout en l'air !

Le pincement de douleur que Snow ressentit jusque dans ses tripes l'effraya.

— Alors laisse-moi partir.

Jude le fixa, respirant vite et fort.

— Je ne peux pas, répondit-il en resserrant ses doigts sur sa gorge. Que Dieu me vienne en aide, je ne peux pas. Je n'arrive pas à me débarrasser de ce… besoin que tu insuffles en moi. Je te veux, Général.

— Arrête de m'appeler comme ça.

— Mais ça te va bien. Je t'observe à l'UC, toujours aussi autoritaire. Tu regardes tout le monde de haut. Tellement arrogant.

Jude se pencha et pressa sa bouche contre la fossette du menton de Snow. Puis il embrassa ses lèvres, sa colère contrastant avec la douceur du baiser.

— Des ordres aboyés d'une bouche tellement, tellement sexy. J'ai passé beaucoup de temps à imaginer ta bouche trop pleine pour cracher des ordres. Trop pleine de ma queue. Mais tu sais quoi ? En ce moment, je ne sais même pas si je suis le genre que tu aimes. Tu avais l'air terriblement à l'aise dans cet endroit dégoûtant. Je suis peut-être trop vieux. Trop homme pour toi.

— Va te faire foutre ! grogna Snow, puis il gémit quand Jude glissa sa bouche dans son cou.

Il aurait dû le repousser et sortir de là. Mais bon sang, sentir les lèvres de l'autre homme sur sa peau était trop bon. La chaleur lui brûla le cerveau, le sang se précipita vers son entrejambe. En temps normal, il ne se souciait pas de ce que les gens pensaient de lui, mais pour une raison quelconque, il ne pouvait pas supporter l'idée que Jude puisse imaginer ça de lui. Il soupira et força Jude à reculer d'un pas pour pouvoir le regarder. Pour pouvoir raisonner clairement, putain. Ces yeux sombres qui le détaillaient de la tête aux pieds brillaient d'envie. Snow aurait dû détourner le regard afin de se ressaisir.

— Écoute, Jude. La seule raison pour laquelle je te dois une explication, c'est parce que tu m'as fait une faveur ce soir.

Au souvenir de la soirée, il ravala la boule de dégoût dans sa gorge.

— Je n'aime pas les hommes aussi jeunes. Je n'ai jamais eu de relations sexuelles avec quelqu'un de moins de dix-huit ans, même quand j'avais moins de dix-huit ans. Si je connais cet endroit, c'est parce que mes amis et moi avons eu affaire aux mauvaises personnes quand nous avons emménagé ici. Et je refuse de m'excuser, parce que si nous ne l'avions pas fait, nous n'aurions jamais rencontré Ian. Ian vaut la peine d'avoir plongé dans toute cette merde par le passé.

Jude se contenta de le regarder fixement.

Snow attendit, se sentant presque stupide d'avoir essayé de s'expliquer. Il *détestait* se sentir stupide.

— Tu sais quoi ? On s'en fout !

Il ourla ses lèvres et arrêta de respirer quand Jude se plaqua si fort contre lui que son dos percuta de nouveau la porte. Son souffle chaud se répandit sur sa joue. Des vagues de colère enivrantes s'échappaient de l'homme musclé en face de lui. Ça. *Ça, il connaissait.*

— Enfoiré dominant, murmura-t-il avant d'enfoncer ses doigts dans les hanches de Jude et de le serrer contre lui.

Il écrasa sa bouche sur celle de Jude, entrouvrant les lèvres, forçant l'autre homme à l'imiter. Il l'embrassa encore et encore, voulant se glisser à l'intérieur de ce type.

Il repoussa la veste de costume de Jude de ses épaules avant d'attaquer les boutons de sa chemise. Il l'avait pratiquement ouverte et dut se faire violence pour ne pas avaler sa propre langue lorsqu'il aperçut les muscles durs, la peau bronzée et les magnifiques poils noirs de son torse qui se transformaient en ligne la plus soyeuse qu'il ait jamais vue. Il fronça les sourcils face au pantalon qui l'empêchait de découvrir le reste et tendit la main pour remédier à la situation. Jude le surprit lorsqu'il immobilisa ses mains sur sa ceinture.

— Nous avons évoqué quelque chose dans cette ruelle ce soir et j'ai eu le temps d'y réfléchir, dit doucement Jude.

Les yeux de Snow s'ouvrirent.

— Tu tiens vraiment à parler ? Maintenant ?

Lui pouvait à peine penser.

Jude hocha la tête alors que ses mains bougeaient pour repousser la veste de Snow.

— Nous allons parler. Régler quelque chose avant que je te baise.

— Dominant et confiant, marmonna Snow alors même qu'un incendie hurlait dans ses veines. Qui a dit que tu allais me baiser ?

Jude gloussa et pressa ses lèvres contre sa gorge. Snow pouvait sentir son pouls pulser contre les lèvres de l'autre homme.

— Je viens de le faire, répliqua Jude en reculant pour croiser son regard. Un homme comme toi ne renonce pas facilement au contrôle parce que tu n'accordes pas facilement ta confiance.

Ses lèvres étaient à peine à un souffle de celles de Snow.

— Ai-je raison ?

Snow le fixa pendant un long moment avant de hocher lentement la tête.

— En as-tu déjà été capable ?

Fronçant les sourcils, Snow détourna le regard.

— Je n'évolue pas dans cette merde BDSM. Je ne fais pas de scènes, expliqua-t-il avant de se retourner, les yeux plissés. Je n'appelle personne *maître*, donc si c'est ce à quoi tu t'attends, je m'en vais.

Le corps de Jude ondula lentement contre celui de Snow.

— Ce n'est pas mon cas non plus. Je ne parle pas de ce genre de choses. Je parle du fait que tu me laisses prendre les rênes. Tu as déjà laissé quelqu'un le faire ? demanda-t-il en se penchant plus près. Parce que j'aime les tenir.

Snow ne répondit pas. Il ne le pouvait pas. Il n'avait jamais été capable de lâcher prise comme ça. Pas après avoir grandi dans une famille sadique où il n'avait aucun pouvoir. Aucun moyen de les empêcher de s'attaquer à son corps et à son esprit comme s'il n'était pas un véritable être humain, mais une chose dont on avait pitié. Qu'on devait haïr. Une chose anormale, pire que la merde sous la semelle d'une chaussure. Terrifié que Jude puisse deviner ses pensées, il détourna le regard.

— Oh non, Général, souffla Jude, ramenant son visage vers le sien, le fixant durement de ses yeux noirs. Tu me brises le cœur parce que j'ai le sentiment que tu as besoin de plus que ce que tu n'as jamais laissé paraître. Et que tu te sens tellement seul que même tes amis proches ne peuvent pas t'aider.

Snow plissa les yeux, la peur lui dévorant le cœur.

— Arrête de me psychanalyser. Si tu veux baiser, faisons-le.

Il enfonça ses doigts dans les cheveux de Jude et le tira contre lui. Cette fois, il prit le contrôle du baiser, appréciant le glissement de la langue de l'autre homme contre la sienne. Jude lui suça à nouveau la langue et Snow grogna, le serrant plus fort.

Puis il commença à déboutonner la chemise de Snow alors qu'il mettait fin au baiser.

— Je veux de la peau. Ce serait dommage de salir ce costume qui coûte probablement un mois de salaire.

Il recula, sa chemise ouverte dévoilant un corps dont Snow n'aurait jamais osé rêver.

— Enlève-le.

Snow sourit.

Jude se contenta de hausser un sourcil et patienta. Snow trouvait le fait qu'il s'attende à être obéi agaçant et… bandant. Son cœur commença à battre si fort qu'il se demanda si l'autre homme pouvait l'entendre. Ses mains se fermèrent en poings, incertain de savoir si ça allait fonctionner. Jude attendit tranquillement, ne le forçant ni n'abandonnant. Snow se dirigea vers la petite table à côté de la kitchenette et se tourna vers Jude. Sans jamais le quitter des yeux, il retira lentement ses vêtements et les déposa sur l'une des chaises. Heureusement, la luxure qui courait dans son corps l'empêchait de frissonner sous l'air frais.

— Merde, je savais que tu avais un corps d'enfer, s'exclama Jude, le fixant toujours alors qu'il dégrafait sa ceinture. J'ai tellement admiré ton corps à l'hôpital. Je t'ai imaginé nu. Mon fantasme était très loin de la réalité.

Il ôta son pantalon et Snow comprit la véritable signification de «corps d'enfer». Jude avait de larges épaules, des bras et des cuisses épais et musclés, et une magnifique queue, longue et épaisse, qui se dressa lorsqu'il la regarda. Des poils foncés ombrageaient ses bras et ses jambes, créaient une tache intrigante sur sa poitrine et suivaient son corps vers le bas. Masculin. Le mot correspondait à Jude Torres. Il correspondait parfaitement.

Snow savait que lui-même avait un corps tonique. Il faisait de l'exercice et avait un bon tonus musculaire, sans avoir la capacité de développer des muscles épais comme Jude – mais il était heureux de voir à quel point son corps excitait l'autre homme. Jude le regardait comme s'il voulait le pencher sur la surface la plus proche et lui défoncer le cul. Cette pensée l'excitait et le terrifiait.

Il n'avait pas l'habitude de se soumettre à qui que ce soit.

Jamais.

Mais il n'était pas non plus habitué à vouloir quelqu'un à ce point. Merde. Un désir bouillant le brûlait au plus profond des tripes, faisait battre son cœur, et il songea à toutes les fois où il avait couché sans réfléchir avec des inconnus, sachant au fond de lui qu'il n'obtiendrait pas ce dont il avait besoin. Il avait eu des soulagements éphémères. Mais il se tenait là, se sentant comme un nerf géant, à vif et douloureux. Et vulnérable.

Alors qu'une partie de lui criait de lâcher prise, la plus responsable répondait «hors de question !». Et durant tout ce temps, des yeux noirs le fixaient avec une convoitise qu'il n'avait jamais ressentie dirigée vers lui. Il n'était pas sûr que quelqu'un l'ait jamais regardé comme ça.

Quelque chose de nouveau s'enroula dans son ventre, un sentiment d'appartenance intense qui le poussa à se pencher en avant. Puis Jude passa à côté de lui, un lent sourire recourbant ses jolies lèvres alors qu'il ouvrait le tiroir de la table de nuit à côté du lit et jetait du lubrifiant et un préservatif sur la couette. Avant que Snow n'ouvre la bouche pour le remettre à sa place de se montrer si confiant, Jude s'approcha de lui et l'attira à lui. Snow gémit de plaisir lorsque leurs peaux se heurtèrent et il glissa une jambe entre celles de Jude, aimant les poils qui frottaient contre sa cuisse.

Jude agrippa ses fesses d'une main forte et recommença à balancer lentement les hanches. Il glissa son autre main dans le dos de Snow, retraçant sa colonne vertébrale du bout des doigts, jusqu'à le saisir par la nuque. Sa prise était ferme, forte, et il ancra leurs corps l'un contre l'autre. Cette fois, lorsque leurs lèvres se percutèrent, Jude glissa sa langue dans la bouche de Snow et gémit avant de pencher la tête et de porter le baiser à un nouveau degré d'intimité. Il caressa, mordit et suça agressivement la lèvre inférieure de Snow. Il pilla sa bouche, et Snow perdit la tête. Il laissa ses mains parcourir les muscles, les cheveux et la peau si chaude de Jude tandis qu'il l'embrassait fiévreusement.

Il cria de surprise lorsque Jude émit un grognement, le prit dans ses bras et le porta jusqu'au lit. Ses yeux s'écarquillèrent quand son dos heurta les draps. Il enfonça ses orteils dans la couverture, puis haleta lorsque Jude enveloppa soudain son corps du sien. Sa peau était brûlante, son poids l'enfonçant dans le matelas. Il siffla et s'accrocha à Jude.

— Tu es tellement magnifique, Général, murmura-t-il d'une voix rauque dans le cou de Snow, son souffle chaud provoquant des frissons le long de son échine.

Jude posa sa bouche sur la pomme d'Adam de Snow et l'aspira.

Il retint son souffle lorsque Jude lui écarta les jambes et se glissa entre elles. Sa queue chaude frotta contre la sienne, les poils de ses jambes chatouillant la peau sensible de l'intérieur de ses cuisses. Jude sentait la pluie, la chaleur et l'homme, et Snow en fut tout étourdi.

Son partenaire ondula lentement de haut en bas et les yeux de Snow se révulsèrent. Il n'avait jamais été du genre à aimer les hommes poilus. Il n'avait rien contre quelques-uns, mais il n'avait jamais été attiré par le genre de mec qui devait se raser deux fois par jour. Jude, pour qui ça semblait être le cas, arborait une épaisse barbe qui lui frôla la peau lorsqu'il enfouit son nez dans son cou. Les poils noirs et soyeux de son torse et de son abdomen chatouillaient sa peau et la vague de plaisir qui le percuta lui vola ce qui restait de sa capacité à réfléchir. Il écarta davantage les jambes, à peine cohérent, alors qu'il se balançait contre Jude, aimant le glissement de leurs queues l'une contre l'autre.

Lorsque Jude atteignit son oreille et commença à la titiller de sa langue, Snow ne put réfréner le frémissement qui le traversait de la tête aux pieds. Ses oreilles étaient si sensibles. Des frissons s'emparèrent de sa colonne vertébrale, ses bourses se contractèrent et il enroula une jambe autour de Jude en criant.

Des jurons s'échappèrent des lèvres de Jude alors qu'il lui léchait l'oreille, puis en aspirait le lobe dans sa bouche chaude.

— Je savais que tu serais comme ça, dit-il d'une voix râpeuse. Je savais que tu brûlerais mon lit.

Il rua contre lui.

— Je pourrais te bouffer tout cru.

Il mordit l'oreille de Snow et ce dernier fut presque sûr de n'avoir jamais été aussi dur de sa vie. Il glissa une main entre eux et saisit leurs deux sexes dans sa paume, gémissant du soulagement procuré par ce contact.

Jude gémit, enfonçant son visage contre son cou.

Snow lui donna un coup de menton, l'incitant à relever la tête et à poser sa bouche sur la sienne. Jude prit la lèvre inférieure de Snow et l'aspira. Sa bouche était tendre et gonflée par leurs baisers. Sensible. Chaque coup de langue de Jude l'embrasait. Cet homme avait une sorte de fixation orale et Snow adorait ça. Cette bouche démoniaque était en train de le tuer. Il la voulait sur sa queue, mais il était incapable d'arrêter de se balancer contre lui.

— Si près, souffla-t-il contre la bouche de Jude. Si près, putain, déjà.

Soudain, Jude le lâcha, posa un coude à côté de sa tête et attrapa le lubrifiant.

— Je ne veux pas que tu jouisses avant que je sois profondément enfoui en toi.

— Tu ne peux pas contrôler mon orgasme, Torres, grogna Snow, tout en luttant pour accepter ce qui était en train de se passer.

Ce qu'il voulait contre ce à quoi il était habitué… ce qu'il permettait généralement. Son cœur s'emballa, son instinct lui dictait de rouler sur cet homme et de prendre le dessus, de *lui* montrer ce que c'était que d'être ravagé. Mais quelque chose en lui combattait ces pulsions, promettait que c'était exactement ce dont il avait besoin et, plus important encore, ce dont Jude avait besoin. Il voulait donner à Jude ce dont il avait besoin. Profondément.

Cette unique pensée faillit lui faire prendre ses jambes à son cou.

Mais alors, Jude enduisit ses doigts de lubrifiant et tendit la main entre les jambes de Snow qui lui saisit instinctivement le poignet. Sa respiration devint bruyante et rapide, ses yeux se verrouillèrent à ceux de l'autre homme. Mais ses mots restèrent bloqués dans sa gorge. Pourtant, il ne repoussa pas sa main.

Jude arrêta ses mouvements et le regarda, de ces yeux noirs qui perdaient un peu de leur feu, remplacé par quelque chose qui ressemblait beaucoup à de l'inquiétude.

— Tu vas bien ? demanda-t-il doucement. Tu dis non, Général ?

Son expression montrait clairement qu'il s'arrêterait là si c'était ce que Snow voulait. Il n'hésiterait même pas, parce que c'était un homme bon. Au lieu d'avouer toutes les conneries emplies de confusion qui lui passaient par l'esprit, Snow secoua la tête.

— Je ne dis pas non, haleta-t-il avant de lâcher le bras de Jude. Mais… je n'ai pas fait ça depuis longtemps. Je n'avais pas prévu…

Les lèvres de Jude s'entrouvrirent et il laissa échapper un profond grognement alors qu'il posait ses doigts lubrifiés contre l'intimité de Snow et la titillait. Son regard noir s'embrasa.

— Tu veux me laisser entrer, Snow ?

Snow sourit même alors qu'il haletait sous le mouvement circulaire des doigts de Jude.

— Merde ! Tu veux bien la fermer et me baiser ?

— Non. Je ne le ferai pas.

Jude n'avait pas enfoncé son doigt, il se contentait de dessiner des cercles sur la chair tendre de Snow.

— Tu vas apprendre que je suis têtu comme une mule. Aussi borné que toi.

Il lécha la fossette sur le menton de Snow.

— Je veux que tu me le dises.

Jude l'embrassa, puis aspira sa lèvre inférieure entre les siennes. Il mordilla sa peau, puis posa sa bouche sur la joue de Snow, son oreille, traçant une pluie de baisers légers et sexy.

— Dis-le-moi, murmura-t-il à son oreille.

Personne n'aurait pu se montrer plus obstiné que Snow, mais il n'avait plus envie de l'être. Il ouvrit la bouche pour répondre, puis son esprit s'égara lorsque Jude appuya davantage. Il frissonna et écarta les jambes. Le glissement du doigt sur son entrée lui fit rejeter la tête en arrière et serrer les dents.

— Dis-le-moi. Maintenant, lui intima Jude avant de mordiller son oreille.

Snow siffla sous cette douleur bienvenue.

— Te dire quoi ? haleta-t-il quand Jude ajouta un second doigt.

Un petit ricanement lui chatouilla l'oreille avant que Jude ne marmonne, se penche et referme sa bouche sur le muscle entre le cou et les épaules de Snow.

— Tu as perdu le fil ?

Il remonta jusqu'à sa bouche et lui lécha les lèvres.

— Dis-moi que tu me veux en toi.

Snow grogna, attrapa la tête de Jude et la tira vers l'arrière pour pouvoir le regarder dans les yeux.

— Putain de merde, Torres, je suis allongé ici, et manifestement consentant, alors prends la capote. Je te veux en moi. Maintenant.

Jude répondit en enfonçant deux doigts dans son cul.

— Agh !

Snow se cambra sur le lit. Il avait oublié à quel point c'était bon. Il avait oublié la spirale de douleur et de plaisir sombre qui inondait son corps de chaleur. Il avait l'impression que tous ses sens avaient été électrocutés, sensibilisés à l'extrême. Il ne pouvait pas plus empêcher ses hanches de bouger qu'il ne pouvait arrêter de respirer en se poussant sur la main de Jude. Il se pencha et agrippa sa verge, la caressant.

— Tout de suite serait génial, Torres, parvint-il à dire.

— Jude, souffla-t-il contre la gorge de Snow. Appelle-moi Jude.

Il fit glisser ses doigts tout en caressant le cou de Snow de sa barbe. Il embrassa son oreille.

— Agh !

Snow enfonça une nouvelle fois ses orteils dans le matelas alors qu'il fermait les yeux et essayait d'arrêter le flot de plaisir qui allait l'envoyer au bord du gouffre trop tôt.

Jude, implacable, ne lâcha rien. Il retira lentement ses doigts, puis en ajouta un troisième, les recourbant pour les frotter contre sa prostate.

— Ton corps est magnifique. Tu es si chaud à l'intérieur. J'ai hâte d'y être.

Snow était à court de mots, à ce stade. C'était trop. Il bougea simplement sa main plus fort et plus vite sur sa queue.

Jude se retira légèrement, observant ses mouvements, apparemment hypnotisé, avant de se reprendre et retirer ses doigts. Il attrapa le préservatif. Ses mains tremblaient visiblement lorsqu'il l'enfila, sa respiration était sifflante, ses yeux noirs fixés sur la main de Snow posée sur sa queue.

Snow ôta sa main, attrapa le lubrifiant et l'étala sur l'érection de Jude recouverte par le préservatif.

— Maintenant, Jude.

— Oh, j'aime quand tu dis mon nom.

Jude s'approcha de lui, se guidant vers l'entrée de Snow, ses cuisses épaisses écartant celles de son amant alors qu'il s'installait entre elles. Il prit le visage du médecin entre ses mains et le regarda fixement tout en poussant lentement à l'intérieur de son corps.

Le premier sursaut de douleur lui fit voir des étoiles, mais Snow l'accueillit de tout cœur, gémissant lorsqu'il se cambra pour répondre à l'intrusion. Leurs regards restèrent verrouillés l'un à l'autre et lorsque les étoiles disparurent, tout ce que Snow put voir fut l'encre liquide des yeux de Jude, alors que l'homme le regardait comme il l'avait fait auparavant. Comme s'il regardait quelque chose qu'il ne pouvait pas croire totalement réel – une sorte de regard étonné, mais possessif, qui réchauffait les recoins les plus profonds de son corps. Encore une fois, ce fut trop, et il ferma les yeux, concentré sur la plénitude du sexe de Jude enfoui en lui.

— Putain, Snow. Putain !

Jude embrassa sa bouche, son menton. Il lécha son arc de Cupidon.

— Tellement chaud. Si bon.

Il s'enfonça plus profondément.

Snow planta ses talons dans les couvertures et contracta ses muscles, ce qui fit crier Jude et l'incita à le pénétrer en de longs et profonds coups de reins. Les doigts de son amant s'enfonçaient dans son épaule et cette douleur supplémentaire incita Snow à se cambrer encore davantage. Il haleta, gémit et s'agrippa aux hanches de Jude.

Ce dernier se baissa et enveloppa le genou de Snow d'un bras puissant, levant sa jambe bien haut, l'étirant davantage pour s'enfoncer plus brutalement. La douleur s'était atténuée et le plaisir, enivrant et accablant, le traversait en vagues déferlantes. Il haleta et leva le bassin en enfonçant les doigts dans le cul de Jude qui commença à marmonner des paroles incompréhensibles.

— Tellement chaud. Je le savais…

Il se tut, la voix rauque.

— Je savais que ça serait comme ça !

Il s'enfonça en lui, encore et encore. La sueur s'accumulait entre eux, faisant glisser leurs corps l'un contre l'autre.

— Caresse ta queue, Général.

Snow n'hésita même pas à glisser sa main entre eux. Il enroula ses doigts autour de son sexe et se mit à crier. Toute la tension refoulée, la colère, le chagrin, tout ce qu'il endurait depuis trop longtemps pour pouvoir le supporter… tout surgit en lui jusqu'à ce qu'il soit sur le point de lâcher prise. Jude grogna à nouveau, se pencha, pressant la jambe de Snow contre lui pendant qu'il l'embrassait. Lorsqu'il lui lécha à nouveau la lèvre supérieure, Snow abandonna tout au plaisir. Il cria, se répandit sur sa main, sur son ventre.

Jude gémit, l'embrassa de nouveau, le lécha profondément, avalant ses gémissements. Il était certain qu'il n'avait rien connu de plus torride que Jude en train de s'enfoncer en lui. Il comprit qu'il se trompait, quelques secondes plus tard, lorsque l'autre homme laissa échapper un long gémissement, lui offrit deux autres coups de reins, puis se déversa dans le préservatif. Ça. *Ça*, c'était encore plus torride.

Ils restèrent l'un sur l'autre, respirant bruyamment. Jude relâcha sa jambe et s'affala sur lui, son cœur battant contre la poitrine de Snow. Lui se sentait mou, rassasié, flottant sur un nuage post-orgasmique. Un orgasme incroyable. Le poids de l'homme sur lui était si bon.

— Bordel de merde, murmura Jude dans son cou.

Snow lui caressa le dos d'une main, profitant de ses muscles déliés et tendus. Sa peau lisse et transpirante ressemblait à de la soie sous sa paume.

Jude roula sur le côté, écartant les couvertures d'un coup de pied alors qu'il ôtait le préservatif et le laissait tomber dans quelque chose à côté du lit.

La chambre était encore un peu froide, mais elle rafraîchissait la peau moite de Snow. Il s'étala sur le lit, une jambe encore emmêlée à celle de Jude. Son putain d'esprit était sens dessus dessous, son cœur battait à tout rompre. Il était incapable de penser rationnellement. Le reste du monde s'était évanoui et s'était effondré pour qu'il puisse respirer. Il s'était ouvert à cet homme plus qu'il ne l'avait fait avec n'importe qui d'autre, le laissant découvrir ce qu'il n'avait jamais permis à quiconque de voir. Et il ne comprenait pas pourquoi. Qu'est-ce qui rendait cet homme spécial ?

Il était magnifique. Sexy. Mais il avait l'air si… gentil. Et puis, il y avait ce côté dominant qui sortait de nulle part. Il aimait ça. Beaucoup.

Il tourna la tête et surprit Jude en train de le regarder. Sa mâchoire, couverte de cette barbe tenace, s'effilait en un menton sexy et pointu. Son nez était incliné, long et élégant. Il avait des yeux d'un brun si foncé qu'ils semblaient noirs à la lumière du jour. Des lèvres pleines et douces, dont Snow savait désormais qu'elles envelopperaient probablement sa queue comme dans un rêve. Quand ils en arriveraient là.

Attends, quand ?

Snow ne faisait pas dans les aventures de plus d'une nuit. Jamais. Mais il serait stupide de ne pas recommencer. C'était trop bon. Et rien à voir avec la première fois de ses précédentes relations. Entre eux, ça n'avait même pas ressemblé à une première fois : leurs corps s'étaient unis dans un rythme régulier que Snow avait toujours cru ne pouvoir naître que de l'habitude.

Jude appuya sa joue sur sa paume et se rapprocha, faisant glisser sa cuisse le long de la sienne. Les poils soyeux de sa jambe lui chatouillaient la peau et il ravala la boule qui se formait dans sa gorge. Jude lui posa sa main libre sur le ventre, sous la flaque désormais froide de son sperme. Il enfouit ses doigts dans ses poils pubiens.

Snow avait besoin de se lever. De sortir d'ici. Il ne pouvait pas bouger.

Jude ricana, tapota son ventre et roula hors du lit.

— Je peux presque sentir à quel point ton esprit travaille vite et fort. Combien tu as envie de te sauver. Je vais chercher quelque chose pour te nettoyer. Reste là.

Mais il ne bougea pas tout de suite, son regard se déplaçant lentement de haut en bas du corps allongé de Snow.

— Je suis sérieux. Reste.

Snow replia ses bras sous sa tête.

— Le temps des plaisirs sexy est terminé. Tu peux arrêter de donner des ordres, maintenant.

— Le temps des plaisirs sexy n'est certainement *pas* terminé. Tu crois que c'est tout ce que je veux de toi ? Après ça ?

Jude sourit par-dessus son épaule en se retournant.

— Reste là, bon sang. Un chiffon chaud et humide arrive.

Snow observa le cul de Jude alors qu'il se rendait à la salle de bains, qui se trouvait de l'autre côté du petit appartement. Ses fesses étaient rondes, fermes, parfaites pour y enfoncer ses dents : ce cul était l'objet de ses rêves. Il l'avait reluqué sous son uniforme depuis des mois. Il était mieux nu.

Il était aussi très beau de face, remarqua-t-il tandis que Jude se dépêchait de revenir. Il devait avoir froid maintenant que la sueur séchait sur son corps. Il essuya Snow, jeta la serviette dans un panier à vêtements et tira les couvertures.

— Non pas que je veuille couvrir toute cette peau magnifique et ces longues jambes incroyablement sexy, mais il gèle ici. Je vais augmenter le chauffage.

Apparemment, Jude n'avait pas seulement des tendances dominantes. Il semblait en avoir de sacrément protectrices également.

Une fois encore, Snow eut l'impression de vaciller dangereusement, comme s'il était en équilibre sur une poutre, ayant peur d'ouvrir les yeux à cause des vertiges. Mais il ne pouvait littéralement pas fermer les yeux, pas tant que cet homme se promenait nu. Jude s'approcha du radiateur, complètement inconscient des pensées de Snow, ses muscles se contractant et se fléchissant. Forts. Fermes. Il en eut l'eau à la bouche.

— C'est quoi, ces boîtes en bois ? demanda-t-il, essayant de diriger ses pensées ailleurs que sur son envie d'un second round.

Jude monta le thermostat, se dirigea vers le mur de briques recouvert d'étagères et apporta une des boîtes qu'il lui donna, puis rampa sous la lourde couette et glissa sa jambe sur la sienne. Son sexe, désormais mou, se blottit contre sa hanche. Snow se concentra sur la boîte qu'il tenait dans les mains et essaya d'ignorer l'élan de désir instantané qui commençait à réveiller sa verge.

— Ouvre-la, exhorta Jude en glissant sa main sous la couverture pour la poser de nouveau sur le ventre de Snow.

Il semblait fasciné par cette partie de son corps. Il traça les muscles de son ventre, puis caressa la traînée de poils sous son nombril et la queue de Snow se remit à tressaillir. Malheureusement, la multitude d'émotions qui l'avaient traversé avaient fait des ravages. L'épuisement s'empara de lui, intensifié par la chaleur procurée par la couverture et le corps de Jude. Le sommeil allait gagner le combat contre la luxure. Il retourna la boîte, admirant les motifs entrecroisés des différents bois.

— Je ne vais pas ouvrir une porte vers une dimension démoniaque, hein ?

— Ce n'est pas une boîte de Lemarchand. Mais c'est drôle que tu demandes ça, gloussa Jude, ses doigts lui caressant toujours le ventre. C'est une boîte à puzzle japonaise. Je les collectionne. Chacune a un système d'ouverture différent. Tu veux que je te montre comment ouvrir celle-ci ?

— Non.

Il offrit un sourire timide à Jude avant de rediriger son attention vers la boîte. Il n'était pas du genre à se dérober face à un défi. Il étudia la boîte. Rien ne dépassait. Aucune rangée ne semblait différente d'une autre. Il commença à pousser plusieurs zones à l'aide de ses pouces, essayant de faire glisser une rangée ou d'en trouver une sur laquelle appuyer. Cela lui prit quelques minutes, mais il ouvrit la boîte. Il inclina l'intérieur, vide, vers Jude.

— Pas de récompense à l'intérieur ?

Des yeux noirs croisèrent les siens.

— Tu as réussi à l'ouvrir, murmura-t-il à voix basse, lui envoyant des frissons le long de la colonne vertébrale. Découvrir des secrets n'est-il pas suffisamment gratifiant ?

Snow ne répondit pas. La dernière chose qu'il voulait, c'était que quelqu'un apprenne ses secrets. Il s'était déjà pas mal dévoilé.

— Qu'est-ce qui t'a poussé à les collectionner ? demanda-t-il en lui tendant la boîte.

Jude la posa sur la petite table à côté du lit, puis roula sur lui. Il était du genre câlin. Un homme câlin, grand, musclé, aux cheveux soyeux, qui sentait terriblement bon et qui lui donnait envie de se pelotonner contre lui. Ou de s'enfuir.

— Un stupide film d'horreur, répondit Jude, presque embarrassé. Je l'ai détesté. Il me faisait peur quand j'étais enfant. Mais j'aimais la boîte. Puis un de mes oncles m'en a offert une, en bois, similaire, et c'est comme ça que j'ai commencé. Ma famille s'amuse beaucoup à m'en trouver de nouvelles pour Noël chaque année.

— Alors tu n'es pas fan de films d'horreur ?

— J'aime les bons thrillers, et plus il est effrayant, mieux c'est, mais je déteste la torture et les trucs sanglants. Par contre, je suis partant pour un bon film d'action n'importe quand.

Il embrassa l'oreille de Snow.

— Ou un bon porno.

Jude rit quand il frissonna, sa voix si proche qu'elle gronda à son oreille.

— Je pense que ton oreille est une zone érogène.

— Je pense que tu fais une fixation orale.

— Coupable, répondit Jude en suçotant son lobe. Dans quelques minutes, je vais te montrer à quel point je fais une fixation orale.

Il recula, le regarda.

— Tu te fais tester régulièrement à l'hôpital, non ? Moi, oui. J'ai un certificat de bonne santé dans le tiroir qui date d'une semaine.

La question déstabilisa complètement Snow et sa crispation dut alerter Jude, car il s'appuya sur son coude et reposa sa tête dans sa paume pour pouvoir l'observer.

— Hé, regarde-moi.

Il posa sa main sur le ventre de Snow et caressa ses abdominaux.

— Pas la peine de paniquer. Je ne parle pas d'arrêter les préservatifs pour baiser. Il faudrait qu'une relation soit bien plus avancée que ça pour ce genre de choses. Mais je veux vraiment ta queue dans ma bouche et je ne suis pas fan du goût du latex.

Il sourit.

— Le fait d'être dans le milieu médical m'a rendu plus difficile qu'avant.

— Les risques de contracter le VIH par voie orale sont assez faibles, mais ils existent. Que fais-tu habituellement avec tes coups d'un soir ?

— Je ne fais pas dans les coups d'un soir, Général, répondit Jude, sa main se posant de nouveau sur son ventre.

— Jamais ? demanda Snow, choqué.

— Oh, si, ça m'est arrivé, et j'ai utilisé des préservatifs même pour le sexe oral, mais la plupart de mes relations sexuelles ont eu lieu dans le cadre de relations. J'ai quelques sex-friends, un notamment que j'appelle si je suis vraiment en manque. Mais ça fait un bout de temps.

Pour une raison quelconque, Snow ressentit de la jalousie à l'idée que Jude fasse appel à un mec en particulier pour baiser. Il se demanda immédiatement s'il prenait aussi son pied en maltraitant cet homme. Si lui aussi avait droit à cette personnalité dominante et sexy. Lorsqu'il se rendit compte qu'il souhaitait être le seul à se faire malmener, il étouffa rapidement ces pensées. *Mais qu'est-ce que je fous ici ?*

— Hé !

Jude prit son menton en coupe et tourna son visage afin qu'il soit obligé de le regarder en face.

— Respire. C'est comme si chaque muscle de ton corps criait « cours ! ».

Snow ferma les yeux et se glissa sur le matelas, de sorte que sa tête atterrisse sur l'oreiller et non plus contre la tête de lit. Ou le dossier du canapé. Il était trop fatigué pour comprendre et il avait besoin de se ressaisir. Jude l'avait foutu en vrac, en équilibre sur le fil du rasoir de trop de choses qui ne pouvaient pas être, *ne seraient jamais*.

La main de Jude revint sur son ventre dans une lente caresse qui le détendit d'une manière presque magique. Sa respiration s'apaisa et il sentit la chaleur s'infiltrer plus profondément dans ses muscles, le berçant. Il pourrait fermer les yeux juste une seconde, rester allongé et profiter de la chaleur avant de devoir partir.

Chapitre 10

Il sortit de chez Jude comme un voleur, à l'aube. Il n'en était pas particulièrement fier, mais en se réveillant, il s'était retrouvé à laisser courir son regard sur les lignes époustouflantes du corps endormi de Jude et, en tendant la main pour le toucher, il avait paniqué.

Il s'était habillé, tremblant, dans la cage d'escalier pour ne pas le réveiller, puis il était sorti lentement dans la grisaille du matin. Le soleil se levait, combattait les nuages, une toile de fond orange s'infiltrait en fins rayons derrière les bâtiments de la ville. L'air était si froid à cause de la pluie que respirer lui donnait l'impression d'aspirer des lames de rasoir. Les vestiges de la tempête de la nuit scintillaient dans des flaques d'eau éparses.

Durant tout le trajet du retour, la culpabilité pesa sur lui comme une chape de béton et cela l'énerva. C'était une émotion qu'il n'avait jamais éprouvée, et la sentir l'envelopper le rendait furieux. Il avait quitté un Jude au corps alangui, ne se doutant pas le moins du monde qu'il ne se réveillerait pas pour lui offrir la pipe qu'il lui avait promise. Celle que Snow voulait recevoir. Jude était beau, une œuvre d'art baignée par la lumière du petit matin venant de la seule fenêtre de ce minuscule appartement.

Snow lui avait donné une partie de lui-même et, bien qu'ils se soient endormis avant que quelque chose d'autre n'arrive, il n'avait jamais expérimenté auparavant ce qu'il avait ressenti lors de cette première connexion.

Le poing appuyé contre sa cuisse, il jeta un coup d'œil aux arbres qui défilaient, brouillés par la pluie continue. Tout semblait terne et déprimant par ce temps, mais ce n'était que Cincinnati en hiver. Il devait se concentrer et cesser de penser à Jude. Il y avait une vente aux enchères à Cincinnati et ils avaient besoin d'informations supplémentaires s'ils voulaient non seulement attraper ce putain de Gratton, mais aussi stopper cette vente. S'impliquer signifiait clairement croiser le chemin de Jagger, mais cela semblait inévitable avec le retour de Gratton en ville. Ils n'allaient pas rester les bras croisés à ne rien faire. Pas avec la mort de Mel et Ian dans le collimateur de Gratton. Son cœur se serra. Il ne pouvait pas se permettre de penser à Mel. Il céderait à la tristesse plus tard, une fois certain de savoir Ian en sécurité.

La chose intelligente à faire serait d'appeler les flics pour ça. Se frotter à une vente aux enchères n'était pas une bonne idée, mais il n'y avait pas grand-chose d'autre à faire et Snow n'était pas prêt à laisser les flics tout foutre en l'air. La hackeuse de Rowe, et peut-être même une partie de l'argent de Lucas, pourraient les rapprocher un peu plus de leur but, leur fournir davantage de détails, et les flics pourraient alors intervenir. Qu'ils restent en dehors de ça pour l'instant. Du pire, au moins. Il ne voulait pas avoir à revenir dans cette vie, et il ne voulait certainement pas que Jude revoie cette merde.

Mais alors qu'il pensait à lui, un sourire réticent ourla ses lèvres. Jude l'avait vraiment impressionné. Il s'en était sorti avec brio, prêt à assurer ses arrières, et il avait affronté cette nuit-là la tête froide.

Une fois la voiture dans son garage, il soupira de soulagement en tapant le code d'ouverture de la porte. Rowe avait installé un système de sécurité haut de gamme le jour où il avait signé les papiers de la maison. En pensant à Rowe, il eut le cœur lourd. Penser à Melissa lui donnait envie de se blottir dans un coin et de crier contre l'injustice du monde entier. Il monta les escaliers et sut que quelque chose n'allait pas avant même d'allumer les lumières.

L'une des choses qu'il préférait chez lui était le grand nombre de fenêtres dans chaque pièce. Il avait visité l'endroit pour la première fois au petit matin et il faisait beau, une lumière joyeuse se répandait dans tout l'espace. Lorsqu'il ne travaillait pas de nuit, il se levait tôt, et lorsque c'était le cas, il aimait rentrer chez lui à l'heure où le soleil se lève, pour pouvoir prendre un café sur le rebord de la fenêtre de sa cuisine. Il aimait s'y asseoir, regarder la rivière à l'extérieur tout en appréciant l'odeur des grains de café fraîchement moulus.

Des grains de café qui jonchaient désormais son plancher.

Leur récipient était également sur le sol, ainsi que la cafetière brisée et deux chaises. Snow se tint parfaitement immobile alors qu'il avisait le reste du désordre. Son canapé avait été basculé vers l'arrière, une lampe était cassée et son abat-jour complètement déformé. Son unique vase avait été jeté à travers la pièce, laissant un trou dans le mur, le verre bleu brisé éparpillé sur le sol. Il ferma les yeux, se souvenant du moment où Melissa lui avait offert le vase parce qu'elle disait que sa maison avait besoin de couleur.

Il sortit son téléphone portable mais, avant qu'il ne puisse composer le moindre numéro, une tache rouge attira son attention. En qualité de chirurgien, c'était une nuance de rouge qu'il ne connaissait que trop bien. La tache formait une empreinte de chaussure au pied de l'escalier qui menait aux étages. Le premier était composé de deux chambres, deux salles de bains et d'une buanderie. La suite principale se trouvait au deuxième. Il songea à retourner à sa voiture pour récupérer l'arme qu'il avait planquée dans la boîte à gants, mais au lieu de cela, il fit le tour de l'îlot de cuisine et prit un couteau dans le tiroir.

D'autres éclaboussures de sang recouvraient les marches. Empreintes partielles. Il savait que le mieux serait de sortir et d'appeler la police, savait qu'il pouvait compromettre une scène de crime, mais il se souvint que Lucas, Rowe et Ian avaient tous les clés de sa maison. Ils étaient les *seuls* à avoir accès à son domicile. Le cœur battant, il se faufila dans l'escalier, évitant les traces de sang, suivant la piste. Un pied nu apparut sur le palier. Un pied masculin. Le reste du corps était dissimulé par la cloison qui maintenait l'escalier fermé.

Tout son souffle quitta son corps.

Il fut incapable d'enjamber ce pied pour découvrir qui était allongé sur le palier. Un sanglot de terreur se logea dans sa gorge, et il posa une main sur le mur pour ne pas tomber. Ce fut seulement la pensée que l'homme pouvait être encore en vie et avoir besoin d'aide qui le força à bouger. La confusion balaya la peur de trouver l'un de ses amis. Ce n'était pas le cas.

C'était l'homme qu'il avait frappé au Dock la nuit précédente. Le géant qui s'en était pris à lui et avait blessé Geoffrey.

Nu.

Ensanglanté.

Le regard vide.

Le choc maintint les pieds de Snow collés au sol. Il ne comprenait pas ce qu'il voyait. Il ne comprenait pas les taches de sang sur les murs. La façon dont le liquide s'était répandu sur le tapis beige. Ni pourquoi cet homme se trouvait ici, pourquoi une batte de baseball familière reposait sur le sol près de son corps.

Pourquoi sa joue avait été fendue de la même manière que celle que Snow avait fendue sur un autre homme il y avait des années.

La bile monta si fort et si vite dans sa gorge qu'il se pencha et serra son estomac. Mais la lumière était allumée dans la pièce derrière le corps et il ne put s'empêcher d'aller plus loin.

Il prit garde à éviter le sang en entrant dans la chambre d'amis qu'il n'utilisait que lorsqu'il ramenait des hommes à la maison. La couette verte et les draps étaient enchevêtrés au bout du lit, des vêtements jonchaient le sol, et la table de nuit supportait des bouteilles de bière vides et un emballage de préservatif. Les éclaboussures de sang sur le mur derrière le lit et sur les oreillers racontaient la terrible histoire de ce qui s'était passé ici.

Son ventre se serra sous la douleur et la pitié. Et l'horreur absolue.

Cet homme était venu ici en espérant avoir des relations sexuelles. Il avait fait la chose la plus difficile qu'un homme puisse faire : se rendre vulnérable face à une autre personne. Et il avait été tué de sang-froid. Dans la maison de celui qui l'avait frappé quelques heures auparavant. Il avait été utilisé dans l'idée tordue de vengeance d'un psychopathe.

La pièce se rétrécit autour de lui, sa vision se brouillant. Il chercha son téléphone portable, comme si son bras se déplaçait dans de la boue épaisse alors qu'il tapotait lentement sa poche. Il frissonna une fois, deux fois. Puis ne put s'arrêter. Son corps trembla de façon incontrôlable. Où était son téléphone ?

En bas. Il l'avait laissé en bas.

Il se détourna du sang, pour faire face à davantage de sang. Et le corps. Des étourdissements le submergèrent et il ferma les yeux pour essayer de se contrôler. Quand il les rouvrit et réussit à se concentrer, la première chose qu'il vit fut une dent couverte de sang.

Il se retourna et se pencha alors que de l'acide bouillait dans sa gorge. Il enregistra vaguement le bruit de pas qui montaient les escaliers alors qu'il se redressait.

— Police ! Ne bougez pas !

Mais il ne put arrêter sa chute alors que son estomac se vidait.

* * *

Jude se réveilla, seul et glacé. Il faillit s'énerver, mais réalisa la futilité de céder à cette émotion quand il s'agissait de Snow. Il serait trop facile de rester tout le temps en colère contre le médecin et sa personnalité irritable. Jude était conscient des difficultés de s'engager dans cette voie, alors être surpris qu'il se soit faufilé dehors pendant la nuit se révélait tout simplement stupide. Qu'importe, si l'homme s'était enfui ?

Il pourrait le poursuivre. Il aimait le poursuivre.

Après la nuit précédente, il savait que Snow valait tous les efforts indispensables pour le capturer. Cette chose entre eux était puissante. Jamais dans sa vie il n'avait ressenti une telle chaleur.

Il voulait beaucoup plus de cette sensation.

Beaucoup.

Il se retourna et respira l'oreiller que Snow avait utilisé. Son odeur était faible, mais elle était là, et il y enterra son visage et se blottit sous la couette. Il ne lui échappa pas que le studio était plus froid qu'il ne l'avait été la nuit précédente. Il se demandait quelles étaient les pensées de Snow lorsqu'il avait quitté son appartement. Il avait sûrement été silencieux. Il s'était probablement habillé dans la cage d'escalier, qui ne devait pas être plus chaude. Il pouvait voir son souffle.

Merde. Cela signifiait que le chauffage avait finalement abandonné le combat.

Ça aurait été tellement agréable de se réveiller contre la chaleur du corps délié et sexy de Snow. Au petit matin, juste avant qu'ils ne s'endorment, il avait glissé sa jambe entre celles du médecin et posé sa main sur ce ventre plat. Snow s'était crispé, puis lentement détendu, lui caressant légèrement le dos et le cul. Il sourit en pensant au cadeau qu'il avait laissé sur le téléphone de Snow. Ce sourire s'effaça lorsqu'il se remémora la façon dont l'autre homme l'avait serré contre lui dans son sommeil.

Il ne pouvait s'empêcher de se demander pour quelle raison le docteur semblait presque fragile, alors qu'à l'hôpital, il avait très certainement mérité le surnom de chirurgien général. « Maniaque du contrôle » était imprimé sur son front. Pourtant, la nuit précédente, le contrôle était la dernière chose qu'il avait voulue. Le besoin dans les yeux de Snow, la faim… Il était affamé d'un vrai contact humain, d'un besoin d'affection, et il ne le savait même pas. Il assimilait apparemment ses besoins profonds à la libération d'endorphines par la douleur. Tous les signes étaient là.

Jude le savait parce que son dernier petit ami sérieux avait été comme ça.

Et ça les avait brisés sur le long terme. Jude n'avait pas peur de prendre le contrôle au lit, il y trouvait même beaucoup de plaisir. Parfois, cela venait spontanément. Mais il n'avait pas envie d'infliger de la douleur. Il détestait ça. Brian avait eu besoin de la douleur, alors il était allé la chercher ailleurs. Et finalement, Jude avait estimé que ce n'était pas plus mal.

Plusieurs fois, la nuit précédente, Jude avait été sur le point d'abandonner l'envie de faire de même avec Snow – surtout quand il avait réalisé qu'il était en train de revivre cette situation. Il avait reconnu ce regard audacieux à la seconde où il avait vu Snow dans le bar. Mais la façon dont le médecin l'avait dévisagé dans cette ruelle lui avait fait comprendre qu'il n'avait pas le choix en ce qui concernait Snow.

Toute l'épreuve de Southgate House avait été un véritable coup d'éclat. Il était plus qu'évident que Snow ne voulait pas qu'il l'accompagne, mais il lui avait fait confiance pour surveiller ses arrières, pour l'aider dans une situation délicate, alors qu'il ne savait rien à son sujet. Et malgré cette aventure cauchemardesque – même si la partie où il avait prétendu être un Eurotrash dépravé avait été un peu amusante – il était honoré que Snow lui ait fait confiance.

Ils partageaient une sorte de connexion qu'il ne comprenait pas, mais elle lui semblait solide. Et puissante. Il aurait parié sa couille gauche que Snow avait besoin d'une délivrance qui venait de quelque chose de bien plus profond que la douleur physique.

Il voulait lui donner ce dont il avait besoin, mais s'il devait se montrer honnête, il éprouvait aussi de la peur. Il savait avec certitude que Snow pourrait très facilement lui briser le cœur.

Quelqu'un frappa à la porte et Jude gémit avant de sortir du lit chaud pour aller chercher un pantalon de survêtement dans le panier à linge près de la table. Il l'enfila, espérant que Snow était revenu. Un sourire se dessina sur ses lèvres lorsqu'il ouvrit la porte.

— Mec, vu ton regard, tu t'attendais à un morceau de cul. Dégueulasse.

Son plus jeune frère, Jordan, entra dans la pièce, tirant sur son jean trop ample.

Jude vit le boxer qui dépassait de la ceinture lorsqu'il essaya de se réchauffer en se frottant les bras.

— Il me semble me souvenir de t'avoir emmené acheter des jeans à ta taille. Où sont-ils ? Et pourquoi tu n'es pas à l'école ?

Jordan sourit, ses yeux noirs pareils à ceux de Jude, son appareil dentaire brillant.

— Une sorte de journée de rattrapage pour les profs, je dois aider *Mana* à nettoyer le garage aujourd'hui. Je ne voulais pas abîmer mes beaux jeans.

— Ouais, c'est ça, murmura Jude, se penchant pour serrer son frère dans ses bras.

Son sweat-shirt noir était humide et froid. Jordan se présentait souvent avec la faim comme excuse, mais Jude savait que son frère avait encore du mal à accepter qu'il ne vive plus à la maison. Il était ce qui se rapprochait le plus d'un père pour Jordan.

Le fait de voir l'appareil dentaire le rendit heureux. Les dents de son petit frère étaient abîmées et il éprouvait une certaine satisfaction à voir qu'il pouvait prendre soin de lui. Avec leur autre frère, Carrick, ils avaient fait tout ce qui était en leur pouvoir pour aider leur mère à s'occuper de Jordan. Leur père était mort quand Jude avait neuf ans et Carrick huit. Le père de Jordan était parti quand il avait appris qu'il allait être père. Leur mère n'avait plus jamais fait confiance à un autre homme après ce trou du cul. Jude s'était substitué au père pour le garçon. Il avait déménagé l'année précédente et Jordan avait commencé à venir prendre son petit déjeuner dès la première semaine.

En participant aux dépenses, comme pour l'appareil dentaire de son frère, il se sentait mieux d'avoir son propre appartement.

Il tendit la main et récupéra la casquette de son frère.

— C'est quoi ce symbole sur la casquette ?

Quelqu'un l'avait dessiné au marqueur en petit et vers l'arrière, un symbole de gang connu. Jude savait que son frère n'était pas impliqué. Carrick et lui avaient juré de botter le cul de Jordan s'il faisait ne serait-ce qu'y penser.

— Ça veut rien dire. Lisa trouvait ça drôle.

— Ça ne veut rien dire. Qu'est-ce que je t'ai dit sur la grammaire ? Tu veux qu'on te prenne au sérieux ?

Jude récupéra un sweat-shirt bleu dans le panier à linge et l'enfila.

— Et elle a tort. Ce n'est pas drôle et ça veut dire quelque chose. Tu tiens vraiment à ce que les gens voient ça et pensent que tu es impliqué ?

— Personne qui me connaît ne va penser ça. Allez, Jude.

Son estomac se tordit, parce que son petit frère ne comprenait pas le danger que le simple fait de porter ça pouvait provoquer.

— Sais-tu combien de personnes j'aide chaque jour à cause des gangs ?

Jordan leva les bras en l'air.

— Putain de merde, Jude, je sais, OK ? Tu n'as pas besoin de refaire un discours.

Il se dirigea vers le réfrigérateur et sortit le lait.

— Est-ce que Rebecca va bientôt venir te chercher pour aller travailler ?

Il prit une des boîtes de céréales que Jude gardait dans l'armoire au-dessus du frigo rien que pour lui. Jordan n'avait même pas besoin de s'étirer pour l'atteindre. Il avait dépassé le mètre quatre-vingt-deux de Jude depuis quelques années.

— Rebecca a quatorze ans de plus que toi.

— Elle est sexy.

— Et pas intéressée.

— Je sais. Elle aime Carrick. Ça ne veut pas dire que je n'apprécie pas la vue.

Il se laissa tomber sur une des chaises et porta une énorme cuillère de céréales à sa bouche. Il en avait peut-être mâché la moitié avant de se remettre à parler.

— Sérieusement, désolé pour la casquette. J'avais oublié que Lisa avait fait ça.

Jude n'appréciait pas la petite amie de son frère et cela lui faisait espérer que Jordan le comprenne rapidement. Si elle trouvait amusant de le mettre ainsi en danger, elle était idiote.

— C'est important, Jordan. Et si quelqu'un est à la recherche des membres de ce gang ? De quelqu'un à tuer ?

Jordan se leva, prit sa casquette et la tordit pour la mettre dans la poubelle près de l'évier.

— Heureux ?

— Tu pourrais le recouvrir d'autre chose.

Jordan leva les yeux au ciel, alluma la télévision et retourna à ses céréales.

Jude s'était abonné à des émissions et à des films plutôt qu'au câble, il espérait donc que son frère s'intéresse aux nouvelles locales, car c'est tout ce qu'il pouvait lui proposer.

— Il fait froid ici, marmonna Jordan la bouche pleine.

— Je crois que le chauffage a fini par lâcher. Le propriétaire n'est pas en ville.

— Je ne peux pas croire que tu veuilles vivre ici alors que *Mana* a toujours ta chambre à la maison. Tu pourrais manger sa nourriture tous les jours. Hier soir, elle a fait des albondigas.

L'estomac de Jude gargouilla à l'idée des boulettes de viande espagnoles de sa mère. Elle les trempait dans une sauce épaisse et consistante, et la maison sentait comme le paradis. La nourriture de leur mère lui manquait.

— Je ne peux pas m'envoyer en l'air à la maison.

Jordan grimaça.

— Je n'ai pas besoin d'entendre les détails, mec. Mais tu sors vraiment avec quelqu'un ? Parce que notre mère aimerait bien l'entendre. Elle parlait encore de toi avec un médecin hier soir.

Aucune raison de paniquer. Elle ne parlait pas de *son* médecin. Elle faisait juste les mêmes rêves que beaucoup de mères : voir son enfant épouser un médecin. Elle avait difficilement admis son homosexualité les premières années, puis, à la suite de réunions avec un groupe de mères d'enfants homosexuels, elle avait soudainement pris un virage à 360°. Elle le soutenait désormais pleinement. Elle le soutenait même trop, la plupart du temps.

— Tu ne veux pas m'entendre parler de moi mais tu me demandes si je sors avec quelqu'un ?

Jordan haussa les épaules.

— Je veux que tu sois heureux. Même si je ne comprends pas. Alors…

Il s'arrêta lorsque le flash info apparut.

— Oh oui, tu as entendu parler de ça ? Tu es déjà allé dans ce club gay ?

Jude se focalisa sur la télévision alors que le présentateur parlait du meurtre d'un homme vu pour la dernière fois au Dock la nuit précédente. Ils parlaient d'une bagarre dans le bar, puis affichèrent la photo de la victime et la nausée le frappa si vite et si fort qu'il enroula ses bras autour de son ventre.

— Quoi ? Tu connais ce mec ?

Jude hocha la tête.

— J'étais présent lors de cette bagarre.

Il s'approcha de la table et attrapa la télécommande pour monter le son.

— *Nous n'avons pas beaucoup d'informations pour le moment, mais des sources affirment qu'un chirurgien de l'hôpital universitaire de Cincinnati a été arrêté pour être interrogé.*

— Putain de merde. Je dois y aller.

Jude courut vers son placard et prit l'uniforme propre le plus proche. Il serait en retard au travail, mais il était sûr qu'ils comprendraient. Il s'immobilisa en se rendant à la salle de bains. *Ou je vais me faire virer.* Il ne savait pas quelles étaient les règles concernant les rencards avec des collègues de travail.

— Je dois aller au poste de police, dit-il à son frère.

Jordan se contenta de le regarder bouche bée, laissant voir les céréales à moitié mâchées, les yeux foncés grands ouverts.

— Qu'est-ce qui se passe ?

— Ce sourire que tu as vu quand j'ai ouvert à la porte ? J'espérais que c'était ce chirurgien, qui était avec moi toute la nuit. Je dois y aller et le dire à la police.

Il n'attendit pas que son frère pose d'autres questions, courut dans la salle de bains pour s'habiller et se brosser les dents. Pendant tout ce temps, son estomac se retournait d'inquiétude pour Snow.

* * *

Jude gara sa Jeep de l'autre côté de la rue, à l'arrière du département de police de Cincinnati. Le bâtiment de trois étages avait l'air lugubre dans le froid et la pluie. Une tache de rouille salissait la brique brune à côté des portes et deux hommes étaient blottis sous le minuscule porche pour fumer. Jude courut jusqu'à l'avant du bâtiment. S'attendant à entendre du bruit, le calme relatif du commissariat le surprit. Il regardait trop la télévision. Les journalistes avaient eu leur histoire et étaient déjà passés à la suivante.

En entrant par les portes à double battant, il jeta un coup d'œil autour de lui, observant l'ameublement austère, délavé et usé par le temps et la surutilisation. Des murs probablement blancs à l'origine étaient désormais inégalement jaunis par l'âge, tandis que les fenêtres recouvertes d'années de crasse laissaient filtrer peu de lumière. On discernait un faible bruissement d'activité alors que les gens parlaient et géraient leur dossier sans véritable sentiment d'urgence. L'idée que Snow était enfermé quelque part dans cet endroit déprimant rendait Jude malade.

Avant qu'il n'ait pu intercepter le policier le plus proche, une voix grave et profonde à sa gauche attira son attention. Il reconnut l'homme grand aux cheveux foncés dans son long manteau de laine noire, qui s'en prenait à une petite femme blonde. Même en talons, elle n'atteignait pas ses épaules. L'homme était Lucas Vallois, millionnaire local, philanthrope et meilleur ami de Snow. Jude l'avait souvent vu dans les environs de l'hôpital. Surtout l'autre soir, quand leur amie avait été tuée. Avant cela, à chaque fois qu'il se montrait, le personnel avait tendance à faire des commérages et à le suivre comme des groupies. Si Jude n'avait pas été aussi obnubilé par Snow, et s'il n'avait pas vu dans les journaux que le garde du corps incroyablement sexy sortait avec Lucas, il aurait peut-être essayé de se le taper. Il avait vu ce garde du corps surveiller Ian et ne s'en était même pas rendu compte à l'époque.

Lucas grogna, les poings serrés.

— Tu es en train de me dire qu'ils peuvent le retenir pendant vingt-quatre heures et qu'ils vont certainement le faire ? Je ne pense pas.

Les cheveux blonds de la femme coincés derrière ses oreilles se balançaient tandis qu'elle penchait la tête vers Lucas.

— Ils ont une bonne raison. Le meurtre a eu lieu chez lui. Il se tenait debout près du corps.

— Debout ? grogna Lucas à travers sa mâchoire serrée. Il *vomissait* près du corps ! Est-ce que ça ressemble à ce qu'un coupable ferait ?

Lucas se tourna et appuya sa main sur le mur. Son manteau s'ouvrit, révélant un costume gris à rayures qui coûtait probablement plus cher que ce que Jude gagnait en deux mois.

— Ash ne peut pas rester ici, Sarah. C'est impossible qu'il ait fait une chose pareille à un homme innocent. Il *sauve* des vies.

Elle avança d'un pas, baissa la voix. Aucun des deux n'avait encore remarqué Jude.

— Il sauve peut-être des vies, mais comme tu le sais, j'ai dû faire preuve de créativité pour l'aider à éviter les ennuis plusieurs fois dans le passé. Et la police peut déclarer que les horreurs qu'il a commises l'ont rendu malade. Que *cette fois*, il a juste été trop loin. Ce serait tellement plus facile si ton meilleur ami n'avait pas de réputation.

— Tu es peut-être mon avocate préférée mais, Sarah, même toi, tu peux être virée.

— Pour avoir été honnête ? dit-elle en baissant encore la voix. Écoute, Lucas, beaucoup de gens les ont vus se battre au Dock, et toi et moi savons qu'il est connu pour être brutal.

— Brutal ? Ce n'est pas de la brutalité. C'est un massacre et ce n'est pas Snow qui l'a commis.

Sarah soupira, sa main se serrant sur la poignée de la mallette qu'elle tenait dans sa main droite.

— J'admets qu'il semble étrange qu'il ait ramené l'homme chez lui et l'ait baisé toute la nuit après s'être battu avec lui.

Lucas leva la main, plissant les yeux.

— Crois-tu qu'il ait fait ça ? Parce que tu parles comme si c'était le cas.

— Bon sang, non, Vallois, s'écria-t-elle, son expression tout aussi féroce. Mais pour l'instant, il a l'air coupable, et bien que je lui aie dit de s'en tenir aux faits, le seul qu'il n'a pas partagé est le nom de l'étranger avec qui il se trouvait la nuit dernière.

Jude s'éclaircit la gorge et ils se tournèrent tous les deux vers lui. La colère qui se déversait de Lucas semblait pouvoir ôter la couche supérieure de sa peau.

— Excusez-moi, dit Lucas en grinçant des dents. Nous avons une conversation privée.

— Je sais, et je suis désolé d'être intervenu.

Il regarda la femme chez qui tout hurlait « avocat ».

— Ils ne peuvent pas garder Ashton Frost s'il a un alibi, pas vrai ? Pour toute la nuit ?

Elle hocha la tête, son regard aiguisé le toisant de haut en bas.

— Je peux attester du reste de la nuit après la bagarre dans le bar. On a quitté le Dock ensemble et il a passé la nuit avec moi. Il y a un autre témoin, Geoffrey – je ne connais pas son nom de famille, mais il avait l'air d'être apprécié là-bas. Il nous a vus partir ensemble. Oh, et ma collègue de travail aussi. Elle était au club avec moi.

Il fronça les sourcils, son regard allant de Lucas à Sarah. Il pensait qu'il valait mieux qu'il garde pour lui leur incursion à Southgate House.

— Ce n'est pas ce que Snow vous a dit ?

— Il m'a dit qu'il était avec quelqu'un toute la nuit, mais que c'était un étranger qu'il avait ramassé.

— C'est ce qu'il a dit, hein ? déclara Jude en plissant les yeux. Je ne suis pas un étranger. Je travaille à l'hôpital. Il me connaît.

— Non seulement il le connaît, mais il le convoite, annonça une nouvelle voix d'un ton amusé.

L'homme venait d'arriver de l'extérieur. Apparemment, il était dehors depuis longtemps, car ses cheveux blond foncé étaient aplatis sur son crâne et sa veste en cuir noir était plus sombre par endroits. De petites perles d'eau roulaient à la surface.

— J'ai attrapé l'*étincelle* entre vous deux, à l'hôpital, dit-il en tendant la main. Je suis l'inspecteur Hollis Banner. Vous affirmez que vous étiez avec Snow toute la nuit ?

Jude hocha la tête, appréciant aussitôt ce grand flic sympathique.

— Attendez.

La voix de Lucas claqua suffisamment fort pour surprendre tout le monde à portée de voix. Il se tut, puis recommença. Il fronça les sourcils vers Hollis.

— Est-ce suffisant pour faire sortir Snow d'ici ?

— Ça devrait l'être, répondit l'inspecteur en hochant la tête. Il sera toujours le suspect numéro un. Le type a été battu à mort chez lui et il y a des traces de sexe.

— Snow a eu des rapports sexuels, mais pas chez lui, et pas avec celui qui a été trouvé là-bas. Il était avec moi et, croyez-moi, il s'est endormi quand on a fini.

Il surprit Lucas en train de lui jeter un coup d'œil en biais.

— Attendez ici, dit Hollis. Je vais voir si vous pouvez faire une déposition auprès des bonnes personnes.

Une fois l'inspecteur disparu dans le dédale de bureaux et de locaux où se trouvaient d'autres policiers, Jude se tourna vers Lucas et l'avocate.

— Dites-moi ce que Snow a trouvé quand il est rentré chez lui.

— Ils ne nous donnent pas tous les détails…

Jude leva la main, sans se soucier du fait que les sourcils de Lucas se haussaient.

— Je vous en prie, je sais qui vous êtes et je parie que vous n'engagez que les meilleurs avocats qui existent. S'il vous plaît, dites-moi ce que Snow a trouvé chez lui.

Lucas le fixa pendant quelques instants, puis inclina la tête. Il avait de beaux yeux, qui semblaient à la fois gris et verts, même s'ils n'avaient pas l'air très amicaux à ce moment-là. Jude soutint son regard et se demanda s'il évaluait sa valeur, et peut-être même son avenir avec

Snow, en se basant sur quelques mots échangés à la hâte. Lorsque Lucas prit finalement la parole, Jude ne put s'empêcher de soupirer de soulagement.

— Il est entré dans sa maison et a trouvé du désordre et du sang en bas des escaliers. Il est monté pour trouver le corps.

— Que voulait dire l'inspecteur à propos de signes de sexe ?

Ce fut Sarah qui répondit cette fois.

— Celui qui a tué l'homme l'a d'abord baisé dans le lit de Snow.

— Ce n'était pas son lit, ajouta Lucas, puis il s'arrêta en fronçant les sourcils vers Jude.

C'était comme si la balance était à nouveau en service et que Jude voulait rassurer Lucas sur le fait qu'il n'allait pas être un putain de coup d'un soir, que Snow était plus important pour lui que ça.

— C'est un duplex et *sa* chambre est au deuxième.

L'expression de Sarah se crispa, ses traits exprimant une véritable inquiétude.

— Mais c'était le lit qu'il réserve d'habitude aux hommes. Donc celui qui a fait ça connaît bien ses habitudes. Cela signifie qu'il est surveillé ou que c'est quelqu'un qu'il a déjà emmené là-bas.

Jude passa une main dans ses cheveux, serrant son poing alors qu'il se débattait dans les bribes d'informations disjointes dans sa tête.

— Non. Snow est intelligent. Pourquoi serait-il monté s'il avait vu du sang ?

Le visage de Lucas pâlit et, pour la première fois, sa voix s'adoucit un peu.

— Il a un système de sécurité, un système performant installé par un de nos amis qui possède une société de sécurité, et les seuls à avoir les clés sont moi, cet ami et un autre ami. Il a cru qu'il s'agissait de l'un d'entre nous.

Jude ferma les yeux. Pauvre général. Il avait souvent observé le chirurgien avec ses amis à l'hôpital et son comportement avec eux avait déclenché en lui la motivation à faire le maximum d'efforts. Snow aimait ces hommes et ses actions lui avaient prouvé qu'il avait un côté plus doux. Ajoutez à cela l'expression vulnérable de la veille et Jude était devenu accro. Et furieux. Il était d'accord avec l'avocate. Quelqu'un était en train de manipuler son homme.

— Alors, laissez-moi résumer. Quelqu'un a baisé et tué un homme chez lui. L'homme avec qui Snow s'est battu hier soir au club.

— En gros, oui.

Le ton de Lucas lui donna la chair de poule.

Il comprit. Totalement. Il était prêt à mettre quelqu'un en pièces. Il pensa à la confiance que Snow lui avait accordée la veille et serra les poings.

Hollis revint le chercher. Il avait ôté sa veste mouillée et peut-être séché ses cheveux avec une serviette parce qu'à présent, ils formaient des mèches blondes sur sa tête.

— Hé, Vallois, revenez avec nous. Pendant que ce type fait sa déposition, je dois vous parler, à vous et à Snow, d'un autre sujet.

Lucas hocha la tête et suivit, son avocat sur ses talons.

— Ils n'ont pas besoin d'avocat pour ça, dit Hollis en souriant largement à Sarah, qui leva un sourcil blond très haut.

— Mes clients ne parlent à personne dans cet endroit sans moi.

L'inspecteur se contenta de hausser les épaules.

— Alors allons-y.

Chapitre 11

Snow était resté tellement longtemps dans la minuscule salle d'interrogatoire qu'il avait mémorisé l'emplacement de chaque tache sur chaque mur. Il s'était également habitué à l'odeur du café et à celle de l'eau de Cologne piquante qu'un des flics avait apparemment renversée sur son costume ce matin-là. L'avocate de Lucas, Sarah Carlston, s'était assurée qu'il s'en tienne aux faits et il avait répété la même chose encore et encore, les dents serrées, et avec un regard noir qui aurait dû provoquer une combustion spontanée chez les agents qui le passaient au grill.

Ce qu'il n'avait pas fait, c'était donner un sens à tout cela.

Il se sentait pris dans un cauchemar surréaliste et c'était un sentiment qu'il ne connaissait que trop bien. Il avait vécu dans un de ces cauchemars durant les mois où sa mère était morte à petit feu, en souffrant, puis durant les années d'enfer avec son père par la suite. Il savait même qui lui avait fait ça, mais pas la raison. Pourquoi mettre en place quelque chose d'aussi élaboré ? À quoi ce psychopathe jouait-il ?

Lorsque la porte de la salle de détention s'ouvrit, il avait la tête enfouie dans ses mains. Des images continuaient de lui traverser l'esprit, en particulier les éclaboussures de sang sur le lit. Son estomac ne cessait de gargouiller et il était presque sûr que s'il était obligé de rester dans cette pièce plus longtemps, il ajouterait une autre sorte de matière aux murs tachés de café.

— Tu as une sale gueule.

Il releva la tête en entendant la voix de Lucas et le fixa du regard, tellement heureux de le voir. Contrairement à lui, Lucas avait l'air bien reposé, pas comme s'il s'était fait peloter sous la pluie contre un mur de briques sale au milieu de la nuit, avait passé du temps dans un bordel, puis avait baisé jusqu'aux petites heures du matin. Et certainement pas comme s'il était rentré chez lui pour trouver un homme mort et nu dans sa maison. Lucas portait un costume, ce qui signifiait qu'il avait probablement annulé une réunion pour venir.

— Mon Dieu, tu devrais voir l'expression sur ton visage.

Lucas fit le tour de la table, le souleva hors de sa chaise et le prit dans ses bras. Il le tint serré contre son corps puissant et Snow se laissa absorber par cette force – même si ce n'était que son imagination. L'espace d'un bref instant, son univers fut un peu moins déséquilibré. Lucas avait toujours eu le pouvoir de remettre son monde à l'endroit depuis qu'ils s'étaient rencontrés, enfants. Snow avait toujours blagué sur le fait que c'était son super-pouvoir.

Lucas recula, mais garda les mains sur ses épaules, comme s'il essayait de le maintenir debout.

— Ta maison ne sera pas disponible avant un certain temps, alors j'ai déjà envoyé Candace te chercher des vêtements. Je t'emmènerai chez moi quand nous partirons.

Snow sourit presque. Il l'aurait fait si son cœur ne semblait pas peser plus lourd que le reste de son corps. Lucas et sa tendance à tout prendre en charge n'avaient jamais été aussi bien accueillis qu'à cet instant.

— Je pense que je dois rester au commissariat. Ça se présente mal, Luc. Vraiment très mal.

Il revit ces fichues éclaboussures et ferma les yeux. Lucas raffermit la prise de ses mains sur ses épaules, le clouant à nouveau au sol pour qu'il puisse continuer.

— Tu ne croiras pas ce qui est arrivé à cet homme chez moi, chuchota-t-il, voulant parler à son ami de la batte et, pire encore, de la plaie sur la joue de l'homme.

Mais Hollis Banner et Sarah étaient entrés avec Lucas dans la pièce et s'étaient assis sur les chaises en face de la table.

Ils lui donnèrent le temps nécessaire pour se reprendre. La main solide de Lucas sur son bras l'aida. Il s'efforça d'évacuer le sang de son esprit, se pencha vers son ami et sa deuxième étreinte l'aida encore plus.

Lucas pointa la chaise du doigt.

— Assieds-toi, Ash. On dirait que tu vas t'effondrer.

Il acquiesça et s'assit, le regard fixé sur ses mains comme s'il pouvait arrêter leurs tremblements.

— Alors, doc, votre homme s'est pointé, déclara Hollis. Il est là, en ce moment, en train de faire sa déposition.

Surpris, Snow leva les yeux.

— Mon homme ?

— Le secouriste avec qui vous avez passé la nuit s'est pointé. Il a volé à votre secours à la seconde où il a vu les infos. Beau travail, au fait, répondit l'inspecteur avec un clin d'œil.

Snow résista à l'envie de se jeter sur la table et de faire disparaître cette expression du visage de l'agaçant flic.

— Vous êtes terriblement détendu dans de telles circonstances.

Il songea à Jude avec Hollis et sentit son estomac se soulever à nouveau.

— De plus, je doute que vous soyez son type, murmura-t-il.

Lucas tressaillit à côté de lui et Snow ne le regarda pas, sachant qu'il découvrirait son air choqué. Et plein de questions auxquelles il ne pouvait pas répondre. Oui, c'était certainement la jalousie qui avait rendu sa voix menaçante, et il n'avait tout simplement pas l'énergie d'y penser.

Les coins de la bouche d'Hollis se relevèrent.

— Je suis le type de tout le monde, doc.

Snow pinça les lèvres. Il ne voulait pas que le flic s'approche de Jude et, avant qu'il ne réagisse, l'inspecteur leva la main.

— Écoutez, dans mon travail, il est impératif de garder les perspectives. On trouve de l'humour là où on peut.

Il se pencha en avant et posa ses mains sur la table, ses yeux bleus emplis de curiosité.

— Vous avez donc passé la nuit avec un rencard, vous êtes rentré chez vous et avez découvert que quelqu'un avait couché avec un homme et l'avait tué. *Dans* votre putain de maison.

— Cela résume bien, dit Sarah, son froncement de sourcils féroce. Le Dr Frost a répété cela à maintes reprises à d'autres policiers. Et désormais, il a un alibi solide. Il est évident que quelqu'un essaie de le piéger.

— Évidemment, répondit Hollis d'un ton sarcastique, son accent du Sud légèrement traînant plus prononcé que d'habitude. Quoi qu'il en soit, ça ne va pas être si facile pour le doc. Pas alors qu'il a été vu par de nombreux témoins en train de se battre avec la victime la nuit dernière. Tous ses mouvements avant et après seront examinés, et le fait qu'il ait enterré un être cher, la veille seulement, ne fait qu'empirer les choses.

— Putain, Hollis, cet homme a un alibi qui atteste de ses allées et venues toute la nuit.

Lucas passa ses mains dans ses cheveux et s'appuya contre le mur.

— Ça devrait vous pousser à découvrir qui est le vrai méchant dans cette histoire.

Hollis fixa Lucas du regard.

— Il a aussi la réputation d'être… disons… un homme brutal. Il possède un super système de sécurité qui n'a pas été trafiqué, et deux hommes nous ont dit qu'il les avait emmenés dans la même pièce au premier étage pour baiser. Hé, Vallois, ce n'est pas une simple petite affaire pour votre meilleur pote. Ça sent mauvais.

— Vous pensez que c'est moi qui ai fait ça, déclara Snow, le cœur battant.

Le policier poussa un grand soupir.

— Officieusement… non, je ne pense pas que vous ayez fait *ça*.

Il y eut une longue pause et Snow n'eut pas besoin de regarder Lucas pour savoir que son ami l'avait aussi entendu. Hollis avait encore des choses à se reprocher concernant les événements qui s'étaient produits durant l'automne, et la disparition de l'homme à l'origine de la menace qui avait pesé sur deux des citoyens les plus riches de Cincinnati ainsi que de la mort d'un troisième.

— Vous ne me semblez pas être un crétin, finit-il par poursuivre, et il faudrait que vous le soyez pour faire tout cela chez vous. De plus, il n'y a apparemment pas de grosses traces de lutte. Les dégâts en bas ont l'air d'être le résultat d'une étreinte entre deux durs à cuire qui ne font pas attention à leur environnement. Mais celui qui a tué le type était fort, et il était furieux. Il a fendu la joue de la victime en deux avec cette batte de baseball du premier coup.

Snow jeta un coup d'œil à Lucas, sachant que lui seul comprendrait pourquoi son visage s'était figé. Hollis considérerait sa réaction comme du dégoût face à ce détail. Snow savait que Lucas se souvenait du jour où lui-même avait retrouvé Gratton, après l'enlèvement de Ian.

Les yeux gris-vert de Lucas se fermèrent et la nausée menaça Snow. Est-ce que son ami le *croyait* capable de faire une telle chose à nouveau ? Il n'avait pas tué l'homme cette fois-là, et il avait été provoqué. Bon sang, ils avaient tous été provoqués. Si Snow n'avait pas trouvé Ian et Gratton en premier, Lucas ou Rowe auraient agi de la même façon. Ils avaient tous été à l'affût du sang, tant celui de Gratton que celui de Jagger.

— Il y a plus, dit Hollis en attirant leur attention. Et ça ne concerne pas les événements d'hier soir ou de ce matin, nous n'avons toujours pas de nouvelles du médecin légiste.

Il se tut, baissant les yeux vers ses grandes mains rugueuses posées sur la table. Pour la première fois, l'inspecteur avait l'air mal à l'aise, comme s'il se demandait s'il devait continuer.

— C'est à propos de l'accident de Ian. Nous avons trouvé un témoin ayant vu le camion qui a heurté Ian et Melissa. Il a dit qu'il ne s'agissait pas d'un accident aléatoire, ce que nous suspections déjà. Le témoin a précisé que la personne qui conduisait le camion les a heurtés délibérément à grande vitesse et ne s'est arrêtée que le temps de regarder l'issue de l'accident. Avec cette bretelle de sortie, il fallait aussi être parfaitement chronométré. Quelqu'un devait les suivre.

— Attendez, déclara Lucas en se redressant. Vous dites que Melissa a été assassinée ?

Le flic hocha la tête.

— Et Ian l'a presque été, reprit-il, pinçant les lèvres. Croyez-moi, je veux savoir exactement ce qui s'est passé autant que vous.

Il leva les yeux vers Lucas.

— J'ai parlé à votre ex-garde du corps, et il a dit que Rowe conduisait habituellement cette voiture de société, mais que Melissa l'avait prise parce que sa voiture était au garage.

Hollis fit une pause.

— Alors, qui avez-vous énervé tous les trois, bordel ?

— Tous les trois ? demanda Sarah. Vous incluez Lucas alors que j'entends que Rowe et Snow sont les victimes visées, ici ?

— N'avons-nous pas fait connaissance parce que quelqu'un a épinglé une cible sur le cul de Vallois il n'y a pas si longtemps ?

Ses sourcils se froncèrent.

— Vous me dites que ça n'a rien à voir ? Que l'autre cas a été résolu ?

Sarah s'éclaircit la gorge.

— Arrêtez de nous emmerder, sale flic.

— Je suis très mal payé pour être un emmerdeur. C'est mon boulot. Quelle est votre excuse ?

— Je la paie très bien pour l'être, déclara Lucas.

Il enleva son manteau et le posa sur son bras.

— Pouvez-vous demander à quelqu'un de nous apporter une autre chaise, Banner ? Je veux entendre tous les détails concernant la nuit dernière, ainsi que la nuit où Ian et Melissa ont été percutés.

Snow laissa un coin de sa bouche s'élever en signe d'amusement. Épuisé ou non, il appréciait l'attitude autoritaire de son ami et se prépara pour un autre café fade et, avec un peu de chance, suffisamment d'éléments pour ramener Rowe dans leur giron. Maintenant qu'ils savaient que Melissa avait été assassinée, aucun d'entre eux n'allait plus avoir besoin d'impliquer Hollis. Si être le suspect numéro un de la ville restreignait les actions de Snow, Lucas et Rowe le relaieraient et s'occuperaient de Gratton. Il était le seul homme à savoir exactement comment les choses s'étaient passées le jour où Snow l'avait trouvé avec un Ian inconscient. Le seul qui aurait pu effectuer cette mise en scène chez lui.

Ce psychopathe devait être abattu une fois pour toutes.

Chapitre 12

Jude avait appris par la rumeur qui courait à l'UC que Snow séjournait chez Lucas Vallois. Il en avait entendu bien plus, car les bruits de couloir allaient bon train, envahissant chaque recoin du bâtiment. Que tant de gens pensent que le chirurgien était coupable le rendait furieux. Ce n'était pas le cas de son équipe chirurgicale – ils soutenaient tous le médecin – mais pour les autres, il s'agissait de ragots juteux et alléchants. Ça sentait mauvais, oui. Il avait lui-même vu les détails diffusés aux informations, des détails qui colportaient l'horreur de ce meurtre auprès d'un public inconstant, toujours prêt à s'armer de torches et de fourches.

Il dut se faire violence pour taire le fait qu'il avait passé la nuit avec Snow, parce que le médecin n'avait pas besoin qu'on en rajoute pour affronter la situation. Et le seul commérage plus populaire que le meurtre était le sexe. Les gens mâchouillaient ces ragots comme un type qui ronge ses ongles à vif.

Ça finirait par se savoir, de toute façon. Il avait l'intention de faire tout ce qu'il pouvait pour aider Snow. Il était terrifié à l'idée que quelqu'un se donne tant de mal pour le piéger, et il n'y avait qu'une seule explication pour que ce quelqu'un connaisse le type du Dock : il avait été présent à ce moment-là. Il les surveillait.

Un tueur traquait Snow.

Il en eut la chair de poule. Il avait besoin d'avoir l'homme dans son champ de vision pour le protéger, il devait mettre la main sur lui et s'assurer qu'il allait bien.

Il se trouvait donc là, debout devant la porte de l'appartement de l'Ascent. Retrouver Vallois n'avait pas été très compliqué. Une recherche rudimentaire sur Internet lui avait permis d'obtenir plusieurs informations sur l'appartement qu'il avait acheté. Il avait vu les photos qui avaient fait la une de la presse lorsque l'Ascent avait finalement ouvert ses portes après deux ans de construction, mais elles ne rendaient pas justice à l'édifice. La combinaison de murs blancs, de hautes fenêtres et d'acier argenté brillant donnait l'impression que les occupants vivaient dans une œuvre d'art moderne. Le silence régnait dans tout le bâtiment, lui donnant la sensation de traverser un mausolée.

Il essuya ses mains sur le jean qu'il avait enfilé après le boulot et se demanda pour la troisième fois s'il aurait dû choisir une plus belle chemise. Il n'était généralement pas du genre à se laisser intimider par les gens riches. Il était fier de son héritage espagnol et grec et, dans son travail, il n'avait jamais manqué de confiance en lui. Même lorsqu'il avait compris qu'il préférait branler le grand et coriace capitaine de l'équipe de basket des Boyd Travers sous les gradins du lycée et le baiser, plutôt que l'une des cheerleaders. Il n'avait pas essayé de cacher sa sexualité, même si cela lui avait valu quelques bagarres assez violentes. Il avait juste appris à se battre avec acharnement et à se salir.

Mais, étonnamment, il avait vite découvert que sourire et traiter sa sexualité comme normale semblait désarmer les brutes plus vite que les poings. Un de ses amis à l'université lui avait dit un jour que sa personnalité décontractée et facile à vivre faisait que la plupart des mecs se contentaient d'ignorer son homosexualité. Quoi que cela signifie. Il se fichait de savoir qui avait un problème avec sa vie amoureuse. Il était qui il était.

Il savait que son air crispé dû à son inquiétude pour Snow n'aiderait pas, alors il repoussa ce sentiment et frappa. Quand la porte s'ouvrit, l'ex-garde du corps apparut, grand, ses cheveux noirs attachés en une petite queue de cheval. Il le regarda, choqué.

— Comment diable avez-vous passé la sécurité ?

Il croisa les bras, son tee-shirt rouge à manches longues moulant ses impressionnants bras musclés.

— Quelqu'un a mis mon nom sur la liste des personnes acceptées. Je suppose que c'est Snow. Jude Torres, dit-il en tendant la main. Est-ce que Snow est ici ?

Un sourire amusé recourba les jolies lèvres du type alors qu'il hochait la tête et lui serrait la main. Puis il s'écarta pour le laisser entrer. Jude comprit pourquoi le célèbre promoteur immobilier avait fait un coming out aussi spectaculaire dans les journaux pour cet homme. Il possédait le genre de beauté romantique dont les hommes et les femmes s'inspiraient pour écrire des poèmes. Cela aurait peut-être même fonctionné sur Jude, avant, mais plus maintenant. Maintenant, il avait un penchant pour les mecs torrides, autoritaires et émotionnellement blessés. Un gros penchant. Il ferma une de ses mains en poing. Il avait traîné au poste de police aussi longtemps que possible, espérant voir Snow ce matin-là, mais il avait été forcé de partir parce qu'on avait eu besoin de lui à l'hôpital. Pendant toute sa garde, il avait brûlé d'envie de s'assurer que le général allait vraiment bien.

— Je m'appelle Andrei, déclara le type en se dirigeant vers la salle à manger. J'ai entendu dire que vous aviez déjà rencontré Lucas.

Jude hocha la tête. Quand Vallois avait commencé à se montrer en public avec le garde du corps, l'impact avait été énorme. Mais il semblait que Lucas avait adopté la même attitude que lui : il avait fait passer l'homme de garde du corps évident à petit ami évident, sans en faire tout un plat, et les choses avaient fini par se tasser. Quelques-uns étaient encore à l'affût de photos du couple, mais la plupart d'entre elles atterrissaient sur des sites de célébrités, consultés par des hommes et des femmes qui prenaient leur pied en imaginant les deux hommes ensemble.

Jude regarda autour de lui l'espace ouvert et harmonieux, avec ses énormes fenêtres du sol au plafond, et se contint pour ne pas se laisser impressionner. Le soleil était couché depuis plusieurs heures, de sorte qu'il profitait d'une vue imprenable sur la ville. Pourtant, le mobilier le surprenait davantage, parce qu'il était confortable au lieu d'être élégant. Le plus spectaculaire dans la pièce était l'homme étendu dans un des fauteuils du salon, tenant entre ses longs doigts un verre empli d'un liquide ambré. Même avec un pantalon de survêtement et un tee-shirt noir, il avait l'air élégant. C'était vraiment injuste.

Lucas haussa un sourcil noir et but une gorgée de son verre.

— C'est moi qui ai mis votre nom sur la liste, annonça-t-il, et les lèvres de Jude s'entrouvrirent sous la surprise. Snow utilise la chambre d'amis au premier étage. Voulez-vous un verre avant de monter ?

— Non, merci.

Il se tut et s'éclaircit la gorge. Après avoir parlé à l'homme bourru au poste de police, Jude ne savait pas à quoi s'attendre au moment de le revoir, mais en tout cas, pas à… ça.

— Je suis désolé de faire irruption comme ça, mais je voulais savoir s'il va bien.

— Il va aussi bien que possible vu ce qu'il a découvert chez lui.

Jude pinça les lèvres. Il ne pouvait même pas imaginer ce que cela avait dû être.

— Je vais juste aller le voir tout de suite, si ça ne vous dérange pas.

Il savait qu'il se montrait grossier, mais il était sur le point d'exploser du besoin de poser ses mains sur le général.

— Faites à votre guise.
— Merci.
Il se retourna, suivant Andrei jusqu'aux escaliers à l'extrémité de la salle principale. Il frappa à la porte de la première pièce, et la chaleur qui lui remplit la poitrine lorsque Snow ouvrit le décontenança. Puis son cœur se serra en découvrant l'homme meurtri, épuisé et manifestement encore sous le choc devant lui.
Snow se tenait debout, raide et silencieux, habillé comme les deux autres hommes, avec un pantalon de survêtement gris et un tee-shirt bleu qui faisait paraître ses yeux plus sombres, tel un ciel d'orage. Sa belle bouche, fine et pincée, tremblota alors qu'il fixait Jude, à l'évidence vraiment surpris.
Jude lâcha prise face à cette expression. Il était déjà tellement dépassé par les événements que cette attitude le propulsa sur un terrain qu'il savait rocailleux.
— Hé, dit-il en posant sa main sur la poitrine de Snow et en le repoussant doucement dans la pièce pour pouvoir fermer la porte et la verrouiller derrière lui.
Il continua alors à avancer, agrippant Snow, aimant la façon dont ce dernier reculait lentement jusqu'à heurter le pied du lit. Il s'arrêta et Jude entoura sa taille de son bras pour le tirer contre lui. Il glissa une cuisse entre ses jambes et frotta légèrement son aine.
Ces magnifiques yeux bleus se plissèrent, cette bouche sexy s'adoucit et s'ouvrit, et ce sentiment à l'intérieur de Jude s'épanouit parce qu'il n'y avait rien de meilleur que de toucher cet homme puissant de cette façon. *Rien.* Il l'avait regardé déambuler dans l'hôpital comme s'il en était le propriétaire, et pourtant, à présent, il se soumettait. Juste comme ça. À lui. Il se sentit pur et honoré, et tellement excité qu'il fut certain que son cœur allait exploser.
Il passa sa main dans le dos de Snow, absorbant sa chaleur à travers son tee-shirt alors qu'il embrassait son cou, sa mâchoire, et Snow tourna la tête, emprisonna son visage

de ses deux mains et captura sa bouche d'une manière dominatrice qui l'embrasa. Snow le força à entrouvrir les lèvres, y glissa profondément sa langue, et le baiser devint si torride qu'il fut sur le point de s'enflammer. Cette fois-ci, Snow semblait vouloir prendre les rênes. Il ne pouvait pas lui en vouloir. Sa vie avait été remplie de choses qui échappaient à son contrôle. Snow avait perdu un être cher. Quelqu'un avait envahi son espace, l'avait souillé et lui avait volé une vie. La force et la puissance de son toucher, la façon dont il caressait sa langue avec la sienne, la possession absolue dans la façon dont il bougeait son corps contre le sien en disaient long sur ce dont cet homme avait besoin, là, tout de suite, pour oublier l'enfer de sa journée. Les baisers se succédèrent tandis que Snow semblait vouloir fusionner avec lui.

— Putain de merde, haleta Jude en rompant leur étreinte. Non pas que je ne veuille pas grimper dans ce lit avec toi, mais j'ai d'abord besoin d'entendre ce qui s'est passé.

Le souffle de Snow était tout aussi erratique et il resserra sa main sur la taille de Jude.

— Besoin ?

Il songea à garder un ton léger, puis décida que rien d'autre que l'honnêteté pure et simple n'allait fonctionner avec le Dr Frost.

— Oui, Général. J'ai *besoin* de savoir ce qui s'est passé. Tu es sorti de mon lit après une nuit fantastique pour entrer en enfer chez toi.

Snow le fixa pendant quelques instants, son corps musclé si raide que Jude s'attendait à ce qu'il s'éloigne. Au lieu de cela, il ferma brièvement les yeux. Quand il les rouvrit, l'horreur s'y reflétait, déchirant Jude comme des griffes acérées.

— Peu importe. Je pense que parler n'est peut-être pas ce dont tu as besoin en ce moment.

— Je vais le faire, dit lentement Snow, son regard perçant ancré dans le sien. Je vais t'en parler. Je te le promets. Mais oui, j'ai besoin d'autre chose dans l'immédiat.

Il se tut, prit une profonde respiration.

— S'il te plaît.

Le cœur battant, Jude se pencha et caressa la verge dure de Snow.

— Pourquoi tu n'enlèverais pas ce pantalon avant de t'allonger ?

— Non.

Snow laissa glisser ses mains sur la poitrine de Jude pour ôter sa veste en cuir marron, puis commença à déboutonner sa chemise. Avant qu'elle ne soit complètement ouverte, ses doigts s'enfoncèrent dans les poils du torse de Jude. Il pressa la pulpe de ses doigts contre sa peau, gémissant en le caressant.

— Je veux que tu fasses quelque chose pour moi.

— Tout ce que tu voudras, souffla Jude d'une voix tremblante.

Regarder Snow prendre un tel plaisir à le toucher l'envoyait déjà trop vite vers le bord du gouffre.

— Déshabille-toi, allonge-toi et laisse-moi jouer.

Jude n'aurait pas pu répondre verbalement même s'il avait essayé. Au lieu de cela, il se servit de ses mains et obéit à la demande de Snow, ses vêtements s'empilant rapidement sur le sol. Il n'était pas sûr de pouvoir respirer à nouveau normalement, car il se mit à ramper sur le lit et s'allongea pour Snow.

* * *

C'était exactement ce dont Snow avait besoin. Cette connexion sexuelle insaisissable parviendrait peut-être à faire disparaître les images déchirantes qui continuaient à défiler comme un film dans sa tête. Et Jude avait un corps magnifique. Le regarder s'allonger sur la couette verte lui coupa le souffle. Quand Jude fit courir sa main le long de son ventre et effleura son érection, il voulut tomber à genoux et le vénérer. Il fit ensuite ce qu'il y avait de mieux à faire : ôter ses vêtements et ramper entre les jambes de l'autre homme. Les poils doux de l'intérieur des cuisses de Jude lui chatouillaient les bras. Ce simple contact fit monter un doux ronronnement et un gémissement dans la gorge de Jude.

Snow enfouit profondément son visage là où la jambe de Jude rencontrait l'os de la hanche, aimant la sensation des poils pubiens plus rêches contre sa joue. Il recouvrit cet os de sa bouche avant d'embrasser doucement son abdomen. Il plongea sa langue dans le nombril de Jude.

— Seigneur, ton ventre me fait bander.

Il lécha un muscle abdominal, en admiration devant la beauté visible sous ses lèvres et sa langue, étonné qu'un homme aussi magnifique lui offre l'accès total de son corps. Il voulait le chérir de la meilleure façon qu'il connaisse.

Il frotta sa joue sur la traînée de poils soyeux sous le nombril de Jude, la suivit jusqu'à ce qu'une peau encore plus soyeuse et chaude rencontre sa joue. Il se remit à bouger, puis remonta, aspirant un des tétons dans sa bouche. Jude se tordit sur le lit – manifestement plus sensible à cet endroit que lui – et il dut dissimuler son sourire contre la poitrine de son amant. Il embrassa sa clavicule, suça son cou, puis lui offrit un baiser aussi torride que ceux de la veille. Il effleura les lèvres douces de l'autre homme, lui lécha la bouche et, au moment où les mains de Jude se levèrent et atterrirent sur ses épaules, il recula. Il connaissait ce geste, savait que Jude allait commencer à diriger le show, en le mettant en scène avec ses mains.

Il croisa ce beau regard noir et le captura alors qu'il retournait vers le bas de son corps. Il prit cette magnifique queue circoncise dans sa bouche et la suça profondément, sa langue s'enroulant autour du gland, léchant la veine qui pulsait contre lui.

Jude se mit à crier et enfouit ses doigts dans les cheveux de Snow.

— Putain, ta bouche.

Il prit une profonde inspiration, puis aspira plus fort, bougeant sa tête de haut en bas, en enfonçant cette queue profondément dans sa gorge et aimant chaque souffle et chaque gémissement qu'il arrachait à Jude. Jamais aucune relation sexuelle n'avait ressemblé à ça. Il ne cherchait pas seulement à avoir un orgasme, il n'essayait pas de dominer qui que ce soit – il ne se concentrait sur rien d'autre que sur le fait de profiter de chaque centimètre du corps de cet homme tout en le faisant se tortiller.

Il aimait le voir se tortiller.

Il en avait profondément besoin, et ne s'en était même pas rendu compte.

Chaque fois qu'il arrivait au sommet de cette magnifique queue, il faisait tournoyer sa langue autour du gland, arrachant des cris de plus en plus bruyants à Jude. Il tint la base de son sexe dans son poing serré et lécha la fente de l'homme qu'il tenait à sa merci, et qui écarta davantage ses jambes avant de les resserrer autour de ses bras.

Il adorait ça. Les halètements, les gémissements. La peau chaude, humide de salive et de liquide pré-séminal. La veine qui pulsait contre sa langue rendait sa propre queue si dure qu'elle lui faisait mal. Il aspira la verge dans sa gorge et se cala entre les jambes de Jude afin de pouvoir utiliser son autre main pour caresser ses bourses. Même ici, les poils étaient doux. Il aimait la façon dont Jude laissait briller son état masculin naturel. Il prit ses testicules en coupe, augmenta la succion dans sa bouche.

Jude se mit à crier et à tirer sur ses cheveux en guise d'avertissement, mais Snow ne lui laissa pas l'occasion de s'éloigner. Il ouvrit sa gorge, s'enfonça plus profondément et essaya de déglutir. Ce n'était pas quelque chose de facile à faire et il avait rarement connu quelqu'un suffisamment pour essayer.

Jude émit un bruit étranglé, devint silencieux et se tendit, puis poussa un grand cri lorsque le sperme atteignit l'arrière de la gorge de Snow. Il avala, ralentit ses mouvements et lécha jusqu'à ce que l'autre homme soit propre. Il posa sa joue sur la hanche de Jude.

— C'était le bruit le plus sexy que j'aie jamais entendu dans ma vie.

Jude lui caressa les cheveux et émit un son inarticulé, sa respiration lourde et irrégulière.

— Mais on va s'en prendre plein la gueule quand on descendra, parce que je suis sûr que c'était tellement fort que Lucas et Andrei nous auront entendus.

Jude grogna.

Souriant, Snow enfouit de nouveau son nez contre l'aine de l'autre homme, revendiquant cet endroit comme sien. Il reconnaissait ce bruit, aussi, celui qui disait « je n'ai pas assez récupéré pour former de vrais mots ». C'était un bruit agréable, qui le remplissait de fierté. Jude lui tira les cheveux et il rampa le long de son corps, s'étirant jusqu'à pouvoir sentir tout le corps de son amant contre lui. Il se faufila entre les jambes de Jude jusqu'à ce qu'il le laisse entrer, appréciant que ses poils râpent contre ses hanches et sa poitrine. Une fois de plus, il se dit que s'il avait toujours aimé les hommes aux jambes poilues et masculines, il avait plutôt préféré les poitrines lisses.

Il avait été stupide.

Il inclina sa bouche sur celle de Jude, le laissant se goûter sur sa langue. Jude lui frotta son mollet sur les fesses, lui tirant un gémissement contre ses lèvres, et approfondit son étreinte. Les baisers se succédèrent tandis que les mains de Jude lui caressaient les épaules et le dos, puis glissaient vers le bas pour saisir son cul et presser leurs aines l'une contre l'autre. Jude n'était pas dur, pas alors qu'il venait de jouir si récemment, mais le sentir contre lui était incroyable et, avant qu'il ne s'en rende compte, il commença à ruer contre lui.

Jude déplaça sa bouche vers la mâchoire de Snow, puis vers son oreille. Il aspira le lobe, le mordit légèrement, et Snow frissonna et ondula ses hanches plus vite contre lui.

— J'ai compris hier soir que tu étais sensible ici. Je me demande si je pourrais te faire jouir juste en te suçant l'oreille.

Jude lécha le point d'impulsion sous son oreille.

— D'autres zones érogènes intéressantes, Général ?

— Quelques-unes.

— Tu vas me les énoncer ?

— Je préfère que tu les découvres toi-même.

Il se mit sur ses coudes pour pouvoir admirer le visage de Jude.

— C'est plus marrant de chercher.

Il grogna quand il se retrouva soudain sur le dos, une masse espagnole de quatre-vingt-dix kilos sur lui.

— Je parie que j'en connais déjà une.

Jude glissa sa main sur la gorge de Snow et maintint sa prise ferme, stable, en souriant quand il se mit aussitôt à haleter. L'homme avait vite compris sa perversion. Ce besoin stupide d'être maintenu au sol – un besoin qu'il avait passé la majeure partie de sa vie d'adulte à repousser au fond de son esprit. Il n'avait jamais, jamais fait suffisamment confiance à quelqu'un pour le laisser prendre les rênes, et il n'était toujours pas complètement sûr de la raison pour laquelle il avait laissé Jude le faire.

Mais il ne parvenait pas à l'arrêter. Il en avait envie, il avait envie de lui, et quelque chose lui disait qu'il n'y avait peut-être pas besoin de plus de violence que cela. Le simple fait de savoir que Jude était assez fort et puissant pour gérer son chaos l'excita comme jamais auparavant.

— Reste tranquille, ordonna Jude en ôtant sa main. Ne pense même pas à bouger. Il est temps que je continue les recherches.

Il retint son souffle alors que Jude agrippait son épaule et suçait sa chair si fort qu'il allait y laisser une marque. Il ne prit pas le temps de s'en assurer, remontant pour rouler aux côtés de Snow. Il regarda son visage lorsqu'il commença à toucher son corps, lui faisant courir sa paume sur la poitrine.

— Tu t'épiles à la cire ? demanda-t-il.

— Non. Je suis aussi doux que la nature m'a fait.

— Ça me plaît.

— Ah ouais ?

Jude hocha la tête, faisant jouer un pouce sur le mamelon de Snow, souriant quand il plissa les yeux. Il ne s'attarda pas et Snow comprit que l'homme était très attentif. Jouer avec ses tétons n'était rien de plus qu'agréable pour lui. Il y avait des choses qu'il aimait davantage et il lui vint à l'esprit qu'il attendait avec impatience que Jude découvre son corps. Personne ne s'en était jamais soucié, mais il n'avait jamais laissé l'opportunité à personne d'essayer.

Pourtant, ce n'était pas le moment. Sa queue était dure et chaude. Il se pencha et saisit la hanche de Jude, s'étirant suffisamment pour faire glisser cette prise à l'arrière de sa cuisse, afin qu'il puisse faire passer la jambe de l'autre homme par-dessus son entrejambe. Des yeux marron foncé se verrouillèrent aux siens et un sourire ourla ces lèvres sexy.

— Tu continueras tes recherches plus tard, grogna-t-il alors qu'il se positionnait sur Jude.

Mais Jude se contenta de rire et les fit se retourner à nouveau, utilisant ses mains puissantes pour le tenir et le fixer, ses yeux sombres et brillants. Il poussa ses hanches dans une lente et sensuelle glissade, tout en gardant fermement ses mains sur lui. Les yeux de Snow roulèrent dans leurs orbites, son corps se cambrant de plaisir sur le lit.

— Putain, Général, gronda Jude. Je veux juste t'avaler en entier.

— Oui, siffla Snow, en se frottant à Jude.

Puis les mains de Jude disparurent. Les yeux de Snow s'ouvrirent pour découvrir l'autre homme écarter ses lèvres et enfoncer sa queue dans sa bouche chaude. Il n'explora pas, ne lécha pas. Il se contenta de l'aspirer et suça son gland, et Snow ne put contenir le cri qui lui arracha la gorge. Il se poussa dans la bouche de Jude qui saisit ses hanches, le prenant encore plus profondément, lui arrachant des cris rauques, sous ce soupçon de douleur qu'il aimait.

Il ne pouvait plus réfléchir, pouvait à peine respirer, alors qu'un plaisir incroyable l'envahissait. Ses orteils se recroquevillèrent dans la douce couverture qui se trouvait sous lui. Il se cambra et appuya ses mains sur la tête de lit, ruant. Jude ne protesta pas, ne diminua pas cette puissante aspiration. Il se contenta de gémir et de lui glisser ses mains chaudes sous le cul pour le serrer contre lui. Merde, il avait pensé que l'homme avait une fixation orale et il avait eu raison. Merveilleusement raison.

Il n'eut pas besoin de donner des coups de reins parce que Jude enfonça ses doigts et l'écarta. L'air froid frappa son entrée alors que Jude gémissait à nouveau – la vibration sur sa queue était époustouflante. Sa vision se voila alors que le plaisir courait dans ses veines pour sortir de son corps. Il se remit à crier et Jude avala le fruit de sa jouissance. Jude diminua la force de sa succion, retenant la verge dans sa bouche tandis que les tremblements enveloppaient son corps. Quand il put enfin respirer, il se pencha, serra ses doigts dans les cheveux doux et épais de Jude et libéra son sexe.

— Putain de merde, Torres. Putain de merde.

Il l'attira vers lui et Jude glissa son corps sexy sur le sien, en inclinant sa bouche sur la sienne. Snow se goûta sur la langue de Jude et gémit. Il recula, haletant.

— Putain de merde, chuchota-t-il, étourdi.

Jude ne rit ni ne sourit, ne fit rien d'autre que de le fixer, et une partie du choc que Snow ressentait lui revint en pleine face. Des yeux noirs se verrouillèrent aux siens et quelque chose se passa entre eux, inondant de chaleur la poitrine de Snow, le remuant. Il enroula ses bras autour du cou de Jude et y enfouit son visage. Il inhala l'odeur de la sueur, sentit le gland mouillé de la douce queue de Jude contre son ventre et comprit que ce dernier avait joui rien qu'en le suçant.

Putain de merde fut tout ce qu'il put penser, l'esprit en vrac.

Chapitre 13

Le faible grondement de l'estomac de Jude incita finalement Snow à bouger. Sa réticence à retrouver son ami, qui ne manquerait pas de le chambrer, n'était pas bon signe. Dieu savait qu'il avait eu plus que sa part au fil des ans. La différence, c'était que Jude n'était pas un petit coup rapide et anonyme dans les toilettes d'un bar. Il ne savait pas ce qui se passait avec cet homme, mais il savait qu'il n'avait pas envie de le partager.

— Tu as faim ? demanda-t-il en s'asseyant sur le bord du lit.

Il regarda Jude par-dessus son épaule, s'émerveillant de la beauté de son corps étendu sur la couette froissée, tel un lynx au soleil.

Le ventre de Jude gargouilla à nouveau et il appuya sa main dessus, rougissant.

— Oui. Je suis venu juste après avoir terminé mon service. Je n'ai pas encore dîné.

Il se redressa, se glissa jusqu'à Snow et enfouit son nez dans son cou, faisant glisser le bout de sa langue sur le lobe de son oreille, de sorte qu'un frisson se propagea le long de sa colonne vertébrale.

— Bien que tu aies été un bon apéritif.

Snow tourna le haut de son corps juste assez pour pouvoir saisir la bouche de Jude dans un baiser lent et prolongé. Il n'en avait tout simplement jamais assez. Mais alors qu'il pensait à pousser Jude sur le matelas pour un autre round, son propre estomac gargouilla, et le jeune homme rit. Pour la première fois depuis ce qui semblait être des jours, Snow avait faim.

— Allons faire un raid dans la cuisine de Lucas pour trouver de quoi manger, murmura-t-il, ses lèvres frôlant celles de l'autre homme.

— Tu crois qu'ils sont toujours en bas ?

Snow se leva et ramassa la serviette qu'il avait laissée sur la commode après l'avoir utilisée pour se sécher. Il s'essuya, puis la jeta à Jude.

— Avec la chance que j'ai ? Oui. Et ils auront tout entendu.

Jude gémit, mais ne répliqua pas tandis qu'ils s'habillaient rapidement et descendaient les escaliers. Alors que Snow traversait le salon, le bruit de casseroles et d'eau en train de couler lui parvint aux oreilles. Ian était-il lui aussi passé ? Il ne savait pas s'il devait maudire sa malchance face à la perspective de se faire taquiner par Lucas *et* Ian, ou se réjouir du fait que Ian allait être celui qui préparerait le dîner. Mais au moment où il franchit le dernier virage, il resta bouche bée. Dans la cuisine, il n'y avait que Lucas et Andrei. Et ils étaient en train de… cuisiner.

— C'est une blague, murmura Snow, incapable de faire un pas de plus.

Andrei leva les yeux des légumes qu'il était en train de couper tandis que Lucas, devant la plaque de cuisson, se retournait. Tous deux arboraient une expression confuse sur le visage.

— Tu ne cuisines pas, déclara Snow en pointant un doigt accusateur vers Lucas.

— Ce ne sont que des steaks, répliqua Andrei, reportant son attention sur les légumes posés sur une planche à découper devant lui.

— Nous avons pensé que vous auriez besoin de vous restaurer. Reprendre des forces, répondit Lucas en leur adressant un grand sourire avant de retourner aux fourneaux.

— Probablement une carence en fer, ajouta Andrei, sans les regarder.

— Manque de vitamines, renchérit Lucas.

Andrei secoua la tête.

— Pas nécessairement.

Lucas se retourna, posa sa main sur le bas du dos d'Andrei, observant par-dessus l'épaule du Roumain la variété de légumes hachés devant lui.

— Comment ça ?

Snow retint son souffle, attendant. Ils discutaient d'un ton léger, avec facilité, comme s'ils parlaient des risques de pluie pour les jours suivants. Mais il pouvait voir à quel point ils se contenaient pour ne pas éclater de rire. Il n'osa même pas regarder Jude.

— On dirait qu'ils se sont relayés, répondit finalement Andrei.

Il leva les yeux et Snow découvrit un regard sombre et espiègle qui avait probablement mis Lucas à genoux plus d'une fois.

— Ils ont pu avaler. Pas une seule vitamine gaspillée.

— Tu sais quoi ? déclara Snow en levant son majeur, le dirigeant vers Lucas. Va te faire foutre.

Puis il le dirigea ensuite vers Andrei.

— Et va te faire foutre.

Les deux hommes éclatèrent de rire. Snow fut stupéfait d'entendre un troisième rire, doux, à côté de lui. Il se retourna pour découvrir Jude qui rougissait, mais qui riait avec eux.

— Ils nous ont eus, dit-il avec un clin d'œil qui fit battre son cœur plus vite.

Jude posa une main sur son épaule et la serra doucement, ses longs doigts évacuant une partie de la tension qui courait dans le corps de Snow. Jude avait raison. Il avait fait l'objet de tas de taquineries sur sa sexualité et cela ne l'avait jamais dérangé auparavant. Il ne savait pas si c'était dû au fait que les moqueries concernaient Jude ou parce qu'il essayait encore de se remettre de l'enfer de la semaine dernière. Il espérait que la deuxième solution soit la bonne. Jude était peut-être autre chose, mais il n'avait pas l'énergie nécessaire pour l'envisager.

— Jude, s'il te plaît, dis-moi que tu es un mangeur de viande, dit Andrei.

— Totalement carnivore, répondit Jude en souriant.

Enfonçant ses mains dans les poches avant de son jean, il s'avança un peu plus loin dans la cuisine, tandis que Snow prenait un moment pour apprécier la façon dont son jean moulait son cul.

— Comment tu l'aimes ?

— Bleue.

— Snow ?

Il leva la tête et Lucas ricana. Oui, il avait été surpris par son meilleur ami en train de reluquer l'homme sexy devant lui. Ce n'était pas comme s'il n'avait pas surpris Lucas une douzaine de fois en train de faire la même chose avec Andrei.

— Toujours en train de meugler, grogna-t-il en retour.

— Ça marche.

Andrei déposa un baiser sur la mâchoire de Lucas.

— Tu pourrais mettre la table et sortir la salade du frigo ? Je peux m'occuper de ça.

Lucas se tourna vers les placards et commença à rassembler les assiettes et les couverts nécessaires. Snow regarda la scène domestique se dérouler devant ses yeux, les deux hommes se déplaçant facilement dans la cuisine. Il y avait de temps en temps des murmures ou des caresses persistantes, comme s'ils dansaient ensemble. Comme s'ils avaient dansé ensemble pendant des années et non depuis quelques mois seulement.

Une vague de jalousie familière l'envahit, mais cette fois-ci, la douleur s'émoussa lorsque ses yeux se tournèrent vers Jude, qui les observait également avec une expression étrange sur le visage, presque nostalgique, qu'il s'empressa de faire disparaître lorsque Lucas se tourna vers eux en allant vers la table de la salle à manger.

— Je peux aider ? demanda Jude en tendant les mains vers la pile d'assiettes et de couverts.

Lucas grogna et la lui tendit. Maintenant que les taquineries avaient pris fin, Lucas se refermait sous les yeux de Snow, observant Jude comme s'il cherchait à évaluer sa relation avec son ami. Avant qu'il ne le rappelle à l'ordre, Lucas se retourna vers le réfrigérateur et sortit deux sachets de salade préparée.

— Mais d'où viennent ces salades ?

— Je les ai rapportées il y a deux jours, après ta dernière visite chez le médecin, répondit Andrei, élevant la voix au-dessus du grésillement des steaks dans la poêle. Tu as besoin de plus de légumes verts dans ton alimentation.

Lucas bougonna en guise d'avertissement, mais cela n'effraya pas Andrei.

— Qu'a dit le médecin ? voulut savoir Snow.

— Rien. Je vais bien, cria pratiquement Lucas, les mains serrées sur les sachets jusqu'à ce qu'ils soient sur le point d'éclater en un nuage de feuilles de laitue et de copeaux de carottes.

— Sa tension artérielle est en hausse, corrigea Andrei.

— Tout va bien. Je suis juste stressé.

— Ne le sommes-nous pas tous ? intervint Snow, accrochant le regard de Lucas.

Son ami était nul pour juger de l'état de sa santé. Il était persuadé d'être invincible et de pouvoir continuer de tenir debout simplement parce qu'il le voulait.

— Du cholestérol ?

— Ha ! s'exclama Lucas en déposant les sachets sur le comptoir et en souriant à Snow. Il a baissé.

— De deux points entiers, ironisa Andrei, et Jude ricana de l'autre côté de la pièce.

— Et alors, ça va dans la bonne direction. C'est un processus lent, grommela Lucas en frappant Andrei sur les fesses avant de fouiller dans le meuble pour trouver un bol dans lequel mettre la salade.

Snow sentit le fantôme d'un sourire étirer ses lèvres alors qu'il se dirigeait vers la table de six personnes et se laissait tomber sur l'une des chaises. Jude hésita, comme s'il voulait continuer d'aider, mais il n'y avait rien d'autre qu'il puisse faire. Snow tapota la chaise à côté de lui.

— Assieds-toi et profite du spectacle.

Jude lui offrit un sourire et obéit.

— Ils sont ensemble depuis longtemps ? demanda-t-il à voix basse.

Snow secoua la tête.

— Quelques mois.

— On dirait que ça fait plus longtemps.

Il ne pouvait pas le contester.

La conversation se transforma en un silence agréable alors qu'ils observaient Lucas et Andrei finir de préparer le dîner. Ils ne durent attendre que quelques minutes avant que les hommes ne garnissent la table de steaks, de légumes, de salade, et même d'un panier de petits pains. Le silence devint un peu gênant lorsque Lucas et Andrei s'installèrent à leur tour. Il était clair que personne ne savait vraiment quoi dire, et Snow avait le sentiment que c'était à cause de Jude. Il n'avait jamais eu quelqu'un dans sa vie, quelqu'un d'extérieur au groupe, et il savait pertinemment que Lucas n'avait pas la moindre idée de la façon dont il devait s'y prendre. Heureusement, Jude fut le premier à briser la glace.

— Ouah ! s'exclama-t-il en souriant à Andrei. Quand Snow a fait ce commentaire sur le fait de cuisiner, j'étais un peu inquiet, mais c'est génial !

Andrei rougit, baissa la tête une seconde avant de lever ses yeux noirs vers Jude.

— Tu n'as manifestement pas goûté la cuisine de Ian. Ça, c'est passable.

— Non, il a raison, dit Snow. C'est vraiment bon.

Andrei le fixa quelques secondes, le visage impassible, mais Snow pouvait presque voir les pensées filtrer à travers ses yeux expressifs. Il hocha la tête une fois.

— Merci, murmura-t-il, sa voix à peine plus qu'un murmure, puis il se concentra sur son assiette.

Un silence inconfortable les enveloppa de nouveau, mais c'était le cas à chaque fois que Snow et Andrei essayaient de se parler directement. C'était toujours mieux lorsque Lucas se trouvait physiquement entre eux, comme s'il pouvait faire tampon, en aplanissant les difficultés. Sinon, quelque chose flottait dans l'air entre eux, un abcès fait de non-dits qu'aucun des deux n'osait crever.

— Tu cuisines ? demanda Lucas en regardant Jude, tentant de relancer la conversation.

— Parfois. Rien de vraiment sophistiqué. Ma *mana* tenait à ce que tous ses fils sachent cuisiner et nous avons appris certaines choses à des degrés divers, mais sa cuisine est tellement meilleure.

Andrei releva la tête, ses yeux s'élargirent.

— Tu as des frères ? Combien ?

— Deux. Tous les deux plus jeunes. Carrick a vingt-neuf ans et Jordan dix-sept.

— Et vous vivez tous dans la région ?

— Ouais. Carrick et moi aidons notre *mana* à payer les factures et à garder un œil sur Jordan. On se réunit au moins une fois toutes les deux semaines pour dîner.

Andrei sourit à Jude l'espace d'une seconde avant de secouer la tête, dirigeant son regard vers son assiette.

— Je ne peux pas imaginer ce que c'est. Je suis fils unique.

Il se tut, et Jude regarda Lucas, dans l'attente qu'il se joigne à son tour à la conversation, mais celui-ci ne réagit pas. Au lieu de cela, Andrei prit la parole et son expression sombre surprit Snow.

— Ne t'inquiète pas, grogna Andrei, son regard se dirigeant vers les légumes alors qu'il les poignardait avec sa fourchette. Ils ne parlent pas du passé. Ils ont éclos à l'âge adulte.

Snow regarda Lucas, mais son ami l'ignora. Ce qui était encore plus étrange fut qu'il ne s'approcha pas d'Andrei. Il ne le toucha pas, ne fit rien pour l'apaiser d'une quelconque manière. Depuis le temps que Lucas et Andrei étaient ensemble, c'était la première fois que Snow voyait une quelconque fissure entre eux, et cela lui donna envie de gifler son ami.

— Carrick et moi sommes très proches en âge. Je n'ai aucun souvenir de ma vie sans un de mes frères à mes côtés, s'aventura Jude, essayant de leur faire oublier ce moment gênant.

Andrei renifla, sa main se relâchant un peu sur sa fourchette.

— On ne me laissait rien passer. En plus, *bunică* et la *tata mare* vivaient avec nous depuis un moment. Il y avait toujours un adulte qui me disait quoi faire.

Lucas s'immobilisa, sa fourchette à mi-chemin de sa bouche, le front plissé alors qu'il réfléchissait.

— Grand-mère et grand-père ?

— Très bien.

Andrei sourit à Lucas et toute la tension disparut. Lucas se redressa légèrement, et Snow faillit s'étouffer en avalant une gorgée d'eau.

— Tu apprends le roumain ? demanda-t-il en posant son verre.

— J'ai pensé que ce serait utile.

Snow regarda son ami.

— Et comment ça se passe ? demanda-t-il, essayant de ne pas montrer à quel point il était stupéfait.

Le visage de Lucas devint sombre et il fixa son assiette. Andrei se pencha et posa les doigts sur son poignet, son pouce frottant sur le dessus de sa main.

— Je parle quatre langues couramment, dont l'allemand, mais je n'arrive pas à apprendre celle-ci, grogna Lucas.

— Ça prend juste du temps. Le roumain est différent de ce que tu connais.

Jude s'empressa de faire avancer la conversation, semblant un peu plus à l'aise avec Andrei.

Être tous deux natifs de familles d'immigrés leur faisait un point commun. Jude expliqua qu'il était à moitié espagnol par son père et que sa mère était grecque, ce qui expliquait qu'il se soit lancé dans cette langue à Southgate House.

Ce badinage ne masquait pas complètement la tension qui planait dans l'air. Snow essayait de toutes ses forces d'éviter le regard perçant et interrogateur de Lucas. Il savait ce que son ami de toujours pensait sans qu'il prononce le moindre mot. *Qui est cet homme ? Qu'est-il pour toi ? Pourquoi est-il à ma table ? Quelle est sa place dans ta vie ?*

Mais Snow était incapable de croiser son regard car il ne connaissait pas les réponses à ces questions. Jude avait… tout simplement amélioré son quotidien. Il pouvait respirer quand Jude était près de lui.

Le dîner fut bientôt terminé et ils débarrassèrent, même si cela consistait simplement à empiler la vaisselle dans l'évier pour la femme de ménage de Lucas, qui passerait à la fin de la semaine.

Snow soupira en s'installant sur le canapé moelleux, sachant qu'il devait leur avouer où Jude et lui s'étaient rendus la veille. Il aurait souhaité que Rowe soit là, et il se souvint d'une nuit, il n'y a pas si longtemps, où son ami avait atterri face la première derrière ce canapé sous une pluie de soufflés au crabe. Il avait eu tellement peur que Melissa soit furieuse contre lui. La douleur transperça le cœur de Snow. Il donnerait n'importe quoi pour que Melissa soit fâchée contre Rowe. Contre lui. Contre eux tous.

N'importe quoi.

Un verre apparut devant lui. Il leva les yeux pour trouver Lucas qui le lui tendait.

— On dirait que tu as besoin de ça, dit-il en fronçant les sourcils. On dirait aussi que tu as quelque chose à partager.

Snow acquiesça. Maudit soit Lucas et son sixième sens quand il s'agissait de quelque chose le concernant. Il attendit qu'Andrei revienne avec une bière pour Jude et qu'ils soient tous installés dans le confortable salon. Il prit une profonde inspiration, puis expira.

— Je n'ai pas tout dit aux flics à propos d'hier soir.

Lucas se redressa, la main serrée sur son verre.

— J'ai menti en partant d'ici.

— De toute évidence, murmura Andrei. Tu es allé au Dock.

À son expression, Snow devina qu'il n'était pas un fan de cet endroit. Il se demanda quand il avait pu y aller, puisqu'il venait tout juste de s'engager dans une relation homosexuelle. Il secoua la tête. Retour à l'importante discussion.

— J'ai découvert au Dock que le genre de bordel que Jagger affectionne actuellement se trouve à Southgate House.

— C'est une blague, souffla Andrei, la bouche ouverte.

Lucas le regarda avec surprise.

Andrei fit simplement un signe de tête à son petit ami.

— Je suis au courant de ces rassemblements. On en entend beaucoup dans mon travail. Personne ne réfléchit à deux fois avant de parler de choses très privées devant un garde du corps. Pour beaucoup, nous faisons tapisserie, expliqua-t-il en passant une jambe sous lui sur le canapé. J'ai entendu parler de ces fêtes, où les hommes ressemblent à des adolescents mais ne sont pas si jeunes que ça. Je suis simplement très surpris que ce soit là.

— Nous le sommes tous les deux, murmura Jude.

Lucas regarda Snow, puis Jude, les lèvres si serrées que ça devait lui faire mal.

— Ash.

Snow leva les yeux au ciel.

— Je sais. Tu es énervé. Mais j'ai découvert au Dock que le groupe de Jagger s'y réunissait et que quelqu'un y avait vu Gratton.

— Ça veut dire qu'il est de retour au bercail, murmura Lucas.

Hochant la tête, Snow s'était rapproché de Jude avant de se rendre compte de son geste. Il commença à s'éloigner, mais Jude l'entoura d'un bras et l'attira plus près. Il céda, ayant besoin de sentir la force de l'homme contre lui ce soir. Il ignora le regard perçant de Lucas.

— Le fait que Gratton soit à Southgate signifie qu'on l'a laissé revenir dans l'environnement de Jagger. Ce que je ne comprends pas, c'est pourquoi. Jagger était furieux de ce que Gratton avait fait à…

Il se tut, réalisant qu'il avait presque balancé la vie privée de Ian devant deux personnes qui n'étaient au courant de rien.

Lucas posa son verre intact sur la table à côté de lui. Il se pencha en avant, ses sourcils sombres froncés, et regarda ses mains avant de se retourner vers Snow.

— Nous allons devoir partager avec Andrei une partie de ce qui s'est passé, dit-il en haussant l'un de ses sourcils. Et puisque tu as emmené Jude avec toi à Southgate, il semble que nous devions aussi la partager avec lui. Et c'est quoi ce bordel, Ash ? Tu y es allé tout seul ?

— Il n'était pas seul, répliqua Jude en guise d'avertissement.

Snow voulut se libérer de l'étreinte de Jude mais ce dernier raffermit sa prise, le gardant près de lui.

— Je sais que c'était dangereux, mais je savais aussi que tu ne voudrais pas y aller.

— Bien sûr que non, je n'aurais pas voulu. Pas sans un putain de plan.

Il se releva, grand et visiblement en colère, chaque muscle de son corps tendu.

— Et tu as pris un secouriste avec toi. Un secouriste ! Même avec un garde du corps, la situation était risquée.

Andrei regarda Jude d'un œil approbateur.

— J'ai le sentiment que Jude peut se débrouiller seul, déclara-t-il en lui souriant.

Jude resserra les doigts et ramena Snow vers lui avant de regarder Lucas.

— Peut-être que tu devrais écouter ton ami au lieu de lui crier dessus.

Le silence régna dans la pièce, Snow et Andrei s'attendant à ce que Lucas perde son sang-froid. Mais ce ne fut pas le cas. Il se contenta de plisser les yeux et de regarder Jude avant de hocher la tête et de s'asseoir. Il prit son verre et le fit tournoyer.

— Dis-moi ce que vous avez appris.

— On a loupé Gratton, répondit Snow, toujours surpris de la réaction de Lucas devant le sursaut d'autorité de Jude.

Ou de son manque de réaction. Il devait se contrôler pour empêcher sa queue de réagir face à ce spectacle bref, mais hautement excitant.

— Nous avons cependant appris qu'il va bientôt y avoir une vente aux enchères. J'ai un numéro de compte en banque. Un demi-million en dépôt dans les prochaines vingt-quatre heures nous donnera tous les détails. Nous ne sommes pas sûrs que Gratton sera là, mais il est certainement lié à tout ça.

Lucas ferma les yeux, silencieux, pendant un long moment avant de regarder son amant.

— Peux-tu te libérer pour ça ? Je sais que tu as beaucoup de travail supplémentaire avec Rowe parti.

Andrei acquiesça.

— Nous avons beaucoup d'hommes sur le terrain et la protection doit être coordonnée. J'ai quelqu'un devant chez Ian en attendant le retour de Sven, et un client qui revient dans le coin dans quelques jours. Des demandes pour des recherches d'informations. Mais tout peut être mis en attente. Brièvement.

Lucas dirigea son regard vers Jude.

— Et toi ?

Snow sentit le corps de Jude tressaillir de surprise.

— Je peux me libérer. Mais je ne sais pas si je veux l'être. Une vente aux enchères ?

Le dégoût tordit les lèvres de Lucas.

— Oui, une vente aux enchères. Snow et moi n'avons jamais été invités à aucune d'entre elles pendant notre brève association avec Jagger. Nous aurions fait en sorte que de telles choses soient stoppées et Jagger le savait. Mais je sais comment on peut y accéder.

Snow secoua la tête.

— J'ai le sentiment que je vais détester ce que tu vas dire.

Lucas sourit.

— Toi et moi sommes trop connus pour entrer. Mais je connais justement la personne qui pourra couvrir Jude et Andrei dans cet endroit. Et j'imagine qu'on peut facilement le trouver dans un de mes bars… en train d'essayer de te trouver.

Snow s'écroula sur son siège.

— Geoffrey. Merde.

Il jeta un coup d'œil à Jude qui fronçait les sourcils.

— Celui du Dock ? grogna Jude. Celui qui a les mains baladeuses ?

Andrei se mit à rire.

Un Lucas souriant commença à esquisser son plan. Rapidement, plus aucun d'entre eux ne sourit, trop conscients du danger qu'ils allaient affronter, trop dégoûtés par ce qu'ils allaient voir. Snow se connaissait bien ; il savait que même un plan soigneusement élaboré ne pourrait le sauver des cauchemars qui viendraient inévitablement le hanter. Pas avec ce putain de Gratton de retour à Cincinnati.

Chapitre 14

Le sang s'accumulait dans son abdomen ouvert. Il formait d'épaisses rivières qui coulaient sur le côté, sur la table, pour finir sur le sol. Il tendit les pinces à son infirmière chirurgicale, le bruit du métal bien trop fort lorsqu'elle les reposa sur le plateau. Il préférait les salles d'opération calmes. Aucune musique ne remplissait l'espace. Pas de bavardage inutile. Mais cette fois, le silence était trop lourd… trop moche. Il transformait sa tête en une chambre noire qui ne contenait rien d'autre que le puissant battement de son cœur.

Il leva les mains, fixa le rouge qui recouvrait ses gants chirurgicaux.

— Il n'y a rien que je puisse faire, dit-il, sa voix étouffée par le masque et par le chagrin formant un nœud dans sa gorge. Le cancer s'est répandu partout. Refermez-la.

À travers le bruit des instruments, une infirmière qu'il ne connaissait pas se mit à pleurer.

— Vous ne pouvez pas essayer d'en enlever un peu ? demanda-t-elle en sanglotant.

Il lui jeta un regard noir.

— Êtes-vous complètement stupide ?

Elle ne répondit pas, et il se fichait qu'elle soit bouleversée ou non. Malheureusement, tout le monde savait qui était sur cette table. Savait que c'était sa mère. Il baissa les yeux pour recoudre le corps et remarqua que le sang sur le sol se tortillait comme s'il était vivant. Il s'étendit pour recouvrir ses sur-chaussures de chirurgie, puis sa blouse. Ses bras. Il secoua ses mains et le sang gicla sur le mur. La forme des traces était si familière, c'était comme un coup de poing dans l'estomac. Et pendant qu'il regardait, la table devenait le lit bancal de sa mère dans leur maison de Collinsville, et cette puanteur était de retour. Cette horrible, horrible puanteur qui s'échappait de la chambre de sa mère, transformée en tombeau. Elle avait envahi la plus grande partie de la maison durant les nombreux mois de sa lente agonie, accompagnant ses pleurs constants… ses supplications.

— *Appuie l'oreiller sur mon visage, Ashton.*

Ces mots, faibles et chuchotés, ramenèrent le regard de Snow vers sa mère décédée. Elle avait prononcé ces paroles quand il était petit. Elle l'avait supplié. Comme si un enfant de sept ans pouvait être suffisamment fort pour maintenir un corps qui se débat. Tout le monde combattait la mort, même ceux qui la voulaient si désespérément.

À présent, il se tenait au-dessus d'elle, revêtu d'une blouse chirurgicale ensanglantée, impuissant comme il l'avait été quand il était enfant. Puis, elle s'estompa et devint l'homme tué chez lui. Ses yeux s'ouvrirent et sa bouche s'écarta lentement pour laisser apparaître des trous noirs à l'endroit où les dents auraient dû se trouver.

Il regarda Snow de la même manière que l'avait fait sa mère, le suppliant de l'aider. Et juste sous ses yeux, cet homme suppliant et couvert de sang se transforma en Jude.

Le cri arracha Snow à son cauchemar.

Il se redressa brusquement dans le lit, avalant de grandes goulées d'air, embrassa du regard la chambre inconnue avant de se rappeler qu'il était chez Lucas. Il cligna des yeux et passa ses mains dans ses cheveux en sueur tout en essayant d'écarter l'horreur. Ce n'était pas la première fois qu'il faisait ce cauchemar. Il en faisait toujours quand son stress montait. Mais la dernière partie était nouvelle. Il savait ce que le rêve signifiait, qu'il s'était senti impuissant, enfant, lorsque sa mère l'avait supplié de mettre fin à ses souffrances. La merde qu'était son père l'avait laissée dans cette pièce et Snow avait vainement essayé de l'aider. Il l'avait nourrie et lui avait lavé le visage et les bras avec un chiffon frais…

C'était à cause d'elle qu'il était devenu chirurgien. Au départ, il avait prévu de se lancer dans l'oncologie, mais les cauchemars avaient tellement augmenté durant ses études de médecine qu'il était passé à la chirurgie générale. Si sa mère était allée chez le médecin au début de ses douleurs, *si on l'avait autorisée à y aller*, un bon chirurgien aurait pu l'aider.

Autorisée. Il jura et enfouit sa tête dans ses mains, espérant que son père, stupide et trop religieux, était mort depuis longtemps et avait quitté la terre.

Sa porte s'ouvrit et il cligna des yeux quand la lumière illumina le lit. La silhouette du corps puissant de Lucas se dessina dans l'encadrement, puis il entra dans la chambre et se glissa sur le lit. Il s'assit contre la tête de lit et attira Snow dans ses bras. Il n'avait pas pris la peine d'enfiler une chemise en plus de son pantalon de pyjama, et sa peau était trop chaude – probablement parce qu'il avait été collé contre Andrei.

— Je ne suis pas surpris que tu aies fait un de tes cauchemars, dit la voix de Lucas dans l'obscurité de la pièce. J'aurais dû t'obliger à dormir dans mon lit cette nuit.

— Je suis sûr que ton petit ami aurait été ravi, murmura Snow.

Lucas grogna.

— Comme si tu aurais refusé une chance de te blottir contre lui.

— Probablement pas.

Il se redressa, se sentant un peu honteux d'avoir eu besoin d'un câlin et embarrassé qu'Andrei l'ait sûrement entendu crier. Il espérait n'avoir réveillé que Lucas.

— Tu n’es pas obligé de rester ici. Je vais bien. Ce n’est pas la première fois, et ce ne sera certainement pas la dernière, alors je suis habitué.

— Tais-toi. Personne ne s’habitue aux cauchemars, pas si c’est celui dont tu m’as déjà parlé.

Lucas le tira vers lui pour que la tête de Snow repose sur sa large poitrine, le rythme régulier de son cœur battant sous son oreille. Snow enroula ses bras autour de la taille de son ami et se coula dans sa chaleur. Des doigts se glissèrent dans ses cheveux, encore et encore, frottant son cuir chevelu et sa tempe dans une caresse familière qui aidait à combattre les dernières vrilles sombres de son cauchemar.

— Était-ce le même rêve ?

— Oui. Seulement cette fois, ma mère s’est transformée en ce type dans ma maison. Il y avait aussi la même éclaboussure de sang que sur le mur au-dessus de son lit.

Il trembla, ses bras se crispant un instant. Il ne dit rien sur l’homme qui s’était changé en Jude, parce que l’horreur de cette partie du rêve planait sur son cœur comme un trou noir affamé.

— Merde.

Lucas enroula ses bras autour de Snow, le tenant serré comme s’il pouvait l’absorber dans son propre corps pour le protéger.

Le cauchemar s’était modifié au fil des ans. La première version étant arrivée avant qu’il n’entre à l’école de médecine, avant l’armée, même. Lucas en avait été témoin pour la première fois lors d’une soirée pyjama chez lui, lorsque le cri de Snow avait résonné dans toute la maison depuis le lit jumeau de l’autre côté de sa chambre. Alors, comme il le faisait en ce moment, Lucas s’était glissé sous ses couvertures et l’avait tenu dans ses bras. Le doux coton du pyjama de son ami contre ses pieds lui donnait la même sensation, le remettant dans ce même cocon de sécurité que seul Lucas avait pu créer pour lui. Cet homme pensait pouvoir tout réparer.

Ce qui fit réfléchir Snow fut de se rendre compte que, déjà, Jude s'avérait être quelqu'un avec qui il pouvait se sentir en sécurité.

— L'odeur était-elle dans ce rêve ? demanda Lucas.

— C'est toujours le cas, répondit lentement Snow. Et elle reste toujours suspendue dans l'air, comme si elle entrait dans mon nez. Je suis désolé que tu saches de quoi je parle.

— Pas moi. Ça m'aide à comprendre ce que tu traverses, dans une moindre mesure, répondit-il, posant sa joue sur la tête de Snow. Je suis venu dans cette maison avec toi, une fois, quand elle était encore en vie. Cette… odeur… reste dans les souvenirs. Je suis tellement désolé qu'elle ne quitte pas les tiens.

— Heureusement, tu n'as pas vécu avec pendant presque toute une année.

Soupirant profondément, Snow s'assit et posa sa paume sur la cuisse musclée de Lucas.

— J'apprécie que tu te sois précipité à mon secours comme toujours, mais ça va aller, vraiment. Je suis épuisé, alors je devrais me rendormir rapidement.

Il poussa Lucas vers le bord du lit.

— Retourne à ton homme. C'est là que tu devrais être en ce moment.

— Allonge-toi, Ash, dit Lucas, le poussant en retour.

Il le poussa jusqu'à ce que Snow se retourne enfin sur le côté et s'allonge sous les couvertures. Lucas l'imita, les recouvrant tous les deux avant de tirer le dos de Snow contre sa poitrine.

— C'est là que je dois être en ce moment. Je vais rester jusqu'à ce que tu t'endormes.

Snow ferma les yeux, sachant qu'il était inutile d'argumenter après tant d'années. Il s'imprégna de la sensation du bras de Lucas enroulé autour de lui, sa respiration régulière le ramenant vers le sommeil. Et pourtant, une pensée le tenaillait encore.

— Pourquoi n'as-tu pas parlé à Andrei de ton passé ?

Avec leurs corps si proches, impossible de manquer la façon dont les muscles de Lucas se tendirent à sa question. Il commença à s'éloigner, mais Snow saisit son poignet pour le maintenir en place.

— Sans vouloir t'offenser, ton enfance a été merdique, mais pas aussi merdique que la mienne. Qu'est-ce qui se passe ? insista Snow.

— Nos vies étaient si embrouillées quand nous étions gosses, commença Lucas, sa voix à peine plus qu'un murmure tremblant.

— Elles le sont toujours.

Lucas s'esclaffa faiblement.

— C'est vrai.

— Mais…

— Il y a tellement de choses que je ne peux pas lui avouer, parce que je devrais lui parler de ton passé.

Snow ferma les yeux. Putain de Lucas. Toujours à le protéger, même de l'homme duquel il était complètement fou.

— Qu'est-ce qu'il sait sur toi ?

— Sur mon passé ?

Lucas se tut, le silence s'éternisant si longtemps que Snow commença à se demander si son ami s'était endormi.

— Que je ne suis pas de Cincinnati et que nous avons vécu à Baltimore avec Rowe pendant que tu étais à l'école de médecine.

Un gémissement s'éleva dans la gorge de Snow, mais il le ravala.

— Ian ?

— Non. Il sait qu'il y a quelque chose dans notre passé le concernant, à cause de toute cette histoire avec Gratton, mais il ne connaît pas tous les détails.

— Bon sang, Vallois.

— Je suis en train de tout foutre en l'air, hein ? demanda-t-il d'une voix lasse.

— Ouais, en effet. Tu as rencontré les parents de cet homme. On a tous fêté Thanksgiving avec eux. Il a opéré de gros changements pour toi. Tu dois lui donner quelque chose. Même moi, je sais que tu dois lui prouver que toi aussi, tu es impliqué dans cette histoire avec lui.

Lucas gémit doucement, laissant retomber sa tête sur l'épaule de Snow.

— Est-ce que tu lui fais confiance ? demanda Snow, voyant que son ami ne répondait pas.

— Bien sûr.

— Alors dis-lui. Tu as ma permission. Dis-lui tout et n'importe quoi.

Lucas serra son bras autour de la poitrine de Snow.

— Merci.

— Maintenant, va te coucher ou retourne voir l'homme qui est dans ton lit.

— Peu importe l'homme que j'ai dans mon lit, tu seras toujours important.

— Je le sais, chuchota Snow avant de glousser. Mais n'allons pas prétendre qu'il y aura quelqu'un d'autre dans ton lit un jour.

— J'espère que tu as raison.

Le réconfort de Lucas permit à Snow de se laisser sombrer dans le sommeil, mais une partie de lui souhaitait que Jude soit dans son lit. L'inquiétude le rongeait. Il avait entraîné Jude dans le côté obscur de sa vie et il était possible que ce qu'il verrait le lendemain soir suffise à le repousser pour de bon.

Chapitre 15

Jude ferma les yeux et inspira profondément par le nez. Il retint son souffle pendant cinq secondes avant d'expulser l'air à travers ses dents serrées. Son cœur battait encore follement dans sa poitrine, mais il n'avait plus l'impression qu'il allait vomir sur le costume incroyablement cher qu'il avait emprunté à Andrei. Le garde du corps et lui avaient un physique similaire mais, apparemment, Jude était un peu plus large au niveau des épaules et avait une taille plus épaisse. Peut-être était-ce le signe qu'il se gavait trop chez *Mana*. Bon sang, s'il survivait à cette soirée, il recommencerait à s'entraîner beaucoup plus sérieusement et demanderait éventuellement à Andrei quelques conseils de combat s'il voulait continuer à voir Snow.

Des lampadaires clignotaient à travers sa fenêtre et un bourdonnement grave retentit lorsque la berline noire s'engagea sur le pont suspendu, traversa la rivière Ohio et pénétra au cœur du centre-ville de Cincinnati depuis le penthouse de Lucas. Il était tard, près de minuit, et la circulation était clairsemée pour un jeudi soir. Ils se dirigeaient vers le Music Hall, ce qui sidérait Jude. Comment un événement aussi horrible pouvait-il se tenir dans un lieu aussi connu ? Mais, parfois, le meilleur endroit pour se cacher était à la vue de tous. Et si vous aviez assez d'argent, tout le monde fermerait les yeux.

Pour être honnête, depuis qu'il avait découvert où la vente aux enchères se déroulait, son cerveau s'était arrêté. En regardant Lucas et Andrei exposer soigneusement leur plan, il était resté stupéfait. Il avait suggéré de contacter les flics une fois, et une seule. Même Snow l'avait regardé comme s'il avait perdu l'esprit.

Évidemment, il lui avait suffi de voir le général en action, alors qu'ils étaient installés dans le salon de Lucas, pour qu'il commence à bander. Froid, précis et sous contrôle, Jude pouvait imaginer que le chirurgien ressemblait exactement à ça dans une salle d'opération. Il n'était pas difficile de voir que Snow et Lucas avaient une longue histoire ensemble. En mode planification, les deux hommes finissaient les phrases de l'autre et se parlaient presque en code, se référant à des exploits passés. Jude avait échangé un regard avec Andrei, qui s'était contenté de hausser les épaules et de sourire comme s'il était habitué à leur comportement.

Heureusement qu'Andrei était là. Sa présence l'empêchait de se sentir si peu à sa place lorsque Lucas et Snow se trouvaient tous deux dans la même pièce. Il était sûr que cette sensation aurait été amplifiée si les autres amis proches de Snow avaient été là. Mais Andrei était toujours paisible et détendu, comme s'il baignait dans un bassin secret de zénitude. Bien sûr, Lucas était calme, mais son calme donnait l'impression qu'il rassemblait toutes les forces de la nature, les pliant à sa volonté, de sorte que l'énergie craquait dans l'air autour de lui. Et Snow… eh bien, Snow avait toujours l'air de vouloir s'exprimer en aboyant, mais ça lui plaisait.

— Jude.

Il leva les yeux pour croiser le regard d'Andrei dans le rétroviseur. Le sourire apparemment omniprésent du garde du corps avait disparu. Il était devenu froidement sérieux à la seconde où ils étaient entrés dans l'ascenseur pour descendre au garage.

— Ça va aller.

Andrei soutint son regard une seconde de plus avant de reporter son attention sur la route.

— Lucas n'aurait jamais fait appel à toi s'il ne te pensait pas capable de gérer ça.

— Et moi alors ? demanda Geoffrey, se glissant sur le bord du siège en cuir.

Ses mains délicates et ses longs doigts s'enroulèrent autour de l'appui-tête du siège passager. Le mince jeune homme avait du mal à tenir en place depuis qu'il était entré chez Lucas, et le fait d'être dans une voiture n'aidait pas à calmer son agitation.

Jude ne pouvait voir l'expression d'Andrei, mais il carrait ses épaules d'un air tendu.

— Écoute Jude. Fais exactement ce qu'il te dit.

— Huh.

Geoffrey se rencogna contre son siège et fronça les sourcils vers Jude, mais il avait perdu un peu du venin présent plus tôt.

Il avait apparemment du mal à pardonner à Jude de lui avoir volé Snow. Et Snow lui appartenait pour de bon. Le jeune blond n'était peut-être pas le genre du médecin, mais Jude était prêt à en découdre avec tous ceux qui pensaient avoir une chance avec lui. Il se surprenait à vouloir tout ce que le général avait à offrir, même sa mauvaise humeur. Ou peut-être surtout sa mauvaise humeur, car cela signifiait qu'il avait le plaisir de faire naître un sourire sur ses lèvres. Et un gémissement.

— C'est sérieux, pas vrai ? demanda Geoffrey, sortant Jude de ses pensées. Ce truc avec Snow. C'est sérieux.

— Ouais.

Jude était prêt à ajouter des mots lourds de sens, mais se ravisa. Il n'avait jamais utilisé ces mots avec quelqu'un avec qui il sortait, il n'avait même jamais pensé à les utiliser, mais tout était différent avec Snow. Avec Snow, il était prêt à tout risquer.

— Ouais, c'est sérieux.

Mais même en disant cela, il était reconnaissant que les micros et la mini caméra vidéo n'aient pas encore été allumés. Il ne voulait pas penser à la réaction de Snow à ses paroles.

— Bon sang ! Ce n'est pas juste. Il est tellement sexy, gémit Geoffrey.

Il s'affala sur son siège, le regard fixé devant lui.

— Tu trouveras quelqu'un.

— Aussi torride que Snow ? ricana Geoffrey en réajustant le poignet de sa chemise en soie brillante, remettant la manche en place. C'est peu probable.

OK. Il l'avait eu.

— Tu trouveras quelqu'un, répéta Jude, ignorant l'air goguenard dans les yeux d'Andrei quand il croisa son regard dans le rétroviseur.

Merde. Il était complètement accro au général.

— Je… commença Andrei avant de s'interrompre, levant sa main droite pour toucher l'oreillette cachée sous ses cheveux.

L'estomac de Jude se révulsa et il se redressa. Putain de merde ! Les micros étaient activés ?

— Snow et Lucas sont garés sur Race, juste en face du bâtiment, mais la vue est partiellement bloquée par le parc, expliqua Andrei, la voix légèrement grinçante alors qu'il serrait ses mains sur le volant. Nous allons nous garer sur le parking près du temple, sur Elm. Nous serons à un pâté de maisons du Music Hall.

— Le parking Washington est pratique et il est en face du Music Hall, suggéra Geoffrey.

— Et souterrain, grogna Andrei. Il n'y a que deux sorties. Si nous rencontrons des problèmes ce soir, je ne veux pas être coincé sous terre avec seulement deux sorties. On s'en tient au plan. Si vous sortez, coupez par le parc. Si vous ne voyez pas Lucas ou Snow sur

Race, continuez vers Vine et mélangez-vous à d'autres personnes. Disparaissez dans un bar et appelez les flics.

Jude jeta un coup d'œil à Geoffrey, qui semblait beaucoup plus pâle dans la faible lumière des lampadaires. Les épaules voûtées, il se replia sur lui-même, paraissant bien plus jeune que la fin de la vingtaine.

— On va s'en sortir.

Geoffrey le regarda d'un air incrédule, mais une partie de la tension se relâcha dans ses frêles épaules.

— Vraiment ? Tu as beaucoup d'expérience avec les salauds qui achètent des esclaves sexuels qui ressemblent à des petits garçons, Torres ?

— Non, répondit Jude, souriant au sarcasme surprenant de Geoffrey. Mais tu crois que *Lucas Vallois* laisserait son petit ami entrer dans cet endroit s'il ne pouvait pas nous protéger et se protéger lui-même ?

Il se tut, laissant le poids du nom de Lucas faire impression sur Geoffrey. Quand ils étaient dans le salon, Lucas avait été le seul à pouvoir faire en sorte que Geoffrey reste assis et écoute leur proposition.

— Penses-tu vraiment que Lucas et Snow nous laisseraient entre les mains de ces connards ?

— Non, répondit Geoffrey d'un air énervé.

Il fixa Jude du regard une seconde, puis leva les yeux au ciel de manière théâtrale.

— Arrête, d'accord ? Je n'ai pas envie de t'apprécier et je ne te pardonnerai jamais de m'avoir pris Snow. Je l'ai trouvé en premier.

Jude gloussa, mais le son mourut dans sa gorge lorsqu'il sentit la voiture ralentir et tourner dans le parking mal éclairé. Il était temps. Il mit la main dans sa poche et en sortit un tour de cou orné de pierres précieuses ainsi que d'une minuscule caméra vidéo et un micro.

Un sourire sournois et machiavélique ourla les lèvres de Geoffrey et Jude ne put arrêter la rougeur qui colora ses joues.

— Au moins, tu me fais de beaux cadeaux, dit Geoffrey en prenant le collier et en le soulevant jusqu'à sa gorge fine.

— Tu as besoin d'aide ?

Geoffrey haussa un sourcil blond comme pour dire qu'il avait beaucoup d'expérience sur la manière d'accrocher un tour de cou, et Jude se sentit idiot. Apparemment, il n'était pas le seul, car il surprit le rire d'Andrei avant qu'il ne puisse le couvrir d'une toux. Quand Geoffrey eut fini d'attacher le collier, il regarda Andrei.

— Est-ce que ça fonctionne bien ? Peuvent-ils voir et entendre ?

Andrei s'immobilisa, le corps raide, avant de faire un signe de tête.

— Ça fonctionne bien.

Geoffrey laissa échapper un gloussement et se rencogna sur son siège.

— Ce truc pourrait être tellement amusant. Vous imaginez les vidéos qu'on pourrait prendre ? dit-il, son discours d'habitude rapide ralenti jusqu'à un doux ronronnement. Snow étendu au-dessus de moi, tous ses beaux muscles en mouvement alors qu'il me défoncerait le cul. Les sons qu'il fait doivent ressembler à de la musique.

Jude ouvrit la bouche pour crier sur Geoffrey, mais Andrei le devança.

— Lucas te dit d'arrêter et de te concentrer sur le travail. Snow n'a pas d'oreillette et Lucas ne veut pas entendre parler de la vie sexuelle de son pote en ce moment.

Geoffrey porta son attention sur Andrei et haussa les épaules.

— Lucas est sexy aussi. Je parie qu'il…

Andrei se retourna aussitôt et pointa Geoffrey du doigt.

— Stop.

Le jeune homme sourit mais garda la bouche fermée.

Ils sortirent de la voiture. Un fort vent d'hiver se précipita à travers la ville pour les saluer, tirant sur leurs vêtements avec des doigts glacés. Geoffrey frissonna, enroulant ses bras autour de sa taille. Il était le plus légèrement vêtu du trio, avec un pantalon en cuir moulant et une légère chemise en soie bleu pâle. Jude avait essayé de lui faire enfiler un manteau, mais il avait rétorqué que cela risquait de nuire à son côté chaton sexuel. Personne d'autre n'avait pris la peine d'argumenter avec Geoffrey, alors Jude avait laissé tomber.

Il ouvrit la voie dans la rue déserte. À moins qu'il n'y ait un événement au Music Hall, comme un opéra, Elm était tranquille le soir. Tous les restaurants et bars branchés se trouvaient à quelques pâtés de maisons à l'est, en commençant par Vine. Et où était le problème si les hommes riches de Cincinnati étaient déposés devant le Music Hall ce soir ? C'était juste un événement caritatif de plus qui permettait de collecter des fonds pour une bonne cause ou une autre.

Il n'avait jamais eu la chance d'entrer dans le Music Hall avant ; aller écouter un orchestre symphonique, un opéra ou même voir un ballet, lorsqu'ils se produisaient au Music Hall plutôt qu'à Aronoff, ne faisait pas partie de sa routine habituelle, et désormais, cet endroit serait à jamais souillé dans son esprit par ce souvenir.

— Tête haute. Épaules en arrière. Colonne vertébrale droite, lui intima Andrei d'une voix basse et autoritaire derrière lui.

Jude lui jeta un coup d'œil par-dessus son épaule, mais les yeux du garde du corps balayaient les environs, à la recherche de dangers cachés.

— Ces gens sont invisibles. Ce soir, il t'appartient et je t'appartiens. Tu peux acheter et vendre le monde. Maintenant, agis en conséquence.

— Tu veux dire «agis comme mon petit ami» ? se moqua Jude.

Andrei ne réagit pas, son visage inexpressif alors qu'il regardait droit devant lui.

— Si tu parviens à faire preuve d'un dixième de son arrogance, ces gens t'accueilleront comme leur fils perdu depuis longtemps.

Jude dut se mordre l'intérieur de la joue pour ne pas sourire, alors qu'il dirigeait son attention vers l'avant et suivait les conseils d'Andrei. Il ne doutait pas que Lucas, et peut-être Snow, avaient entendu toute cette conversation. Il allait le payer plus tard, et Jude avait le sentiment qu'Andrei en attendait chaque seconde avec impatience. Quelqu'un comme Lucas avait besoin d'être chahuté et Andrei semblait plus qu'heureux de le satisfaire.

Le Music Hall de Cincinnati apparut soudain devant eux, l'énorme bâtiment en brique rouge occupait presque tout un bloc. Construit il y a plus d'un siècle, il était autrefois le centre de la scène musicale de la ville, pourtant, à mesure qu'émergeaient de nouvelles salles, le Music Hall avait failli tomber dans l'oubli, relégué au monde de la monnaie obsolète et des vieilles photos de mariage jaunies. Mais la renaissance de la ville voisine d'Over-the-Rhine et de Washington Park avait remis le Music Hall au centre des événements.

Jude s'immobilisa juste après avoir franchi le seuil, le souffle coupé à la vue des murs blancs immaculés et des feuilles d'or qui ornaient savamment les colonnes ainsi que la partie supérieure des portes menant à l'auditorium principal. Un lustre de cristal scintillant était suspendu au-dessus de sa tête, sa lumière brillante se reflétant sur le sol carrelé noir et blanc. C'était comme s'il entrait dans les photos qu'il avait vues des anciens opéras et palais de Paris, Prague et Berlin. Malgré sa clarté et sa taille, le hall lui semblait oppressant, comme si le poids de l'ensemble du bâtiment et de ses décennies d'histoire pesait sur lui, menaçant de l'écraser.

Le silence fut rompu par de doux bruits de pas qui résonnaient sur le sol. Jude leva les yeux pour découvrir un jeune homme mince en costume sombre qui se précipitait vers eux. Son sourire était timide et ses yeux fixèrent un bref instant leur visage avant qu'il ne les baisse à nouveau. Cette action rapide et nerveuse suffit pour rappeler à Jude pourquoi ils étaient là. Pour attraper l'homme qui menaçait Snow et qui avait torturé Ian.

— Bonsoir, monsieur, dit l'homme en arrivant à leur hauteur. Vous avez une réservation ?

Comme Lucas l'avait ordonné, Jude glissa une main dans la veste de son costume et en sortit une carte blanche avec son faux nom et un numéro. Le jeune homme pianota sur la petite tablette dans sa main gauche et compara les informations de la carte avec celles de la tablette.

— Merci de votre patience, monsieur, poursuivit l'homme en faisant un signe de tête. Si vous voulez bien me suivre.

Il les conduisit dans le hall, les éloignant de l'auditorium principal vers un ensemble de portes d'ascenseur fermées. Il appuya sur le bouton et se tourna légèrement vers Jude, mais ne le regarda pas directement lorsqu'il prit la parole.

— Une table privée a été réservée pour vous et le reste de votre groupe. Le champagne et les tapas sont déjà préparés pour votre plaisir. La vente aux enchères devrait commencer dans vingt minutes. Certains des membres prennent des cigares et des boissons au Critic's Club, si vous souhaitez vous y arrêter avant de rejoindre votre table.

Jude se figea. Devait-il y aller ? Gratton pourrait être parmi les autres membres, ce qui leur donnerait une chance de mettre la main sur lui avant même que la vente aux enchères ne commence. Mais alors, ils seraient à découvert. Et si quelqu'un les reconnaissait ?

Andrei se pencha en avant et lui chuchota quelque chose en roumain à l'oreille. Jude ne parlait pas un mot de roumain, n'avait pas la moindre idée de ce qu'il lui disait, mais il fronça les sourcils et secoua la tête.

— M. Smith souhaite se rendre directement à sa table, déclara Andrei d'une voix fortement accentuée, et Jude faillit sourire.

Ils faisaient tous semblant ce soir. Leur guide hocha la tête et les invita à le précéder dans l'ascenseur.

Lorsque les portes s'ouvrirent au troisième étage, leur guide les conduisit d'un pas rapide vers une pièce appelée Corbett Tower. Elle était faiblement éclairée, mais de ce que Jude pouvait voir, il s'agissait d'une grande salle qui avait été soigneusement cloisonnée à l'aide de grandes bandes de tissu et peut-être même de panneaux amovibles utilisés dans les bureaux. Au centre de la pièce se trouvait une plateforme surélevée comme un podium. C'était un étrange mélange de défilé de mode et de bordel hors de prix.

À quelques pas de là, leur guide tira un rideau et fit signe à Jude d'entrer. Le petit espace privé contenait une table et deux chaises. La seule lumière provenait d'une bougie, mais elle suffisait à révéler plusieurs tapas délicates dressées sur de la porcelaine fine et une paire de flûtes à champagne. Un seau en argent rempli de glaçons était posé sur un support dans un coin, gardant une bouteille de champagne au frais.

— Si vous avez besoin de quoi que ce soit, faites simplement sortir votre garçon du rideau et un serviteur apparaîtra pour exaucer vos souhaits, poursuivit le guide en chuchotant. Veuillez entrer vos informations dans la tablette pour accéder à votre compte. Vous devrez vous connecter au moins dix minutes avant le début de la vente aux enchères.

Le jeune homme leur offrit un petit salut, puis disparut par le chemin qu'il avait emprunté.

Une fois seuls, Andrei sortit un petit appareil de la poche de sa veste et vérifia chaque centimètre de leur petit espace avant de les autoriser à dire un seul mot. Lorsqu'il fit signe qu'il n'y avait pas d'autre appareil d'écoute que le leur, Jude poussa un petit soupir de soulagement en se laissant tomber sur une des chaises. Geoffrey s'assit à côté de lui, mais son petit corps semblait bouillir d'une énergie à peine dissimulée.

— Eh bien, c'était facile, chuchota Geoffrey, lançant à Jude un sourire nerveux.

Jude ravala une remarque caustique, se contentant de secouer la tête. L'entrée n'avait jamais été le vrai souci.

Andrei marmonna derrière eux, mais Jude ne put comprendre ce qu'il disait, tellement il parlait bas. Il n'avait pas besoin de savoir. L'habile garde du corps transmettait à Snow et Lucas chaque détail, au cas où leurs caméras rateraient quelque chose. Jude réprima son envie d'avoir une oreillette comme Andrei, mais le garde du corps n'avait pu en obtenir que deux auprès de Ward Security – une pour lui et une pour Lucas. L'espace d'un instant, il aurait aimé entendre la voix forte et autoritaire de Snow à son oreille pour lui dire exactement ce qu'il devait faire.

Fermant les yeux, il essaya de centrer ses pensées sur la tâche qui l'attendait, mais il ne pouvait penser qu'à Snow.

— Général, quand ce sera fini, je vais te baiser si fort que tu ne pourras pas effacer le sourire de merde de ton visage pendant une semaine.

Quand il rouvrit les paupières, il carra ses épaules et leva un peu la tête. Il ne se souciait pas que Lucas l'ait entendu. Il avait besoin de le dire. Il fallait qu'il le dise, qu'il se fixe un objectif à atteindre pour lui permettre de survivre à cette nuit.

Une seconde plus tard, la main d'Andrei atterrit sur son épaule et la serra. Le garde du corps se pencha, ses longs cheveux frôlant la joue de Jude.

— Il a ri et a dit « fais donc ça, Torres ».

Il a ri. Ouais, ça lui convenait. Snow avait besoin de rire davantage et il était heureux d'en être le déclencheur.

Il regarda Geoffrey et vit le malaise dans les yeux du jeune homme qui se tortillait sur son siège.

— Ne t'inquiète pas. On va y arriver.

* * *

Snow se détacha de Lucas et s'affala sur le siège passager de la Mercedes de son ami. Il aimait les picotements qui avaient traversé son corps aux paroles basses et chaudes de Jude, mais le large sourire et les yeux rieurs de Lucas lui avaient rapidement rappelé qu'ils avaient un public et il ne comptait pas partager Jude. Même pas avec son meilleur ami. Ce… ce truc avec Jude lui semblait trop nouveau, trop fragile, et il ne voulait pas avoir à l'expliquer ou à le défendre quand il ne trouvait pas les foutus mots pour le décrire.

Se tournant sur le siège, il appuya sur des boutons, déplaçant le siège le plus loin possible vers l'arrière puis vers l'avant, l'inclinant à nouveau vers l'arrière puis vers l'avant. Rien ne semblait convenir. Dans son souvenir, cette voiture était plus confortable. Évidemment, les autres fois où il s'était retrouvé dans la voiture de Lucas, il ne s'était pas senti piégé, désespéré d'être loin de quelqu'un qui lui était cher et qui était en danger.

Il saisit la tablette et la regarda fixement, mais il n'y avait pas grand-chose à voir. Les trois hommes portaient des micro-caméras. Celle de Geoffrey était implantée dans son collier, tandis que Jude et Andrei en avaient une cachée dans leur poche de costume. Toutes les caméras avaient des micros pour que Lucas et Snow puissent facilement entendre leur conversation à travers la tablette. Le problème était que seul Andrei portait une oreillette. Ce ne serait pas un souci si Andrei restait avec Jude et Geoffrey, ce qui était le plan.

Mais s'ils venaient à être séparés, Lucas ne pourrait plus donner à Jude et Geoffrey des informations ou des instructions. Snow n'avait pas été favorable à l'idée que Jude soit complètement désarmé, mais le secouriste avait été catégorique. Il refuserait de tirer sur une autre personne, même pour se protéger. Merde ! Il ne pouvait pas le blâmer pour ça.

— As-tu fini de t'agiter ? demanda Lucas.

Snow leva les yeux et trouva son ami assis en biais face à lui, le coude gauche appuyé sur la portière et la tête légèrement posée sur sa main. Lucas avait peut-être l'air décontracté, mais il faisait semblant. Snow pouvait voir les muscles de sa mâchoire lorsqu'il serrait les dents, et la main droite fermée en poing sur sa cuisse, à moitié cachée par son lourd manteau de laine.

— Tais-toi, grogna Snow. Tu n'es pas mieux que moi.

Il reporta son attention vers la tablette, ignorant le bavardage nerveux de Geoffrey. Il semblait incapable de s'arrêter de parler.

— C'est stupide. Ça devrait être nous là-dedans, dit Snow après une autre minute de silence tendu, interrompu seulement par le hurlement du vent et le bruit des voitures qui passaient, se dirigeant vers le centre-ville et la rivière.

— Je suis d'accord.

— Pourquoi diable ton visage est-il aussi connu ?

— Et le tien est mieux ? grogna Lucas.

— Hé ! Ce n'est pas moi qui ai fait la couverture de *Fortune* et *Forbes* l'année dernière.

— *Entrepreneur.*

— Quoi ?

— *Forbes* et *Entrepreneur*, corrigea Lucas, et Snow leva les yeux au ciel. Mais ça n'a pas d'importance. Si Gratton nous avait repérés, il aurait su qu'il se passait quelque chose. Il aurait aussitôt déguerpi.

— Et ton Roumain ne va pas nous faire repérer ? Tu t'es montré avec lui ces derniers mois.

— Bien sûr que je l'ai fait ! Je suis fier d'être vu avec lui. Nous n'avons rien à cacher.

Snow ricana face à la réaction défensive de Lucas. Ce n'était pas du tout ce qu'il avait voulu dire, mais il savait que son ami était à cran à propos de sa relation, inquiet non seulement de son impact potentiel sur son futur business, mais surtout des changements dans la vie d'Andrei.

— Idiot. Je voulais dire que Gratton sait probablement qu'Andrei est avec toi.

— S'il sait ça, il sait probablement qu'Andrei loue ses services de garde du corps. Il est en mission. Ça va aller.

— Tu es sûr ?

Lucas sourit à Snow.

— Oui, Andrei peut protéger Jude et Geoffrey. Il les gardera en sécurité. Je crois en lui.

Snow grogna et regarda la tablette dans ses mains. Ses yeux se posèrent sur la petite icône du haut-parleur dans le coin inférieur droit, ce qui le poussa à jurer en silence. Évidemment que Lucas disait ça. Andrei pouvait entendre chaque putain de mot qu'ils échangeaient. Snow remonta le panneau de contrôle et tint la tablette pour que Lucas puisse clairement le voir éteindre leur micro. Andrei ne pouvait plus rien entendre.

— Peut-il…

— Ma réponse est exactement la même, le coupa Lucas, la voix mortellement froide. Je n'ai pas dit ça pour lui ou pour toi. Je l'ai dit parce que c'est la foutue vérité. Andrei est le deuxième homme le plus dangereux que je connaisse. Malheureusement, l'homme le plus dangereux n'est pas en ville, il pleure la mort d'une femme merveilleuse.

Une douleur sourde qui semblait s'être installée durablement dans sa poitrine se raviva à la mention de Rowe et Melissa. Il était difficile de croire qu'elle était déjà partie depuis si longtemps. Tout était si flou. Ne lui avait-il pas parlé au téléphone il y a quelques jours ? Quelque chose à propos d'un pari sur le fait que Lucas survivrait à la Saint-Valentin. Et Rowe… Son esprit n'arrêtait pas de revenir sur ce moment à l'hôpital, son ami demandant pourquoi il n'avait pas été là.

— Andrei protégera Jude et Geoffrey au péril de sa vie. Il est comme ça.

Snow fronça les sourcils, frissonnant sous les paroles de Lucas. Il ne doutait pas d'Andrei. Mais que se passerait-il si quelque chose arrivait et qu'Andrei mourait en sauvant la vie de Jude ? Comment Lucas réagirait-il ? Et lui, verrait-il Jude différemment ? Il ne pourrait plus le regarder sans penser qu'il était la cause de la mort de l'amour de Lucas.

— Si quelque chose arrive à Andrei, je ne blâmerai pas Jude ou Geoffrey. Ou même Andrei, poursuivit Lucas comme s'il pouvait lire dans les pensées de Snow.

Mais ils étaient amis depuis si longtemps que c'était tout à fait possible.

— Tu l'accepterais ?

Il regarda le beau visage de Lucas se durcir et devenir quelqu'un que Snow ne reconnaissait plus vraiment.

— Non, je poursuivrais ce connard comme j'ai poursuivi Chris Green. Et je serais heureux d'appuyer sur la gâchette… une fois encore.

Snow soupira et ferma les yeux, incapable de croiser le regard glacé de Lucas. Le voir comme ça lui brisait le cœur. Froid et indéfectible. Intouchable. Ça le terrorisait plus que n'importe quoi d'autre.

— Alors tu l'as fait. Tu l'as tué.

— Tu en doutais ?

Il secoua la tête. Il avait espéré. Souhaité. Prié pour quelque chose en quoi il ne croyait même pas. Mais il avait su.

— Rowe a-t-il au moins essayé de t'en dissuader ?

— Non.

— Luc.

— Je ne le regrette pas. Je sais que je le devrais, et je sais que c'était mal, mais quand je regarde Andrei et que je me souviens à quel point il était proche de la mort, je ne peux pas… je ne peux pas le regretter.

Lucas ferma les yeux, traversé par un frisson. Snow se pencha et lui serra l'épaule, le soutenant silencieusement tandis que Lucas repoussait probablement un assaut de mauvais souvenirs. Putain, il ignorait s'il pourrait survivre à une telle épreuve avec ses amis.

Lucas prit une respiration tremblante et cligna des yeux plusieurs fois. Quand il croisa le regard de Snow, la froideur avait disparu et il aperçut la vulnérabilité qu'il voyait très rarement chez Lucas, qu'Andrei était probablement le seul à déceler, désormais.

Il s'apprêtait à ajouter quelque chose lorsque tous deux entendirent une annonce à travers le système de sonorisation. Snow ralluma rapidement le micro de Lucas pour qu'il puisse parler à Andrei. La vente aux enchères était sur le point de commencer. La tension que Snow avait réussi à écarter revint en force, lui tordant l'estomac.

De brèves instructions furent données sur la façon de faire des offres, sur l'endroit où les paiements devaient être effectués et sur le ramassage de la « marchandise ». Jude grogna quelque chose dans sa barbe que Snow ne put pas tout à fait comprendre et il aurait voulu instantanément le tirer hors de cet enfer et le prendre dans ses bras. Peut-être le pousser sous une douche pour qu'il se lave de cette nuit. Geoffrey s'était enfin tu, mais sa caméra vacillait comme s'il tremblait de façon incontrôlable. Ce n'était pas bon signe.

Lucas et Snow sursautèrent lorsque la porte arrière côté conducteur s'ouvrit. Ils se retournèrent sur leur siège alors que la lumière du plafonnier clignotait, révélant un Hollis à l'air hagard qui se glissait sur le siège arrière.

— Je pensais vous avoir dit de ne pas vous approcher de ma voiture, le flic, grogna Lucas.

— *Flic ? Que diable se passe-t-il ?*

Le murmure tendu d'Andrei se fit entendre à travers la tablette, s'élevant à peine au-dessus du bruit d'Hollis claquant la porte.

— C'est bon, marmonna Lucas, les sourcils d'Hollis se fronçant d'un air interrogateur. Maintenant, sortez.

— Mais il fait si froid dehors et j'ai pensé que vous pourriez me ramener chez moi. C'est pour ça que vous êtes là, non ? Offrir de transporter de pauvres étrangers sans défense.

Snow gémit, se retournant pour regarder devant lui. Ce n'était pas le moment de faire l'idiot avec l'inspecteur. Il fallait qu'il parte. La vente aux enchères était illégale et nécessitait l'attention des flics, mais envoyer Jude et les autres comme espions n'allait certainement pas leur éviter à tous des ennuis.

— Allez-vous-en, grogna Snow.

Le cuir de la veste d'Hollis grinçait et frottait contre le cuir doux des sièges de Lucas. L'odeur de cigarette, de café éventé et de friture imprégnait l'air du véhicule fermé, et Snow plissa le nez.

— Je quittais The Anchor après avoir pris une collation de fin de soirée…

— Vous mangez enfin autre chose que des hamburgers au volant ? demanda Snow d'un air moqueur, ce qui lui valut un regard de Lucas.

— Je connais le propriétaire. Il a fait entrer des huîtres Blue Point incroyables. Alors que mon ventre était plein d'huîtres et de bière, je retournais à ma voiture quand j'ai repéré ce véhicule. Et je me suis dit : il n'y a pas moyen que ce soit Lucas et ce satané docteur assis dans cette caisse, attendant de ruiner ma *seule nuit de congé* en deux semaines.

— Personne ne vous a invité à monter, rétorqua Lucas. Sortez de là.

— Je me suis dit que la voiture était peut-être volée, continua Hollis, l'ignorant.

Snow se tourna pour regarder le policier. Lucas gémit et saisit le volant, les mains si serrées qu'il grinça.

— Alors vous êtes monté dans la voiture avec de potentiels carjackers ?

— Ouais, parce que ça serait préférable à ce dans quoi vous êtes tous les deux impliqués ! dit Hollis, sa voix devenant de plus en plus forte à chaque mot jusqu'à ce qu'il crie. C'est quoi, ce bordel ? Je ne peux pas avoir une nuit de repos en paix avec vous, les gars ? Je…

— Taisez-vous ! cria Lucas et cette fois-ci, Hollis obéit.

Ils restèrent tous parfaitement immobiles pendant un moment, puis Snow l'entendit. Andrei avait repéré Gratton à l'entrée du podium, en train de forcer un jeune homme à se mettre sous les feux de la rampe pour entamer une longue et terrifiante promenade devant les acheteurs potentiels.

— Qu'est-ce qui se passe ? exigea de savoir Hollis.

Snow leva les yeux pour constater que l'inspecteur avait glissé sur le bord de son siège et s'était penché en avant pour voir la tablette bien serrée dans les mains de Snow. Ce dernier jeta un coup d'œil à Lucas qui fit un signe de la main, frustré. Oui, il n'y avait plus vraiment d'intérêt à le cacher désormais.

— Il y a une vente aux enchères en cours au Music Hall, expliqua Snow.

— Pourquoi ai-je l'impression que vous ne parlez pas d'une représentation du *Rocky Horror Show* ? demanda Hollis, presque dans un gémissement.

— Ils vendent des jeunes garçons comme esclaves sexuels, déclara Lucas.

— Je sais que c'est une question stupide, mais pourquoi diable n'avez-vous pas appelé les flics quand vous avez découvert ça ? demanda Hollis, avant de se figer alors que ses yeux tombaient à nouveau sur la tablette.

Cette fois-ci, Snow se crispa quand le flic commença à rassembler les morceaux.

— Qui… est là-dedans ?

— Andrei, Jude et quelqu'un que vous ne connaissez pas. Geoffrey. Ils suivent une piste sur le tueur de Melissa.

Hollis se rencogna sur le siège arrière, sa bouche s'ouvrant et se refermant plusieurs fois. À chaque seconde qui passait, son visage devenait de plus en plus rouge.

— Qu'est-ce qui ne va pas chez vous ? finit-il par exploser. Vous ne savez pas comment composer le 911 sur votre téléphone ? Vous auriez dû appeler les flics. M'appeler, moi. Les gens normaux ne font pas de telles conneries !

— Respirez, Banner, dit Snow en se retournant sur son siège. Vous allez faire une crise cardiaque et je ne compte pas vous faire du bouche-à-bouche.

— Allez vous faire foutre ! grogna Hollis avant de se rapprocher à nouveau au bord de son siège. Dites-leur de sortir de là maintenant. Je m'occupe de ça.

— Donnez-leur encore dix minutes, dit Lucas presque distraitement, les doigts pressés sur son oreille gauche où il avait placé l'oreillette, en écoutant attentivement la conversation. Andrei va s'en prendre à Gratton.

— Quoi ? rugit Snow, son cœur ratant un battement avant de s'emballer.

C'était lui qui allait avoir une crise cardiaque.

— Il les laisse seuls ? Il ne peut pas faire ça ! Andrei, reste à table !

Lucas surprit Snow en le poussant contre la porte de sa main droite. Snow jura, mais Lucas ne broncha pas.

— Tu savais que c'était une possibilité, dit-il à voix basse. Ils vont attendre dix minutes. Si Andrei n'est pas revenu d'ici là, ils partiront tranquillement. On est sur le point d'attraper Gratton. On peut encore le faire.

— Mais Jude et Geoffrey sont dans le noir. On ne peut pas les avertir si quelque chose se passe mal avec Andrei.

— Dix minutes, répéta Lucas avec fermeté, mais Snow ignorait s'il essayait de le rassurer ou de se rassurer lui-même.

— Les garçons, je ne pense pas que vous ayez dix minutes, grogna Hollis, fixant la tablette oubliée sur les genoux de Snow.

L'attrapant, le trio fixa les images. La caméra d'Andrei le montrait se déplaçant habilement dans des couloirs sombres, mais celle de Jude montrait que Geoffrey se tenait désormais près de l'ouverture la plus proche du podium, son beau et jeune visage tordu de douleur. Jude essayait de l'apaiser, de le faire s'asseoir à nouveau, mais cela semblait être une bataille perdue d'avance. Geoffrey allait faire sauter leur couverture.

* * *

Un garçon se tenait au centre du podium, aveuglé par les lumières brillantes. Il clignait lentement des yeux, clairement drogué et confus, mais il était suffisamment conscient pour trembler de peur. Ses cheveux bruns hirsutes, ses grands yeux et son corps osseux laissaient penser à Jude que le gamin ne pouvait pas avoir plus de douze ou treize ans. À travers la petite tablette qui avait été placée près de la bougie, il pouvait voir les enchères clignoter sur l'écran.

375 000 \$... 400 000 \$... 450 000 \$...

Jude dut détourner le regard, sinon il allait être malade. Mais quand il le fit, ses yeux tombèrent immédiatement sur Geoffrey. Il faisait les cent pas, se déplaçant silencieusement de sa chaise au rideau. À chaque passage, il s'approchait un tout petit peu plus de l'ouverture, comme s'il voulait sortir et arracher le garçon au podium.

Et ce n'était que le deuxième à défiler depuis qu'Andrei avait disparu de leur alcôve privée pour partir à la recherche de Gratton. Il jeta un coup d'œil à sa montre. Il leur restait encore au moins six minutes avant de pouvoir partir, mais Geoffrey s'effondrait à vue d'œil.

Lorsque ce dernier passa de nouveau près de la table, Jude tendit la main et saisit son poignet fin, le déséquilibrant, de sorte qu'il tomba sur sa chaise, ses jambes effleurant la moquette. Un petit gémissement lui échappa et il trembla sous la ferme emprise de Jude.

— Je ne peux pas faire ça. C'est mal, gémit-il doucement.

— C'est vrai, mais il faut que tu tiennes bon.

— Nous devons faire quelque chose.

Le regard de Geoffrey se porta sur le podium. Le garçon était arrivé au bout et faisait demi-tour. Il marchait plus rapidement à présent, ses pas un peu plus réguliers, comme s'il sortait de la transe dans laquelle il s'était trouvé. Le cœur de Jude se brisa. D'où venait-il ? Volé dans les rues ? Enlevé à une famille aimante ? Ou quelque chose de bien pire qu'il ne pouvait même pas imaginer.

Geoffrey gémit à nouveau. Jude prit sa main dans la sienne.

— Serre ma main. Serre-la aussi fort que tu en as besoin. Mais tu dois te contrôler. Nous partons d'ici dans cinq minutes. D'accord ? Dans cinq minutes, on va prendre l'ascenseur et on retrouvera Andrei sain et sauf dans la voiture.

— Mais qu'en est-il de lui ? demanda Geoffrey, le fixant avec de grands yeux remplis de larmes non versées. Et tous les autres ? Allons-nous les laisser ici ? Nous devons faire quelque chose.

— On a prévu d'appeler les flics. Dès qu'on sera dehors, je te le promets. On ne pourra rien faire s'ils nous attrapent, insista Jude, essayant de garder une voix basse et rassurante.

— On ne peut pas en emmener un avec nous ?

Geoffrey tendit une main tremblante et désigna le garçon brun qui les dépassa une dernière fois.

— On ne peut pas l'emmener ? Il ressemble à mon petit frère. Oh mon Dieu, ça pourrait arriver à Finn ? Pas Finn. Il est si doux et innocent.

— Non, ce n'est pas ton frère. Ton frère est en sécurité à la maison.

Il prit une profonde inspiration, retenant la panique qui s'installait dans sa poitrine. Geoffrey tentait de se libérer et de se remettre debout. Il n'était plus qu'à moitié sur la chaise, penché vers l'ouverture comme s'il essayait d'en sortir.

— Mais c'est le frère de quelqu'un. Quelqu'un le cherche.

La voix de Geoffrey s'élevait au fur et à mesure que sa panique augmentait.

Jude ferma les yeux, jurant doucement.

— Lucas, préviens Andrei. Je dois faire sortir Geoffrey d'ici maintenant, avant qu'on nous attrape.

Se relevant, il tira Geoffrey avec lui hors de la petite alcôve et dans l'étroit couloir qui longeait l'arrière des pièces. Il déplaça sa prise sur le jeune homme de manière à le tenir juste au-dessus du coude, ses doigts s'enfonçant dans le tendon de son biceps. Il n'avait pas l'intention de blesser Geoffrey, mais ce dernier était au bord de l'hystérie.

Alors qu'ils s'approchaient de la porte par laquelle ils étaient entrés, un jeune homme semblable à celui qui les avait accueillis dans le hall sortit de l'ombre pour les intercepter. Le cœur de Jude battit violemment dans sa poitrine et sa bouche devint sèche. À côté de lui, Geoffrey haleta, mais il garda la bouche fermée et la tête baissée.

— Y a-t-il quelque chose que je puisse faire pour vous aider, monsieur ? demanda le préposé à voix basse.

— Nous partons, grogna Jude, essayant de parler avec le genre d'arrogance qu'il s'attendait à voir chez ces connards. Mon animal de compagnie est malade.

Le préposé regarda Geoffrey, qui gémissait et se plaignait, donnant l'impression d'être terrifié.

— Si vous le souhaitez, nous avons une salle de repos où il pourra se reposer confortablement jusqu'à la fin de la vente. Nous veillerons à son bien-être.

— Non, nous partons, répéta Jude.

Resserrant son emprise sur Geoffrey, il se servit du jeune homme comme bélier, passa devant le préposé et franchit le seuil. L'éclairage illumina brièvement la pièce assombrie avant qu'ils ne s'échappent vers le hall. Jude refoula son envie de regarder par-dessus son épaule pour voir s'ils étaient suivis et ils coururent vers l'ascenseur, qui n'était qu'à quelques mètres.

Il ne relâcha Geoffrey que lorsqu'ils pénétrèrent seuls dans l'ascenseur et que les portes se furent refermées derrière eux, descendant au premier étage. Un léger reniflement rompit le silence de la cabine, et Jude regarda Geoffrey du coin de l'œil pendant qu'il essuyait grossièrement ses larmes avec ses mains.

— Je suis désolé, chuchota Geoffrey d'un air brisé. Je suis tellement désolé de ne pas avoir pu...

Jude s'approcha, posa sa main sur sa nuque, appliquant juste un peu de pression pour soulager les muscles douloureusement tendus.

— Ne le sois pas. Ne t'excuse jamais d'être dégoûté par ce que tu as vu.

— Mais Andrei...

— Il est doué dans ce qu'il fait. Il s'en sortira. On doit s'inquiéter pour nous, maintenant.

Une seconde plus tard, les portes de l'ascenseur s'ouvrirent sur ce qui devait être un hall vide. Jude plaça de nouveau sa main sur le bras de Geoffrey, mais avec moins de force, alors qu'ils commençaient à marcher vers les portes d'entrée. Ils pensaient pouvoir sortir sans problème supplémentaire... jusqu'à ce qu'un homme grand en costume noir charbon sorte d'une pièce partiellement cachée, se plaçant entre eux et la liberté.

Jude ralentit et sentit un frisson traverser Geoffrey alors qu'ils observaient tous deux l'homme aux yeux noirs perçants et au nez trop gros qui semblait avoir été cassé tant de fois qu'il n'était plus qu'un monticule d'argile déformé au milieu de son visage. Resserrant la main sur le coude de Geoffrey, Jude tira le jeune homme derrière lui tout en faisant un dernier pas en avant, plaçant son corps entre Geoffrey et l'agent de sécurité.

— Excusez-moi, monsieur, dit Nez Explosé d'une voix nasale. J'ai besoin que vous veniez avec moi.

— Non, nous partons. Mon animal de compagnie est malade, dit Jude d'une voix forte, répétant la même excuse qu'il avait donnée plus tôt.

— Personne ne peut partir tant que la vente aux enchères n'est pas terminée, déclara calmement le garde tout en portant sa main à sa veste pour en sortir un pistolet.

Le cœur de Jude sombra dans son estomac à la vue de l'arme pointée sur sa poitrine. Geoffrey sanglotait doucement derrière lui, le poing serré sur la veste de costume de Jude.

Il fronça les sourcils, tout en calculant mentalement la courte distance qui le séparait de l'homme. Deux, peut-être trois pas. Son estomac se serra et il savait que s'il essayait de prendre une grande respiration, il deviendrait enragé et tremblerait. Au lieu de cela, il baissa l'épaule et se précipita vers l'avant, arrachant sa veste des mains de Geoffrey. En enfonçant son épaule dans le sternum de Nez Écrasé de tout son poids, il fit tomber l'homme au sol. L'air jaillit des poumons de l'homme en un clin d'œil avant que le bruit de sa tête craquant contre le sol ne résonne dans le hall vide. Le pistolet s'écrasa par terre et glissa.

Tous les instincts poussèrent Jude à s'assurer que l'homme allait bien, mais il ne s'attarda pas, ne vérifia pas. Faisant volte-face, il saisit le bras de Geoffrey qui se tenait là, stupéfait, et le tira à travers le hall. Alors qu'ils franchissaient les doubles portes et s'élançaient sur les escaliers en béton menant au trottoir, Jude ralentit. Son regard était attiré par le parc situé juste en face du Music Hall. Snow se tenait de l'autre côté de ce parc.

Enfonçant ses talons au sol, il arrêta Geoffrey alors qu'il essayait de courir vers la voiture garée non loin.

— Non, à travers le parc. Andrei a les clés de la voiture.

Geoffrey n'hésita pas. Sur un coup de tête, il traversa la rue déserte et franchit la clôture métallique noire entourant le parc. Jude le suivit de près, le métal froid lui mordant les paumes des mains alors qu'il s'élançait par-dessus la clôture. Ils esquivèrent tous deux les lumières, se fondant dans les ombres et sous la protection des arbres, en courant sans se retourner vers le bâtiment en brique qui se profilait à l'horizon. Le cœur de Jude battait péniblement dans sa poitrine. Où était Andrei ? Était-il en sécurité ? Piégé ? Une voix dans sa tête lui cria de retourner en arrière maintenant que Geoffrey était en sécurité loin de la vente aux enchères, mais où diable chercherait-il l'autre homme ? Cela le tuerait si leur départ brutal avait mis Andrei dans de sales draps.

Les lumières de la ville s'illuminaient à mesure qu'ils approchaient de la limite opposée du parc, le rythme de Geoffrey se ralentit jusqu'à marcher.

— Où ? demanda-t-il, essoufflé. Où sont-ils ?

Jude s'arrêta à côté de lui, ses yeux fouillant frénétiquement la zone, ne sachant pas dans quelle direction se diriger, jusqu'à ce que son regard s'accroche à une silhouette mince et sombre qui marchait rapidement dans leur direction. Son cœur bondit à la vue de l'homme.

— Là. C'est Snow.

Geoffrey prit son envol, se jetant directement sur Snow, de sorte que le chirurgien recula d'un pas, pris de court. Jude regarda Snow éloigner Geoffrey et l'examiner rapidement à mains nues, s'assurant qu'il n'était pas blessé avant de le pousser vers une Mercedes noire de l'autre côté de la rue.

— Monte dans la voiture, grogna-t-il, se dirigeant déjà vers Jude.

Jude aurait voulu sourire à Snow, mais il en était incapable. Son corps tremblait à cause de leur fuite et de l'horreur de ce dont ils avaient été témoins. Il voulait prendre une douche. Il voulait que les flics fassent une descente dans cet endroit et enferment tous ces gens après avoir libéré ces pauvres garçons. Il voulait oublier tout ce qu'il avait vu et retourner à sa béate ignorance. Il voulait être seul pendant un certain temps et juste… digérer.

Les mains puissantes de Snow lui emprisonnèrent le visage et il frissonna, désireux de s'enfoncer dans sa force et sa chaleur juste assez longtemps pour se ressaisir, mais il ne pouvait pas s'y résoudre.

— Est-ce que ça va ? Es-tu blessé ? Est-ce qu'il t'a touché ? demanda Snow.

Ses doigts se resserrèrent, des mains puissantes glissèrent sur ses joues et le long de son cou.

— Ta camera a glissé quand tu as frappé ce trou du cul. Je ne savais pas si tu avais d'autres ennuis.

— Non, je vais bien, chuchota Jude.

Il se força à respirer de façon régulière, ses mains se posant sur la taille de Snow sous son manteau. Même avec l'horreur qui venait de bouleverser sa vision du monde, il semblait que le général l'avait cloué au sol, que la terre s'était arrêtée de tourner l'espace d'un instant. Il ouvrit la bouche pour demander des nouvelles d'Andrei, mais les mots ne sortirent jamais. La bouche de Snow recouvrit instantanément la sienne. Un gémissement bas sortit de la gorge de Jude et il se pencha vers le médecin, rapprochant leurs corps pour qu'il soit emporté par la chaleur de l'autre homme. Ses lèvres s'ouvrirent, accueillant la langue de Snow, comme si le médecin était déterminé à l'examiner de l'intérieur et de l'extérieur pour sa propre tranquillité d'esprit.

— Hé, les connards ! claqua une voix en colère bien trop proche pour le confort de Jude.

Il se dégagea pour voir le grand flic à l'allure négligée qu'il avait rencontré au poste de police lorsqu'il avait fait sa déposition. L'homme se tenait à quelques mètres de Snow, ses cheveux se dressaient dans toutes les directions, comme s'il avait tiré dessus.

— Foutez le camp d'ici ! Les renforts sont en route !

Snow adressa un sourire crispé au policier avant de tirer Jude vers la Mercedes noire. Alors qu'ils traversaient la rue, la porte du conducteur du côté du trottoir s'ouvrit et Lucas sortit, son visage ayant revêtu un masque dur de tension et de colère.

— Andrei, dit Jude rapidement. Est-il en sécurité ? Est-il toujours là-bas ?

— Sa caméra s'est cassée pendant une bagarre, répondit Lucas, la voix aiguë et cassante d'inquiétude.

Snow s'immobilisa, sa main sur la poignée de la porte arrière, fixant son ami par-dessus le toit.

— A-t-il pu approcher Gratton ?

Jude posa sa main sur l'épaule de Snow et la pressa à travers le lourd manteau. Il savait qu'ils avaient tous risqué leur vie pour mettre la main sur Gratton, mais ce n'était pas le moment. Ils devaient faire sortir Andrei de là en toute sécurité.

— Pas avant que la caméra ne soit cassée, grogna Lucas.

Jude hésita sur la porte ouverte, voulant rassurer Lucas et lui proposer un plan qui lui permettrait de ramener Andrei à eux sain et sauf, mais il se tut. Alors qu'il s'apprêtait à s'asseoir sur le siège arrière avec Geoffrey, Lucas s'éloigna rapidement d'eux, la main sur l'oreille. Jude retint son souffle, attendant.

Lucas jura doucement, mais il semblait soulagé.

— Plus jamais ça, bébé, dit-il d'une voix tremblante, les épaules basses. Tu ne feras plus jamais ça.

À côté de Jude, Snow soupira, baissant la tête avec soulagement. Andrei était vivant, au moins.

Lucas retourna vers eux avec une énergie renouvelée, le doute et l'inquiétude effacés. Il ouvrit la porte côté conducteur, mais s'arrêta alors qu'il était sur le point d'entrer à l'intérieur.

— Il est sorti en toute sécurité. Il est presque arrivé à la voiture et nous retrouvera à l'appartement. Allons-y avant qu'Hollis ne décide de nous arrêter juste pour s'amuser.

Jude hocha la tête et sauta sur le siège arrière pendant que Snow s'installait à la place du mort. Geoffrey glissa vers l'avant, ses mains agrippant le siège de Lucas devant lui. Son visage avait repris des couleurs et il avait l'air mieux qu'au Music Hall.

— Est-ce qu'Andrei a eu cet homme ? Gratton ?

— Non, dit Lucas d'un ton brusque en sortant la voiture du trottoir. Mais il a aperçu plusieurs voitures de police se précipiter vers le Music Hall. Ils vont attraper les salauds de la vente aux enchères et libérer ces garçons.

Geoffrey se laissa retomber sur le siège, libérant son souffle qu'il avait apparemment retenu. Il regarda Jude, un sourire hésitant recourbant ses lèvres. Ce n'était pas ce qu'ils avaient voulu, et il y avait de fortes chances que le connard sur lequel Snow voulait désespérément mettre la main se soit enfui, mais ils avaient accompli une bonne chose. La nuit n'était pas totalement perdue.

Chapitre 16

Jude arriva pour son service à l'UC épuisé et encore traumatisé par la soirée précédente. Il était rentré chez lui tout seul et avait passé ce qui restait de la nuit à avoir peur de dormir au cas où il ferait des cauchemars sur ces garçons. Il s'était finalement endormi au petit matin, mais contrairement à ses appréhensions, il avait rêvé qu'il faisait l'amour avec Snow. Il s'était de ce fait réveillé fatigué et incroyablement excité. Et anxieux. Snow l'avait regardé avec inquiétude quand il l'avait déposé la veille. Les épaules basses, l'angoisse visible sur ses traits.

Le seul bon moment de sa matinée avait été un texto de Lucas Vallois lui faisant savoir que la police de Cincinnati avait mis un terme à la vente aux enchères, sauvé tous les garçons et arrêté tous les tarés présents. Il ne pouvait pas s'empêcher de penser qu'ils avaient foutu le bordel pour une bonne cause, même si la cible initiale n'avait pas été retrouvée. Mais il avait encore du mal à avaler que ce genre de choses se produisaient dans le monde. Et surtout ici, où il avait grandi. Là où sa famille vivait.

Il se rendit à la cafétéria où Rebecca et lui se retrouvaient généralement. Pour une raison quelconque, elle aimait la nourriture de cet endroit, donc elle aimait venir plus tôt pour y déjeuner. Les gens se pressaient autour des tables – une foule plus nombreuse que d'habitude – mais le niveau de bruit était étonnamment bas. Il la repéra finalement en train de couvrir le taco sur son plateau avec une serviette.

Ses cheveux brun foncé étaient coiffés en chignon ce jour-là, et son uniforme noir semblait fraîchement repassé. Elle n'avait pas eu le temps de cacher l'énorme suçon violet sur son cou. Il s'assura qu'elle remarque son regard appuyé sur le bleu, puis lui sourit.

Rebecca remonta le col de sa chemise et agita sa fourchette.

— Grave accident sur Red Bank Road ce matin. Il nous a retardés, donc tu as un quart d'heure de plus.

— Et le suçon ?

Elle pointa le cou de Jude.

— On me l'a fait pour qu'il aille avec le tien. Si on n'est pas pareils, j'ai peur que les gens s'embrouillent.

— Très drôle.

Il en avait un petit. Tout petit. Cela lui rappela qu'il lui restait encore une demi-heure, ou quarante-cinq minutes désormais, avant de commencer son service, et qu'il y avait un homme qu'il devait chercher quelque part dans ce bâtiment. Il fit volte-face et mit les mains dans ses poches.

— Tu as vu le Dr Frost ?

Rebecca se retourna, son sourire se figea.

— Malheureusement. Il était en pleine forme ce matin. Regarde, dit-elle en pointant vers le hall. S'il surgit par ici, les gens se sépareront comme la mer Rouge. Un pauvre stagiaire s'est écrasé contre un mur en essayant de l'éviter.

Il repensa à la façon dont Snow l'avait regardé la veille quand il l'avait déposé chez lui. L'espace d'un instant – juste un instant – leurs yeux s'étaient verrouillés et Jude avait ressenti des émotions puissantes et grondantes chez l'autre homme. Des émotions qu'il avait impitoyablement tenté de cacher. Jude avait pensé que son général voulait peut-être rester pour la nuit, mais qu'il avait eu peur de le lui demander. Il avait sondé les yeux de Jude, serré les lèvres et s'était éloigné.

Et Jude l'avait laissé faire. Il avait besoin d'espace pour réfléchir, pour savoir s'il acceptait de prendre le risque, pour lui et sa propre famille, de vivre dangereusement à cause de Snow. Décider s'il allait continuer à poursuivre le chirurgien. Malheureusement, il n'y voyait pas beaucoup plus clair.

Pourtant, s'éloigner avait été étonnamment difficile.

— Essaie de comprendre son état d'esprit. Quelqu'un a été tué chez lui et tout le monde ici, en dehors de son équipe, agit comme s'il était coupable. Sans parler du fait qu'il vient d'enterrer une amie proche.

Et qu'il essayait de faire tomber une crapule psychotique déterminée à laisser sa marque dans un monde criminel souterrain qui rendait Jude malade.

Elle se pencha plus près et baissa la voix.

— C'est parce que son alibi ne s'est pas présenté, dit-elle, mimant des guillemets sur le mot « alibi ».

— Son alibi s'est certainement présenté.

— Mais pas ici. Personne *ici* n'a entendu la vérité.

Elle se tut quand un groupe d'infirmières les dépassa, puis continua en baissant la voix.

— Écoute, je sais que tu as dit qu'il avait eu son compte de ragots, mais peut-être que tu devrais parler.

Les murmures mentionnant Snow venaient de trois conversations différentes autour d'eux. Jude ferma brièvement les yeux avant de fixer son amie du regard.

— Pas sans lui en avoir parlé d'abord. Il a assez à gérer.

— À qui le dis-tu.

Elle se tut, posa sa fourchette, et la façon dont ses lèvres se pincèrent l'avertit qu'il n'allait pas aimer ce qu'elle allait dire.

— Je pense que je sais où il est. Il y a une rumeur qui dit que le chef l'a appelé dans son bureau.

Elle fit une pause.

— Et que l'hôpital le met à pied jusqu'à ce que tout ça soit terminé.

Malgré son indécision sur ce qu'il voulait faire avec cet homme, l'inquiétude lui noua les tripes.

— Je vais le trouver. Je te rejoindrai dehors quand notre service commencera.

Elle hocha la tête et ramassa sa fourchette.

Il lui fallut dix précieuses minutes pour comprendre ce qui s'était passé. L'hôpital avait définitivement mis Snow en congé administratif jusqu'à ce que sa situation personnelle se calme. *Se calme*. Comme si découvrir quelqu'un assassiné chez vous était quelque chose qui allait s'oublier comme par magie.

Jude était furieux quand il poussa la porte du bureau de Snow pour le découvrir, affalé sur le bord de son bureau, en train de se tenir la main. Le désarroi le transperça lorsqu'il vit le sang couler sur le sol. Des yeux bleus se levèrent sur lui, s'écarquillant de surprise, et Jude aurait voulu se donner un coup de pied. Oui, il avait vu des choses qu'il aurait préféré ne pas voir et oui, beaucoup d'horreurs étaient arrivées depuis qu'il avait rencontré cet homme, mais la façon dont il le regardait… cela lui brisa le cœur. Et il sut qu'il n'était pas prêt à abandonner ce qu'il y avait entre eux. Pas encore. Peut-être même jamais.

— Pourquoi es-tu encore là ? demanda Snow, d'une voix basse et rauque, comme s'il s'était déchiré la gorge en criant. Ma vie est un putain de gâchis et je n'ai rien fait d'autre que te mettre en danger.

— Ouais, eh bien, je pense que tu as besoin de moi. Et je commence à penser que j'ai aussi besoin de toi. Alors laisse-moi voir.

Il s'approcha de lui et prit sa main, observant les coupures sur sa paume.

— Qu'est-ce que tu as fait ? Et qu'est-ce que je t'ai déjà dit à propos de tes mains à un million de dollars ?

Snow sourit, mais il y avait tellement d'autodépréciation dans ce sourire qu'il ressemblait surtout à une grimace.

— Je savais que j'étais bon, mais…

— Tais-toi, murmura Jude. Oui, oui, tu es doué de tes mains et dans quelques minutes, je te montrerai que je le suis aussi. Je vais d'abord nettoyer ça.

— Dans quelques minutes ?

Snow haussa un sourcil et un peu de ce regard perdu et cassé disparut de son expression.

Le cœur de Jude se réchauffa.

— Ouais, tu as besoin d'une distraction. Vraiment. Mais d'abord, qu'est-ce que tu as fait ?

— J'ai cassé un verre.

Il fit un signe de tête vers le coin de la pièce où des éclats de verre jonchaient le sol. Il y avait un impact dans la cloison sèche à peu près à la hauteur de Snow.

— Ne t'inquiète pas. Ce n'est pas profond.

— Je peux le constater.

Jude l'accompagna jusqu'à l'évier et commença par se laver les mains.

— J'ai entendu parler de ce qui s'est passé. Ça va être résolu, alors ne t'inquiète pas.

— Je ne suis pas inquiet. Je suis énervé.

Il leva la main. Le sang coula sur son poignet.

Leurs regards se verrouillèrent, comme la veille, et Jude ravala la boule qui se formait dans sa gorge tandis que le besoin grandissait en lui. Il secoua la tête puis attrapa la main de Snow. Il la tint sous l'eau fraîche, la tournant doucement, laissant l'eau emporter le sang.

— Je ne pense pas que tu aies besoin de points de suture, murmura-t-il en faisant courir son doigt à l'intérieur du poignet de Snow, aimant la façon dont son pouls s'accélérait.

— Vraiment, docteur ?

Snow se pencha, son souffle chaud frôlant la peau de Jude, tout en caressant son cou de son nez.

— Vous êtes sûr ?

Jude grogna, tourna la tête et appuya ses lèvres sur celles de Snow. Il aspira sa lèvre inférieure et la maintint pendant que la chaleur pénétrait son aine. Avant qu'il ne puisse approfondir le baiser, Snow recula et, en voyant ses pupilles dilatées, Jude eut envie de le ravager. Il aperçut un kit de premiers secours sur le dessus du classeur et tira Snow dans cette direction. Alors qu'il pansait les blessures et les bandait, ce dernier le fixa du regard. Chaque fois que Jude levait les yeux, c'était pour voir un mélange de luxure et de confusion. Et tandis qu'il regardait, la confusion sembla prendre le dessus sur le désir et se transformer à nouveau en colère. Il ne voulait pas que Snow pense à son travail, au meurtre… rien de tout cela à ce moment-là.

— Alors, pourquoi cette mauvaise humeur ? demanda-t-il, sachant que ça l'agacerait.

Sachant aussi que Snow, énervé, ferait augmenter sa pression sanguine de la meilleure façon qui soit.

— Quelle putain de mauvaise humeur ? gronda Snow en retour.

Jude ne savait pas ce qu'il en était de cette foutue expression, mais cette fois, il ne la laissa pas passer. Il finit d'envelopper la main de Snow, puis il posa sa main sur la poitrine du médecin et le plaqua si fort contre le mur que son diplôme encadré trembla.

— C'est quoi ce bordel, Torres ?

Snow l'écarta de sa main valide, même si la chaleur sembla l'envelopper instantanément.

Jude sourit, enroula une main autour de la gorge de Snow et le repoussa doucement mais fermement contre le mur.

— Garde ta bouche fermée, Général. Pas un mot.

Il exerça une pression suffisante sur sa gorge pour lui faire comprendre qu'il était sérieux, tout en déboutonnant le pantalon de Snow, juste assez pour faire glisser sa main à l'intérieur et enrouler ses doigts autour de cette longue et épaisse queue.

— On dirait que tu as besoin d'une sorte de soulagement, murmura-t-il.

La bouche de Snow s'ouvrit légèrement et il commença à haleter alors que ses yeux se fixaient sur ceux de Jude. Il se demanda si le médecin avait une idée du niveau de luxure et de confiance reflété dans ce regard. Putain, ça le déchirait et l'excitait tellement qu'il pouvait à peine s'empêcher de gémir et de se frapper la poitrine en signe de triomphe. Snow laissa échapper un soupir qui réchauffa les lèvres de Jude, qui pressa sa bouche contre la sienne. Snow ouvrit plus largement les lèvres, sortant cette merveilleuse langue chaude pour jouer.

Le baiser devint de plus en plus profond et humide, et le désir qui courait à travers le système nerveux de Jude ne ressemblait à rien de ce qu'il avait déjà ressenti. Il garda la main sur la gorge du médecin, sachant qu'il appréciait un peu de domination. Snow se retira, haletant, les hanches en avant.

Jude serra les doigts, sourit et le lâcha le temps de chercher à tâtons la pommade antibiotique sur l'armoire à dossiers où il l'avait laissée. La bouche de Snow s'ouvrit, de choc cette fois-ci, quand il pressa la plus grande partie du tube dans sa paume et lui glissa soigneusement sa main dans le pantalon, en s'assurant de ne pas mettre de crème sur le tissu.

— Vraiment ? haleta Snow, avant de glousser. Tu es un connard bizarre.

Jude ne répondit pas, étouffant un rire. Faire sourire Snow était rapidement devenu son objectif à plein temps. Ça, et le transformer en pâte à modeler entre ses mains. Il laissa le glissement du lubrifiant de fortune répondre pour lui, aimant le bruit étranglé qui s'échappait de la gorge du docteur. Il remit sa main libre sur la gorge de Snow et commença à le masturber, lentement, fort et régulièrement. Les gémissements du docteur augmentèrent. Jude se pencha et fit courir sa langue le long de la lèvre inférieure de Snow, puis tira à nouveau sur ce morceau de chair tendre dans sa bouche et le mordit. Il enfonça sa langue dans cet arc de Cupidon sexy. Il avait vraiment un faible pour la bouche du général.

Snow gémissait, ses hanches tremblaient. Sa tête heurta le mur et il fixa Jude, ne le quittant jamais des yeux tandis que d'autres bruits sexy résonnaient dans sa gorge.

Du coin de l'œil, Jude aperçut un mouvement et se rendit compte qu'ils n'avaient même pas fermé cette foutue porte. Il se retourna légèrement et croisa le regard de Lucas, qui se tenait dans le couloir, stupéfait et silencieux. Sans quitter Lucas des yeux, Jude tendit son pied et donna un coup sur la porte, la lui fermant au nez.

Snow n'avait rien remarqué, ses hanches bougeaient, sa respiration devenait dure et rapide, complètement terrassé par ce que Jude lui faisait. Il serra sa main le long de cette érection chaude et lisse, pressant son gland, appuyant fermement sur la base. Une goutte de sueur glissa le long de la tempe de Snow jusqu'à sa mâchoire et Jude la lécha, puis écrasa sa bouche sur celle de l'autre homme juste au moment où il jouissait. Jude avala son cri alors que le sperme chaud remplissait sa main et que ses couilles se contractaient en réaction. Il embrassa Snow encore et encore, sentant la tension quitter ce corps étonnant alors que son amant s'affalait contre lui. Jude aimait que Snow ait suffisamment confiance en lui pour le laisser le soutenir, le surveiller et le toucher comme ça.

En reculant, il ôta soigneusement sa main du pantalon de Snow. Il ne réussit pas tout à fait à garder le vêtement propre, mais il s'en foutait.

Snow le regardait fixement, ses magnifiques yeux bleus voilés, un air de satiété sur son visage : la chose la plus sexy que Jude ait jamais vue. Ses tripes se tordirent, son souffle s'altéra. Il se rappelait à peine pourquoi il était venu dans ce bureau et se fichait du temps qu'ils avaient pris. Il avait apprécié faire ça pour Snow. Non, il avait aimé ça. Il pressa un autre baiser sur la bouche de l'autre homme et le sentit glisser et trouver sa place dans son cœur. Le doute qui l'avait envahi pendant la majeure partie de la nuit disparut alors qu'il acceptait ce qu'il avait su dès qu'il avait posé sa bouche sur lui. Non, même avant. Il avait déjà ressenti de l'attirance auparavant, mais cela avait été quelque chose de plus fort, dès le début. Il avait su qu'il craquerait pour Snow. Et c'était le cas. Il était à fond dans cette histoire, désormais. Ashton Frost en valait la peine.

— Ce soir, chuchota-t-il, la voix rauque de voir son entêtement à faire basculer son monde se concrétiser et de savoir qu'il allait faire tout ce qu'il fallait. Je veux voir ce même regard sur ton visage, avec toi, nu et sous moi.

Snow déglutit, mais ne dit rien. Il se contenta de le regarder avec ce regard inquisiteur.

— Je dois aller prendre mon poste. Je suis déjà en retard.

Il se lava rapidement les mains avant de sourire et de donner un autre baiser ferme sur la bouche encore molle de Snow.

— Avant de te retrouver à poil, je t'emmène d'abord quelque part ce soir, d'accord ? Dans un endroit si éloigné de nos deux derniers rendez-vous que ça pourrait rétablir l'équilibre.

— Rendez-vous ? On a eu des rendez-vous ?

Jude baissa la tête et fronça les sourcils.

— Non, pas vraiment. Je vais changer ça ce soir. D'accord ?

— D'accord.

— Tu ne vas même pas demander de quoi il s'agit ?

Snow secoua lentement la tête.

— Tu t'es un peu surpassé cette semaine, Torres.

— C'est vrai. Alors c'est à ton tour de faire quelque chose pour moi. C'est gros, alors courage.

Il rit, sachant que son amusement faisait flipper le docteur. Avec ce qu'il avait prévu, Snow avait des raisons de s'inquiéter.

— Je viendrai te chercher chez ton ami à six heures, ce que j'ai prévu doit se faire tôt dans la soirée. D'accord ?

— Je serai devant pour que tu n'aies pas à te garer.

— C'est un rendez-vous.

Étonné et ravi, Jude l'embrassa à nouveau et ouvrit la porte, haussant un sourcil devant le meilleur ami de Snow, appuyé nonchalamment contre le mur de l'autre côté du couloir.

— Il est tout à toi, murmura Jude en passant. Pour l'instant.

Il n'en avait rien à foutre de ce que l'homme pensait.

* * *

— Je comprends, maintenant, dit Lucas à voix basse.

Surpris de ne pas être capable de regarder son ami droit dans les yeux, Snow tripotait un stylo sur son bureau. Il savait qu'il n'était pas lui-même, mais tout dans son monde lui semblait faux et toute cette histoire avec Jude le troublait. Cela l'intriguait, oui, mais le troublait encore plus. Le sexe avec cet homme se révélait bien meilleur qu'avec quiconque auparavant. Jude l'époustouflait, lui faisait enfreindre toutes ses règles. Des relations sexuelles à l'hôpital. Des relations sexuelles avec un collègue de travail. Des relations sexuelles répétées avec le même homme.

La nuit précédente, il avait voulu que Jude passe la nuit chez lui. Quand il s'était rendu compte qu'il était sur le point de demander à accompagner Jude chez lui à la place, il avait eu beaucoup de mal à ravaler sa question. Et quand il avait vu le dégoût… le doute… sur le visage de Jude, il avait senti le sol se dérober sous ses pieds. Il était parti rapidement et avait passé la majeure partie de la nuit à regarder les lumières scintillantes de la ville à travers l'immense fenêtre de la salle à manger de Lucas.

Complètement épuisé par tout cela et par la politique de l'hôpital, il avait été stupéfait lorsque Jude était venu le débusquer. Stupéfait, et pourtant plus reconnaissant qu'il ne pouvait se souvenir de l'avoir été.

Il était vraiment foutu.

Il essaya de regarder l'endroit où Lucas s'était affalé, sur la chaise devant son bureau, et n'y parvint pas. Apparemment, son ami était là depuis tout ce temps. Il avait vu Snow laisser le contrôle à un autre homme et il avait déjà suffisamment de mal à l'accepter lui-même. Le fait que Lucas en ait été témoin le dérangeait plus qu'il n'osait l'admettre.

— Snow, ne fais pas ça.

Lucas se leva et vint se pencher sur la chaise de Snow.

— Ne fais pas quoi ?

Lucas posa ses mains sur les bras de Snow et attendit qu'il lève enfin les yeux avant de répondre.

— Ne ressens pas de honte, aucune sorte de honte, pour ce qui t'arrive avec cet homme. Pour avoir obtenu ce dont tu avais besoin.

Il serra ses doigts.

— Ce que je ne pouvais pas te donner.

Snow croisa enfin son regard.

— Tu m'as tout donné. Plus que tu n'aurais jamais dû.

— Je t'ai aimé. C'est tout, répondit Lucas avec un sourire triste. Tu es mon meilleur ami et nous nous aimons. Nous nous aimerons toujours. Mais ce que je viens de voir, ce que tu as avec ce secouriste, c'est différent.

Lucas s'agenouilla et posa ses mains sur les genoux de Snow.

— Je ne pensais pas qu'il était assez costaud pour toi. Même après la nuit dernière. Son refus d'entrer armé m'a inquiété. Et je ne pensais pas qu'il pourrait remplir cet énorme gouffre de douleur que tu ressens à chaque instant de chaque jour. Je pensais qu'il était faible. Mais après vous avoir surpris…

Il recula et sourit.

— C'était chaud.

Une fois de plus, Snow fut choqué de sentir ses joues s'échauffer.

— Regardez-moi ça, murmura Lucas. Tu peux rougir. Ashton Frost peut rougir.

Il rit.

— C'est une bonne chose.

— Non, ça ne l'est pas, répondit Snow en fronçant les sourcils. Et crois-moi, il n'y a rien de faible chez Jude.

Le sourire de Lucas s'élargit alors que ses pensées se dirigeaient visiblement vers un endroit sale, très sale.

Snow sourit en retour.

— Ouais, c'est sûr que ce n'est pas faible non plus.

— Je l'aime bien, admit Lucas. Il est bon pour toi. Je ne te demande pas beaucoup, Ash, mais je te demande de prendre soin de lui et de le laisser prendre soin de toi.

— Je ne suis pas sûr de trouver les petits cœurs et les roses dont vous êtes entourés avec Andrei, plaisanta Snow, mais ses mots tombèrent à plat dans ses propres oreilles.

— Tu serais surpris, murmura Lucas.

Il se recentra en se demandant finalement ce qui avait amené son ami à l'hôpital. Il n'aimait pas y venir à moins d'être blessé… ou pour de plus pénibles raisons.

— As-tu reparlé à Rowe ?

L'inquiétude rendit les yeux de Lucas complètement gris. Il se redressa et retourna sur la chaise devant le bureau de Snow, mais il ne s'y assit pas.

— Non. Il ne répond pas à son téléphone.

— As-tu demandé à Andrei de tracer la puce GPS de son portable ?

Un coin de la bouche de Lucas s'incurva.

— Pas encore. Je suppose qu'il est allé à la cabane de son grand-père dans le Colorado, mais j'essaie de le laisser tranquille.

Snow se rencogna sur sa chaise, laissant transparaître sa stupeur, provoquant une étrange rougeur gênée sur les joues de Lucas.

— Vraiment ?

— Andrei refuse de le faire, grogna Lucas.

Il détourna le regard, ne pouvant plus croiser celui de Snow.

— Il nous conseille d'accorder à Rowe une semaine avant de tracer son téléphone.

Snow passa une main dans ses cheveux, sentant la trace de sueur laissée là, se rappelant que Jude l'avait léchée sur sa mâchoire.

— Pourquoi es-tu venu à l'hôpital ? demanda-t-il.

— J'ai pensé que je devais te prévenir. Ian est furieux, il a demandé à son infirmier de le conduire au Rialto. Il nous a ordonné d'être là dans une demi-heure pour le déjeuner. J'espère que tu peux venir.

Snow ferma les yeux et enfouit son visage dans ses mains.

— J'aurais dû l'appeler hier.

— Ou la veille. Mais moi aussi, mon pote. Furieux est un euphémisme. Il n'a rien appris aux informations avant aujourd'hui parce qu'il ne pouvait pas les regarder. C'est son infirmier qui me l'a rapporté. Il ne gère pas bien l'accident. La mort de Melissa l'a anéanti.

Snow se leva et récupéra son manteau sur le porte-manteau près de la porte.

— Nous devons lui parler de Gratton. Ce n'est pas juste de le laisser dans l'ignorance. J'avais tort, avant.

Lucas tint la porte ouverte, mais ses yeux se plissèrent, et il leva la main.

— Tu es généralement trop occupé pour partir à l'heure du déjeuner. Qu'est-ce qui se passe ?

Il aurait dû savoir qu'il ne pouvait rien cacher à son ami.

— Je suis libre jusqu'à six heures.

Il s'éclaircit la gorge et marmonna :

— J'ai un rendez-vous.

La bouche de Lucas s'ouvrit puis se referma comme s'il avait du mal à comprendre le concept.

— Un vrai rendez-vous ? Toi ?

Snow hocha la tête et revêtit son manteau.

— C'est fou, n'est-ce pas ? Et en parlant de folie, si je peux partir, c'est parce que j'ai été mis à pied ce matin.

Lucas jura.

— Combien de temps ?

— Jusqu'à ce que je sois complètement blanchi du meurtre.

— Merde. Je connais plusieurs personnes au conseil. Laisse-moi les appeler et mettre les choses au clair…

Snow leva les yeux au ciel.

— Laisse tomber. Ça ne me plaît pas, mais c'est mieux pour l'hôpital. En plus, si Gratton s'en prend à moi, je ne veux pas être près de mon lieu de travail.

Il passa devant Lucas dans le couloir, se retourna et comprit que son ami avait pu voir tout ce qu'il avait fait avec Jude à travers la fenêtre étroite à côté de sa porte. Il secoua la tête. C'était vraiment stupide. N'importe qui aurait pu passer devant et apprécier le spectacle.

— Allez, dit-il en riant lorsqu'il découvrit le sourire narquois de Lucas.

Oui, il avait maté.

— Allons-y pour que je puisse me mettre à genoux devant Ian et lui demander pardon.

Chapitre 17

Snow enleva son manteau alors que le directeur général du Rialto les invitait à passer devant la foule qui grouillait à l'entrée du restaurant. Le Rialto n'était ouvert que depuis quelques mois, mais c'était déjà un lieu de déjeuner populaire pour les locaux. Des hommes et des femmes en costumes et tailleurs élégants bavardaient en attendant leurs tables. Snow avait mangé ici si souvent qu'il reconnaissait déjà quelques habitués à la lumière naturelle et brillante qui pénétrait par les rideaux ouverts. Le froid et la pluie à l'extérieur s'étaient enfin dissipés, et il avait l'impression que sa vie entière était revêtue d'un voile gris.

Le seul point lumineux était Jude et son utilisation créative d'une pommade antibiotique. Si. Foutrement. Torride. Ça lui avait fait oublier cette réunion avec son patron. Complètement, bien que brièvement. Mais cela avait rendu ses sous-vêtements un peu inconfortables.

Durant le trajet avec Lucas, il n'avait pas pu penser à autre chose. Il était parvenu à le dissimuler, mais une véritable peur l'avait envahi. Qu'allait-il faire sans son travail ? Il était parti ce matin, espérant qu'il lui fasse oublier Melissa, Rowe, Gratton et le mort qui se trouvait chez lui. Quel que soit le plan foireux de Gratton, si détruire leur vie était son but, il réussissait.

Lucas venait de poser son manteau sur son bras quand il repéra Ian et le pointa du doigt. Le jeune homme, toujours dans son fauteuil roulant, se trouvait devant une grande table à l'arrière, près de la cuisine et à l'écart des allées et venues. Sa jambe entièrement plâtrée était encore posée sur des oreillers. À cet instant, son beau visage carré affichait des lèvres serrées par la colère et des yeux plissés. Trois serveurs, qui devaient avoir pratiquement son âge, se tenaient autour de sa chaise. Avec un dernier mot férocement chuchoté, Ian désigna la cuisine. Les serveurs vêtus de noir pâlirent et s'éloignèrent en courant tandis que Lucas et Snow tiraient leur chaise.

— Déjà en train de crier sur le personnel ? demanda Snow, le bras tendu vers le pain italien, décidant de se laisser aller à faire des folies avec les glucides.

Il pourrait calmer sa rage au gymnase durant l'après-midi avant de rejoindre Jude. Il en arracha un morceau et le trempa dans l'huile à l'ail et au parmesan, puis il gémit en le mâchant. La recette du pain fait maison de Ian était toujours parfaitement croustillante à l'extérieur et souple et moelleuse à l'intérieur.

— Tu m'as entendu crier ? Non, j'ai chuchoté avec colère.

Ian sourit au nouveau serveur qui venait remplir leurs verres d'eau.

Lucas regarda autour de lui.

— Pourquoi es-tu en colère ? Tout a l'air parfait et sent bon. L'endroit est bondé.

— Ce n'est pas entièrement lié au travail. Ce trio a une sorte de dispute d'amoureux et oui, ça les concerne tous les trois.

Ian se tut, frottant les rides de stress qui creusaient son front.

— Apparemment, le fait qu'ils ne s'adressent plus la parole a mis les autres membres du personnel mal à l'aise, et je ne peux pas tolérer cela. Je leur ai donc dit de rentrer chez eux dès que leurs remplaçants seraient arrivés et de ne pas revenir avant d'avoir réglé leurs histoires et baisé comme des fous.

Snow, l'écoutant à peine, trempa un autre morceau de pain et le mâcha, songeant au mécontentement du directeur de l'hôpital, des patients qu'il avait dû quitter. Deux en particulier. Il avait prévu d'appeler quelqu'un, peut-être le Dr Kleinberg, pour les surveiller. Il avait des amis à l'UC, mais il lui vint à l'esprit qu'il aurait été beaucoup plus facile d'obtenir des informations s'il avait pris la peine de mieux connaître les gens. Il se rendit compte que Lucas et Ian s'étaient tus et leva la tête. Tous deux le regardaient avec des yeux écarquillés.

— Quoi ?

— Vraiment ? demanda Ian en se penchant. Je viens de te dire que ces trois beaux mecs vont rentrer chez eux pour baiser et tu n'as pas fait un seul commentaire ?

Il jeta un coup d'œil à Lucas.

— Tu as vu ça ? Il les a à peine regardés.

Lucas joignit les mains, l'amusement faisant pétiller ses yeux.

— C'est intéressant.

Snow refusa d'accepter la chaleur remontant le long de sa gorge, alors mieux valait qu'elle ne soit pas visible.

— J'ai beaucoup de choses en tête. C'est normal que je sois distrait, vu ce qui s'est passé chez moi et à Covington.

Et ces dernières nuits…

— C'est vrai, en convint Lucas, mais son sourire ne s'effaça pas. Mais même dans ce cas, tu aurais quand même jeté un œil à ces types. Es-tu devenu trop accro à un certain secouriste ?

Ian les dévisagea l'un après l'autre.

— Qu'est-ce qui se passe ?

Pour la première fois depuis plus d'une semaine, la vie brillait dans les grands yeux bleus de Ian, effaçant la douleur et l'horreur.

— Je sais ce qui s'est passé chez toi et on *va* en parler, ainsi que du fait que tu ne m'as pas appelé. Mais c'est quoi cette histoire de Covington ? Et quel secouriste ? Le Snow que je connais ferait n'importe quoi pour se joindre à un plan à trois. Quoi qu'il arrive.

Le serveur revint et Snow prit un menu.

Ian le lui arracha des mains et le remit au serveur avant de le renvoyer brusquement.

— J'ai déjà commandé pour nous. Tu peux te concentrer ? Je me sens complètement à l'écart et je n'aime pas ça. Quelqu'un a été tué chez toi, Snow. Je ne peux même pas imaginer ce que tu ressens.

Il se pencha en avant pour saisir sa main et grimaça.

Snow fronça les sourcils.

— Tu dois me laisser regarder ta jambe.

Ian ôta sa main et l'agita.

— Plus tard. Pour l'instant, j'ai vraiment besoin de savoir ce qui se passe. Tout me semble si horrible… sans Melissa, et mon cœur se brise pour Rowe. Je ne peux pas m'empêcher de penser que c'est en partie ma faute. Si je n'avais pas suggéré d'aller faire du shopping…

— Arrête ça tout de suite, grogna Lucas en se penchant sur la table. Cet accident a failli te tuer aussi, et pour ma part, je suis reconnaissant que cela ne soit pas arrivé. En plus…

Il se tut, fixant Snow qui le regardait en retour.

— Ce n'était pas un accident. Hollis nous a dit qu'un témoin a tout vu et que vous avez été percutés délibérément.

Ian pâlit, s'enfonçant dans son fauteuil roulant.

— Quelqu'un nous est rentré dedans exprès ? dit-il d'une voix si faible que tous les instincts protecteurs de Snow se mirent en branle. Mais pourquoi ?

L'estomac de Snow se retourna. Il ferma les yeux et se frotta l'arête du nez en essayant de réfléchir à la meilleure façon d'annoncer ce qui devait être dit. Ian avait assez à gérer sans avoir peur que ce psychopathe ne revienne en ville. Il prit alors la décision de ne pas lui parler de la photo de lui à l'hôpital. Il allait se lancer dans cette douloureuse discussion lorsqu'une nouvelle voix lui fit ouvrir les yeux.

Hollis se trouvait devant leur table, juste à côté d'Andrei et d'un autre type immense que Snow ne reconnaissait pas. Le tas de muscles blond se tenait quelques pas derrière Andrei, les mains serrées dans le dos. La pose typique du garde du corps. Ses biceps saillaient sous son pull noir – ses bras et sa poitrine étiraient le tissu de façon impressionnante. Ses longs cheveux blonds étaient attachés en queue de cheval. Comme ceux d'Andrei. Pour une raison quelconque, Snow trouva ça drôle et il sourit.

— Bonjour, les salua Andrei avant de tirer la chaise à côté de Lucas.

Il offrit à Lucas un sourire chaleureux, les lèvres incurvées d'une manière que Snow reconnut immédiatement. Le regard que lui rendit Lucas possédait la même passion. Il les avait entendus dans leur chambre, et ils avaient été assez explicites.

— Bonjour, inspecteur Banner, dit Ian, indiquant la dernière chaise disponible. Asseyez-vous. Je vais vous commander à manger.

Il regarda autour de lui.

— Nous allons trouver un siège supplémentaire pour votre ami.

— Le jovial géant blond n'est pas avec moi. Il est venu en tant que membre de la brigade des queues de cheval, répondit Hollis en pointant Andrei du doigt, puis il s'affala sur la chaise. Merci de m'inviter à déjeuner, mais je ne vais pas rester longtemps.

Son regard se posa sur Ian, ses sourcils se fronçant lorsqu'il avisa le plâtre.

Andrei fit un signe au géant blond qui avança et s'inclina vers lui pour lui chuchoter quelque chose à l'oreille. L'homme fit un signe de tête et se dirigea vers la cuisine, disparaissant par la porte battante.

— Prenez quelque chose à manger, Banner, ordonna Lucas. Vous allez rester ici plus longtemps que vous ne le pensez.

En entendant la sévérité dans la voix de Lucas, Snow lui lança un regard interrogateur.

Lucas hocha lentement la tête, ancrant son regard au sien.

— Je pense qu'il est temps que nous fassions savoir aux flics ce que nous soupçonnons.

— Ce que nous soupçonnons ? répéta Ian, qui grimaça une nouvelle fois en se penchant.

Cette fois, il jura et se frotta la cuisse.

— Où est l'infirmier que j'ai engagé pour toi ? demanda Lucas. Mike ?

— Je lui ai donné quelques heures de congé.

Snow dévisagea Hollis.

— Pourquoi êtes-vous ici ? Y a-t-il des nouvelles sur ce qui est arrivé à cet homme chez moi ?

— Je suis ici à propos de votre petite escapade d'hier soir. Je n'arrive toujours pas à croire que vous soyez entrés dans cet endroit comme un groupe d'espions de film d'action. Vous avez tous besoin d'être enfermés, déclara-t-il en fronçant les sourcils à la plupart des membres du groupe, avant de s'arrêter sur Snow. Et quant à votre maison, non, nous n'avons rien trouvé. Celui qui a fait ça a contourné le système de sécurité de Rowe et les seules empreintes que nous avons trouvées sont celles de vous-même et de vos amis. C'est une bonne chose que vous ayez cet alibi.

— Attendez, quelle escapade ? demanda Ian, sa voix s'abaissant, sa colère grandissant. Et quel alibi ? Pourquoi ne suis-je pas au courant de ce qui se passe ?

— Le secouriste est son alibi, l'informa Lucas. Snow a passé la nuit avec un homme nommé Jude Torres et il s'est présenté au poste de police pour leur faire savoir que Snow ne pouvait pas être l'assassin.

— Mais non ! Le même secouriste dont tu parlais, Lucas ? Est-il plus qu'une aventure d'un soir ? demanda Ian, son sourire sur le point de refaire surface.

Snow se frotta les yeux. Bien qu'il apprécie l'engouement de Ian pour la romance, qui se manifestait à travers toute la douleur récente, ce n'était pas le moment.

— Concentre-toi, Ian. Ils pensaient que j'étais un meurtrier.

— Bien sûr que ce n'était pas toi, ricana Ian, écartant l'idée comme s'il ne s'agissait que d'articles racoleurs des tabloïds. La question importante est : pourquoi on se donnerait tout ce mal pour tuer quelqu'un chez lui ?

— Ian, dit Snow d'une voix basse. Le tueur a utilisé une batte. Il a ouvert la joue de l'homme.

Ian resta parfaitement immobile et son visage déjà pâle devint blanc. Il ôta ses mains de la table et les posa sur ses genoux, mais pas avant que Snow ne remarque le léger tremblement de ses doigts.

— Gratton, chuchota-t-il.

— Qu'est-ce qui se passe ? demanda Hollis, l'inquiétude rendant sa voix plus rauque. Je vous ai entendu mentionner ce nom la nuit dernière. Vous dites que celui que vous croyez responsable du meurtre a quelque chose à voir avec la vente aux enchères qu'on a stoppée hier soir ? Vous me devez une explication.

Il pointa du doigt Lucas, puis Snow.

— Je vous ai couverts, ajouta-t-il, sourcils froncés. Et je n'ai aucune idée du pourquoi.

— Une vente aux enchères ? demanda Ian d'une petite voix.

Le cœur de Snow se serra et son regard se fixa sur celui de Lucas. Son ami commençait à verdir. Ian avait été l'un des garçons prévus pour une vente aux enchères il y a des années, jusqu'à ce que Jagger décide de le garder pour lui. Le pain que Snow avait mangé restait collé dans son estomac. Il prit une profonde inspiration et fit un signe de tête à Ian.

Lucas soupira bruyamment.

— Ian, je suis désolé. Nous t'avons tenu à l'écart en attendant de récolter plus d'informations. Snow s'est stupidement rendu seul à une des fêtes de Jagger et a découvert…

— Attendez, grogna Hollis, l'interrompant. Vous êtes allé à une quoi ? C'est quoi ce bordel, Frost ? Vous savez comment participer aux fêtes de Jagger ? Vous savez où elles ont lieu ?

Il ferma les yeux et marmonna.

— Peut-être que je devrais quitter toutes les voies légales et juste signer avec vous, les gars.

— Tu y es allé seul ? demanda Ian en se redressant, grimaçant une nouvelle fois.

Snow jeta un regard furieux sur le flic, puis secoua la tête.

— Je n'y suis pas allé seul et l'unique raison pour laquelle j'y suis allé est que je l'ai découvert juste avant que cela n'ait lieu. Je n'ai pas eu le temps d'appeler les flics et de leur expliquer, et je n'étais pas sûr que Gratton serait là. Il s'est avéré qu'il n'y était pas. Mais j'ai appris pour la vente aux enchères d'hier soir et nous avons réussi à sauver tous ces garçons, Ian.

Il se pencha davantage.

— Tous.

Ian tordit ses mains sur ses genoux.

— Gratton était-il là la nuit dernière ?

Snow acquiesça.

— Donc ça veut dire qu'il fait de nouveau partie de la famille. C'est sûrement le cas s'ils lui font confiance pour une vente aux enchères.

Ian attrapa son verre et but son eau d'un trait, puis il le reposa et se tordit les mains à nouveau.

Lucas se pencha en avant et prit les mains crispées de son ami dans les siennes.

— Nous allons trouver le fin mot de cette histoire. Andrei a déjà mis Gidget sur le coup, elle essaie de trouver où Gratton séjourne, et elle cherche tout ce qu'elle peut trouver sur ses activités avec Jagger.

— Il n'y avait rien qui relie Jagger à la nuit dernière, dit Hollis en serrant les dents. On ne peut pas faire de pause quand il s'agit de lui. Mais nous avons arrêté plusieurs hommes d'affaires importants. On va les faire parler, voir si l'un d'eux va nous donner de bonnes infos. Mais Snow a raison, nous avons rendu un groupe d'enfants à leurs familles.

Il passa ses doigts dans ses cheveux et se rencogna sur son siège.

— Je reconnais le nom de Gratton. Vous parlez de Dwight Gratton, le bras droit de Jagger qui a disparu il y a environ sept ans.

Snow prit une profonde inspiration, trouvant du réconfort dans le sourire que Lucas lui adressait.

— Nous pensons que Gratton est celui qui a tué l'homme chez moi. Il a été tabassé exactement de la même manière que je l'ai fait à Gratton lui-même, il y a des années. Sept ans pour être exact.

La bouche d'Hollis s'ouvrit.

— Putain, souffla-t-il, secouant la tête. Je ne veux même pas savoir pourquoi vous, les gars, étiez dans ce groupe. Gratton a dû faire quelque chose qui vous a vraiment énervés si vous étiez prêts à vous opposer à lui et à ses hommes.

Il y eut un silence inconfortable. Snow regarda Lucas, qui observait Ian.

— Tu es sûr que c'est lui ? chuchota Ian.

Snow hocha la tête. Il marqua une pause et prit une grande respiration avant de pouvoir regarder Ian dans les yeux et de continuer.

— Je l'ai vu à Covington avant l'accident. Il a essayé de me renverser.

Il montra du doigt les égratignures presque cicatrisées sur son visage.

Ian s'affaissa sur sa chaise et Snow était sûr que personne ne manqua le frisson qui traversait son corps fin.

— J'ai besoin de tout savoir, dit Hollis.

Ses yeux allèrent d'un visage à l'autre, les fixant d'un regard sombre, mais Snow remarqua qu'il ne s'était pas arrêté sur Ian, comme s'il ne pouvait pas se résoudre à regarder directement le jeune homme.

— Tout de suite.

— Snow s'en est pris à Gratton à cause de moi, dit Ian doucement. C'est arrivé il y a longtemps. Dans une autre vie.

Snow regarda Hollis.

— Tout ce qu'il y a à savoir, c'est que je me suis occupé d'un problème…

— *Nous* nous sommes occupés d'un problème, le corrigea Lucas d'une voix dure.

Snow se tut et dévisagea son ami de longue date en hochant la tête. Oui, *il* avait manié la batte de baseball, mais Rowe et Lucas étaient présents aussi, pour nettoyer le désordre et sortir Ian de là. Et même Jagger, qui n'était pas du tout quelqu'un de bien, avait été tellement dégoûté par le départ de Gratton avec Ian qu'il avait accepté leur accord.

— Donc, il semble que Gratton soit revenu avec une idée psychotique de vengeance. Et en même temps, il essaie manifestement de revenir dans les bonnes grâces de Jagger.

Hollis regarda finalement Ian et déglutit avant de tourner son attention vers Snow.

— J'ai besoin de preuves, et comme je connais bien le fonctionnement de ce trou du cul, ça va être extrêmement difficile de les trouver. Il n'a laissé aucune trace dans votre maison, pas un cheveu, une empreinte, rien.

Il se pencha sur la table et attrapa un morceau de pain.

— J'étais sur deux affaires impliquant Gratton quand j'ai emménagé ici.

Il commença à déchiqueter le pain dans son assiette.

Snow reconnaissait le geste. L'homme devait tenir ses mains occupées. Ses lèvres étaient tellement pincées qu'elles avaient presque disparu. Snow jeta un coup d'œil à Ian, détestant la tristesse visible sur les traits du jeune homme alors qu'il prenait conscience de l'inconfort d'Hollis. Si le flic connaissait Jagger, il avait probablement une idée de ce qui était arrivé à Ian. Et ce dernier détesterait cela.

— Donc, si c'est lui le tueur, poursuivit Hollis, c'est probablement celui qui a percuté le 4x4 de Rowe. Je suppose que le «nous» ne désignait pas seulement Snow et Lucas dans ce qui s'est passé il y a des années. Rowe était aussi impliqué.

Aucun d'entre eux ne pipa mot.

Hollis ricana, mais c'était un son sec et râpeux.

— Vous êtes si tendus, je suis surpris d'avoir obtenu autant de choses de vous, continua-t-il en levant les yeux vers Snow. Vous comprenez que vous allez devoir tout partager avec moi, n'est-ce pas ? Chaque détail.

— Non, je ne comprends pas, répliqua Snow, se penchant plus près de lui et recourbant sa lèvre. Je vous ai dit tout ce que je sais. Je l'ai tabassé il y a des années de la même façon que cet homme a été tabassé chez moi.

— Sans la partie où il est mort, ajouta Andrei.

— J'aurais dû le tuer, grogna Snow.

Hollis jeta un bref coup d'œil à Ian, puis détourna le regard.

— Probablement, murmura-t-il. Vous n'avez pas entendu ça. Écoutez, je sais qu'il y a plus à savoir dans l'histoire et…

— Et Snow ne vous parlera jamais de ce qui me concerne.

Ian se redressa dans son fauteuil roulant, encore pâle mais, heureusement, la colère semblait l'avoir rendu attentif.

Snow leva la main pour arrêter Ian, puis fixa Hollis.

— J'ai vu Gratton à Covington. Il nous espionnait le soir où nous avons joué au billard chez Molly. Et il était à cette vente aux enchères hier soir. C'est tout ce que je sais.

Il se laissa retomber sur son siège.

— Ça devrait suffire pour que la police continue.

— Il était là avec nous cette nuit-là ? Il était à l'intérieur de ce bar ?

Ian s'éclaircit la gorge.

— Je dois vérifier quelque chose dans la cuisine.

Il écarta sa chaise de la table et commença à manœuvrer. Une fois arrivé à la porte de la cuisine, il s'effondra.

— Son fauteuil roulant ne passera pas dans les allées étroites de cette cuisine, murmura Lucas.

Il se retourna et claqua des doigts en direction du géant blond qui se dirigea aussitôt vers Ian. Il se pencha vers lui et, lorsque Ian hocha la tête, il le souleva doucement de son fauteuil et le porta à travers la porte.

— Qui diable est ce type ? grogna Hollis en sautant de sa chaise et en jetant un regard furieux sur la porte. Pourquoi est-ce qu'il le porte ?

— Asseyez-vous, le flic, lui intima Andrei avec un léger ricanement qui rappelait tant celui de Lucas que Snow rit.

— Je dois parler à Ian, dit Hollis en se dirigeant vers la porte.

— Il vous a dit de vous asseoir, répliqua Lucas. Sven est le garde du corps que nous avons engagé pour Ian. Avec Gratton en ville, il est en danger et, comme il est blessé, il est encore plus vulnérable. Sven travaille pour Ward Security.

— Merde, murmura Snow. Un grand blond nommé Sven ? Vraiment ?

Il rit plus fort.

— Entre lui et le canon baraqué que tu as embauché comme infirmier, Ian devrait avoir de quoi l'empêcher de s'inquiéter à la maison.

Hollis se retourna pour se retrouver face à la table, ses yeux plissés vers Snow.

— Quel infirmier ?

— Celui-là.

Snow montra du doigt le grand homme aux cheveux noirs qui venait d'entrer dans le restaurant et s'approchait, fronçant les sourcils devant le fauteuil roulant vide. Il le prit, montrant de beaux bras musclés, le mit hors du chemin, puis disparut dans la cuisine.

Snow se demanda si le flic s'était rendu compte que ses mains étaient serrées en poings alors qu'il continuait à regarder dans cette direction.

— Peut-être devrions-nous héberger Ian à l'Ascent jusqu'à ce que nous comprenions ce qui se passe ? proposa Snow. Avec moi là-bas, ce sera comme une soirée pyjama.

Lucas sourit.

— J'ai déjà essayé de le convaincre. Ce gosse est férocement indépendant. Andrei a décidé que Sven serait parfait pour lui.

Son regard amusé s'ancra à celui de Snow alors qu'il murmurait le mot « hétéro », tandis qu'Hollis continuait de fixer la porte de la cuisine.

— Rien de tel qu'un magnifique Suédois pour détourner l'attention d'un homme.

Hollis était à mi-chemin de l'entrée de la cuisine quand Sven réapparut, portant Ian, un sourire timide sur le visage tandis que le garde du corps lui parlait doucement. Il le reposa dans son fauteuil roulant, le fit tourner et le ramena en douceur à la table.

— Entre ce plâtre qui dépasse de partout et son énorme carrure, nous nous sommes immédiatement mis en travers du chemin. En plus, il a rendu mes cuisiniers nerveux.

Il jeta un regard à Hollis et un soupçon de rouge colora ses joues encore trop pâles.

— Je leur ai demandé de préparer quelque chose pour vous aussi. Je sais que vous aimez la nourriture servie ici parce qu'ils ont remarqué que vous étiez souvent venu cette semaine.

Hollis se racla la gorge, plissa les yeux vers Sven et s'assit sur son siège.

— La nourriture est bonne, marmonna-t-il.

Snow plissa les yeux. Oui, la nourriture était bonne, mais plusieurs fois par semaine avec un salaire de flic ? Il ne venait pas ici pour la cuisine.

Ian demanda au garde du corps de l'installer à l'endroit où il était auparavant.

— Je suis désolé d'être parti. Discutons de ce que nous allons faire maintenant.

Il prit sa fourchette et la pointa vers Snow.

— Et ne crois pas que tu es tiré d'affaire pour ne pas m'avoir appelé. Et de ne pas m'avoir parlé de Jude. Quand est-ce qu'on va le rencontrer ?

— Pourquoi as-tu besoin de le rencontrer ? C'était un coup d'un soir…

— D'un soir ?

Le rire de Lucas résonna dans le restaurant.

— Il me semble me souvenir qu'il est venu chez moi, puis qu'il est sorti avec nous la nuit dernière. Et tu n'as pas un rendez-vous ce soir ? demanda Lucas en souriant.

— Trou du cul, grogna Snow.

Il prit un morceau de pain et le lança à son ami.

— Il est juste venu chez toi pour savoir si j'allais bien.

— On peut dire qu'il s'en est assuré, dit Andrei en souriant. Minutieusement.

— Ne recommence pas avec ça, avertit Snow.

— Putain si, recommence. J'ai raté le premier round, dit Ian en regardant Snow, avant de se tourner vers Andrei. Partage. J'ai besoin d'entendre parler d'autre chose que de Dwight Gratton.

— Non, on ne parle pas de ça, gronda Snow.

Lucas rit à nouveau.

— Parle à Ian de ton rendez-vous de ce soir.

La bouche de Snow s'ouvrit alors qu'il pointait sa fourchette vers Lucas.

— Depuis quand es-tu aussi grande gueule ?

— Depuis que tu as appris à rougir.

— Traître. Tu es censé être mon meilleur ami.

— Je le suis. Et d'après ce que j'ai vu plus tôt, je te fais une faveur en encourageant cette relation.

— Plus tôt ?

La tête de Ian commençait à ressembler à une balle de ping-pong vu la façon dont son regard passait de l'un à l'autre.

— Tu n'étais pas à l'hôpital aujourd'hui ?

Snow aurait voulu que la conversation sur Jude s'interrompe net.

— Si, j'y étais. Et j'ai été mis à pied parce que quelqu'un a été assassiné chez moi et jusqu'à ce que le meurtrier soit attrapé, je suis toujours leur suspect numéro un.

Il fixa Hollis.

— Ai-je raison ?

— Malheureusement, vous n'êtes pas encore tiré d'affaire. Pas même avec la déclaration de Jude.

Après ça, ils restèrent tous silencieux et, heureusement, le repas arriva.

Ian dirigea la mise en place des assiettes.

— Je sais que Lucas et Andrei adorent les gnocchis, alors ils vont essayer une nouvelle recette. J'ai passé les derniers jours à la maison à perfectionner la sauce. Snow a l'habitude des *acqua pazza* parce qu'il surveille ses glucides.

Snow inspira la vapeur de son plat et sourit à Ian. Le gamin savait ce qu'il aimait jusque dans les moindres détails.

— Avec des olives et des champignons. Parfait.

Ian hocha la tête de façon distraite. Il n'hésitait jamais quand il s'agissait de nourriture. Il pencha la tête, fixa le détective jusqu'à ce que l'homme croise son regard.

— Vous surveillez vos glucides, le flic ?

— Je les regarde jusqu'à ce qu'ils atteignent ma bouche, rit Hollis.

Heureusement pour lui, la bouche de Snow était pleine de poisson parfaitement cuit, sinon il aurait fait un commentaire sur le fait de regarder les choses venir jusqu'à sa bouche.

— Bien, dit Ian. Vous aurez des carbonara.

Lucas releva brusquement la tête.

— Il a du bacon ? Comment ça se fait qu'il a du bacon ?

— C'est de la pancetta. En plus, ta tension artérielle…

Lucas jeta un regard noir à Andrei.

— Tu lui as dit aussi ?

Andrei se contenta de sourire de manière machiavélique autour d'une bouchée de gnocchi.

— Par texto.

— C'est quoi ce…

— Tu manges sa cuisine plus que celle de n'importe qui d'autre. Je devais le prévenir, l'interrompit Andrei, essayant d'éviter le commentaire suivant.

— Je promets de te préparer un petit déjeuner avec du bacon la semaine prochaine, déclara Ian. Je parie que Sven peut me porter chez toi sans problème.

Il adressa un joli sourire au garde du corps blond, qui se tenait derrière sa chaise.

— Vous voulez vous asseoir avec Mike, là-bas ? demanda-t-il, avisant la petite table à côté de la leur. Ils devraient bientôt vous apporter votre plat.

Snow ne pouvait pas s'empêcher de regarder Hollis et son froncement de sourcils féroce. Si Ian lui plaisait tant, pourquoi hésitait-il ? Cela n'avait certainement rien à voir avec leurs avertissements, à Lucas et lui, car il était évident que rien n'empêcherait Hollis de faire ce qu'il voulait.

Andrei soupira.

— C'est fantastique, Ian. Tu vas les mettre au menu ?

— Pas tout de suite. Je ne veux pas en imprimer plus pour l'instant, mais je compte faire un menu spécial une fois par semaine.

— Fais-moi savoir quel soir, répondit Andrei avec un clin d'œil, puis il se tourna vers Snow. Pourquoi tu ne reviendrais pas au bureau avec moi et on verrait si Gidget a trouvé des informations ?

— Bonne idée. Ce n'est pas comme si j'avais un autre endroit où aller, répondit Snow en poignardant un champignon.

— Et vous allez partager ces infos avec votre sympathique policier de quartier, n'est-ce pas ? lança Hollis en souriant largement à Snow.

— Bien sûr, monsieur l'agent. Tout ce que vous voudrez, ricana Snow, et Hollis leva les yeux au ciel.

— Et tes patients ? demanda Ian.

— Un collègue me remplace. Mais j'ai l'intention d'appeler et de les surveiller.

Il mâcha le champignon, pensant encore que tout ce qu'il aimait dans sa vie était complètement foutu. Pas de maison, pas de travail et, pour la première fois de sa vie, il ne se sentait pas tout à fait à l'aise chez Lucas. Il jeta un coup d'œil pour découvrir que ce dernier regardait toujours l'assiette d'Hollis comme s'il avait l'intention de la lui acheter. Il ne détourna le regard que lorsque Andrei lui tendit une fourchette, gloussa et lui tapota la main.

— Je te donnerai du bacon plus tard, murmura-t-il dans sa barbe.

— Tu me donneras quelque chose, c'est sûr, lui répondit Lucas en chuchotant, mais pas assez bas car tout le monde l'entendit.

Les rires autour de la table contribuèrent à dissiper la tension. Mais pas suffisamment. Snow savait qu'aucun d'entre eux ne pourrait vraiment se détendre tant qu'ils ne sauraient pas exactement pourquoi ce psychopathe était revenu en ville.

Chapitre 18

Les vingt minutes de route vers le nord pour se rendre à Ward Security sur Reading permirent à Snow de se concentrer sur son inquiétude concernant Ian. Le jeune homme avait souri au Rialto, se perdant dans la joie simple de fouiller sa vie sexuelle, mais il n'avait pas manqué de remarquer les ombres qui s'attardaient dans ses yeux ou la façon dont il se retranchait dans ses pensées, son sourire se fanant comme une fleur qui se meurt lentement. C'était l'œuvre de Gratton. Soit Ian était en train de se plonger dans de vieux souvenirs, soit il se noyait dans de nouvelles peurs tout en souffrant de la mort de son amie. Plus vite ils retrouveraient Gratton, plus vite Ian se sentirait à nouveau en sécurité et mettrait son passé derrière lui.

Mais, alors que Snow claquait la porte de sa voiture et se dirigeait vers l'avant de l'ancien entrepôt devenu le bureau de Ward Security, il ne put nier l'anxiété qui lui tordait l'estomac. Lucas avait refusé de l'accompagner à cette réunion avec Andrei, affirmant qu'il devait retourner à son bureau pour s'occuper de son entreprise, qu'il avait négligée la semaine précédente. Il aimait à penser que Lucas ne l'avait pas délibérément laissé seul avec son petit ami, mais bon… Lucas était un connard sournois quand il le voulait, et c'était embarrassant du fait qu'Andrei et Snow ne s'étaient jamais retrouvés seuls, pas depuis qu'Andrei était tombé amoureux de Lucas. Des non-dits restaient suspendus dans l'air.

Mettant ses mains dans les poches de son manteau, il baissa la tête contre le vent froid qui soufflait à travers le petit parking. Les branches nues des poiriers ornementaux qui bordaient la façade du bâtiment s'agitaient, et des nuages gris s'engouffraient dans le ciel bleu. Un hiver typique de Cincinnati. Le soleil n'était jamais très présent.

L'air chaud l'enveloppa lorsqu'il pénétra dans la zone de réception de Ward Security. Elle était petite mais ouverte et aérée, avec des meubles blancs et un sol en marbre noir froid. Melissa avait engagé un décorateur pour l'entrée principale ainsi que quelques bureaux où les clients étaient accueillis. Rowe n'en avait rien à foutre de l'apparence, son esprit constamment encombré par la technologie de pointe en matière de sécurité et la formation de son personnel. C'était juste un joli décor pour apaiser les esprits des clients avec des portefeuilles bien remplis.

— Bonjour, Dr Frost, salua une femme souriante d'âge moyen, derrière le bureau de la réception.

S'appelle-t-elle Karen ? Sharon ? Marion ? Il ne s'en souvenait pas. Il ne l'avait vue que quelques fois quand il s'était rendu au bureau de Rowe.

— Andrei a prévenu que vous passeriez, poursuivit-elle comme si elle ne s'attendait pas à ce qu'il lui réponde. Vous pouvez y aller si vous le souhaitez.

Snow grogna et avança vers les doubles portes qui menaient au cœur du bâtiment, mais s'arrêta lorsqu'il se rendit soudain compte qu'il ne savait pas où aller.

— Où est le bureau d'Andrei ?

Le sourire de la réceptionniste se fana légèrement, elle semblait mal à l'aise.

— Il a travaillé dans le bureau de M. Ward ces deux derniers jours.

Snow hocha la tête, son visage soigneusement inexpressif alors qu'il absorbait cette information et qu'il franchissait les portes. La colère fleurissait dans ses veines, chaude et douce, alors qu'il marchait sur le vaste sol. Qu'est-ce que c'était que ça ? Rowe disparaissait et Andrei se glissait à la place de son ami. Que savait l'ancien combattant de la gestion d'une entreprise ? Tout ce que Snow savait d'Andrei, c'était qu'il était plutôt doué pour le combat et qu'il baisait son meilleur ami.

Il connaissait vaguement les différents postes d'entraînement que Rowe avait mis en place pour tenir ses hommes au courant des différentes techniques de combat au corps-à-corps et pour le maniement des armes. Il y avait d'autres pièces avec des quantités de certains des meilleurs équipements d'espionnage sur lesquels Rowe avait pu mettre la main, tandis que le sous-sol avait son propre stand de tir. Lucas passait plusieurs fois par mois pour tirer quelques balles avec Rowe, quand ce dernier avait un nouveau jouet, mais lui ne se joignait jamais à eux. S'il s'entraînait avec Rowe à l'occasion, son arme de prédilection était généralement son poing.

Mais aujourd'hui, tout était flou. En montant les escaliers métalliques au centre de la pièce, Snow ignora la sensation des regards braqués sur lui. Il ne savait pas si c'étaient des regards de sympathie parce qu'il était un ami proche de Rowe et de Melissa, ou si c'étaient des spéculations concernant l'homme assassiné. Il ne pouvait gérer ni l'un ni l'autre à cet instant. Ses pas lourds claquèrent contre les marches, résonnant à travers l'espace avant qu'il n'atteigne le premier étage composé de bureaux et d'une immense salle de réunion.

Au détour d'un couloir, il se retrouva devant le bureau de Rowe, la colère sourde s'évanouissant à chaque seconde qui passait. Andrei faisait les cent pas derrière l'immense bureau sur lequel des dossiers étaient empilés. Il examinait une liasse de documents dans sa main, tout en parlant à quelqu'un au téléphone, pour organiser une réunion de planification.

Snow appuya une épaule contre l'embrasure de la porte, les mains toujours dans les poches de son manteau, s'accordant une minute pour fixer l'homme qui avait volé le cœur de son meilleur ami. Un rire voulut jaillir de sa gorge, mais il le ravala. C'était comme regarder Lucas en action dans la salle de conférence, froid et concentré, complètement maître de la situation. Qui aurait cru que le combattant avait un cerveau ? Ou plutôt, peut-être qu'il aurait dû être plus attentif quand il était près d'Andrei et remarquer que l'homme était sacrément intelligent. Bon sang, Lucas ne serait jamais tombé amoureux d'un homme qui n'était pas brillant.

Il n'y avait aucun doute quant à la raison pour laquelle Lucas avait commencé à baiser avec cet homme. Andrei était magnifique, même en jean et en tee-shirt noir tendu sur ses larges épaules. Bien qu'enfermé dans un bureau, ses mouvements étaient fluides, doux et silencieux comme s'il n'était qu'une série de joints bien huilés. Si Snow avait repéré Andrei dans un bar quelques mois plus tôt, il n'aurait pas pu s'empêcher de tenter une approche. Mais ses yeux et son teint sombres rappelaient à Snow un autre homme auquel il ne voulait pas penser à cet instant. Il trouvait que ses pensées se tournaient trop souvent vers Jude et il ne savait toujours pas quoi faire à ce sujet.

Ni à propos d'Andrei d'ailleurs… non pas qu'il y ait beaucoup de choses qu'il puisse faire. Lucas était amoureux, et si la façon dont Andrei regardait son meilleur ami était une sorte d'indicateur, cet amour était tout à fait réciproque.

Alors qu'il revenait vers le bureau en sombre bois massif, Andrei l'aperçut et releva la tête en s'immobilisant. Son froncement de sourcils s'accentua avant qu'il ne laisse tomber les papiers sur le bureau, et Snow put voir la tension s'installer dans ses épaules tandis qu'elles se redressaient et que ses muscles se tendaient. Fixant toujours Snow d'un regard impassible, il mit rapidement un terme à son appel en appuyant sur le bouton un peu plus fort que nécessaire pour raccrocher.

— Si Lucas pouvait te voir en ce moment, je pense qu'il t'obligerait à te pencher sur ce bureau avant même que tu ne puisses cligner des yeux, murmura Snow, sans se détacher de l'embrasure de la porte.

Les yeux d'Andrei s'assombrirent et le sourire de Snow s'agrandit. Le garde du corps aimait certainement l'idée de se faire prendre par son ami, mais les paroles d'Andrei le surprirent.

— Lucas est excité par les réunions d'affaires et les chiffres, marmonna Andrei.

Il baissa ensuite les yeux sur le bureau tout en mettant ses mains sur ses hanches.

— Et par les gardes du corps roumains sexy.

Andrei n'afficha pas le rictus que Snow avait prédit et il eut envie de gifler Lucas une fois de plus. Lucas avait besoin de parler à son compagnon, car il était douloureusement évident que cet homme n'avait aucune idée qu'il avait l'un des hommes les plus riches de Cincinnati à ses pieds.

En se glissant devant le fauteuil en cuir à roulettes, Andrei s'assit derrière le bureau et tapa quelque chose sur le clavier devant lui.

— Assieds-toi. Gidget sera là dans une minute, déclara-t-il.

Il semblait sur le point de rajouter quelque chose, mais il se tut et prit une profonde inspiration.

Snow ôta son manteau et le drapa sur une des chaises devant le bureau avant de se laisser tomber dans l'autre. La tension s'épaississait dans la pièce à chaque seconde qui passait. Il avait besoin de dire quelque chose, n'importe quoi. Il pouvait facilement donner le change avec Rowe et Ian, mais quand il regardait Andrei, il ne voyait que l'homme qui tenait le cœur de son meilleur ami entre ses mains.

— Comment vont les affaires ? demanda-t-il, essayant simplement de relancer la conversation.

Les yeux sombres d'Andrei se fixèrent sur lui, plissés.

— C'est temporaire, grogna-t-il pratiquement. J'essaie juste d'empêcher que l'endroit ne parte en fumée avant le retour de Rowe. C'est tout. Lucas est trop pris par ses propres entreprises pour s'occuper de tout ce qu'il y a à faire ici, et il n'est pas familier avec la folie ambiante. Je n'essaie pas de prendre la place de Rowe.

Snow fronça les sourcils vers Andrei, stupéfait par son hostilité. C'était comme s'il était tombé sur un loup dans les bois, grondant devant sa proie.

— Je ne vois aucun problème à ce que tu prennes la relève pendant l'absence de Rowe.

D'accord, peut-être au début, mais il s'agissait davantage d'une réaction émotionnelle. La logique avait heureusement fait son œuvre avant qu'il n'ouvre la bouche.

— Combien de personnes travaillent ici, maintenant ?

— Cinquante-trois à temps plein, six à temps partiel et trois sous contrat, répondit Andrei sans réfléchir.

Voilà pourquoi le jeune homme avait pris la tête des opérations. Snow n'avait pas besoin d'autre preuve que cette réponse.

— Ils ont besoin de manger aussi.

Andrei acquiesça, les yeux rivés sur le stylo qu'il faisait rouler entre son pouce et son index avec ses deux mains.

— C'est provisoire.

Andrei se lécha les lèvres et leva son regard vers Snow.

— Mais Lucas ne l'est pas.

Snow sentit un sourire ourler ses lèvres.

— Oui, c'est l'impression que j'en ai.

Andrei renifla et secoua la tête.

— Ou peut-être devrais-je dire que je n'ai pas l'intention que ce soit temporaire. Lucas… Lucas fait ce qu'il pense être le mieux pour sa famille et pour lui.

Le cœur de Snow se serra sous les mots doux d'Andrei. Putain, il avait vraiment besoin de gifler Lucas si cet homme était convaincu que leur relation ne tenait qu'à un fil.

— Andrei…

— Non, je dois le dire et ensuite je jure que nous n'aurons plus jamais à en parler, l'interrompit Andrei, levant la main droite pour le faire taire.

Quand le jeune homme croisa enfin son regard, il y vit une détermination qu'il n'avait remarquée que lorsque Andrei regardait Lucas, et cela l'emplit d'humilité.

— Je comprends. Ou plutôt, je comprends autant que je peux. Je n'ai jamais eu la chance d'avoir un ami proche et je sais que ce que Lucas et toi partagez va bien au-delà de ça. Mais je sais à quel point Lucas est important pour toi et à quel point tu es important pour lui Je ne vais pas m'en mêler. Je n'ai pas l'intention d'essayer de me mettre entre vous. Il a besoin de toi. Il t'aime. Je ne veux pas t'empêcher de traîner avec lui ou contrôler le temps que vous passez ensemble.

Snow ravala la boule douloureuse qui s'était formée dans sa gorge aux mots d'Andrei.

— Les choses changent, dit-il, essayant d'ignorer la rugosité de sa propre voix.

Andrei sembla paniquer à ces mots, car il enfonça une main dans ses cheveux comme pour les éloigner de son visage, mais ils étaient déjà tirés en arrière.

— Elles n'ont pas besoin de changer. Ta relation avec Lucas n'a pas à changer. Si vous avez besoin de plus de temps sans moi, je peux vous laisser plus d'espace, être là moins souvent.

— Non !

Andrei sursauta face au ton autoritaire de Snow, qui s'en voulut.

— Ne fais pas ça. Je… je…

Snow se passa une main sur le visage. En dédaignant totalement Andrei ces derniers mois, il s'était rendu responsable de ce bordel. Il était devenu la cinquième roue du carrosse dans la relation de Lucas et il était temps que ça cesse. Cela n'aurait pas dû arriver. Il avait besoin de se ressaisir.

— Je n'ai jamais eu à partager Lucas, avant. Rowe et Ian sont entrés dans nos vies de telle manière que ce n'était pas comme si je le partageais. Mais toi… je ne m'attendais pas à ce que tu restes, parce que ça n'est jamais arrivé avant.

Un coin de sa bouche s'incurva en un sourire hésitant.

— Tu corresponds. Tu lui corresponds, ainsi qu'à notre famille.

Andrei le fixa pendant une seconde, les lèvres entrouvertes de surprise, avant de river une nouvelle fois son regard sur le bureau, se raclant la gorge.

— Merci. J'ai eu l'impression que tu aurais souhaité m'éviscérer pendant mon sommeil et m'arracher mes organes pour les vendre au marché noir plutôt que de me laisser sortir avec Lucas.

— Eh bien, c'est mon plan si tu lui fais du mal.

Andrei rejeta sa tête en arrière et rit, le son emplissant la pièce. Son rire était vrai, entier et libre. Snow se retrouva à sourire en réponse.

— Tu es la première personne à me mettre en garde contre le fait de blesser Lucas.

— Vraiment ? demanda Snow en haussant un sourcil.

— Rowe et Ian m'ont mis en garde contre le fait de m'attacher à lui.

Snow secoua la tête.

— C'est un putain de miracle que tu sois prêt à rester avec lui. Il n'est pas de tout repos et ses amis sont des cas désespérés. Et ça n'inclut pas le risque de se faire tirer dessus, kidnapper, torturer ou immoler.

— Ouais, dit Andrei, un rougissement commençant à colorer ses joues. Mais c'est Lucas, ajouta-t-il. Il en vaut la peine. Complètement.

Lucas est un homme sacrément chanceux.

Ils furent sauvés de la poursuite d'une conversation de plus en plus personnelle lorsque l'on frappa doucement à la porte. Les deux hommes levèrent les yeux pour découvrir une petite femme vêtue d'une longue jupe et d'un épais pull en tricot torsadé de couleur crème. Elle affichait une expression énamourée sur son visage en forme de cœur qui inquiéta Snow jusqu'à ce qu'Andrei gémisse.

— Bon sang, Gidget, murmura-t-il. Quoi que tu penses avoir entendu, s'il te plaît, oublie ça.

Elle émit un petit rire avant de se précipiter dans la pièce, sautant pratiquement jusqu'à l'endroit où Andrei était assis derrière le bureau.

— Oh non, Andrei Hadeon ! Tu es amoureux et c'est absolument adorable. Et il était temps !

Elle tourna son visage enfantin vers Snow et sourit.

— N'est-il pas adorable ?

Snow sourit doucement, appréciant la gêne croissante de l'ancien combattant et le fait qu'il n'ait pas corrigé l'hypothèse de Gidget.

— Très mignon.

Andrei leva les yeux au ciel, mais il souriait aussi.

— Gidget, tu as déjà rencontré le Dr Frost ?

Toute la joie disparut du visage de la petite femme pour être remplacée par la tristesse. Elle tendit la main à Snow tandis qu'il se relevait.

— Non, pas officiellement, mais Rowe parle souvent de vous. Avez-vous des nouvelles de lui ?

— Pas depuis qu'il est parti.

— Vous voulez que je le retrouve ? Andrei a dit que nous devions lui laisser de l'espace, mais je sais que si vous me donnez un peu de temps, je peux découvrir où il se trouve, proposa-t-elle rapidement, les mots jaillissant à un kilomètre par seconde.

Snow secoua la tête. C'était tentant.

— Non. Lucas et moi avons quelques suppositions sur l'endroit où il est allé. Il va bien.

Gidget sembla se replier un peu sur elle-même à ces mots, son inquiétude quant à Rowe lui pesant.

— As-tu quelque chose qui pourrait nous aider avec notre nouveau problème ?

Gidget fronça les sourcils, mais releva la tête comme si elle retrouvait ses repères. Elle saisit une télécommande sur le bureau d'Andrei et appuya sur le bouton de mise en marche, allumant la télévision à écran plat sur le mur à gauche de Snow.

— Eh bien, je n'ai pas trouvé grand-chose depuis que tu m'as appelée il y a deux jours, murmura-t-elle.

Elle s'approcha de la télévision et glissa ce qui ressemblait à une clé USB dans l'un des ports. Andrei lui tendit une deuxième télécommande tandis qu'un fichier s'ouvrait. L'image de Gratton remplit la plus grande partie de l'écran, obligeant Snow à se rasseoir brusquement dans son fauteuil.

— C'est lui, n'est-ce pas ? demanda Gidget en tournant les yeux vers Snow, mais il ne pouvait pas détourner le regard de l'écran.

Il acquiesça, les dents serrées.

— Ouais. L'image est vieille. Il a maintenant une cicatrice sur la joue gauche.

Il leva la main, retraçant la blessure sur sa propre joue pour montrer où se trouvait la marque qu'il avait personnellement infligée au visage de Gratton.

— OK.

Gidget hocha la tête et se retourna vers l'écran.

— Dwight Gratton. Quarante ans. J'ai extrait son dossier des fichiers de la police de Cincy et l'homme a un casier judiciaire long comme le bras. Extorsion, prêt usurier, recel, racket, agression, prostitution, un peu de grand banditisme et même quelques accusations de meurtre dont il a réussi à se disculper. Il avait des liens étroits avec Boris Jagger pendant plusieurs années.

Gidget appuya sur la télécommande et le visage de Jagger apparut à l'écran, et l'estomac de Snow se serra. C'était un autre visage qu'il avait espéré ne jamais revoir. Il jeta un coup d'œil à Andrei, mais l'expression de l'homme était vide. Apparemment, Andrei avait été suffisamment chanceux pour ne pas encore avoir eu de démêlés avec le patron de la pègre.

— Tout le monde dans la ville est au courant pour Jagger, mais jusqu'à présent, la police a été bloquée, incapable de faire quoi que ce soit contre cet homme horrible. Cependant, le Département de police de Chicago ainsi que le FBI ont des agents sous couverture et ils sont en train de monter un dossier. C'est lent, mais ils y travaillent.

— Et comment diable savez-vous cela ? s'exclama Snow, croisant les yeux pétillants de Gidget, rieurs et emplis de malice.

— Elle a ses méthodes, ricana Andrei.

— Bref… dit-elle, rougissant joliment. Pendant des années, Gratton était l'homme de main préféré de Jagger, mais ensuite… il est parti. C'était il y a environ sept ans. Je ne trouve aucun dossier ou rapport qui explique pourquoi, mais Gratton a quitté Cincinnati.

La main de Snow se serra en poing sur ses genoux.

— Il est difficile de dire ce qu'il a fait ces dernières années.

Gidget appuya de nouveau sur la télécommande, affichant ce qui semblait être des rapports de police.

— J'ai trouvé qu'il avait sévi à Boston en 2012 et à L.A. en 2013, mais le reste du temps reste mystérieux. Je pense qu'il était peut-être à l'étranger, peut-être en Europe, parce que je ne trouve rien d'autre ici aux États-Unis.

— A-t-il été en contact avec Jagger depuis son retour ? demanda Snow, luttant pour desserrer sa mâchoire.

Gidget se retourna vers lui et fronça les sourcils.

— Pas que je sache. Je continue à creuser, mais j'ai passé en revue trois mois de cassettes de la police, d'enregistrements audio et de notes. Ils n'ont pas été en contact, ni directement ni par l'intermédiaire des larbins de Jagger. Mais je continue à vérifier. Je veux examiner une année entière. Jagger planifie les choses bien à l'avance, parfois même des années. D'après ce que je peux dire, c'est un brillant stratège, mais pour l'instant, il ne semble pas que Gratton travaille pour lui.

— Qu'est-ce que ça veut dire ? demanda Andrei, attirant l'attention de Snow sur lui pour la première fois depuis plusieurs minutes. C'est un électron libre avec son propre projet ? Mais il était à cette vente aux enchères, hier soir.

Snow s'affala sur sa chaise, ouvrant et fermant son poing. Les informations de Gidget ne l'aidaient pas à se sentir mieux. Le fait que Gratton ne travaillait apparemment pas pour Jagger aurait dû être une bonne nouvelle, mais c'était forcément le cas. Il avait souvent entendu Rowe se vanter des performances de Gidget, elle aurait donc dû pouvoir trouver quelque chose. Jagger tenait tous ses chiens en laisse.

— Il l'était, donc je ne sais pas pour l'électron libre. Peut-être. Mais Jagger a toujours mainmise sur tout.

— Autre chose, Gidget ? demanda Andrei. Tu sais où il habite ?

— Non. J'ai passé un temps fou à le traquer. J'ai piraté beaucoup de caméras de sécurité dans la ville, mais il fait profil bas. Je n'ai même pas obtenu de photo actualisée avec une cicatrice bien visible.

— Et dans le Village ou chez moi ? demanda Snow.

Elle secoua la tête.

— Il n'y a pas de caméras dans le Village et très peu près de chez vous. Si on pouvait le repérer en ville ou à Kenwood, ce serait du gâteau de le suivre, mais Cincinnati a été lente à installer des caméras partout.

— Fais ce que tu peux, murmura Andrei.

— Andrei, j'ai travaillé sur l'autre chose que tu m'as demandé de trouver. Tracer le véhicule qui a heurté Melissa.

Gidget se tut, les mains serrées autour de la télécommande.

— Je ne suis pas sûre que ce soit ça, mais il y avait un camion de livraison abandonné sur le parking d'un atelier de réparation et il est en mauvais état. Il a été déclaré volé.

Snow se glissa jusqu'au bord de son siège, son cœur tambourinant alors qu'il essayait de suivre leur conversation.

— Êtes-vous à la recherche du conducteur qui a percuté Mel ?

— J'essaie, grogna Gidget. Mais je n'ai pas eu beaucoup de chance. À moins que ce camion soit le bon, et mon instinct me dit que c'est le cas. Je vais imprimer l'emplacement.

Remettant la télécommande sur le bureau, elle s'approcha et ôta la clé USB de la télé.

— En fait, j'ai eu une idée étrange. Par l'une de ces bizarres coïncidences cosmiques, je suis tombée sur un autre nom.

— Ah oui ? Lequel ?

Snow observa Gidget qui refusait de regarder Andrei, ses doigts retournant la petite clé USB dans tous les sens. Elle gagnait du temps et cela ne le mettait pas à l'aise.

— Chris Green.

Le regard de Snow se tourna vers Andrei et il découvrit que la seule réaction du jeune homme fut un serrement de la mâchoire. Chris Green était le salaud qui avait menacé Lucas pour tenter de voler ses biens. Il avait torturé Andrei et l'avait presque tué. Et Lucas venait d'avouer avoir appuyé sur la gâchette.

— Green est lié à Gratton ? Comment ? demanda Snow alors qu'Andrei restait muet.

— Il a été arrêté avec Gratton pour extorsion et agression il y a des années. Chris Green était mineur à l'époque, alors j'ai dû fouiller dans ses dossiers scellés.

Sous le choc, Snow en resta bouche bée.

— Vous avez fouillé dans les dossiers scellés de la prison pour mineurs ?

Andrei gémit, frottant sa main sur son visage.

— Ne fais pas ça. Juste… ne demande pas.

Prenant une profonde inspiration, il leva les yeux vers la jeune femme qui aurait pu facilement passer pour une institutrice de maternelle.

— D'autres mentions ou liens entre les deux ?

— Ou des liens entre Jagger et Green ? ajouta Snow.

— J'ai fait une recherche rapide, et il n'y a aucune mention de Green et Jagger dans le passé, durant les années où Gratton a travaillé pour Jagger. La seule chose est que Green était représenté par l'avocat de Jagger, le même que Gratton. C'est à peu près tout.

Snow pouvait voir les questions dans les yeux sombres d'Andrei, mais il ne parlait pas. On faisait confiance à Gidget pour des morceaux d'informations, mais il était clair qu'Andrei n'était pas prêt à l'aider à relier tous les points, dans le but de protéger Lucas et même Snow.

— Merci pour votre aide, déclara Snow en faisant un signe de tête à Andrei, l'estomac noué.

La coïncidence était trop grande.

— J'aurais aimé en faire plus, murmura Gidget, comme si elle se parlait davantage à elle-même.

— Ça viendra. Tiens-moi au courant, ajouta Andrei en se levant.

Gidget fit un signe de tête et offrit à Snow un petit sourire avant de quitter le bureau. Andrei la suivit et ferma soigneusement la porte. Il resta debout, la main sur la poignée de porte argentée.

— Coïncidence ? demanda Andrei, sa voix aussi faible qu'un murmure.

— Que Chris Green et Gratton se connaissent ?

Il se retourna légèrement sur sa chaise, regardant le dos du garde du corps.

— Peut-être, mais je ne suis pas un grand fan des coïncidences.

— Moi non plus.

Andrei s'éloigna de la porte et se dirigea vers le bureau. Un froncement de sourcils creusait de lourdes rides sur son front, le vieillissant.

— Mais quelles sont les chances qu'il en ait quelque chose à foutre de Green des années plus tard ?

— Honnêtement, très peu, et je ne suis pas sûr que ce soit important. Gratton a suffisamment de raisons de me détester, de détester Lucas et Rowe, sans Green. Je me fiche de savoir pourquoi il est revenu. Je veux juste savoir où est ce connard. Je le veux derrière les barreaux ou mort – l'un ou l'autre l'éloignera de Ian.

Andrei acquiesça.

— Nous travaillons aussi vite que possible. J'ai presque terminé de m'assurer de la fiabilité de ce nouvel hacker. Je… Je dois juste y aller doucement. Je ne peux pas risquer de détruire l'entreprise de Rowe.

Un grognement sourd s'échappa de la gorge d'Andrei et il serra les poings.

— Ian a son garde du corps et j'ai vérifié les antécédents de son infirmier : ancien Marine. À eux deux, ils pourront le protéger. J'ai amélioré son système de sécurité chez lui et au Rialto. Mais si tu penses que c'est nécessaire, je resterai avec lui.

Snow esquissa un sourire. Il y avait eu un temps où il ne voulait vraiment pas apprécier Andrei, mais il ne pouvait pas s'en empêcher. Andrei protégerait Ian de sa vie, ce qui mettrait Lucas dans un sacré pétrin. Son meilleur ami ne voudrait pas qu'ils soient en danger. Snow ne pouvait qu'imaginer à quel point le travail d'Andrei rendait Lucas fou d'inquiétude. Au moins, Jude passait son temps à essayer de sauver des vies plutôt que de risquer la sienne.

Son cœur fit un bond dans sa poitrine et il détourna le regard d'Andrei alors qu'il essayait à nouveau de mettre de l'ordre dans ses pensées. D'où cela venait-il ? Jude n'était pas à lui. Il n'avait pas à s'inquiéter pour le secouriste. Jude était simplement… Il n'en avait aucune putain d'idée.

Un doux soupir s'échappa de ses lèvres alors qu'il se remettait debout. Plus il passait du temps loin de Jude, plus ce rendez-vous semblait être une mauvaise idée, et pourtant, il savait qu'il irait directement chez Lucas pour voir s'il avait quelque chose d'approprié à porter. Mais d'abord…

— Nous avons une dette envers Hollis, murmura-t-il en sortant son téléphone. J'ai quelques heures à tuer avant de me rendre quelque part, alors je vais prévenir notre ami le flic et l'emmener avec moi pour vérifier ce camion de livraison.

Snow prit son manteau et l'enfila. Ils devaient agir dans les règles, faire appel aux flics… peu importe à quel point Snow avait envie de finir ce qu'il avait commencé avec Gratton tant d'années auparavant.

— Tu veux que je te suive ? J'ai une réunion dans dix minutes, mais je peux la reprogrammer.

Snow secoua la tête.

— Non, je peux m'occuper de Banner.

Andrei croisa les bras.

— Tu crois que je devrais parler à Lucas des liens avec Green ?

Après un moment de réflexion, Snow hocha la tête.

— Oui. Je ne pense pas qu'il soit la raison du retour de Gratton, mais il faut qu'il soit au courant.

Il se tut et se lécha les lèvres avant de sourire à Andrei.

— Terminé, les secrets.

Chapitre 19

Snow jeta un coup d'œil sur le siège arrière encombré de la Chevelle d'Hollis Banner alors qu'il se glissait sur le siège passager, à l'abri de l'épaisse neige qui tombait. La vieille voiture ne le surprenait pas le moins du monde, mais les odeurs nauséabondes de graisse, de pommes de terre frites et de sueur le forcèrent à ouvrir la fenêtre.

— Vous vivez dans votre voiture ?

Hollis saisit un sac de fast-food et le jeta derrière lui, où il rejoignit un tas déjà conséquent.

— Croyez-le ou non, ce n'est pas comme ça d'habitude. J'y suis resté beaucoup plus souvent ces derniers temps. Alors…

Il laissa sa phrase en suspens le temps de sortir du parking.

— C'est quoi ces conneries à propos d'un ami qui passe en prendre un autre ? Vous avez beaucoup d'amis, doc, et aux dernières nouvelles, je n'en fais pas partie.

Snow se tourna pour faire face à Hollis, se rendant compte qu'il n'avait pas fait attention à lui plus tôt, lors du déjeuner ; pas à son apparence physique, en tout cas. Il remarqua les cercles sous ses yeux bleus et les rides de tension qui lui plissaient le front. Ses cheveux blond sale avaient besoin d'une bonne coupe et bouclaient au niveau des pointes.

— On dirait que vous n'avez pas dormi depuis des jours.

La veste en cuir noir d'Hollis couina contre le siège lorsqu'il repêcha un autre sac sur le sol entre eux. Il l'ajouta à l'impressionnante pile derrière eux.

— C'est vrai. J'étais sur le point d'aller faire une sieste lorsque vous avez appelé.

— Je suppose que je devrais m'excuser.

Snow savait qu'il n'y avait pas un soupçon d'excuse dans sa voix, et il dut ravaler un sourire.

— Mais vous ne le ferez pas parce que cette balade est une ruse, pas vrai ? répliqua le flic en le fixant, sourcils froncés. Qu'est-ce qu'on fait ?

— On va chez le carrossier, comme je l'ai dit.

Il lui donna le nom et les instructions.

— Il se trouve qu'un petit oiseau m'a dit qu'il pourrait y avoir quelque chose d'intéressant là-bas.

— Laissez-moi deviner. Le petit oiseau de Rowe ? grogna Hollis, les mains serrées sur le volant jusqu'à ce qu'un craquement se fasse entendre. Vous et vos amis êtes de vrais emmerdeurs. Je suis sûr que si je savais ne serait-ce qu'une petite partie de ce que fait cette femme sur un ordinateur, je serais obligé de l'embarquer. Qu'est-ce qui est intéressant ? Et pourquoi n'avez-vous pas fait les choses officiellement ?

Snow haussa les épaules.

— Je ne sais pas si c'est officiel. Tout ce que j'ai, c'est une piste, inspecteur. Un véhicule correspondant à la description de celui qui a embouti la voiture de Ian et Melissa a été déposé à cet endroit. J'ai pensé que ce serait bien que vous veniez avec moi, pour qu'on fasse ça dans les règles.

— Un peu à la manière dont vous avez récupéré Andrei il y a quelques mois ? renifla-t-il.

S'arrêtant à une intersection, Hollis dévisagea Snow, comme s'il s'attendait à le voir admettre ou nier, mais une seconde plus tard, il secoua la tête et avança.

— Un jour, je vous ferai tous asseoir, bande d'anticonformistes, pour vous expliquer ce qui est dans les règles et ce qui ne l'est pas.

— Oh, on a compris, gloussa Snow, sachant que ça sonnait sale. On aime juste être au-dessus des lois.

Hollis leva la main.

— Trop d'infos, doc. Trop d'infos.

Snow leva les yeux au ciel, puis regarda devant lui.

— Vous me semblez du genre à être à l'affût de détails croustillants.

Hollis s'arrêta à un feu rouge et se frotta la nuque.

— Ouais, eh bien, il n'y a qu'un seul d'entre vous pour lequel j'ai envie de connaître ce genre de détails. GQ avait l'air plutôt de mauvais poil au déjeuner.

Il baissa la voix.

— Ce n'est pas seulement à cause des blessures, pas vrai ? Il a du mal à se remettre de la mort de votre amie.

À l'évocation de Melissa, la douleur sourde qui ne quittait jamais la poitrine de Snow se réveilla.

— Comme nous tous. Elle faisait partie de la famille. Il ne se passe pas un jour…

Banner hocha la tête.

— J'ai remarqué que vous semblez tous très proches. Ça paraît un peu incestueux.

— Je peux vous assurer qu'aucun de nous n'est apparenté. Nous ne baisons pas non plus, non pas que ce soient vos affaires.

—À propos de GQ…

Quelque chose lui rentrait dans les fesses, alors Snow se tortilla jusqu'à extirper une petite paire de jumelles. Il les tint en l'air.

— Et vous vous demandez pourquoi je ne veux pas que vous rôdiez autour de Ian ?

Hollis serra sa main gauche sur le volant et attrapa les jumelles de sa main droite.

— Je suis policier, doc. Je fais des trucs de policier. Je transporte des affaires de police. Ça fait partie de mon travail, répondit-il, puis il sourit. Et de mon charme.

— Du charme, mon cul, murmura Snow.

— Votre cul ne m'intéresse pas.

Soupirant, Snow tapota ses doigts sur sa cuisse et fixa le flic. Il savait exactement à qui appartenait le cul qui intéressait Banner.

— Dites-moi quelque chose. Si vous l'appréciez tellement, pourquoi ne pas lui avoir demandé de sortir avec vous ? Ça fait des mois. Et d'après ce que j'ai entendu, vous mangez fréquemment dans ce restaurant.

Sa bouche afficha un rictus.

— D'après l'aspect de vos vêtements et de votre voiture, je pense que vous devez puiser dans vos économies pour y aller si souvent. L'endroit n'est pas bon marché.

— Mes finances ne vous regardent pas.

— Vous vous intéressez à Ian, donc tout ce qui vous concerne me regarde. Vous avez quelque chose à cacher ? Dois-je demander à Gidget de faire des recherches ?

— Est-ce que je dois vous broyer les couilles ?

— Mon cul ne vous intéresse pas, mais les couilles, c'est une autre histoire, hein ?

— Ian est un homme adulte et vous n'êtes pas son père, alors je ne sais pas quel est votre problème, grogna Hollis. Et pour information, vous devez être l'un des êtres humains les plus agaçants de la planète. Comment pouvez-vous avoir des amis ?

Snow ne réagit pas physiquement à cette question grossière, mais le coup à l'estomac qu'il reçut était suffisamment violent pour lui faire mal. C'était une question qu'il s'était posée à plusieurs reprises.

Les mains d'Hollis se serrèrent à nouveau sur le volant qui émit un bruit sec, alors qu'il jurait.

— Écoutez, il me semble me souvenir d'une certaine conversation que nous avons eue à l'hôpital, il n'y a pas si longtemps. Un avertissement. Est-ce que vous avez changé d'avis ?

— Comme si ce que je pourrais dire allait vous arrêter, renifla Snow. Alors, qu'est-ce qui se passe ?

Les mains du flic tremblèrent pendant qu'il tournait lentement ses paumes autour du volant.

— Vous croyez qu'il sortirait avec moi ?

— Vous n'êtes pas du genre à douter. Arrêtez vos conneries, Holly, et dites-moi ce qui vous retient.

Hollis lui jeta un coup d'œil.

— Vous avez raison. Je ne suis pas du genre à suivre ce que vous appelez un « bon conseil », et je n'hésite pas à essayer d'obtenir ce que je veux. Et c'est le cas. Je le veux. Il est tellement beau qu'il me coupe le souffle. Mais il est aussi... plutôt chic. Et doux. Je ne suis pas habitué à la douceur et je me sens un peu comme un éléphant dans un magasin de porcelaine à côté de lui.

— Ne laissez pas cette douceur vous tromper. C'est un dur.

— Je m'en doute. Mais je suis un type costaud et pour je ne sais quelle raison, il a trois armoires à glace qui lui tournent autour comme s'il était une chose fragile. Il y a une histoire là-dessous. Et avant que vous me disiez quoi que ce soit, non, je ne veux pas l'entendre de votre bouche ni de celle de quelqu'un d'autre que Ian. Si jamais il veut bien me la raconter. Mais maintenant que je sais qu'il était en quelque sorte impliqué avec... Jagger...

Il jura, ses joues rougissant d'une colère évidente.

Snow ne dit rien. Les activités de Jagger n'étaient un secret pour personne, et s'il n'était pas en prison, ce n'était que grâce à une sécurité efficace dissimulant la plupart de ses activités, et aux meilleurs avocats que l'argent pouvait corrompre. Il regarda le flic et, à contrecœur, ressentit une forme de respect à son égard. Il était attentif et se souciait de Ian. Beaucoup.

C'était quelque chose qu'ils avaient en commun.

Il se détourna, observa les maisons qui défilaient, avec leurs petites cours brunes et leurs grillages qui s'affaissaient. Le carrossier était situé à l'ouest, dans un vieux quartier de cols bleus qui avait lutté contre la récession. Plus d'un atelier avait ses fenêtres barricadées et des avis de saisie. Cincinnati avait perdu plusieurs usines de fabrication au cours des dernières années, et ces personnes cherchaient toujours un moyen de joindre les deux bouts.

Le silence était épais, presque aussi épais que l'odeur des frites périmées. Snow devait faire savoir à l'homme qu'il avait le droit de demander à Ian de sortir avec lui. Il voulait que son ami soit heureux et, apparemment, le jeune homme, un peu fantaisiste, aimait bien cet inspecteur aux cheveux ébouriffés. Il soupira.

— Vous devriez lui demander de sortir avec vous. Ça pourrait l'aider à se changer les idées du fait qu'il a survécu et pas Melissa.

Rien que de le dire à voix haute lui comprima la poitrine. S'il trouvait Gratton, il devrait se faire violence pour ne pas terminer le travail, cette fois-ci.

— C'est ici, murmura Hollis en louchant à travers la neige, qui leur bouchait la vue.

— Merde, grogna Snow quand ils arrivèrent devant.

Ce n'était pas une carrosserie délabrée. Il y avait plusieurs portes de garage ainsi qu'un énorme parking clôturé rempli d'une collection de voitures, de camions et de fourgonnettes. Le camion n'était pas parqué devant, à l'air libre, comme Snow l'avait espéré.

Hollis jura à côté de lui, se tortillant sur son siège, essayant de voir le plus grand nombre possible de véhicules dans le parking.

— Merde, Frost. Je ne le vois pas, et sans raison valable, je n'obtiendrai pas de mandat pour aller fouiner là-dedans.

Un sourire malicieux se glissa sur les lèvres de Snow alors qu'il regardait l'inspecteur.

— Pourquoi diable avons-nous besoin d'un mandat ? Ma voiture a été déposée ici et je dois en retirer mon badge pour le travail. Vous êtes juste un ami qui m'a amené ici et m'aide à la trouver.

Hollis ferma les yeux et soupira bruyamment, mais Snow vit le sourire ourler ses lèvres.

— Et si par hasard on voyait un camion qui correspond à celui qu'on cherche…

— C'est juste un coup de chance, pas vrai ?

— Putain, Frost. Je sens que vous allez finir par me faire virer.

En riant et en secouant la tête, Snow sortit un bonnet de laine noir de sa poche. Il l'avait mis dans son manteau ce matin, car Ian avait toujours celui qu'il avait l'habitude de garder sur lui. En sortant de la voiture, il ouvrit la voie vers le bureau d'accueil. L'endroit exigu et miteux sentait fortement l'huile de moteur, les gaz d'échappement et le café brûlé. Il y avait deux sièges très usés, rapiécés avec du ruban adhésif argenté, et une petite table couverte de magazines miteux apparemment très vieux.

Un jeune homme aux yeux injectés de sang, et dont les joues arboraient une barbe de quelques jours, était affalé derrière un comptoir, tapant lentement sur un ordinateur hors d'âge. Même de l'autre côté de la pièce, Snow pouvait sentir l'odeur de beuh qui s'échappait de ses vêtements.

Affaissant les épaules et ralentissant sa démarche, Snow s'approcha du comptoir, les mains enfoncées dans les poches de son manteau, tandis qu'Hollis restait un pas derrière lui.

— Hé mec, tu peux m'aider ?

— Hum… bien sûr. Que puis-je faire pour toi ? demanda le drogué, levant les yeux du minuscule écran d'ordinateur pour dévisager les deux hommes tour à tour.

— Ma petite amie a déposé sa voiture ici l'autre jour. Elle n'y a pas été de main morte, cette fois. Elle a saccagé tout le côté conducteur en renversant une voiture de police et en accrochant un poteau téléphonique.

Hollis ricana tandis que le drogué de l'autre côté du comptoir grimaçait.

— Ta copine est complètement idiote, le taquina Hollis.

Snow se retourna et donna un violent coup dans l'épaule du flic, qui vacilla.

— Va te faire foutre !

— Pourquoi diable es-tu encore avec elle, mon frère ? demanda Hollis.

Les yeux de l'inspecteur étaient tellement rieurs que Snow eut du mal à garder son air impassible.

— Tu vaux mieux qu'elle.

— Personne ne me suce aussi bien qu'elle.

Hollis et le drogué éclatèrent de rire, et une partie de la tension quitta le corps de Snow.

— Mec, c'est une très bonne raison, admit le drogué en secouant la tête. Pourquoi tu ne me donnes pas le nom de ta copine ? Je vais regarder s'ils ont commencé à s'occuper de sa voiture.

— Nan, elle a dit que vous ne pourrez pas commencer avant deux jours. Une histoire de pièces ou quelque chose comme ça, dit Snow d'un geste absent de la main. Je dois juste accéder à sa boîte à gants et récupérer mon satané badge pour le travail, sinon mon patron va m'emmerder.

— Oh putain, mec ! gémit le drogué.

— Regarde, j'ai son double de clé.

Snow tenait ses propres clés dans sa main, prenant soin de cacher le porte-clés Lexus dans son poing.

— Ça te dérange si je vais jeter un coup d'œil dans le parking pour trouver la voiture ? Ça ne me prendra qu'une minute.

— Ouais, bien sûr, mec. Vas-y.

Snow sourit et poussa Hollis vers la porte. Il n'était pas surpris que le gars soit prêt à les laisser se promener dans le parking. Ils semblaient tous les deux inoffensifs et cela signifiait qu'il n'avait pas à se peler le cul dans le froid.

— Pourquoi ai-je l'impression que c'est la première fois que vous prononcez le mot «petite amie» ? se moqua Hollis une fois loin du bureau.

Snow renifla, remettant ses mains dans ses poches pour les garder au chaud.

— Parce que ça l'était. Et vous ?

— Quoi ?

Hollis faillit s'arrêter, ses sourcils blonds interrogateurs.

— Vous avez déjà eu une petite amie ? insista Snow.

Le flic haussa les épaules et continua d'avancer sur le grand terrain rempli de voitures, de camions et de mini-fourgonnettes – tous à différents stades de réparation. De gros flocons de neige les recouvraient, leur offrant une peinture d'un blanc moucheté, tandis que le vent tourbillonnait sur le bitume fissuré.

— Ehh… j'ai un peu essayé au lycée. Ça n'a pas vraiment marché pour moi. Alors je n'ai pas retenté.

Ils se promenèrent en silence pendant quelques minutes, à la recherche du camion de livraison noir que les témoins avaient décrit, sans le trouver. Snow poussa un soupir de frustration, se tenant au centre du terrain et regardant de tous les côtés. Le camion devait être là. Gidget n'avait pas pu se tromper.

— Hé ! cria Hollis, attirant son attention.

Il trouva l'inspecteur, le doigt pointé vers le coin le plus éloigné, où une grande camionnette de livraison noire était à moitié cachée à côté d'un camion et d'une camionnette qui semblait s'être échappée des années 80.

Snow se dirigea rapidement vers elle et Hollis le rejoignit en quelques pas. Son cœur battait dans sa poitrine, l'espoir serrant ses poumons au point qu'il pouvait à peine respirer. Alors qu'ils dépassaient la dernière rangée de voitures, ils purent facilement voir les dégâts importants côté passager avant et la peinture noire écaillée sur l'aile avant. Des dégâts identiques à ceux qu'aurait causés un conducteur qui aurait poussé le SUV de Melissa pour le projeter contre la rampe d'accès.

Hollis fit des allers-retours devant le camion, puis s'accroupit devant le pare-chocs avant. Il ne toucha rien, mais prit quelques photos avec son téléphone.

Snow fit le tour du côté conducteur et saisit la poignée.

— Hé, doucement, cria Hollis. Vous savez bien qu'il vaut mieux ne rien toucher. Je veux appeler une équipe pour venir vérifier, parce que je suis sûr que vous avez raison.

Snow se tenait sur la pointe des pieds et regardait fixement la fenêtre du conducteur. Gratton s'était assis dans ce putain de siège et avait délibérément fait sortir ses amis de la route. Il était presque sûr que Rowe avait été la cible visée, et ses tripes se tordirent de fureur. Il voulait entrer à l'intérieur et regarder le siège et le plancher, il voulait des preuves.

En grognant, il souhaita ne pas avoir cédé et appelé le flic – mais il sentait qu'ils lui étaient peut-être redevables de son aide la veille. Il repensa à Geoffrey et à la micro-caméra sur son collier. Il était presque sûr que le jeune homme à l'esprit mal tourné était rentré chez lui avec cette caméra.

Et en parlant de caméra… il leva les yeux et au début, il ne vit rien, mais un petit frisson de satisfaction le traversa quand il repéra les lentilles à moitié dissimulées. Il les pointa du doigt.

— On dirait qu'il pourrait y avoir des vidéos.

Hollis se remit debout dans un craquement de cuir et marcha jusqu'à ses côtés.

— J'ai enquêté sur Dwight Gratton, et il n'est pas assez stupide pour avoir garé ce véhicule là où les caméras pouvaient le voir. Il a dû être déplacé.

Ses yeux dévièrent pour regarder le trottoir.

— Oui, je peux dire d'après les traces dans la neige que c'est le cas.

— Il est intelligent. J'ai eu affaire à lui. Mais il n'a peut-être pas remarqué la caméra de l'autre côté de la rue, devant la petite épicerie. Je parie que ça ne les dérangerait pas de laisser un flic jeter un œil.

Banner éclata de rire.

— Je parie que vous avez raison. Je vais y aller pour leur dire de ne pas toucher à ce camion et appeler mes hommes.

Banner commença à s'éloigner et s'arrêta, se retournant vers Snow.

— Merci de m'avoir appelé. On va avoir cet enfoiré. Je le jure.

Snow ne put nier la chaleur qui se répandit à travers lui aux mots sincères d'Hollis. Ses amis et lui avaient des raisons incroyablement personnelles de vouloir attraper Gratton, mais en voyant la férocité dans les yeux de Banner, il dut admettre que l'affaire était devenue incroyablement personnelle pour lui aussi.

* * *

Snow avait rendez-vous avec Jude quinze minutes plus tard, mais il était assis, nu, sur le lit de la chambre d'amis de Lucas. Il devait encore prendre une douche, choisir ses vêtements, pourtant, tout ce qu'il pouvait faire était de fixer le visage de Rowe sur son téléphone. Quelques mois plus tôt, Rowe s'était évanoui sur le canapé de Lucas avec le pied de Ian, en chaussette, sur le visage. Snow avait pris la photo de lui en train de baver et l'avait enregistrée comme photo de contact. Elle le faisait marrer à chaque fois que Rowe appelait.

Mais Rowe n'appelait plus.

Il ne répondait pas non plus à son foutu téléphone lorsque ses amis l'appelaient. Cela ne faisait que quelques jours, mais on aurait dit des mois.

Snow revint sur le numéro de Jude pour lui envoyer un SMS et l'avertir qu'il serait en retard, et il tressaillit de surprise en voyant une photo apparaître. Il ne lui en avait pas attribué. Jude, les cheveux en pagaille, arborant un sourire languide sexy, ses jolies lèvres recourbées, le regardait fixement depuis l'écran. Et à côté, lui-même, le visage enfoui dans son cou. Il dormait. En fait, il était blotti contre lui. Il ne se souvenait pas d'avoir fait ça.

D'après l'expression de son visage, Jude aimait ça. Il aimait beaucoup ça.

Quelque chose remua dans sa poitrine. Le niveau de confiance qui apparaissait dans cette photo ne correspondait pas à celui d'une première nuit. Il observa la façon dont la main libre de Jude était refermée sur sa nuque. Possession. Il y avait tellement de possession dans ce geste, comme si l'homme le proclamait sien et que cette photo en était la preuve. Son cœur battant frénétiquement, il plissa les yeux, incapable de détacher son regard de cette main sur la photo. Il se rappelait vaguement que les doigts de Jude avaient caressé sa peau. Il n'était pas tout à fait endormi.

Il voulut soudain aller aussi loin que possible. Il en avait envie, il voulait Jude. Il devait vérifier si cette électricité qui crépitait entre eux pouvait se traduire par quelque chose de plus grand. À cette idée, ses paumes devinrent moites et son cœur s'emballa, et pas seulement à cause du désir qu'il ressentait, mais à cause de ce qui s'apparentait à un mélange de terreur et d'excitation. Il savait aussi ce qu'il voulait donner à l'homme ce soir-là – encore – alors il s'empressa de taper le message pour le prévenir de son retard avant de prendre une douche très intime. Cette fois, il était prêt à tout.

Lorsqu'il sortit, il enroula une serviette autour de sa taille, s'assit sur le lit et composa le numéro de Rowe.

— Salut, dit-il doucement. Tu me manques.

Il fit une pause, prit une grande respiration.

— Je sais que tu as besoin de temps, et je comprends. Je ne peux même pas imaginer perdre Lucas, Ian ou toi, alors perdre sa… compagne… Je suis vraiment désolé, Rowe. Désolé de ne pas avoir été là. À l'UC.

Puis sa voix se brisa. Il s'arrêta pour se racler la gorge et essayer d'arrêter les larmes qui lui brûlaient les yeux.

— Tu te souviens de la fois où je suis rentré chez moi avec ce type et où j'ai mal jugé ce qu'il voulait ? Je me suis fait tabasser. Je savais que Lucas serait furieux, alors je t'ai appelé. Tu m'as ramassé sur le trottoir et tu t'es occupé de moi, puis tu as pourri la vie de ce type. Une fois que tu en as eu fini avec lui, il n'a même plus pu obtenir un prêt pour un foutu canapé.

Il se mit à rire.

— Je ne t'avais pas demandé de faire ça, mais tu sais ce que ça voulait dire ? Que tu m'aimes. Comme Lucas. Nous quatre, et peut-être encore plus maintenant… nous sommes une famille. Donc, je veux que tu me pardonnes de ne pas avoir été à l'hôpital cette nuit-là. J'ai besoin que tu me pardonnes. Tu n'auras plus à me ramasser sur le trottoir devant chez qui que ce soit.

Il baissa la voix parce qu'elle tremblait.

— Est-ce que tu comprends ce que je dis ?

Il enfonça ses doigts dans la serviette douce sur ses genoux.

— Je veux plus que ça, désormais.

Il prit une nouvelle grande respiration.

— Il y a autre chose. Dwight Gratton est de retour. Cet accident de voiture n'était pas un accident. Il a tué notre Mel et il n'en a pas fini, Rowe. Rentre à la maison.

Il éteignit son téléphone, leva les yeux et découvrit Jude dans l'embrasure de la porte, qui l'observait, les yeux plissés.

Il savait que Jude en avait trop entendu, mais il ne put s'empêcher de sourire. Un sourire vrai, car il était heureux de le voir.

Les yeux bruns s'écarquillèrent et l'instant d'après, Jude passa la porte, la refermant fermement derrière lui. Il s'approcha du lit, lui attrapa le menton, son visage près du sien.

— Tu fais cesser mon cœur de battre. Je dois t'embrasser, mais ne t'avise pas de perdre ce sourire.

— Tu vas embrasser mes dents.

— Je m'en fiche.

Jude posa sa bouche sur la sienne et, au lieu des baisers profonds et fougueux qu'ils avaient partagés auparavant, il appuya tendrement ses lèvres sur sa lèvre supérieure. Ce baiser, qui ressemblait beaucoup au premier, doux, volé à l'hôpital, lui brouilla entièrement le cerveau. Il leva le bras pour enfouir ses doigts dans les cheveux de Jude, aimant la façon dont ils s'enroulaient autour de ses articulations. Jude glissa sa main autour de sa gorge puis autour de sa nuque, et il se souvint de la photo sur son téléphone.

Tout son sang se déversa vers le sud et il commença à attirer Jude sur le lit, mais ce dernier recula.

Il se redressa, les pupilles dilatées par le désir, son souffle erratique, pourtant il recula.

— Non. Nous n'avons pas le temps pour ce que j'ai envie de te faire. Nous avons un rendez-vous.

Snow se leva et laissa tomber la serviette sur le sol.

— Commençons le rendez-vous tout de suite, répondit-il en souriant à nouveau.

Jude gémit et ferma les yeux.

— Tu n'es pas fair-play. Pas alors que tu es nu et en train de sourire.

— Je n'ai jamais dit que j'étais fair-play.

Sa voix n'était guère plus qu'un grondement dans sa gorge.

Les yeux toujours fermés, Jude passa ses mains dans ses cheveux, tirant dessus avec une frustration évidente.

— Crois-moi, je veux être en toi plus que n'importe quoi d'autre, mais j'ai fait une promesse à ma *mana*.

— Allez, insista Snow d'une voix enjôleuse, puis il perdit son sourire. *Mana* ? C'est maman en grec. Tu as dit maman ?

Jude ouvrit les yeux, son regard se posa sur le corps nu de Snow.

— Absolument magnifique, putain. S'il te plaît, tu dois t'habiller.

— Pas avant que tu n'aies expliqué le commentaire à propos de maman.

— Dîner en famille ce soir. Tu viens avec moi.

— Oh, non. Même pas pour tout l'or du monde. Il est un peu tôt pour rencontrer les parents et en plus, je suis loin de l'image du gendre idéal.

— Oh, tu te trompes, répondit Jude en s'approchant de lui, glissant une main sur son torse. Ça te rassurerait de savoir que Rebecca vient aussi ? Je fais ça tout le temps. Ça va aller. Je n'ai fait qu'inviter deux amis à dîner.

Il glissa sa main plus bas, enroula ses doigts autour de sa queue dure.

— Je ne peux pas m'en empêcher.

— Est-ce que Rebecca est là ?

— Non.

— Donc elle ne fait pas partie de notre rendez-vous ?

— Bien sûr que non.

— Comment es-tu entré ?

— Andrei m'a ouvert. Il n'est pas resté longtemps.

— Et je suis juste un bon ami ? demanda Snow en baissant la tête. Aucun de mes bons amis habituels n'est suffisamment à l'aise pour tenir ma queue comme ça.

Jude resserra sa main.

— Aucun d'eux n'a intérêt à la tenir, même en étant mal à l'aise.

Snow plissa les yeux.

— La seule personne qui a touché ma bite dernièrement, c'est toi.

Les yeux bruns de Jude se verrouillèrent aux siens tandis qu'il faisait courir son pouce sur le gland de Snow. Quand il sourit, Snow se demanda comment il allait faire pour ne pas jouir juste à cause de ça.

— Allez, Général, chuchota-t-il. Je veux te présenter à ma famille.

Snow le regarda fixement pendant très longtemps. Il en voulait plus. Il avait dit au téléphone de Rowe qu'il en voulait plus. Mais c'était la première fois qu'il rencontrait la famille de quelqu'un et il n'avait aucune idée de comment il allait s'en sortir.

* * *

Anna Torres tendit une assiette à Snow et pointa les plaques de cuisson.

— J'espère que vous ne faites pas partie de ces gens qui évitent les glucides.

Elle se posta derrière lui, fit jouer ses sourcils en direction de Jude et leva le pouce. Ses cheveux noirs étaient relevés en une haute queue de cheval et son visage encore jeune lui donnait l'air d'avoir dix ans de moins que ses cinquante ans. Jude aurait pu se passer du tee-shirt arc-en-ciel avec les deux licornes mâles. Des licornes se battant en duel avec leurs cornes. Le pire tee-shirt qu'il ait jamais vu. *Où diable a-t-elle trouvé ça ?*

Il se contenta de secouer la tête et d'observer Snow qui regardait les énormes casseroles surplombant la gazinière. Sa mère ne faisait pas dans le traditionnel. Elle ne proposait pas un plat principal et deux accompagnements. Non, elle proposait plusieurs choix, et il y avait toujours au moins trois plats riches en glucides. Elle aimait aussi mélanger la cuisine grecque avec celle qu'elle avait appris à préparer pour son mari, espagnol. Quand Jude vivait encore à la maison, il devait se faire violence pour ne pas prendre de tout. De plus, à l'époque, il s'entraînait deux fois plus souvent qu'aujourd'hui.

Apparemment, elle était bien trop excitée à l'idée qu'il ramène quelqu'un à la maison, car elle avait encore plus cuisiné que d'habitude. Ses frères allaient devoir manger les restes de ce dîner de vendredi durant toute la semaine. Carrick, son frère cadet, venait encore dîner ici presque tous les soirs.

— Oh ouais, souffla Jordan d'un air sceptique en voyant toute la nourriture. C'est un jour férié ou un truc comme ça ? Est-ce que je dois cacher la *ropa vieja* avant qu'oncle Rick n'arrive ?

Snow lança un regard à Jude, qui espéra justifier le rouge qui colorait probablement son cou par la chaleur produite par la gazinière. Snow était trop intelligent pour ne pas se rendre compte que sa mère se comportait comme s'il s'agissait d'un événement spécial. Il lui avait pourtant dit que c'était quelque chose d'habituel dans leur famille. Il avait d'ailleurs déjà invité Brian dans cette maison. Mais ils étaient ensemble depuis deux ans.

Jordan prit une assiette et une grande cuillère de service.

— As-tu fait les macaronis au fromage avec le fromage blanc que *Yiayia* utilise ?

— Gruyère, répondit Anna, les joues creusées pour faire ressortir ses lèvres. Ce n'est pas si difficile. Tu peux le dire. Gruyère, *psychi mou.*

Elle parla rapidement tout en pressant le visage de Jordan entre ses mains. Il sourit en l'entendant l'appeler «mon âme» et s'avança pour déposer un baiser sur son front.

— Je me fiche du nom, tant qu'il ne reste pas coincé dans mon appareil dentaire.

Leur mère haussa les épaules.

— Hé, tu ferais mieux de te brosser les dents correctement, déclara Jude en pointant sa fourchette vers lui et en fronçant les sourcils.

— Ne t'inquiète pas, ton investissement dans mes dents est pleinement apprécié.

Il se retourna et sourit à Snow.

— Alors, c'est à cause de toi si, l'autre jour, mon frère a ouvert la porte avec l'air de celui qui s'était fait malmener ?

— Jordan ! s'écria Anna en lui donnant une tape sur le bras.

— Quoi ?

Il recula en haussant les épaules.

— C'est vrai. Il avait aussi un grand sourire sur le visage. Il a dit qu'il pensait que c'était le gars avec qui il avait passé la nuit, devant sa porte. C'est toi ? demanda-t-il en haussant ses sourcils bruns.

Snow le fixa, ne sachant pas vraiment comment répondre à la question.

— Ouais, l'avorton, c'est lui qui a passé la nuit chez moi.

Il poussa son frère hors du chemin, attrapant la cuillère de service avant qu'il n'aille plus loin.

— Laissons notre invité manger d'abord, d'accord ?

Son pauvre général avait l'air si peu dans son élément, et mal à l'aise. Jude sut alors qu'il le ramènerait, encore et encore, jusqu'à ce qu'il n'affiche plus jamais cette expression. Sa famille lui ferait du bien. Il pouvait le deviner. Il pouvait voir ce besoin d'affection enfoui.

Putain, il lui brisait le cœur.

Puis Snow le regarda, et la chaleur dans ses yeux ramena le sang vers sa queue. Pour éviter que ça n'empire, il lui tendit la cuillère.

— Prends ce que tu veux, glucides ou non. Tout est bon.

Il se retourna pour voir sa mère en train de parler à Jordan, suffisamment à l'écart pour leur offrir un peu d'intimité.

Souriant, il se pencha vers Snow.

— Vas-y, mange les glucides. Je te les ferai évacuer en prenant ton cul plus tard, lui chuchota-t-il à l'oreille.

— Peut-être que je vais les évacuer en prenant le tien, murmura Snow.

— Oh non, Général, laisse-moi t'expliquer ce que j'ai prévu de faire subir à ton corps. D'abord…

Il se tut lorsqu'il se rendit compte que Jordan était revenu. Il regarda par-dessus son épaule pour découvrir un sourire stupide sur le visage rougi de son frère, ainsi que son autre frère, Carrick, qui se tenait derrière lui. Avec Rebecca. Ses yeux s'écarquillèrent.

Oh bon sang, ils avaient tous entendu ça.

Snow suivit son regard et les surprit tous en éclatant d'un rire sonore. Jude le fixa, abasourdi, le ventre noué, parce que ce rire chaud et riche s'insinuait en lui et gonflait son cœur. Et ce sourire stupéfiant – celui qui l'avait terrassé plus tôt, lorsqu'ils étaient chez Lucas – fut de retour et vola tout l'air de ses poumons.

Riant toujours, Snow remplit son assiette et se dirigea vers la table en pin qui occupait la majeure partie de la cuisine. Sa mère aimait cuisiner pour le plus grand nombre. Jude et ses frères avaient grandi dans cette maison et étaient habitués à ce que ce petit espace soit trop bruyant et embaume les meilleures odeurs de la terre. Les oncles, tantes et cousins n'hésitaient pas à passer vers l'heure du dîner, sachant qu'ils étaient les bienvenus, et en apportant toujours quelque chose à ajouter au festin.

Anna prit la salière et la poivrière en céramique sur le comptoir et les posa sur la table avant de s'asseoir sur le siège à côté de celui de Snow.

— Alors, dit-elle en posant son menton sur sa main. Depuis combien de temps fréquentez-vous *yie mou*... mon fils ?

Snow immobilisa sa fourchette à mi-chemin de sa bouche.

— Pas longtemps, en fait.

— Mais vous l'aimez beaucoup, n'est-ce pas ? demanda-t-elle en remuant une nouvelle fois ses sourcils.

Jude la laissa s'en prendre à lui. Ça ne ferait pas de mal au général de s'occuper de sa petite maman grecque. Il prit une assiette et ajouta du ragoût de bœuf.

— Mieux vaut faire le plein de glucides, murmura Jordan en se penchant. Il est peut-être vieux, mais il a l'air de faire de l'exercice.

— Il a sept ans de plus que moi, donc il n'est pas vieux.

— Bon sang, Jude, tu es vieux pour moi.

Il se tortilla à côté de lui, l'écarta de la plaque de cuisson d'un coup de hanche et attrapa toute la casserole de macaronis au fromage.

— Elle n'en fait presque jamais. Elle dit que le fromage est trop cher. Alors ça peut être mon repas.

— Hors de question ! s'écria Carrick, qui le contourna et attrapa la casserole.

— Les garçons, intervint Rebecca avec un sourire doux lorsqu'elle s'interposa entre eux.

Elle glissa ses cheveux sur une épaule et attrapa la casserole que Jordan venait de lui tendre avec un sourire idiot. Elle fit un clin d'œil à Jude et apporta le plat à table.

— Je crois que le Dr Frost n'a rien eu de tout ça, dit-elle en posant le plat. Croyez-moi, doc, vous en voulez.

— Vous êtes médecin ? demanda Anna, d'une voix aiguë.

— Je l'ai présenté en tant que Dr Frost, dit Jude. Tu n'as pas fait attention ?

— Désolée.

Elle ne semblait pas le moins du monde désolée.

— J'étais simplement choquée que tu aies ramené quelqu'un à la maison. Tu ne l'as pas fait depuis Brian, et ça fait des années.

— Oh mon Dieu, murmura-t-il tandis que Carrick ricanait derrière lui.

Jude se dépêcha de remplir son assiette et s'assit sur la chaise de l'autre côté de Snow.

— Snow ne veut pas entendre parler de Brian, *Mana.*

— Vraiment ? rétorqua Snow avant de prendre une bouchée des macaronis au fromage qu'Anna venait de lui servir.

Ses yeux s'écarquillèrent alors qu'il regardait la prochaine bouchée de macaronis.

— C'est très bon. J'ai un ami, un chef cuisinier. Il a un restaurant et je parie qu'il aimerait en avoir la recette.

— Il est aussi beau que vous ? lui demanda sa mère.

— Bien plus beau, répondit Snow en souriant.

Elle plissa les yeux et sourit.

— S'il est assez beau, je *pourrais* partager la recette de ma *mana.*

— Alors… Brian ? demanda Snow, jetant un coup d'œil à Jude, puis à sa mère.

— Il était beau, lui aussi. Mais pas aussi gentil.

— *Mana*, grogna Jude. Brian n'est plus de la partie depuis longtemps. Il n'a plus d'importance.

— Mais il en avait, insista-t-elle. Tu as vécu avec lui pendant trois ans. Ne penses-tu pas que ton partenaire actuel devrait être au courant des précédents ?

Snow s'étouffa avec sa nourriture.

Jude lui donna une tape dans le dos, mais il ne put s'empêcher de rire.

— On n'est pas partenaires, on ne fait que… traîner ensemble.

— Oh, je vois que c'est déjà bien plus que ça.

Elle fit un signe de tête à Rebecca qui s'était assise à côté de Jude. Carrick et Jordan suivirent et, l'espace de quelques instants, seul le bruit des fourchettes contre les assiettes et le claquement des couverts de Jordan contre son appareil dentaire emplirent la pièce. Ainsi que Snow qui s'étouffait.

Jude grimaça.

— Alors, Rebecca, as-tu déjà pensé à la maternité de substitution ?

Ce fut au tour de Jude de s'étouffer avec sa nourriture. Tout comme Rebecca.

Anna fit un clin d'œil à Snow et cette fois, quand ce rire magnifique et rauque jaillit de ses lèvres, sa tête partit en arrière, son cou tendu en une longue ligne sinueuse, et Jude eut tellement envie de poser sa bouche sur cet homme qu'il commença à manger plus vite. Le docteur savait qu'elle avait dit ça pour les embêter, mais s'il avait su la gravité sous-jacente de la question, il n'aurait pas ri autant.

Le reste du dîner se déroula dans un climat détendu fait de bavardages et de taquineries. Heureusement, la conversation se focalisa sur Carrick, qui était apparemment allé chercher Rebecca pour le dîner. Et que Jude soupçonnait être le responsable de l'énorme suçon sur le cou de son amie. Dès qu'il fut parti pour la ramener chez elle, Jude effleura l'épaule de Snow, aimant quand les yeux bleu clair se tournèrent vers lui.

— Ça te dérange d'attendre que j'aie fini d'aider à nettoyer la cuisine ?

— Pas du tout. Je vais aider aussi.

— Hors de question. Les invités ne font pas la vaisselle chez moi.

Anna se leva et se précipita vers la cafetière à capsules que Carrick lui avait offerte pour Noël l'année précédente. Elle aimait cette machine plus que n'importe quoi d'autre dans sa maison et avait un tiroir entier plein de différents cafés, thés et chocolats.

— Comment aimez-vous votre café ? Êtes-vous un buveur de café, docteur ?

— Vous pouvez m'appeler Snow. J'adore le café. Le plus fort que vous avez. Noir. Mais seulement si vous vous joignez à moi.

— Est-ce que Snow est votre nom de famille ?

Elle choisit une capsule et l'inséra dans la machine, puis se tourna pour s'appuyer sur le comptoir.

Snow secoua la tête.

— Un surnom. Je m'appelle Ashton, mais mes cheveux ont commencé à devenir gris quand j'avais la vingtaine, alors que j'étais encore dans l'armée. Les autres gars m'en ont fait baver et m'ont affublé de ce surnom. Il est resté. La seule personne qui m'appelle encore Ashton la plupart du temps est mon meilleur ami.

— Ashton est un joli nom.

— Psst !

Jude détourna son regard de Snow et cligna des yeux vers son plus jeune frère.

— Tu sais qu'elle est déjà en train de choisir des prénoms de bébé ? murmura Jordan autour de la nourriture qu'il était encore en train d'avaler à un rythme soutenu.

Il leva les yeux vers Jude.

— Tu es vraiment foutu.

Son rire en disait long sur le fait qu'il aimait cette idée.

— Tais-toi, l'avorton, répondit Jude en lui donnant une claque à l'arrière du crâne.

— Je suis plus grand que toi maintenant, alors peut-être que tu pourrais me trouver un nouveau surnom. Quelque chose de cool. Comme « beau gosse ».

Snow, qui apparemment était toujours attentif, se mit à renifler.

Son plus jeune frère offrit un sourire effronté au docteur avant de se lever brusquement et de commencer à débarrasser la table. Leur *mana* les avait tous bien éduqués.

Anna tendit à Snow une tasse de café.

— Vous voulez emporter ça dans le salon ? Mon plus jeune est encore très maladroit et c'est trop dangereux de rester assis ici. Je vous rejoins dans un instant.

Elle lui tapota l'épaule.

De nouveau, ses yeux bleus se verrouillèrent à ceux de Jude qui dut se faire violence pour ne pas se pencher sur la table et l'embrasser.

— Ça ne sera pas long, murmura-t-il. Jordan et moi avons fait de cela un art. Profite de ton café avec *Mana.*

Il s'approcha, suffisamment pour baisser la voix.

— Ne la laisse pas te convaincre d'avoir des enfants. Il y a d'autres choses que j'aimerais qu'on fasse d'abord.

La bouche de Snow s'ouvrit.

En riant, Jude se leva et alla aider son frère. Snow s'assit dans le salon avec Anna et, juste avant qu'ils n'aient fini, sa mère retourna chercher du café. Elle s'approcha de Jude qui mettait le dernier plat dans le lave-vaisselle.

— Je l'aime bien, Jude, chuchota-t-elle. Mais il semble un peu triste. Ça me brise le cœur.

— Il a récemment perdu une amie proche dans un accident de voiture. Un autre ami, le chef qu'il a mentionné, a également été blessé, expliqua-t-il, même s'il savait de quoi elle parlait.

Sa *mana* n'était pas bête.

— Oh *yie mou,* cette tristesse est encore plus profonde. Viens.

Elle effleura son bras et il baissa la tête vers elle. Elle fit un signe de tête vers le salon, les yeux pleins d'inquiétude. Il se dirigea vers le seuil de la cuisine, jeta un coup d'œil, et son cœur se serra si fort qu'il leva la main pour la frotter contre sa poitrine. Snow se tenait à la fenêtre, une main dans la poche de son pantalon. Il regardait les flocons qui tombaient, et c'était comme s'il avait oublié de porter le masque qu'il arborait d'habitude, son profil montrant sa bouche baissée… la défaite dans son expression. Son attitude détendue et amusée de plus tôt était partie, juste comme ça.

Pendant un certain temps, durant la soirée, ils avaient réussi à détourner l'attention de Snow, mais toute cette douleur et cette inquiétude étaient juste sous la surface. Tout ce qu'il avait fallu était quelques instants seul dans le salon de la maison de sa mère.

L'homme ne pouvait même pas rentrer chez lui. Son refuge avait été profané.

Il était complètement déraciné, et même si Jude savait qu'il était proche de Lucas, il savait aussi que Snow était le genre d'homme qui avait besoin de son intimité, de son espace. Il avait besoin d'autre chose, quelque chose de plus profond, que Jude avait entrevu plusieurs fois ce soir.

Son pouls commença à s'accélérer et ses genoux faiblirent. Il s'appuya contre l'embrasure de la porte, en le regardant fixement. À cet instant, il voulait tout lui donner. Il voulait offrir à Ashton Frost tout ce qui était nécessaire pour effacer cette expression de son visage pour toujours.

Sa mère le ramena dans la cuisine, ses yeux brillant d'une lueur étrange.

— Peut-être que tu devrais le ramener chez toi ce soir, chuchota-t-elle. Je ne pense pas qu'il doive rester seul.

— Il n'est pas seul. Il est chez des amis.

Elle détourna les yeux de lui, mais sa main se serra sur son bras.

— Ce n'est pas ce que je voulais dire.

Il ne pouvait que la fixer, trop choqué pour savoir comment réagir. Elle portait des chemises arc-en-ciel, allait à des réunions et le soutenait ouvertement, mais cela allait plus loin que ce qu'il pensait.

— Ne me regarde pas comme ça. Je ne suis pas naïve et je connais la tristesse, et cet homme en est tellement envahi que ça me brise le cœur.

Elle tapota la poitrine de Jude.

— Tu as tant d'amour à donner. Je pense que tu devrais le partager avec lui.

— On ne sort ensemble que depuis peu et je n'appellerais même pas ce qu'on fait « sortir ensemble ». Il s'est passé trop de choses dans sa vie.

Il secoua la tête et serra sa mère dans ses bras pour lui faire un gros câlin.

— Mais ton cœur est à la bonne place. Je t'aime, *Mana.*

— Je sais. Ne t'inquiète pas, tu as assez à partager.

Il pénétra dans le salon et prit le manteau de Snow.

— Hé, Général, prêt à partir ?

Snow tressaillit au son de sa voix, mais son expression s'adoucit rapidement et il se tourna vers lui en acquiesçant. Il récupéra son manteau et Jude enfila le sien. Sa mère entra dans la pièce, portant un plat de restes.

Jordan les croisa alors qu'il se dirigeait vers la cuisine et fit demi-tour. Il passa son bras autour de Jude et lui donna un coup de poing dans l'estomac.

— Tu pars si tôt ? Je ne veux pas savoir pourquoi.

— Jordan Torres ! le réprimanda sa mère.

Elle tendit le plat à Jude, puis donna une tape sur le bras de Jordan.

— Tu sembles terriblement intéressé par la vie sexuelle de ton frère. Y a-t-il quelque chose dont tu souhaites me parler ?

— *Mana* ! pleurnicha-t-il, imitant à la perfection la façon dont Anna se plaignait à sa très traditionnelle mère grecque. C'est mon devoir de frère de lui faire passer un mauvais quart d'heure ! C'est une tradition sacrée qui se transmet de frère en frère depuis la nuit des temps.

Snow renifla et Jordan lui sourit.

— C'était un plaisir de te rencontrer, Doc Frost. Je me fiche de ce que mon frère et toi faites ensemble.

— C'est bon à savoir, murmura Snow. C'était aussi un plaisir de te rencontrer.

Il se tourna vers Anna.

— Merci pour ce merveilleux dîner. J'ai énormément apprécié la nourriture.

— Revenez avec Jude quand vous voulez. Ou vous pouvez revenir sans lui.

Elle se pencha en avant, enroula ses bras autour de sa taille et la serra.

— Je veux que vous vous sentiez le bienvenu.

Snow eut l'air si surpris que Jude dut se mordre la lèvre pour ne pas rire. Jordan n'essaya même pas de se retenir. Il ricana durant tout le chemin jusqu'à la cuisine.

— Tu ne leur as pas donné tous les restes de macaronis au fromage, n'est-ce pas, *Mana* ?

Elle continua de serrer Snow dans ses bras, qui lui tapota maladroitement les épaules.

— Cette fournée est la deuxième que j'ai faite aujourd'hui, Jude. C'est une casserole entière que le docteur et toi partagerez plus tard. Il m'en reste suffisamment pour mon petit estomac sur pattes.

Snow rit de nouveau et Jude comprit soudain quelque chose. Son général avait besoin de plus que ce qu'il pouvait lui donner. Il avait aussi besoin d'une famille.

Et bon sang, c'était quelque chose que Jude avait à revendre. Beaucoup, beaucoup, beaucoup, beaucoup de famille. Des oncles et des tantes fouineurs, moitié grecs et moitié espagnols, tous prêts à se mêler de ses affaires. Certains n'accepteraient pas leur relation – comme à l'époque, avec Brian – mais la majorité verrait probablement ce que sa mère avait vu au moment où Snow était entré dans sa maison.

Cet homme avait un cœur d'or et il avait besoin d'amour comme personne que Jude n'avait connu auparavant.

Chapitre 20

Jude fit un câlin d'adieu à sa mère et sortit dans la nuit d'hiver, portant le précieux plat de macaronis au fromage. La soirée était lumineuse, la neige fraîche recouvrait le sol, les voitures et les arbres. Des flocons scintillaient à la lumière du grand lampadaire. La lueur donnait aux cheveux de Snow un blanc éblouissant. Jude jeta un regard en arrière et vit, par la fenêtre, sa mère disparaître dans la cuisine. L'allée était déserte et, avec les arbres et les buissons qui bloquaient la vue sur les bâtiments qui entreposaient les wagons, ils étaient assez isolés. Il dépassa Snow jusqu'à sa Jeep, plaça la casserole sur le siège arrière et se retourna pour attraper l'autre homme. Il le fit reculer jusque dans sa voiture, ouvrit son manteau et pressa l'avant de son corps contre le sien, puis glissa ses mains dans son cou et enveloppa ses joues.

— Merci d'être si gentil avec ma mère, Général.

Snow fronça les sourcils de confusion.

— Pourquoi ne le serais-je pas ? C'est une dame très gentille.

— Elle peut se montrer autoritaire et son filtre a disparu au début des années 2000.

Snow se tenait debout, tendu. Il n'enroula pas ses bras autour de Jude, mais resta immobile et écarta les jambes juste assez pour le laisser se glisser entre elles.

— Elle t'aime tellement, murmura-t-il. Je l'apprécie beaucoup.

— Vraiment ?

Jude pressa ses lèvres sur la légère barbe de la mâchoire de Snow, déposant une pluie de baisers jusqu'à son oreille. Il prit le lobe froid dans sa bouche, le mordilla, puis l'aspira pour le réchauffer.

Snow tremblait, et sa main se resserrait sur la taille de Jude. Il inclina la tête, lui offrant ainsi un meilleur accès. Jude fit courir sa langue autour de son oreille.

— Je ne devrais pas faire ça juste devant la maison de ma mère, chuchota-t-il. Et il fait froid. Mais tu fais les bruits les plus sexy que j'ai jamais entendus quand ma bouche est près de ton oreille.

Il glissa sa langue à l'intérieur.

Le gémissement bas et rauque émis par Snow rendit Jude dur comme de la pierre. Il pressa son sexe dans la chaleur de l'aine de Snow et sentit que ce dernier était tout aussi dur, tout aussi chaud.

— Viens à la maison avec moi ce soir, chuchota-t-il, ne laissant pas à Snow le temps de répondre, pressant ses lèvres contre les siennes.

Il n'ouvrit pas la bouche tout de suite, n'essaya pas de le lécher. Il se contenta de rester appuyé jusqu'à ce que Snow gémisse et entrouvre ses lèvres. Jude se glissa dans la chaleur humide et entortilla leurs langues l'une contre l'autre. Lentement… tellement, tellement lentement.

Des bruits sexy s'échappèrent à nouveau de la gorge de Snow, et la seconde d'après, ses deux mains serraient les hanches de Jude tandis qu'il commençait à bouger les siennes d'une manière qu'Anna trouverait probablement obscène. Jude recula, inspira l'air glacé et frotta son pouce le long de la mâchoire de l'autre homme.

— Alors ?

— Alors ? souffla Snow, l'attirant de nouveau à lui.
— Veux-tu venir à la maison avec moi ce soir ?
— Pouvons-nous partir maintenant ?
— Je pense qu'on devrait. Sinon, je vais te pousser dans ma Jeep et te baiser sur le siège arrière, et je suis presque sûr que même si *Mana* est cool avec nous, elle ne le prendrait pas très bien.

Snow fixa le siège arrière exigu comme s'il l'envisageait.

Jude gloussa. L'idée de les voir nus et en sueur dans un endroit aussi étroit lui plaisait d'une certaine manière. Le fait d'être « chez sa mère » l'empêchait de profiter pleinement du fantasme.

— Allez, viens. Je vais conduire jusqu'à mon appartement où il ne fait pas beaucoup plus chaud, mais on peut se mettre tout nus et générer une sérieuse chaleur corporelle sous les couvertures.

— Il ne fait pas plus chaud ?

— J'ai dû récupérer un radiateur électrique et je ne peux pas le laisser allumé pendant mon absence. Mais ça chauffe vite. L'endroit est petit, répondit-il en souriant. Je l'allumerai quand on arrivera pour qu'il ne fasse pas froid trop longtemps. Mon propriétaire n'est pas en ville, alors je n'ai pas essayé de le contacter pour qu'il envoie quelqu'un réparer le chauffage de l'appartement. J'y ai jeté un coup d'œil, mais il est vieux, donc je n'avais aucune idée de comment le réparer.

— Je pourrais peut-être t'aider. Il y en a un que je réparais souvent quand j'étais enfant.

Jude déposa un baiser appuyé sur ses lèvres, puis secoua la tête.

— Pas ce soir. Je te veux nu.

Snow émit un bruit étouffé, le repoussa et se précipita vers le côté passager du véhicule.

— Qu'est-ce que tu attends ? grogna-t-il en se glissant à l'intérieur puis claquant la porte.

En souriant, Jude leva les yeux et repéra sa mère à la fenêtre. Elle lui fit un signe complice de la main. Son cou se colora tandis qu'il montait dans sa voiture. Il se demanda depuis combien de temps elle était là, puis il s'en moqua. Tout ce qu'il voulait, c'était sa queue à l'intérieur du général.

— Conduis vite, ordonna Snow.

* * *

Jude déverrouilla sa porte, puis se retourna et observa Snow. Le médecin se tenait debout, appuyé contre le mur en haut de l'escalier, et le regardait d'un air torride qui montrait son intention de faire subir toutes sortes de vilaines choses à son corps. Son expression triste et brisée avait disparu – entièrement – et Jude n'aurait pu être plus heureux. En fait, l'arrogance charnelle qui l'avait d'abord rendu dur comme du béton était de retour en force. Elle roulait hors de Snow par vagues de sensualité.

Jude saisit les bords du manteau de Snow avec ses poings. Il sourit et le traîna dans son appartement, puis le poussa contre le mur.

— Tu aimes particulièrement m'attraper et me coincer, murmura Snow.

Jude se raidit.

— Tu te plains ?

Snow resserra sa prise autour de la taille de Jude et rapprocha leurs bassins.

— Non.

Jude plissa les yeux, étudiant le docteur. Il admettait qu'il avait l'habitude de prendre le dessus – pas dans tous les aspects de la vie, mais c'était comme ça qu'il prenait son pied sexuellement. Ça avait toujours été le cas, et le seul point de discorde entre Michael et lui, probablement la raison pour laquelle ils s'étaient séparés. Brian, lui, avait adoré ça, mais cela n'avait pas suffi sur le long terme.

Jude ne cherchait pas quelqu'un à attacher et à frapper, il aimait juste… transformer un homme fort en pâte à modeler entre ses mains. Et il n'aimait rien de plus que de pousser un homme contre un mur et s'en prendre à lui.

Avec Snow, ce besoin brûlait comme un volcan au plus profond de son corps et il devait se faire violence pour ne pas baptiser tous les murs de leur voisinage. Il savait pourquoi. Parce que le besoin de se laisser malmener couvait à l'intérieur du médecin. À chaque fois, ses yeux bleu clair et éblouissants s'enflammaient.

Et ce soupçon de vulnérabilité, cette quête d'amour, donnaient à Jude l'envie de tout offrir à cet homme.

Il se rendit compte qu'il était resté trop longtemps silencieux lorsque Snow lui lança un regard empli de curiosité et pencha la tête pour le dévisager.

— Je n'ai pas de problème avec ta tendance dominante. Je pensais l'avoir prouvé.

Un soupçon d'inquiétude lui fit pincer les lèvres. Il se redressa et caressa la mâchoire de Jude qui ferma les yeux, submergé par la douceur inattendue de ce toucher.

— Je n'ai pas toujours besoin d'agir comme un homme de Neandertal.

Il rouvrit les yeux en entendant un petit gloussement.

— Je suis sérieux, là. Ce que je veux dire… commença-t-il avant de se taire et de déglutir, la voix rendue rauque et râpeuse par l'émotion. C'est que ce truc entre nous est important pour moi et je ne veux pas tout foutre en l'air parce que mon homme des cavernes intérieur prend parfois le dessus quand je suis excité.

— J'aime que tu sois excité. J'aime être celui qui t'excite autant.

Snow agrippa les hanches de Jude jusqu'à ce qu'elles soient au même niveau que les siennes.

— Et c'est une bonne chose que tu n'aies pas toujours à prendre les commandes. J'ai l'habitude d'être le Néandertalien, Torres, donc je suis sûr que j'aurai envie de récupérer le poste de temps en temps.

Il se tut et offrit à Jude un autre de ces vrais sourires aveuglants.

— Mais juste pour que tu comprennes, je trouve que me retrouver contre des trucs est super torride. En fait… ça me plaît particulièrement. Alors n'hésite pas.

Jude grogna et le pressa immédiatement plus fort contre le mur.

— Tu n'aurais probablement pas dû dire ça. Je vais te clouer contre toutes les surfaces verticales que je peux trouver.

— Ça t'excite aussi, hein ?

— Oui, et le fait de savoir que tu aimes ça ? Putain.

Il s'appuya de tout son long contre le corps de Snow, aimant son physique élancé et ses muscles fins. Il fixa cet arc de Cupidon sur sa bouche, se pencha et passa doucement sa langue dessus.

— Tu as la bouche la plus sexy que j'ai jamais vue, chuchota-t-il. J'aimerais la voir s'enrouler autour de ma queue à nouveau.

Il passa sa langue sur la lèvre inférieure charnue de Snow qui gémit et serra ses doigts sur sa taille. Snow poursuivit sa langue en reculant, faisant glisser sa main vers le haut pour lui saisir la nuque et le ramener à sa bouche. Il reprit le baiser, l'approfondit. Le rendant plus torride encore. Jude n'aurait jamais pensé que ce soit possible. Il ouvrit la bouche plus largement, laissant échapper un gémissement. Le besoin l'enveloppa alors qu'il déboutonnait la chemise de Snow, puis passait ses mains en dessous. Des muscles durs et une peau lisse lui firent fermer les yeux. Il aimait la sensation de l'autre homme sous ses mains et il s'arrêta de bouger, reposant sa paume sur le battement fort et rapide du cœur. Il voulait y poser sa bouche.

Snow le repoussa, verrouilla son regard au sien, puis leva les mains pour ôter son manteau. Des doigts longs et agiles effleurèrent les boutons de sa chemise. Il continua de la détacher, toujours plus bas, révélant au regard affamé de Jude une peau magnifique. Il retira sa chemise, découvrant des épaules larges, des bras et le ventre parfait qui rendait son amant fou.

Snow sourit.

— Tu vas me rejoindre ou on fait ça avec l'un de nous habillé ?

— Ça peut être chaud.

Jude laissa tomber son manteau sur le sol et attrapa le bas de son pull.

— Que faisons-nous exactement, Général ?

— Moi, nu, et au lieu de me mettre sous toi comme tu l'as dit plus tôt, je me tourne et je me tiens contre ce mur.

— Oh oui, souffla Jude, s'empressant d'enlever le reste de ses vêtements.

Il lui restait encore une chaussette quand Snow l'attrapa et recommença à l'embrasser. Puis il recula et haussa un sourcil.

— Tu mets trop de temps.

Snow rapprocha leurs bouches et fit glisser sa poitrine sur celle de Jude. Il se retira, respirant fort.

— J'aime comme tes poils sont doux ici.

Il glissa la main entre eux, caressant les poils de sa poitrine, puis sur son abdomen. Il enfonça ses doigts plus bas et enroula sa main autour de la queue de Jude qui haleta et se poussa dans sa main.

— Tellement sexy.

Snow embrassa sa mâchoire, son cou. Il pressa ses lèvres sur le pouls de Jude.

— Si rapide, murmura-t-il.

Il effleura le gland de Jude de son pouce.

— Tu fuis.

— Ah oui ? Et pourquoi, à ton avis ? siffla Jude en bougeant ses hanches plus vite.

Il rejeta sa tête en arrière, la gorge offerte.

— Pourquoi crois-tu que mon pouls est si rapide ? demanda-t-il, les dents serrées. Se pourrait-il que je te veuille plus que tout sur cette terre, là, tout de suite ?

— Uniquement tout de suite ?

Jude rit alors même que son cœur se gonflait d'émotion. Snow arrêta d'embrasser son cou, son souffle chaud sur sa peau. Tout son corps se tendit, comme s'il avait réalisé ce qu'il venait de dire.

Jude fit courir ses mains le long du dos de Snow, aimant les muscles légers, la pente au creux de ses reins. Il reprit la bouche du médecin, faisant glisser sa langue pour la caresser. Quand il se retira, il regarda Snow, qui fronçait les sourcils.

— Quoi ? demanda doucement celui-ci.

— Non, je ne te veux pas uniquement tout de suite. Je te veux pour plus de temps.

Jude prit la bouche de l'autre homme, aimant la chaleur de son corps. Il se dirigea vers l'oreille de Snow, léchant, mordant et se délectant des sons qui sortaient de sa gorge. Il respira dans le creux de son oreille, puis gémit quand Snow cria et agrippa son cul de ses deux mains. Il appuya leurs bassins l'un contre l'autre, se frottant à Jude avant de se retourner brusquement et de poser ses mains contre le mur.

— Baise-moi, Torres.

Tout le sang de Jude se déversa si vite vers le bas qu'il se demanda par quel miracle il parvenait encore à tenir debout. Le dos de Snow, délié comme le reste de son corps, commençait par de larges épaules magnifiées de muscles sculptés bougeant élégamment sous sa peau lisse. Sa taille, la taille parfaite pour les grandes mains de Jude, se prolongeait par le plus beau cul qu'il ait jamais vu. Il ne pouvait pas se résoudre à s'éloigner de l'homme assez longtemps pour saisir le préservatif et le lubrifiant. Pas encore. Au lieu de cela, il se pressa contre lui, sifflant au contact de sa peau contre celle de Snow, et il déposa un baiser sur sa nuque.

Le médecin gémit et tourna la tête pour que leurs bouches se rencontrent.

Ils s'embrassèrent comme s'ils le faisaient depuis des années, comme s'ils savaient quand bouger, quand donner ou prendre, et Jude était sûr qu'il ne pourrait jamais se passer du goût de son général sur ses lèvres. Il effleura ses côtes, son magnifique cul bombé, puis s'appuya plus fort contre lui et fit courir ses mains vers ce ventre qui était devenu un véritable fantasme. Ils ne rompirent jamais leur baiser, et lorsque Jude enroula ses mains autour de la queue de Snow, il sentit son grognement vibrer sur sa langue.

Ce grognement se transforma en un long gémissement lorsque Jude caressa cette chair lisse et dure de haut en bas jusqu'à ce qu'il ait suffisamment plié ses genoux pour atteindre les bourses de Snow. Il les prit en coupe, aimant ce soupir qui remplissait sa bouche.

Snow recula, avala une gorgée d'air, et sa voix n'était qu'un grondement rauque lorsqu'il dit :

— C'est si bon de te sentir contre moi. Prends la capote. Le lubrifiant. Maintenant.

Il plaqua à nouveau les mains sur le mur.

— Maintenant !

Jude alla rapidement chercher ce dont ils avaient besoin et resta près de la table, les yeux fixés sur Snow étalé contre ce mur, à l'attendre. Il enfila le préservatif, incapable de détourner le regard, et lorsque l'autre homme tourna la tête pour ancrer ses yeux bleus aux siens, le flot de sentiments qui le traversa l'obligea à revenir à grands pas vers lui et à s'enrouler à nouveau autour de son corps.

— Lubrifiant, Torres, déclara Snow en se retournant contre lui. Tu l'as oublié.

— Merde.

Jude récupéra la bouteille, revint vers lui et le fixa. Il brûlait pour cet homme. Il voulait anéantir le Doc Frost.

Alors il le fit.

Il embrassa chaque centimètre de peau à sa portée tandis que ses doigts préparaient le corps du général pour sa queue. Il prit son temps, tournant autour de son entrée avec un doigt et se servant de son autre main lubrifiée pour lui saisir à nouveau la verge. Il aspira les marques sur son dos, aimant chaque cri qui sortait de la gorge de l'autre homme.

Snow s'écrasa contre le mur, gémissant son nom dans ce grognement bas et guttural alors qu'il se cambrait. Jude avait ses deux mains sur lui, faisant glisser l'une le long de cette magnifique queue soyeuse et l'étirant avec l'autre. Il ne pouvait pas quitter des yeux le dos de Snow qui s'empalait sur ses doigts. C'était… c'était sa partie préférée, regarder un homme se perdre dans le plaisir. Jude gémit en glissant ses doigts plus profondément en lui. La tension, la chaleur, tout cela menaçait de lui brouiller le cerveau et il avait quelque chose à accomplir.

Snow se poussa dans sa main et sur ses doigts tandis que des bruits sexy sortaient de sa bouche. Un autre grognement s'échappa de sa gorge lorsque Jude appuya sur sa prostate, et il faillit perdre la tête lorsqu'un cri étranglé s'échappa de la bouche de Snow.

Son intention d'anéantir le médecin s'était retournée contre lui.

Il s'arrêta brusquement, son souffle erratique, fixant la vision de la perfection en sueur devant lui.

La respiration de Snow devint dure et rapide lorsqu'il le regarda à nouveau par-dessus son épaule.

— Fais-le, Torres. Laisse-toi aller.

Jude fut en lui en un éclair et se retrouva enfoui dans cette étroitesse chaude. Snow émit un long bruit sourd, ses mains se recroquevillant contre le mur, et Jude prit appui sur ses jambes afin de pouvoir donner des coups de reins et il entrelaça les doigts d'une de ses mains avec ceux du général.

La transpiration scintillait sur les magnifiques muscles de ses épaules et de son dos, une goutte roulant sur son omoplate. Jude se pencha et la lécha.

— Je suis de plus en plus dépendant de ton goût, grogna-t-il contre sa peau, refermant sa bouche sur chaque centimètre qu'il pouvait atteindre, encore et encore.

Il continuait de s'enfoncer en lui, la tension et la chaleur lui faisant serrer les dents.

— Oh, putain. Merde, Général, grogna-t-il en posant son front contre le dos de l'autre homme.

Il mit les deux mains sur sa taille et s'efforça de ne pas s'emporter. Il s'immobilisa un instant, juste un instant.

Snow poussa son cul contre lui en gémissant.

— Tu dois bouger. C'est si bon.

Il resserra ses muscles autour de Jude, qui cria.

— Arrête. Oh merde !

— Bouge, bébé, bouge.

Snow tendit la main et enfonça ses doigts dans le cul de Jude pour le tirer jusqu'à l'intérieur de son corps.

Jude cria et ne put s'empêcher d'aller et venir, de plus en plus profondément. Il savait qu'il devait ralentir, mais le médecin avait saisi son cul de ses mains puissantes et intimait une cadence rapide.

C'était tout simplement l'expérience la plus torride de sa vie.

Presque inconscient et lascif, il s'enfonça encore et encore dans cette chaleur soyeuse et confortable et, lorsqu'il fut incapable de bouger, il s'agrippa à nouveau à la gorge de Snow, puis mordit ce muscle entre son épaule et son cou. Ce dernier cria et il sentit les spasmes de son orgasme qui l'obligèrent à serrer les muscles de la manière la plus délicieuse possible. Snow éjacula sur tout le mur, le corps tremblant, laissant échapper un long et bruyant gémissement.

Jude perdit la capacité de penser, la cohérence s'évaporant complètement. Il ralentit ses poussées et, en deux coups de reins, un plaisir ahurissant le traversa jusqu'à ce qu'il s'enfonce si fort dans le corps de Snow qu'il vit des étoiles. Il tituba, se glissant hors de l'autre homme tout en l'agrippant par la taille. Son général se retourna et le saisit avant de s'appuyer de nouveau sur le mur, en gardant ces bras forts et merveilleux autour de lui.

Il leva les yeux, bouche bée. Il était responsable de son état. Il avait fait perdre la tête à cet homme intense, dynamique et chiant. Les yeux bleus s'ouvrirent.

— Bon sang, Général, chuchota Jude en glissant ses mains autour du cou de Snow.

Snow le fixa quelques instants, puis chuchota :

— Je sais.

Jude s'affaissa contre lui, s'approcha pour enfouir ses doigts dans les doux cheveux de Snow. Il prit quelques instants pour recouvrer son souffle et essayer de rassembler ses pensées, car il avait perdu l'esprit. Il tourna la tête, pressant ses lèvres sur la légère barbe de la mâchoire de Snow qui se retourna et lui glissa sa main le long de la joue avant de prendre son menton en coupe et de l'embrasser.

Ce baiser, si différent des précédents, avait le goût de quelque chose de nouveau. Une sorte de surprise rassasiée et heureuse, et peut-être un soupçon de possibilité. Jude n'avait pas été le seul à ressentir la puissante connexion entre eux, et il semblait qu'il n'était pas le seul à en vouloir davantage. C'était là, sur ses lèvres. Sur sa langue.

Snow recula puis surprit Jude en éclatant de rire, un frisson parcourant son corps.

— Oh, souffla Jude. Tu sais ce que j'ai fait ?

— Oui, répondit Snow, essayant lui aussi de reprendre son souffle. J'étais là. C'était bien.

Riant, Jude se blottit plus près.

— Je n'ai jamais allumé le chauffage.

Snow grogna.

— Ha. Je n'avais même pas remarqué.

Sa poitrine tressautait sous son rire. Et il frissonna à nouveau.

— Je m'en rends compte à présent.

— Désolé pour ça.

Il réussit à stabiliser ses jambes et tira Snow vers le lit.

— Mets-toi sous les couvertures, je vais augmenter la température.

Il ôta le préservatif, le jeta à la poubelle et se précipita vers la prise du radiateur.

— Tu as faim ? demanda-t-il en se retournant pour voir Snow grimper sous la couette.

— Je ne devrais pas après tous ces glucides, mais…

— Toi aussi, tu te souviens de la casserole de *Mana*, pas vrai ?

Snow se tourna sur le côté et soutint sa tête d'une main. Son regard courait sur le corps nu de Jude, ses yeux se plissant d'un air appréciateur alors qu'il se léchait les lèvres.

— Tu veux parler de la merveilleuse nourriture qu'on a laissée dans la voiture ? Oui. J'aurais aimé ne jamais avoir été présenté aux mauvais glucides du gruyère de ta mère.

— C'est vrai ! On a laissé le plat dans la voiture. Comme il fait froid, ça devrait être encore bon.

Il ramassa un pantalon de survêtement et fronça les sourcils.

— Il serait plus logique que je m'y colle et que j'aille le chercher avant de trop me réchauffer, hein ?

— Ouaip.

Snow lui adressa un sourire démoniaque et tira les couvertures plus haut.

— J'aimerais manger plus de ces satanées pâtes, alors vas-y ! Oh, et j'espère que tu seras partant pour un autre round. Je vais devoir évacuer cette cochonnerie.

— Oh, je suis partant pour ça.

Il ramassa sa veste sur le sol et enfila ses chaussures de course. Le manteau collait à la sueur qui n'avait pas séché sur son corps et il grimaça. Il ouvrit la porte, devinant qu'il n'allait pas apprécier l'air glacé de l'extérieur.

— Ça va craindre.

— Tu sais que tu en veux aussi.

— Oui. Mais je veux cet autre round, et on dirait que je dois t'appâter avec la nourriture de ma mère pour l'avoir.

Il s'enfonça dans le couloir.

— Hey, Torres, cria Snow.

— Ouais ?

Il resta silencieux si longtemps que Jude passa sa tête par la porte.

L'expression du médecin était si grave que son cœur battit plus fort.

— Tu n'as pas à faire quoi que ce soit pour que je te désire à nouveau, dit-il finalement.

Il observa Snow pendant plusieurs secondes, l'air tout aussi sérieux, puis il sourit.

— Idem, Général. Idem.

Chapitre 21

Snow ne bougea pas quand Jude apporta la nourriture chaude avec lui dans le lit. Il faisait froid dans cet appartement et il voulait voler un peu de la chaleur qui exsudait de la peau de Jude comme s'il était né sur le soleil. Dès que Jude fut installé sous les couvertures, Snow posa sa cuisse par-dessus la sienne.

— Une seule fourchette ?

— Ma bouche s'est posée sur la plus grande partie de ton délicieux corps et j'ai bien l'intention de m'occuper du reste rapidement. Et souvent. Alors, on peut partager.

Il enfonça la fourchette dans les macaronis au fromage, puis la lui tendit.

Avant que Snow ne puisse la prendre, Jude la retira.

— Attends.

Il souffla sur la nourriture.

Le cœur de Snow rata un battement. Puis il se sentit idiot d'être bouleversé par quelque chose d'aussi insignifiant.

Seulement, ce n'était pas vraiment insignifiant. Honnêtement, Snow ne savait pas comment décrire cet homme. Il était torride, certes. Fantastique au lit, et, bon sang, même sa tendance dominante, il la comprenait, et la partageait. Mais il y avait tellement d'autres facettes dans sa personnalité. Douces, possessives, attentionnées, qui lui faisaient ressentir des émotions qu'il ne savait pas comment gérer. Il n'arrivait pas à comprendre les raisons qui poussaient Jude à lui offrir des gestes… si tendres, parce que c'était *clairement* le cas. Et il semblait sincèrement penser qu'il les méritait.

Les gens ne le dorlotaient pas. Ian le gâtait parfois, mais c'était différent. Il était d'une nature douce, presque parfaite. Tout comme son ami, Jude possédait un instinct naturel pour prendre soin des autres, mais sa mentalité possessive excitait Snow d'une manière qu'il n'aurait jamais cru possible.

Jude lui avait fait vouloir des choses qu'il n'avait jamais vraiment avouées, même à lui-même.

— Tu sais que tu le veux, le titilla Jude.

Snow cligna des yeux et se rendit compte que Jude tenait la fourchette devant ses lèvres. Il hésita, incapable d'ouvrir la bouche et d'être nourri de cette manière.

Jude ricana d'un ton grave.

— Général, j'étais enfoncé jusqu'aux couilles dans ton cul il y a quinze minutes. Partage une fourchette avec moi.

— Ça n'a rien à voir avec le fait de partager la fourchette, murmura-t-il, mais il avala la bouchée.

Avec un regard furieux.

— Je sais, répondit Jude en riant tout en remettant la fourchette dans le plat, puis il se pencha maladroitement pour déposer un baiser appuyé sur les lèvres de Snow. Je trouve ta nature irritable foutrement torride. Je te l'ai déjà dit ?

— Pas besoin. Tu m'as couru après, tu te souviens ? Je sais exactement pourquoi tout le monde m'appelle «chirurgien général» au travail. J'en ai rien à foutre non plus.

— C'est faux.

Il avala quelques macaronis, puis tendit de nouveau une pleine fourchetée à Snow.

— Nourrir un docteur torride et nu dans mon lit est l'une de mes activités préférées de tous les temps.

— Vraiment ? murmura Snow entre deux bouchées, puis il sourit. Je parie que ce que tu lui donnes à manger d'habitude ne vient pas du bout d'une fourchette.

— Nous allons bientôt passer au prochain plat. D'abord, on va essayer de rentrer à deux dans ma minuscule douche. Il est temps que nous partagions des choses personnelles et mon fantasme préféré, juste après le sexe contre un mur, c'est le sexe sous la douche.

— Ta conception du fantasme et la mienne sont très différentes.

— Tu sais, j'ai entendu des trucs à ton propos.

Snow fronça les sourcils. Il ne s'était jamais soucié de ce que l'un de ses amants avait entendu ou pensé de lui auparavant. Mais il n'avait jamais vraiment eu quelqu'un comme Jude dans son lit. Plus d'une fois ou deux, avec qui il partageait la nourriture et des gestes tendres.

— Avant ou après qu'on se soit mis ensemble ?

— Avant. Rien de concret, Général, alors ne commence pas à t'inquiéter. Mais il y avait une ou deux rumeurs qui circulaient dans l'hôpital sur le fait que tu étais brutal, et récemment, quand tu es arrivé avec des bleus, la rumeur a resurgi.

Il savait qu'il devait s'expliquer, mais il ne savait pas comment.

— J'aime le sexe sous toutes ses formes, mais je…

Il se tut, ses lèvres se tordant dans un sourire dépréciateur.

— J'ai du mal à contrôler ma colère.

Jude ne dit rien, se contentant de l'observer calmement.

— Hé, ce n'est pas surprenant, on en a déjà parlé. Je ne sais même pas comment me justifier parce que je ne comprends pas moi-même.

Il retint son souffle, voulant partager pour la première fois de sa vie, mais quelques instants furent nécessaires pour que les mots passent le barrage de ses lèvres.

— Je n'ai pas eu la vie facile quand j'étais gosse. Comme beaucoup de types gays, certes, mais ma famille était trop religieuse.

— Ils te battaient ?

— Parfois, répondit-il en haussant les épaules. La plupart du temps, ils se contentaient de crier et de prier, et me faisaient sentir que je n'étais pas digne de l'air qu'ils respiraient. Mon père… je le dégoûtais. Il était si ignorant. Tellement, tellement ignorant.

Il se tortilla sur le lit, incapable de lui parler de sa mère. Pas encore.

— Il y a eu cette fois où il nous a emmenés, Lucas et moi, déjeuner dans un fast-food. Lucas était un adolescent sûr de lui et surprotecteur.

— Ça se voit.

— C'était avant que je dise à mon père que j'étais gay, mais il le savait. Le gamin qui a pris notre commande était quelqu'un qu'on connaissait depuis le lycée et il s'était fait tabasser. Il était si efféminé, tout le monde savait qu'il était homo. Je me suis toujours senti mal pour lui parce qu'il ne pouvait pas se cacher aussi bien que des gars comme moi. Il avait l'air si mal en point ce jour-là. Ses lèvres étaient violettes et gonflées, et un de ses yeux ne pouvait même pas s'ouvrir.

Jude l'attira contre lui et Snow s'installa contre sa poitrine.

— Mon père nous a dit que le visage du gamin était enflé parce qu'il avait taillé une pipe à quelqu'un.

— Et s'était fait tabasser ?

— Non, que Dieu l'avait puni pour l'avoir fait. Comme si c'était une sorte de réaction allergique spirituelle au fait de mettre sa bouche sur la bite de quelqu'un.

— C'est vraiment des conneries, grogna Jude.

— Ce qui est triste, c'est qu'aujourd'hui encore, je ne sais pas s'il a dit ça pour m'effrayer et me faire devenir hétéro ou s'il en était vraiment convaincu. Il croyait aux choses les plus incroyablement stupides.

Jude lui donna une autre bouchée de macaronis. Snow, se souvenant de ce qui s'était passé ce jour-là, aboya un rire.

— Lucas l'a traité d'idiot, puis a proposé au gamin de sortir avec lui. Juste en face de mon père, raconta-t-il avant de secouer la tête. Après ça, il a fait de son mieux pour m'éloigner de Lucas.

Il avait fait pire. Il l'avait confiné dans sa chambre, ne le laissant sortir que pour aller à l'école et pour les prières. Il avait été un fantôme dans sa propre maison durant des années.

— Je doute que toi ou Lucas ayez supporté ça.

— On s'échappait parfois. Lucas se glissait même dans ma chambre pour rester avec moi certaines nuits. Je crois qu'il pensait pouvoir se battre contre le vieux quand l'alcool le rendait suffisamment courageux pour sortir ses poings.

Il n'avait pas l'intention d'admettre cette partie, alors il se tut. Mais il songea à l'autre raison pour laquelle Lucas se faufilait dans sa chambre. Il avait toujours été arrogant, même à l'époque, et il avait pensé qu'il pourrait arrêter les cauchemars concernant la mère de Snow simplement en étant là. Et quand ça n'avait pas fonctionné, il avait fait comme l'autre nuit. Il s'était glissé dans le lit de Snow et l'avait tenu dans ses bras.

Jude se tut longtemps avant de demander :

— Vous étiez amoureux tous les deux ?

— Non. Nous avons toujours entretenu une relation fraternelle.

Il regarda Jude, qui lui offrit un doux sourire en lui tendant une autre bouchée. Il avait eu une expérience sexuelle avec Lucas, mais elle n'avait pas du tout été amoureuse, donc il n'avait pas l'impression de mentir.

Ils partagèrent les macaronis au fromage jusqu'à ce que Snow lève la main et gémisse.

— Ça suffit.

Il roula sur le dos. La fourchette claqua lorsque Jude posa le plat sur la petite table à côté de son canapé-lit. Il se glissa sous la couverture et se mit sur le côté. Une boule se forma dans le ventre de Snow. Il n'avait jamais autant parlé à quelqu'un au lit, n'avait jamais autant exposé son passé. Jude tendit la main pour envelopper sa joue, son expression bien trop grave.

Snow effleura le chaume noir qui recouvrait déjà la mâchoire carrée de Jude, qui le fixait de ses yeux sombres. Il avait besoin de détendre l'atmosphère. Pour le bien de Jude qui portait son empathie pour sa douleur comme un nœud coulant. Il le poussa sur le dos et roula sur lui, le coin de sa bouche s'incurvant. Les cheveux de Jude étaient si épais et désordonnés qu'ils avaient l'air de vouloir s'échapper de sa tête. Il aurait parié que Jude était mignon le matin, tout endormi et échevelé. Il devait rester jusqu'au lendemain cette fois, se réveiller dans ce bien-être inconvenant.

— Tu veux prouver que tu n'es pas allergique à ma bite ?

Jude hocha la tête en souriant lentement.

— Oh oui, Général, mais d'abord, voyons si nous pouvons être créatifs dans un petit espace humide.

Lorsqu'ils finirent par se glisser sous les couvertures, Jude avait non seulement prouvé qu'il n'était pas allergique, mais il avait probablement réussi à éliminer chaque gramme de ces satanés macaronis au fromage.

* * *

— *C'est quoi ce bordel, doc ? Il est deux heures du matin. Cette nouvelle* amitié *prend des allures qui ne me plaisent pas trop*, gronda la voix basse et ensommeillée d'Hollis au téléphone.

Snow tapota ses poches et se rendit compte qu'il avait dû laisser tomber ses clés quelque part.

— Attendez une seconde, dit-il avant de retourner silencieusement dans l'appartement.

Il avait appelé le flic depuis la cage d'escalier. La température avait finalement augmenté dans la chambre et il pouvait voir une des longues jambes nues et musclées de Jude dépasser des couvertures – son pied pendant au bord du lit.

— *Vraiment ?*

Ignorant le grognement incrédule à l'autre bout de la ligne, il chercha ses clés. Il s'immobilisa lorsque Jude bougea sur le lit. Il s'approcha pour remarquer que le jeune homme avait roulé vers l'endroit qu'il avait quitté, le bras tendu comme s'il le cherchait dans son sommeil. Ses cheveux noirs et épais étaient déjà hirsutes et Snow ne put s'empêcher de sourire. Jude avait mentionné après leur douche combien il détestait la façon dont les mèches noires n'en faisaient qu'à leur tête durant la nuit, mais Snow trouvait ça… adorable. Il leva les yeux au ciel, un peu dégoûté de lui-même. Mais il ne pouvait pas s'empêcher d'y penser, ce qui arrivait souvent désormais. Son cœur tressauta. Il voulait ramper dans ce lit chaud, se recroqueviller contre ce tas de muscles et passer ses doigts dans ces cheveux ébouriffés. Il voulait se réveiller avec lui comme il l'avait prévu.

L'appel de Gidget avait changé ses plans.

L'espace d'un instant, il songea à réveiller Jude pour lui dire ce qu'il avait l'intention de faire. Quand il s'était rendu compte qu'il avait hésité par crainte pour la sécurité de Jude, il s'était éloigné du lit. Le secouriste avait été suffisamment mis en danger à cause de lui.

— *Doc ?* cria Hollis depuis le portable qu'il tenait encore contre sa hanche.

Snow ne pouvait pas répondre. Il était trop occupé à essayer de ne pas s'évanouir devant la vérité qui s'insinuait dans son esprit. Il était tombé amoureux de Jude. Profondément. Il était complètement amoureux de cet homme.

— Doc, vous êtes là ou quoi ? Il est deux heures du matin, et c'était ma première nuit de sommeil depuis des jours.

Être au téléphone avec ce flic agaçant tout en comprenant que sa vie allait changer l'amusa suffisamment pour qu'il se décide à bouger. Il repéra ses clés, les récupéra, hésita, puis prit celles de Jude. Après un dernier regard sur l'homme endormi, il s'assura que l'appartement était bien verrouillé derrière lui. Il se précipita dans la cage d'escalier et courut vers sa voiture. Jude avait eu la délicatesse de passer chez Lucas en premier pour lui permettre de prendre son véhicule afin qu'il ne se sente pas piégé chez lui. Cet homme était parfois bien trop perspicace.

Le sentiment lancinant qu'il ressentait concernant cette adresse s'insinua de nouveau en lui, et il leva le téléphone pour entendre le flic jurer ainsi que le bruissement de vêtements.

— Je suis là. Désolé, je ne trouvais pas mes clés.

Il déverrouilla sa voiture, monta à bord et jeta le téléphone sur le siège passager lorsqu'il se connecta automatiquement au Bluetooth.

— *Alors, y a-t-il une raison pour que vous m'appeliez à cette heure-ci ?*

— Ouais, souffla-t-il en ralentissant à un feu rouge. Gidget m'a contacté parce qu'elle a retrouvé Gratton. Quelque chose à propos d'une utilisation suspecte d'un ordinateur, d'une adresse IP, et d'autres choses, mais j'étais trop fatigué pour comprendre. Elle m'a donné une adresse. Je dois la rentrer dans mon GPS et je vous ai appelé parce que…

Tout à coup, cette sensation désagréable fit tilt.

— Oh, putain.

La panique lui glaça les sangs.

— *Quoi ?*

— Banner, écoutez-moi. Je vous appelais pour vous dire de me retrouver là-bas et je viens de réaliser où c'est.

— *Putain, non, vous n'y allez pas. Je m'en occupe. Donnez-moi l'adresse.*

— Écoutez, je suis déjà en route, mais je ne veux pas vous mettre dans la panade, alors rejoignez-moi là-bas. Et tout de suite, d'accord ? Je viens de me souvenir pourquoi je connais le nom de la rue. C'est celle qui se trouve derrière chez Ian.

Un lourd silence lui répondit. Suivi par le bruit d'une porte qui claque et le grondement de la vieille voiture du flic.

— Écoutez-moi, Banner. Je vais raccrocher et appeler le garde du corps de Ian pour m'assurer que tout va bien chez lui.

Il lui donna l'adresse à Mt. Adams et raccrocha.

Il appela ensuite Gidget pour avoir le numéro de Sven. Elle répondit à la première sonnerie, avec une longueur d'avance, comme d'habitude.

— *Ian va bien. Je l'ai contacté dès que j'ai compris que Gratton était près de lui. J'ai aussi appelé Rowe. Il n'a pas répondu. Comme toujours.*

Sa voix se brisa.

— Avez-vous appelé Andrei ?

— *Pas encore.*

— Ne le faites pas. J'emmène Banner là-bas avec moi.

— *Le flic ?* couina-t-elle. *Il ne sait pas comment vous avez eu l'adresse, n'est-ce pas ?*

— Non, mais je suis sûr qu'il peut deviner. Ne vous inquiétez pas pour lui. Quelque chose me dit qu'il préférerait se servir de vos compétences que de vous arrêter.

— *Je ne fais pas confiance aux flics, Snow, mais confirmez-moi si Gratton est là. Sinon, je creuserai un peu plus.*

Elle raccrocha.

Snow se gara en bas de la rue et attendit que la Chevelle d'Hollis s'arrête derrière lui. Ils sortirent en même temps. Banner n'avait pas pris la peine d'enfiler autre chose que sa veste en cuir sur le tee-shirt avec lequel il devait dormir. Il frissonnait sous l'air froid de cette nuit hivernale.

— Je ne devrais vraiment pas faire ça avec vous, doc. Promettez-moi de ne toucher à rien.

— Je peux faire ça, répondit-il en jetant un coup d'œil à la sombre maison de ville. Voyez comme elle est haute ? Il y a une vue dégagée depuis la fenêtre à l'étage, il peut voir directement dans la chambre de Ian avec un bon équipement.

Snow serra les poings.

— Allez, on y va.

Quand ils atteignirent la maison, Banner pointa vers la cour latérale et Snow fit un signe de tête pour montrer qu'il avait compris avant de suivre. Les seuls bruits étaient le craquement de leurs chaussures sur la neige durcie et le faible son d'une télévision à plein volume dans la maison d'à côté. Les pins dans le jardin étaient épais, leurs branches chargées de neige bloquant une grande partie du clair de lune ainsi que les lampadaires. Un chien grogna quelques mètres plus loin, mais heureusement, il n'aboya pas.

— Vous sentez ça ? murmura Snow alors qu'il fronçait les sourcils et se couvrait le nez.

— Oui, et je connais cette odeur, malheureusement.

Hollis observa l'arrière de la maison un long moment avant de se diriger vers un hangar métallique à moitié dissimulé parmi les arbres.

— Ça vient de là-dedans.

— Je connais aussi cette odeur, murmura Snow en grimaçant.

L'odeur de la mort était indéniable, et ce qui avait été tué ici était mort depuis un moment.

— Vous allez y jeter un œil ?

— Je n'ai pas le choix. Restez derrière moi et, je le répète, ne touchez à rien. Merde.

Il regarda à nouveau la sombre maison de ville.

— Vous ne devriez pas être là. Je devrais appeler du renfort.

— Pas encore. Ça pourrait être un raton laveur mort ou quelque chose comme ça, répondit Snow en le poussant vers la porte métallique. Allez voir.

— Vous et moi savons que ce n'est pas un animal mort là-dedans, répondit Hollis en sortant son téléphone. Retournez sur vos pas et attendez près de votre voiture. Ou mieux encore, rentrez chez vous. La dernière chose dont on a besoin est de foutre en l'air cette enquête et que ce connard soit libre.

Banner dut supposer qu'il se contenterait de faire ce qu'on lui disait. Il se moqua du naïf puis se dirigea vers la porte de derrière. Il ne ralentit pas, gardant le rythme, et la défonça d'un coup de pied ferme. La porte peu solide céda rapidement et il émergea dans la cuisine, ignorant les jurons d'Hollis derrière lui. L'odeur n'était pas beaucoup plus agréable à l'intérieur. Le clair de lune se répandait à travers les grandes fenêtres sans rideaux ainsi que sur la table et l'évier. Toutes les surfaces disponibles étaient encombrées de vaisselle sale et de repas à moitié mangés. La poubelle en aluminium dans le coin reflétait le clair de lune, mais débordait de détritus abandonnés sur le sol tout autour. L'odeur âcre des ordures en décomposition remplissait cette pièce – différente, mais presque aussi nauséabonde. Il jeta un regard à Hollis par-dessus son épaule.

— Combien de temps avant qu'ils n'arrivent ?

— Je n'ai pas encore appelé, connard, siffla-t-il en sortant son arme. Et s'il y a quelqu'un dans cette maison, vos mouvements de karaté fantaisistes l'auront alerté de notre présence. Passez derrière moi, Transporteur.

Snow joua le jeu, heureux d'avoir récupéré le pistolet de Rowe dans sa boîte à gants. Il scanna le salon ombragé alors qu'ils s'y déplaçaient lentement, puis prit un tisonnier de cheminée. Juste pour faire plaisir au flic. Hollis, qui était en train de vérifier une armoire à vêtements, le regarda de travers et secoua la tête. Snow se foutait d'avoir transgressé la règle « pas touche ».

— Attendez ici, murmura Hollis avant de monter les escaliers.

Snow décida de lui laisser un peu de temps pour regarder là-haut, pendant qu'il jetait un coup d'œil dans la pièce, remarquant les sacs avec les emblèmes des fast-foods, les plateaux en plastique des restes séchés. Si Gratton était là, c'était depuis un bon moment. Et si cette odeur provenant de la cabane à outils était celle du corps du propriétaire, Snow était surpris qu'il n'ait pas encore été découvert. Les températures froides contribuaient à ralentir la décomposition, mais pas suffisamment.

Il y avait des photos sur la table basse, alors il sortit sa lampe de poche et dirigea le faisceau vers elles. Son estomac se révulsa quand il découvrit son visage. Il s'approcha, comprenant que Gratton l'avait suivi. Il y en avait de lui au travail, chez lui… et de Jude. Cette dernière lui donna envie de foncer immédiatement chez le secouriste pour s'assurer qu'il allait bien.

— Frost ? cria Hollis depuis le haut de l'escalier. Il est parti, mais vous devez monter ici. Et ne touchez à rien !

Snow grimpa rapidement les marches et repéra Hollis dans une pièce au bout du couloir. Même dans la faible lumière, il pouvait voir combien il était pâle. Lorsqu'il pénétra dans la pièce, il comprit pourquoi. D'autres photos recouvraient les murs, et pas uniquement des clichés de Snow et de ses amis. Il y en avait des pires ; la fascination maladive de Gratton pour les jeunes hommes s'affichait de façon flagrante.

Hollis se tenait devant les photos, le dos bien droit, les épaules larges et raides.

— Je connais certains de ces visages, murmura-t-il, sa voix rouillée comme s'il avait avalé des clous. Des enfants disparus depuis des années. Certains de ces portraits circulaient déjà bien avant que j'emménage à Cincinnati. Vous ne devriez pas être ici, putain, dit-il en fixant Snow, puis il fit un signe de la main. Cette pièce va répondre à beaucoup de questions.

Il s'arrêta devant le mur suivant et émit un bruit étranglé.

— Oh putain.

Ce mur concernait surtout Snow et ses amis. Lucas et Andrei dans un café en bas de la rue du bureau de Lucas. Rowe quittant le gymnase, promenant ses chiens. Et Snow était sur beaucoup de photos, sur la plupart d'entre elles. Gratton l'avait même espionné d'une manière ou d'une autre aux urgences.

— Je suis surpris que Ian n'apparaisse pas, déclara Hollis après avoir poussé un juron.

Snow comprit tout de suite pourquoi. Ian avait sa propre section. Les photos les plus effrayantes étaient celles prises à l'intérieur de sa chambre. Il y avait même un de ses infirmiers en train de l'aider à se mettre au lit. Hollis s'approcha du trépied sur lequel Gratton avait installé son appareil photo et regarda par la fenêtre. De là où il se tenait, Snow put voir que le sommet de l'appartement de Ian était parfaitement visible par-dessus les toits des bâtiments intermédiaires. Il fixait les photos, le cœur au bord des lèvres, lorsqu'il vit qu'il y en avait d'autres, datant d'il y a des années, lorsque Ian était un jeune homme maigre et doux de dix-huit ans, toujours avec Boris Jagger. Snow s'approcha de la première.

— Stop, siffla Hollis, le rejoignant rapidement. Vraiment, Snow, ne touchez à rien. Personne ne doit savoir que vous êtes venu ici.

Il se couvrit la bouche quand son regard se posa sur les photos de Ian adolescent.

— Il y en a quelques-unes que je ne peux pas laisser ici. Et il détesterait que vous les voyiez.

Hollis ferma brièvement les yeux et, quand il les rouvrit, ils brillaient du même éclat de fureur et de douleur que celui qui étourdissait Snow. Quand le flic hocha la tête et enfila une paire de gants, Snow comprit que peut-être, juste peut-être, cet homme pourrait être exactement ce dont Ian avait besoin.

S'il pouvait passer outre ce qu'il venait de voir.

Hollis décrocha soigneusement une des vieilles photos du mur. Elle était mauvaise, Gratton avait dû la prendre dans la chambre d'hôtel ce jour-là, avant que Snow ne le retrouve. Les murs maculés de sang qu'il gardait en mémoire n'existaient pas, parce qu'il n'avait pas encore frappé cet homme avec la batte de baseball, mais il était évident que Ian n'était pas là de son plein gré. Son corps fin était inerte, ses mains attachées derrière le dos.

Ce souvenir remplit Snow de rage.

— J'aurais dû le tuer, chuchota-t-il. Ça ne peut pas être une preuve, Banner. Ça bousillerait Ian.

Hollis grogna, hocha la tête et commença à détruire les images. La rage et le dégoût qu'il dégageait donnaient la nausée à Snow et il se sentait tellement mal pour Ian. Cela risquait d'anéantir toutes ses chances, et il était devenu de plus en plus évident que son jeune ami timide s'intéressait à cet homme. Ces derniers jours avaient prouvé à Snow qu'il avait eu tort de mettre Banner en garde. Le simple fait de voir la douleur sur son visage – alors qu'il n'avait même pas encore invité Ian à sortir avec lui – en disait long sur son cœur.

— C'était il y a longtemps, Hollis, chuchota Snow. Il a dépassé tout ça.

— Grâce à vous, pas vrai ? Vous, Lucas et Rowe.

Il tendit les photos à Snow.

— Je sais ce que Jagger fait avec les adolescents, Frost. J'ai travaillé sur ces affaires. Dites-moi juste une chose. Est-ce qu'il…

Sa voix se brisa et il s'éclaircit la gorge.

— A-t-il acheté Ian à une vente aux enchères comme celle que nous avons fermée ?

— Non. Ian pense qu'il était destiné à l'une de ces ventes, mais Jagger l'a gardé.

Merde, ce n'était pas à lui de raconter cette histoire, mais ils devaient beaucoup au flic. Et maintenant qu'il effaçait les preuves au mépris total de la loi… C'était un homme bien. Putain.

— Hollis, Ian n'était pas un fugueur ou un enfant enlevé. Ses parents l'ont vendu à cet homme quand il avait seize ans. Je pensais que ma famille était merdique, mais ce n'est rien comparé à celle de Ian.

Hollis émit un autre grognement avant de s'éloigner de Snow. Il resta silencieux, sa large carrure affaissée pendant une éternité, jusqu'à ce que Snow s'approche de lui et pose sa main sur son épaule.

— Je comprends désormais pourquoi vous êtes tous si protecteurs envers lui, déclara Hollis, la voix toujours brisée, à vif. Jagger est sous haute surveillance et nous n'avons toujours pas réussi à le prendre en flagrant délit.

Il froissa la dernière photo dans sa main et fit volte-face.

— Nous n'avons toujours rien trouvé pour le relier à cette vente aux enchères, Frost.

Il fixa Snow, son visage blanc comme un linge.

— Vous avez sauvé Ian, n'est-ce pas ?

Snow fit un signe de tête.

— On a passé un marché avec Jagger dont Ian n'est même pas au courant. Nous avions rencontré Ian à une fête avant de savoir de quoi il s'agissait. Il était traiteur pour cette fête. Jagger lui avait donné carte blanche pour la soirée, alors Lucas a d'abord pensé qu'il était son fils. Nous avons découvert la vérité par accident.

Il pinça les lèvres.

— Je ne partagerai pas ces détails avec vous, ni les suivants. Nous avons fait ce que nous devions faire. Vous l'avez immédiatement compris quand vous l'avez rencontré, pas vrai ?

Hollis serra les poings.

— Il est… il est juste si…

Il ferma les yeux.

— Ouais, chuchota-t-il. Je l'ai vu tout de suite.

— Il n'y a rien que nous ne ferions pas pour lui.

Snow fit un pas vers Hollis, attendant qu'il rouvre les paupières.

— Banner, Ian ne doit pas savoir que nous avons passé un accord avec Jagger. Tout ce qu'il croit, c'est qu'il commençait à avoir l'air trop vieux pour lui et qu'il a été remis à un de ses hommes de main. Ce qui s'est réellement passé, c'est que Gratton a découvert le marché, et que nous ignorions tous qu'il avait une fascination maladive et obsessionnelle pour Ian. Il l'a emmené. Nous avons passé la ville au peigne fin à la recherche de ce gamin et c'est moi qui ai trouvé Gratton en premier.

Il sourit sans aucun humour.

— Avec une batte de baseball.

Le flic le fixa longuement avant d'acquiescer.

— Bien. Je suis content que vous ayez fait ça.

Il lui montra une partie des photos que Snow n'avait pas encore vue.

— Et là-bas, il y a suffisamment de preuves pour vous disculper complètement du meurtre. Ce connard a pris des photos. Il est foutu. Pour de bon. Maintenant, déguerpissez pour que je puisse trouver une excuse pour me trouver ici et appeler des renforts. Et prenez ce putain de tisonnier avec vous.

Chapitre 22

Snow était assis dans la voiture et regardait la neige tomber, le vent formant de douces et jolies sinuosités. Pourtant, la vue ne lui épargnait pas les images horribles qui défilaient dans son esprit comme une bobine de film démoniaque. Elles le faisaient se sentir sale et dégoûté que des gens comme Gratton existent dans le même monde que celui de Ian.

Il aurait dû continuer à le frapper avec cette batte même si, à l'époque, sa perte de contrôle l'avait horrifié. Mais combien avaient souffert juste pour qu'il puisse garder son âme propre ? Combien de ces enfants seraient peut-être encore chez eux aujourd'hui ? Ou même en vie ?

Une angoisse fétide et rance lui brûlait la gorge et il avait l'impression d'étouffer. Il ferma les yeux et déglutit. La dernière fois qu'il avait pleuré, il avait sept ans, quand la seule personne qui l'aimait vraiment était morte et l'avait laissé avec son père et la famille cruelle de celui-ci.

Ce qu'il n'avait pas dit à Jude plus tôt, c'est que sans Lucas… il n'aurait jamais survécu à son adolescence, après que sa famille avait appris qu'il était gay. Il n'était devenu qu'un fantôme triste, confiné dans une chambre à coucher, n'en sortant que pour rencontrer ses oncles et tantes qui venaient pour prier et faire disparaître son homosexualité. Comme s'il pouvait changer qui il était, juste pour apaiser leur ego démesuré. Ils adoraient sortir des mots comme «pardonner», «pécher» et d'autres expressions ridicules qui étaient censées dissimuler leur véritable signification. Ce qu'ils pensaient.

Qu'il – tel qu'il était – ne pourrait jamais être aussi bon qu'eux à cause de leurs croyances.

Et il y avait cru, jusqu'au fond de son âme, après ce véritable lavage de cerveau. Il y avait cru. Qu'il ne valait rien. Son amitié avec Lucas lui avait permis de ne pas perdre totalement foi en l'être humain. Il avait été son salut et, dans un sens, sa honte. S'appuyer si fort sur une autre personne lui donnait l'impression d'être faible. Parfois, il s'éloignait de Lucas et, chaque fois, son ami revenait et s'accrochait à lui jusqu'à ce qu'il se souvienne que quelqu'un se souciait de lui.

Mais ensuite, Rowe, et plus tard Ian, étaient arrivés et lui avaient donné le sentiment d'appartenir à une vraie famille. Il n'avait peut-être jamais connu l'intimité partagée avec un amant, mais des gens l'aimaient, et il les aimait en retour. Le fait de voir des photos de sa famille étalées sur ce mur crade l'avait rempli de terreur.

Voir cette photo de Jude l'avait poussé à revenir chez lui.

Son estomac se révulsa et tout ce qu'il voulut à ce moment-là, c'était l'homme qui dormait dans ce ridicule petit appartement. Il avait entraîné Jude dans cette situation, et le jeune homme n'avait rien fait d'autre que les aider, lui et ses amis. Il lui rendrait service s'il rompait avec lui. Mais il ne pouvait pas. Alors que l'idée d'ouvrir son cœur le faisait complètement flipper, il savait qu'il n'avait pas le choix.

Il était déjà trop tard. Il l'aimait.

Il n'avait jamais ressenti cette plénitude qui le remplissait quand il était avec Jude. Surtout lorsque ce dernier posait ses mains sur lui. Il y avait quelque chose dans ses caresses, une sorte de révérence que Snow ne pensait pas mériter. Mais il le voulait, de chaque fibre de son être. Il savait qu'il ne se sentirait jamais plus tel un fantôme avec l'autre homme à ses côtés.

Extirpant les clés de Jude de sa poche, il secoua la tête. Il avait prévu de revenir, sinon il ne les aurait pas prises. Et maintenant qu'il avait vu les… photos absolument répugnantes dans cet endroit…

Avant de sentir à nouveau la bile lui monter à la gorge, il sortit de sa voiture et se précipita dans l'étroite cage d'escalier qui menait à l'appartement de Jude.

Il entra d'un pas silencieux et s'immobilisa à côté du lit. Jude était allongé de tout son long à l'endroit que Snow avait abandonné, ses bras autour de l'oreiller qu'il avait utilisé, la couverture baissée jusqu'à la taille. Son large dos était accueillant. Comme plus tôt, son cœur manqua un battement. Il avait besoin de laisser passer l'horreur de la dernière heure et savait que les bras puissants de cet homme l'aideraient. Il avait envie de cette intimité qu'il trouvait avec Jude.

Il se débarrassa de ses vêtements, sans se soucier qu'ils finissent en tas. En rampant dans le lit, il tira la couverture sur eux deux, puis se pelotonna contre Jude. Il s'appuya sur une main, l'autre caressant la peau chaude et lisse du dos de l'autre homme. Il se pencha, s'étirant pour pouvoir poser sa bouche sur la barbe recouvrant sa joue. Il sentit le sourire endormi contre ses lèvres.

— Général, ta main est gelée.

Sa voix, un grondement endormi, envahit Snow. Il ferma les yeux et se rapprocha, volant sans honte la chaleur de Jude car, comme avant, cette chaleur était accompagnée d'un bonheur qu'il ne savait pas comment accepter pleinement. Cela lui permit d'atténuer son chagrin, son inquiétude, et le foudroya. La façon dont cet homme têtu avait réussi à ramper si profondément à l'intérieur de lui le déconcerta. Et il était absolument terrifié à l'idée de tout gâcher.

— Hé, ça va ? demanda Jude d'une voix douce, se tournant légèrement pour pousser ses fesses contre le corps de Snow.

Jude gloussa.

— Tout ton corps est froid. Où es-tu allé ?

Snow ne s'éloigna pas. Au lieu de cela, il glissa sa main autour de la hanche de Jude et enroula ses doigts autour de sa queue déjà dure.

— Je vais me réchauffer rapidement.

Jude bougea sous le bras de Snow, se plaquant totalement contre lui.

— Où es-tu allé ? répéta-t-il, fronçant les sourcils en fixant le visage de Snow par-dessus son épaule.

Il tendit le bras derrière lui, caressant la peau de la hanche de Snow.

— Je te raconterai plus tard.

Snow se pressa contre lui, lui faisant sentir combien il le rendait dur, et glissa un genou entre ceux de Jude, ce qui l'obligea à lever une jambe et à poser son pied sur le lit. Snow se fondit contre lui. Il voulait aller lentement. Il voulait être doux. Il voulait cette connexion qu'il commençait à accepter comme permanente. Et quand Jude gémit et ondula contre lui, il voulut cartographier chaque centimètre du corps de l'autre homme avec ses mains et sa bouche. Il voulait le sentir à l'intérieur et à l'extérieur, le marquer de son empreinte pour qu'il ne veuille plus jamais personne d'autre.

Cette pensée, loin de l'effrayer, suscita un besoin brûlant de faire en sorte que cela se produise. Et de devenir le genre d'homme que Jude méritait.

Il posa sa bouche sur l'épaule de son amant, qui agrippa sa tête pour le rapprocher de lui. Snow resserra ses doigts autour de la verge de Jude qui se poussait dans son poing. Il embrassa sa joue, son oreille, la peau douce juste derrière.

Jude sursauta.

— Tu devrais vraiment me laisser me brosser les dents.

— Je m'en fiche, répondit Snow en enfouissant son visage contre la nuque du secouriste. J'ai envie de toi. Tellement.

Jude resserra sa prise sur la tête de Snow.

— J'ai raté quelque chose de moche, pas vrai ?

Snow acquiesça contre sa peau.

— Je te raconterai, promis. Je te dirai... tout. Je veux juste ne pas y penser pour l'instant. Donne-moi quinze minutes.

Le sommeil s'accrochait encore à la voix de Jude, rauque et incroyablement sexy, tandis qu'il riait.

— Bon sang, non, Général. Si tu veux me baiser, tu as intérêt à ce que ça dure plus longtemps que ça.

Il tendit la main, tâtonna la table de nuit.

— Je peux attraper le lubrifiant mais tu vas devoir bouger pour prendre la capote.

— Dans une minute, murmura Snow, ses lèvres de retour sur l'épaule de Jude.

Il libéra sa queue et leva la main pour tourner le visage de Jude vers lui. Il embrassa le côté de sa bouche, enfouit son nez dans le duvet matinal sur son cou.

— Mon Dieu, tu sens super bon.

— Je sens le sexe.

— Ouais, notre sexe.

Snow ferma les yeux, il avait du mal à croire qu'il avait dit ça.

— Oh, je connais ton secret, désormais. Tu as un côté romantique que personne ne doit découvrir, c'est ça ?

— Non.

Jude gloussa de nouveau avant de tendre la main et de saisir le lubrifiant.

— Regarde ce que j'ai trouvé.

Un préservatif fut jeté par-dessus son épaule. Snow lui mordilla la nuque, faisant courir sa main sur son corps. Il trouva les poils doux autour de son nombril et suivit la piste.

— Même si j'adore sentir tes mains sur moi, j'aimerais encore plus avoir ta queue en moi.

— Vraiment ? souffla Snow, léchant une peau chaude et parfumée. Tu en as envie ?

La voix de Jude s'enroua quand Snow le mordit à nouveau.

— Snow. J'ai envie de tout ça. Surtout avec toi.

Snow se redressa pour le dévisager, en levant un sourcil.

— Tout ?

— Tout ce qu'on pourra trouver à faire.

Il se redressa pour appuyer sa bouche contre celle de Snow.

— Mets la capote et dépêche-toi.

Jude attrapa le lubrifiant, mais Snow le lui arracha des mains.

— Je m'en occupe.

Il avait assez supporté Jude l'autoritaire. Il attrapa le préservatif et s'assit dans le lit, sans quitter l'autre homme des yeux. Il posa une main sur sa hanche pour le maintenir en position, parce qu'il voulait le prendre ainsi, son dos collé contre son torse. Il voulait le sentir de l'intérieur tout en étant appuyé contre son cul bombé. Putain, son corps élancé et ses muscles puissants étaient époustouflants. Il avait la quantité idéale de poils. Il aurait voulu se frotter contre le corps de Jude tel un chat. Mais au lieu de cela, il déroula le préservatif puis versa du lubrifiant sur ses doigts. Avant de s'allonger sur le côté, il remarqua que Jude le regardait avec les yeux à moitié clos par le désir, son expression fermée, son souffle erratique.

Bon sang, c'était quelque chose.

Snow se colla contre lui, ne s'embarrassant pas des couvertures cette fois. L'air dans l'appartement était un peu frais à son goût, mais ensemble, ils exsudaient suffisamment de chaleur pour ne pas avoir froid. Il frotta ses doigts contre l'entrée de Jude, gémissant et s'émerveillant de la texture de sa peau à cet endroit. Elle était douce et plissée… et se resserra autour de son doigt lorsqu'il le glissa à l'intérieur. Jude retint sa respiration, puis l'expulsa en gémissant longuement, levant une jambe plus haut. Snow enfonça plus profondément son doigt, le tordit et observa Jude se cambrer, les veines de son cou pulsant. Il émit un râle profond.

Et dire que Jude pensait que les bruits qui sortaient de la bouche de Snow étaient torrides.

Ses yeux noirs comme la nuit s'ancrèrent aux siens par-dessus son épaule.

— Plus, siffla Jude entre ses dents serrées.

Snow ajouta un doigt, les faisant entrer et sortir, son propre sexe si dur que c'en était douloureux. Il jeta un œil sur Jude pour découvrir que son liquide pré-séminal maculait son abdomen ainsi que les draps. Il souhaitait le lécher, mais il n'était pas prêt à abandonner cette position. Il geignit en découvrant à quel point Jude était chaud à l'intérieur. Comme il était doux.

— Putain, Snow. Putain !

Jude se contorsionna sur le lit.

Snow grogna, la chaleur le traversait d'une intensité presque douloureuse. Il fut incapable d'attendre plus longtemps. Il verrouilla un bras autour du cou de Jude, le tenant près de lui pour l'empêcher de bouger, et se servit de son autre main pour se guider en lui. Il poussa lentement, serrant les dents pour ne pas jouir trop tôt car, putain, il pourrait passer sa vie à l'intérieur de Jude.

— Si foutrement torride, souffla-t-il dans les cheveux de Jude.

Une fois à l'intérieur, il serra ses doigts sur la hanche de Jude, essayant de le maintenir immobile assez longtemps pour prendre le contrôle de son corps. Il réussit à faire en sorte que le bras placé sous le cou de Jude puisse atteindre ses cheveux épais, noirs et hirsutes, et y glissa les doigts, ramenant la tête de son amant vers lui. Il lui mordit l'oreille et s'enfonça en lui.

— Agh !

Le cri de Jude lui prouva qu'il ressentait la même chose que ce qu'il avait lui-même éprouvé quand son amant l'avait pénétré. Ce premier pic de douleur se mêla à ce sombre, sombre plaisir qui ne ressemblait à rien d'autre dans ce monde. Il s'arrêta, laissant l'autre homme s'adapter à sa présence, et lorsqu'il commença à haleter et à se pousser contre lui, Snow se déchaîna.

Il se cramponna à sa hanche, à sa tête. Il verrouilla sa bouche contre la nuque de Jude et le baisa.

Jude cria et gémit. Encore et encore, des sons de pur plaisir sauvage.

— Oui, siffla Snow, mordant le muscle épais entre son cou et son épaule. Bouge avec moi.

Jude obéit. Il commença à se balancer dans un rythme qui correspondait à celui de Snow, et tout disparut lorsqu'ils se perdirent dans l'instant. Les muscles chauds et lisses contre lui. Le corps de Jude resserré autour de sa queue. La façon dont il se cambra vers l'arrière pour s'accrocher à Snow comme s'il ne voulait jamais le voir partir. Ces sentiments et les émotions le submergèrent. Des années d'espoir et de rêves cachés… et cette joie… cette joie dévastatrice et… tellement, tellement inédite… s'emparèrent de lui assez longtemps pour qu'il se sente vraiment connecté à quelqu'un d'autre pour la première fois de sa vie.

Connecté à Jude.

— Je veux plus avec toi, dit-il en haletant alors qu'il s'enfonçait dans cet homme qui changeait la profondeur de son être.

Il lâcha la hanche de Jude et caressa son épaule, son torse, laissant glisser sa paume sur la peau chaude et couverte de sueur. Il enroula ses doigts autour de la queue de Jude et la caressa lentement, de haut en bas, s'émerveillant de ce qu'il attendait de cet homme. Et de ce qu'il était prêt à lui donner.

— Je veux tout.

Jude arrêta de se balancer et se figea, même si sa respiration hachée faisait bouger son torse. Il se contorsionna pour le regarder par-dessus son épaule, ses yeux encore plus noirs dans la faible lumière du matin filtrant à travers la fenêtre. Lorsque ce regard sombre découvrit l'expression de Snow, un sourire étira ses lèvres. Il se dégagea, se retourna pour lui faire face et lui emprisonna le visage entre ses mains. Il le fixa et, à la chaleur de son expression, Snow comprit qu'il aimait ce qu'il voyait.

— Tu es sérieux, Général, murmura-t-il. Tu le penses vraiment.

Snow hocha la tête, se retournant pour embrasser la paume de Jude avant de le regarder.

— Je le pense vraiment.

Le côté dominant de Jude revint en force et Snow se retrouva rapidement enlacé, embrassé et malmené, avant qu'il ne l'oblige à recouvrir son corps du sien.

— Mets mes jambes sur tes bras et reviens en moi, Général.

— Snow, grogna-t-il contre les lèvres de Jude. Arrête de m'appeler comme ça.

— Jamais, chuchota Jude. Reviens en moi. Tout de suite.

Il sourit.

— *Stratige mou.*

Ils se sourirent et Snow murmura un « espèce de tyran » alors même qu'il obéissait, se glissant à nouveau dans la chaleur de Jude, sachant que, pour la première fois de sa vie, il faisait l'amour.

Chapitre 23

Rowe fixa la porte devant lui, essayant de ravaler la nausée qui lui retournait l'estomac. Sous les couches de vêtements chauds qu'il avait enfilés deux jours plus tôt pour le long voyage depuis le Colorado, des sueurs froides se répandaient le long de sa peau. Une fois cette porte franchie, il serait de retour. Il ne s'échapperait plus. Il ne se cacherait plus de l'abîme béant qu'était le lendemain. Il irait de l'avant… sans elle.

— Elle ne veut pas que tu gâches ta vie, marmonna-t-il en secouant la tête.

Le regard fixé sur les clés dans sa main, il passa son pouce sur les morceaux de métal éraflés et ternis jusqu'à trouver la bonne.

Il était temps. Sa famille avait besoin de lui.

En glissant la clé dans la serrure, il s'immobilisa en entendant la voix forte de Ian. Il n'avait pas l'air alarmé, juste inflexible. Quel jour était-ce ? Trois semaines s'étaient écoulées depuis qu'il était parti. Était-ce mercredi ? Était-il arrivé à temps pour le petit déjeuner ? Rien que de penser à la cuisine de Ian et à son sourire enjoué, il eut presque le sourire aux lèvres. Presque. Il n'était pas sûr d'en être encore capable.

Il déverrouilla doucement la porte et entra dans l'appartement de Lucas. Le ciel au-delà des baies vitrées était gris ardoise alors qu'une autre tempête de fin d'hiver promettait de déverser un mélange de pluie et de neige sur la ville. L'intérieur restait clair et lumineux, et douloureusement familier. Il était à la maison.

Quand il ferma la porte, trois têtes surgirent. Deux hommes inconnus se tenaient dans la cuisine de Lucas, portant des tabliers et ayant l'air extrêmement mal à l'aise, tandis que Ian, en fauteuil roulant juste à côté de l'îlot, donnait des ordres. Les yeux du jeune homme se remplirent instantanément de larmes lorsqu'ils croisèrent les siens, et sa lèvre inférieure tremblait tellement qu'il la mordit. Ian bougea dans son fauteuil roulant, essayant de tourner son corps pour se rapprocher de lui, dont les pieds semblaient être ancrés au parquet, mais le plâtre qui remontait sur sa cuisse droite l'empêchait de se mouvoir.

— Rowe, haleta-t-il, brisant finalement sa paralysie.

En glissant ses clés dans la poche de sa veste, il réduisit la distance qui les séparait en quelques pas, puis enroula délicatement ses bras autour des épaules fines de Ian. Il essayait de faire attention, mais l'étreinte féroce et étonnamment forte du jeune homme le força à s'agenouiller. Un violent frisson traversa Ian alors qu'il prenait une profonde inspiration, enfouissant son visage dans le cou de son ami. Il semblait lutter pour retenir ses sanglots.

Rowe fit courir une main dans son dos, pour le calmer.

— Hé. Je vais bien. Je suis de retour, sain et sauf.

— Dis-moi que tu ne vas pas repartir. Tu ne peux pas… tu ne peux pas refaire ça, murmura Ian d'une voix brisée, étouffée, dans son manteau.

Rowe ferma les yeux et posa sa main sur la nuque du jeune homme, passant ses doigts dans ses cheveux doux. Une douleur lancinante comprimait sa poitrine, mais il savait qu'il vivrait avec cette douleur fantôme pour le reste de sa vie. Il valait mieux être là.

— Je suis à la maison et je ne partirai plus, je le jure.

En s'écartant, il pressa un baiser sur le front de Ian, remerciant le ciel de le retrouver sain et sauf.

— Alors, d'où viennent les deux nouvelles recrues ?

Rowe ôta son manteau et le jeta sur le dos du canapé comme il l'avait fait une centaine de fois auparavant. Ses yeux firent le tour de l'appartement, une partie de lui cherchait des changements tandis que l'autre partie était réconfortée de voir que rien n'avait bougé pendant son absence.

— Mike est mon infirmier, répondit Ian, et Rowe scruta les deux hommes.

Le brun leva les yeux et lui fit un signe de tête.

— Et Sven, en fait, travaille pour toi. C'est le garde du corps qu'Andrei m'a affecté. Je suppose qu'il a été engagé durant ton absence.

Rowe regarda le grand homme blond qui lui rappelait un Viking de couverture de roman d'amour, tout en muscles, avec des yeux bleus brillants. Il haussa les sourcils en direction de Sven qui rougit légèrement, probablement parce qu'il venait de se rendre compte qu'il rencontrait le propriétaire de la société pour laquelle il travaillait, en portant un tablier rouge et blanc tout en coupant des fruits.

— C'est un plaisir de vous rencontrer, monsieur Ward, dit Sven.

Un faible sourire se glissa sur les lèvres de Rowe. Andrei ne cessait de le surprendre. À part une erreur avec Lucas, quand il avait été son garde du corps, l'homme avait toujours été des plus fiables. Ian avait besoin d'un garde du corps et Rowe était vaguement conscient que le personnel en place était déjà surchargé, aussi Andrei avait-il sagement recruté quelqu'un de nouveau et d'expérimenté pour veiller sur lui.

Il s'apprêtait à répondre lorsque des pas lourds résonnèrent sur le sol, laissant ses mots mourir dans sa gorge. Il se retourna pour trouver Lucas, vêtu d'un pantalon sombre et d'une chemise bleu pâle. Il ne lui manquait qu'une cravate et un blazer pour l'imaginer prêt à défiler ou à racheter une entreprise. Lucas était le seul homme qu'il ait jamais connu à faire ressembler un costume à une armure de combat.

Les pas de Lucas ne ralentirent pas, car il combla rapidement la distance qui les séparait. Il le percuta avec la force d'un camion lancé à pleine vitesse, enroulant ses bras puissants autour de lui comme un étau. Le même frisson qui avait traversé Ian le frappa. Cette fois, Rowe enfonça son visage dans l'épaule de Lucas, serrant son ami contre lui.

L'étreinte ne dura que quelques secondes avant que Lucas ne recule en le tenant par les épaules. Des yeux gris-vert étincelants se posèrent sur son visage, avisant sa barbe hirsute et les lourds cernes sous ses yeux. Il savait que Lucas voyait un homme un peu plus mince, plus décharné qu'il ne l'était lorsqu'il avait quitté Cincinnati quelques semaines plus tôt, mais il espérait qu'il verrait également un homme qui voulait se relever. Il était tendu, attendant la colère qui allait le percuter parce qu'il était parti sans leur en parler, sans leur dire où il se rendait ni quand il reviendrait.

Lucas tapota gentiment ses joues et se pencha, ses lèvres lui frôlant la tempe.

— Je t'aime. Nous sommes heureux que tu sois rentré, chuchota-t-il.

Rowe aurait voulu faire un commentaire sarcastique. Il aurait voulu taquiner Lucas sur le fait qu'il était plus en phase avec ses sentiments depuis qu'il sortait avec Andrei, mais il en fut incapable. Ses paroles avaient brisé les murs qu'il avait soigneusement érigés, de sorte que les larmes coulèrent lorsqu'il étreignit de nouveau Lucas. Aucune question. Aucune accusation. Aucune colère ni frustration. Rien que de l'amour et de la compréhension. Voilà pourquoi il considérait ces hommes comme ses frères. La seule famille qu'il ait jamais voulue.

— Hé, bébé ! résonna la voix d'Andrei dans l'appartement, et Rowe put sentir Lucas glousser doucement. Où diable est cette tablette ? Je croyais l'avoir laissée sur la table de nuit.

Lucas le relâcha et se retourna, et Rowe découvrit Andrei en train de boutonner sa chemise alors qu'il traversait le salon, ses pieds nus frappant le parquet. Son allure désinvolte, son sourire… Andrei avait sa place chez Lucas. Autant que n'importe lequel d'entre eux.

— Elle a glissé entre les coussins du canapé, répondit Lucas, et le sourire d'Andrei se transforma en un rictus absolument démoniaque alors qu'il plissait les yeux vers son amant.

Rowe rougit à ce regard qui n'était même pas dirigé vers lui. Apparemment, Snow n'avait pas dit de conneries quand il avait laissé entendre que les choses étaient torrides entre Lucas et Andrei.

— Oh ! Hé, patron ! dit Andrei.

La chaleur dans son regard disparut aussitôt, mais il n'y eut pas non plus de signe de gêne, indiquant qu'il aurait pu être embarrassé de quelque façon que ce soit par sa relation avec Lucas. Et Rowe aurait voulu l'embrasser juste pour ça. Andrei lui jeta un regard appuyé, l'inquiétude assombrissant ses yeux avant de sourire, de hocher la tête et de retourner dans le salon.

— Content de te revoir, dit-il par-dessus son épaule en se penchant derrière le canapé et en enfonçant sa main entre les coussins jusqu'à ressortir la tablette.

Rowe soupira, regardant Andrei se diriger vers la cuisine et s'arrêter à côté de Ian pour lui montrer quelque chose qu'il avait affiché sur l'écran.

— Alors… y a-t-il une chance que je puisse avoir une tasse de café avant que vous me disiez ce que vous avez fait pendant mon absence ?

Le sourire sur les lèvres de Lucas s'effaça et il hocha la tête. Il était temps de se mettre au travail. Une fois que Lucas, Andrei et Ian lui eurent raconté tous les détails morbides, assis autour de la table de la salle à manger, il regretta de ne pas avoir bu un verre du whisky centenaire préféré de Lucas plutôt qu'un café noir. Ce putain de Dwight Gratton était de retour. Il l'avait appris grâce au message de Snow, mais savoir que ce connard détraqué était responsable de la mort de Melissa, ainsi que d'une longue série d'autres décès, avait laissé un trou brûlant dans son estomac. Il n'avait qu'une envie : mettre l'homme six pieds sous terre. De préférence pendant qu'il respirait encore.

— Nous aurions dû le tuer il y a des années, marmonna-t-il, fixant sa tasse de café vide, sans vraiment se soucier de savoir qui l'avait entendu.

— Rowe…

La voix de Ian vacilla et Rowe leva les yeux vers l'homme qui semblait si perdu.

Il tendit le bras par-dessus la table pour poser sa main sur celle de Ian et la serrer.

— Non, ce n'était pas la chose à faire. Ça aurait détruit Snow.

Rowe ferma les yeux l'espace d'une seconde, repoussant les centaines de « et si » et de « ça aurait pu être » qui dansaient dans son cerveau. Il ne pouvait pas regarder en arrière. Ça ne pourrait que le rendre fou et lui faire passer des nuits blanches.

— En parlant de ça, dit-il, secouant la tête pour se recentrer. Où diable est le doc ? Il dort toujours là-haut ?

Un lent sourire étira la bouche de Lucas, et même Ian ricana avec joie. Ce n'était pas ce à quoi il s'attendait.

— Quoi ?

— Snow est resté chez Jude la nuit dernière… encore, expliqua Lucas.

— Alors, marmonna Rowe, puis les mots firent tilt. Encore ? Qui est ce putain de Jude ? Attends ! Il… sort avec quelqu'un ?

Les trois hommes à table faillirent tomber de leur chaise tant ils riaient alors que la bouche de Rowe restait ouverte, abasourdi.

— Vous vous foutez de moi ? Est-ce qu'il sort vraiment avec quelqu'un ?

— Oui. Il s'appelle Jude Torres, répondit Andrei, s'affalant sur sa chaise, passant ses mains derrière sa tête en souriant. Il est secouriste à l'hôpital de l'UC. Grand et sombre, le teint basané, sexy et le style européen. Un type sympa.

À côté d'Andrei, Lucas grogna. Rowe haussa les sourcils alors qu'il fixait son ami de longue date.

— Quoi ? répliqua Andrei, levant les mains comme s'il voulait se protéger de Lucas. J'ai des yeux.

— Et tu ferais mieux de faire attention où ils se posent, grommela Lucas avant de glisser ses mains dans les boucles sombres et souples d'Andrei pour l'attirer dans un baiser brûlant.

Rowe ne manqua pas de voir comment Andrei semblait se fondre en lui, un doux gémissement glissant dans sa gorge.

Ian gémit et Rowe ricana en voyant le jeune homme lever les yeux au ciel.

— Et Lucas se demande pourquoi je n'emménage pas ici avec lui. Un célibataire ne peut pas supporter toute cette merde.

Les deux hommes se séparèrent en entendant un violent coup sur la porte d'entrée. Tout le monde dans le penthouse se figea, puis ils se déplacèrent soudain avec une vitesse et un silence étonnants.

— La sécurité n'a pas appelé, murmura Lucas à Rowe alors que Sven et Mike s'approchaient tous deux de Ian.

L'infirmier le souleva soigneusement de sa chaise pour le remettre dans le fauteuil roulant, tandis que Sven se tenait debout pour faire rempart de son corps, son arme à la main. Lucas se tenait également debout et se dirigeait vers le buffet d'alcool où il gardait un pistolet caché dans le tiroir du haut.

Mais Andrei était toujours le plus impressionnant à regarder. L'une des citations préférées de Rowe de

Bruce Lee : « Sois comme l'eau ». Et c'était exactement ainsi qu'Andrei se déplaçait. En silence, avec fluidité et rapidité. Il ne fit pas un seul bruit en passant de la salle à manger à la porte d'entrée. En chemin, il empoigna un couteau dissimulé sur son corps et sortit la lame mortelle, prête à être utilisée.

En comptant rapidement, il y avait au moins trois armes – en comptant celle que Rowe avait sur lui mais n'avait pas encore dégainée – et un couteau, qui attendaient pour saluer celui qui se trouvait de l'autre côté de cette porte. Bien que l'atmosphère ait semblé légère lorsqu'il avait débarqué, il était évident qu'ils étaient tous en état d'alerte. Il avait eu de la chance de ne pas recevoir une fichue balle dans le front lorsqu'il était entré dans l'appartement à l'improviste.

L'épaule appuyée contre le mur, Andrei tapota sur le panneau de sécurité pour faire apparaître l'image de la personne de l'autre côté de la porte.

— Qui est là ? demanda-t-il.

— *Inspecteur Hollis Banner*, répondit une voix fatiguée. *Maintenant, ouvrez, ou je vais souffler, et souffler, et votre maison…*

Andrei ouvrit la porte et même depuis l'autre côté de la pièce, Rowe put voir le sourire du garde du corps.

Quand le flic entra, tout le monde se détendit et reprit sa place précédente. Ian offrit un sourire sincère à l'inspecteur, tandis que Lucas l'observait. Rowe ne put que secouer la tête face à l'antagonisme persistant.

— Bonjour, inspecteur, dit Ian, et Rowe regarda Banner se redresser un peu plus devant l'enthousiasme du jeune homme. Voulez-vous du café ? Voulez-vous rester pour le petit déjeuner ?

Hollis gémit, passant une main dans ses cheveux, les ébouriffant complètement.

— Un café serait parfait.

Rowe se mit debout.

— Asseyez-vous, inspecteur, lui intima-t-il en pointant sa chaise désormais vide, ce qui plaçait Hollis directement à côté de Ian.

Et également à côté de Lucas, mais ça faisait partie du plaisir.

— Noir ?

— Un peu de crème et deux sucres, corrigea Ian, qui rougit alors vivement.

Même Hollis eut l'air stupéfait lorsqu'il se laissa tomber sur la chaise de Rowe. Ian regarda fixement la table, ne voulant croiser le regard de personne.

— C'est comme ça que vous l'avez commandé au déjeuner.

— C'était il y a des semaines, répondit Hollis, sa voix n'étant qu'un murmure rugueux.

Ian haussa les épaules et Rowe voulut rire, tellement il avait l'air adorable.

— J'ai juste une bonne mémoire… quand il s'agit de nourriture.

— Qu'est-ce que vous voulez, inspecteur ? demanda finalement Lucas, brisant le moment.

Rowe leva les yeux au ciel et prépara rapidement le café du policier comme Ian le lui avait demandé. Apparemment, il avait besoin d'avoir une longue discussion avec M. Vallois sur le fait de laisser les jeunes quitter le nid.

— L'avez-vous trouvé ? demanda Ian.

Les épaules d'Hollis s'affaissèrent et il murmura un remerciement quand Rowe plaça une tasse de café devant lui. Il le sirota pendant que Rowe s'asseyait de l'autre côté de Ian puis se penchait et serrait l'épaule du jeune homme, essayant d'atténuer la tension dans ses muscles, aussi tendus que la corde d'un arc. Rowe ne voulait rien d'autre que torturer lentement Gratton, l'emmener dans une ruelle sombre et passer des heures à le tabasser jusqu'à ce que son esprit et son corps soient brisés. Ian, imaginait-il, voulait juste que le cauchemar se termine enfin.

Banner leva les yeux et croisa ceux de Rowe.

— Je suis désolé pour le décès de votre femme, Ward, mais je ne peux pas dire que votre présence me remplisse de joie. Je suis sûr que vous avez entendu comment vos amis m'ont rendu fou ces dernières semaines.

— Lucas m'a mis au courant.

En posant la tasse sur la table, Hollis enfonça sa main droite dans ses cheveux et tira sur une poignée de mèches.

— Vous voyez ça ? Blanc. J'ai des cheveux blancs maintenant. J'ai affronté des proxénètes, des trafiquants de drogue et des cartels cubains. Pas un seul cheveu blanc. Quelques semaines à courir après vos gars et j'ai des cheveux blancs.

— Essayez la couleur *Just for Men*, suggéra Andrei en souriant.

— C'est ce que vous utilisez sur votre petit ami ?

— Pouvons-nous passer aux choses sérieuses ? craqua Lucas.

Hollis offrit un rictus à ce dernier, et Rowe sentit le premier signe d'un sourire sincère depuis des semaines.

— Tout est question de business avec vous. Ce sont les préliminaires. On aurait pu croire que la queue de cheval vous aurait appris ça.

— S'il vous plaît, murmura Ian en plaçant sa main sur le poignet d'Hollis.

L'expression du flic s'adoucit, le sourire malicieux disparaissant alors qu'il regardait Ian.

— Désolé.

Il s'éclaircit la gorge, devenant sérieux.

— Nous ne l'avons pas trouvé. On s'est retrouvés dans beaucoup d'impasses, mais on a une nouvelle piste à suivre. On vérifie tout votre voisinage.

Il marqua une pause et regarda Rowe.

— Il y avait de nombreuses photos à parcourir et l'une d'elles montrait Snow devant votre maison. On peut voir qu'elle a été prise depuis l'intérieur de la maison de vos voisins d'en face. Il les a tués et a apparemment utilisé leur logement durant plusieurs jours avant de passer à un autre. Probablement quand il est devenu clair que vous n'alliez pas revenir de sitôt.

Rowe était consterné. Les Parks, Sylvia et Dave. Il ne connaissait pas bien ses voisins, mais ils avaient toujours été amicaux.

— Ils m'ont dit qu'il avait aussi squatté une maison près de chez Ian. A-t-il été ailleurs ?

Hollis acquiesça.

— La maison en face de l'immeuble d'Andrei était vide. À vendre. On y a trouvé les empreintes de Gratton. On dirait qu'il n'est pas resté longtemps.

Andrei grogna, apparemment indifférent au fait que Lucas s'était redressé sur sa chaise, les muscles contractés.

— Je n'y suis pas beaucoup resté ces derniers temps.

— Et tu n'y retourneras pas seul, déclara Lucas.

— Tu as raison.

Lucas se détendit sous leurs yeux et Rowe ne put s'empêcher de ricaner. Lucas s'était raidi, prêt à devoir lui tenir tête, et Andrei ne lui en avait pas laissé l'occasion.

— J'emmènerai un ou deux des gars du boulot avec moi la prochaine fois que j'aurai besoin d'y faire un saut, répondit Andrei en haussant les sourcils vers Lucas et en souriant. Je ne suis pas idiot.

— Non ! Bien sûr que non ! Je… juste…

Le gloussement d'Hollis résonna dans l'appartement, interrompant le bégaiement de Lucas.

— Quoi d'autre, inspecteur ? demanda Lucas, reprenant contenance.

— On a réquisitionné une douzaine de flics de Covington et ils sont en train de faire du porte-à-porte dans l'Ascent pour s'assurer qu'il n'a pas trouvé le moyen d'entrer dans ce bâtiment.

Hollis tourna son attention vers Ian.

— Il y a toujours un policier sous couverture devant chez vous et au Rialto.

— Merci, marmonna Ian en pâlissant légèrement à ces mots.

— Qu'en est-il de Snow et de Jude ? voulut savoir Andrei.

— Nous avons vérifié les alentours de chez Jude, ainsi que chez sa mère. Rien.

Hollis s'apprêtait à boire une gorgée de café lorsqu'il s'arrêta, son regard parcourant l'appartement.

— Où est le doc ?

Lucas, fronçant toujours les sourcils, s'adossa sur sa chaise.

— Il est en route.

— On est en train de faire le tour de ses voisins. Il y en a un qu'on n'a pas réussi à attraper. On dirait qu'ils vont et viennent, mais ils ont des horaires bizarres.

Le front de Lucas se plissa et Rowe sentit son estomac se contracter.

— Lesquels ?

— Ceux de gauche.

Lucas serra les poings.

— Ils sont partis. Il n'y a plus personne.

— Quoi ?

— Ce sont des retraités. Ils ont une maison à West Palm et sont partis juste avant Thanksgiving, comme chaque année. Snow vérifie généralement leur appartement une fois par semaine jusqu'à ce qu'ils reviennent, ce qui ne sera pas avant Pâques.

— Merde, siffla Hollis en se levant d'un bond. Ça doit être là qu'il est resté depuis qu'on a trouvé toutes les autres planques.

Rowe se leva. Ils l'avaient trouvé. Si les flics se rapprochaient de Gratton et qu'il savait que ce n'était qu'une question de temps avant qu'il ne soit pris, il aurait besoin de poursuivre une dernière cible. Il s'en prendrait à l'homme qui avait failli le tuer. Snow.

Lucas prit son téléphone et commença à composer un numéro, puis s'immobilisa, manifestement en train de lire un message.

— Oh putain ! cracha Lucas entre ses dents serrées. Snow a récupéré son appartement aujourd'hui. Il y va avec Jude avant de venir ici.

— Appelez-le ! cria Hollis, reculant vers la porte d'entrée. Appelez-le et dites-lui de venir directement ici. Ne le laissez pas aller chez lui !

Rowe attrapa la manche du manteau d'Hollis, l'obligeant à s'arrêter. Il se pencha pour que le policier ne puisse pas regarder ailleurs que dans ses yeux.

— Je viens avec vous.

— Non ! Je… Non ! bégaya-t-il, essayant de repousser Rowe, mais il refusait de bouger.

— Ce n'était pas une question. Ou vous m'emmenez avec vous, ou je vous assomme et je vous laisse ici.

La voix de Rowe était d'un calme trompeur, mais ses mains tremblaient alors qu'il agrippait le cuir usé.

— Ward…

— Il a tué ma femme, Banner. Ma femme, bordel. Il a failli tuer Ian. Il essaie de tuer Snow. Je viens avec vous…

Hollis le fixa l'espace d'une seconde qui sembla durer une éternité, ses yeux noirs lisant quelque chose que Rowe n'était pas sûr de vouloir que cet homme voie. Mais ça n'avait pas d'importance. Il se fichait de ce que le flic voyait tant que ça le rapprochait de Gratton.

Hollis laissa échapper un long soupir et ses épaules s'affaissèrent.

— Nous allons chercher Snow et Jude pour le petit déjeuner, déclara Hollis à voix basse. À présent, répétez.

Le front plissé, Rowe regarda Hollis comme s'il avait perdu l'esprit, mais il répéta.

— Autant accorder nos violons tout de suite, déclara Hollis, avant de murmurer : Je vais me faire botter le cul pour ça.

Rowe aurait voulu culpabiliser vis-à-vis du flic alors qu'il le suivait hors de chez Lucas, mais il ne le pouvait pas. Il allait enfin mettre la main sur l'homme qui avait tué Mel, qui était déterminé à détruire sa famille. Cela ne comblerait pas le trou béant dans sa poitrine, mais cela l'aiderait peut-être à dormir la nuit.

Chapitre 24

— J'étais en train de penser…

Snow jeta un regard à Jude, qui était assis pratiquement face à lui sur le siège passager de sa voiture. Il voulut faire une blague, mais les sourcils froncés et les lèvres serrées de Jude lui firent comprendre que ce qu'il allait dire était sérieux. Il ne continua pas tout de suite, alors Snow garda la bouche fermée et attendit, les yeux rivés sur la route. Le soleil ne parvenait même pas à se créer une brèche dans cette journée agitée, et il aurait aimé que ni Jude ni lui n'aient à aller travailler plus tard. Pouvoir retourner dans le lit chaud de Jude et regarder des films pendant que Cincinnati était frappée par une nouvelle tempête de neige. Heureusement, le chauffage de Jude fonctionnait à nouveau et, bien qu'ils soient à l'étroit dans le petit studio, celui-ci restait confortable. Et foutrement torride.

Il n'avait jamais autant baisé de sa vie.

Depuis des semaines, ils ressemblaient à des adolescents qui venaient de découvrir le sexe pour la première fois. Mais, après avoir été officiellement blanchi du meurtre de Wilson Davis, Snow avait été rappelé au travail. Ils se retrouvaient aussi souvent que possible lorsque leurs horaires coïncidaient. Le matin même, Sarah l'avait appelé pour lui dire qu'il pouvait réintégrer son appartement. La police avait tout ce dont elle avait besoin, surtout après avoir trouvé de nombreuses preuves photographiques que Gratton avait tué l'homme chez lui.

Wilson Davis.

Connaître son nom avait rendu les choses plus difficiles. Wilson était professeur au lycée local et n'avait *pas* la réputation d'être une tête brûlée, leur altercation n'avait donc pas connu d'antécédent. Il semblait que Snow l'avait simplement énervé.

C'était un don chez lui.

Il observa Jude, s'interrogeant quand il découvrit qu'il semblait encore lutter avec ce qu'il voulait dire. Ils avaient passé de nombreuses nuits ensemble et cela n'avait rien à voir avec le fait qu'il se sente comme la cinquième roue du carrosse en présence de Lucas et Andrei. Non, il avait simplement du mal à s'éloigner de l'autre homme. Il l'observait tout le temps, même en se levant tôt pour le regarder dormir comme un amoureux transi.

Et c'était très certainement ce qu'il était. Fou d'amour. Et idiot.

Il vivait pratiquement avec l'homme dans ce petit appartement et, quand il avait reçu l'appel de Sarah, sa première réaction avait été d'être triste de ne plus avoir d'excuses pour y rester. Bien sûr, son appartement ne serait pas habitable avant un certain temps, mais c'était un retour au monde réel.

S'il pouvait même supporter de vivre chez lui. Il n'en était pas sûr.

— Tu ne pourras pas encore habiter chez toi, déclara finalement Jude, faisant écho à ses pensées. Alors j'ai pensé que tu pourrais apporter quelques affaires supplémentaires chez moi au lieu de les emporter chez Lucas.

— Tu vas faire de la place pour mes costumes dans ton petit placard, Torres ?

Snow lui fit un clin d'œil.

— Oui. J'aime dormir avec toi, Général.

Il s'éclaircit la gorge, son manteau râpant contre le siège en cuir en bougeant.

— Moi aussi, j'aime dormir avec toi.

Snow savait qu'il avait l'air hésitant et ça n'avait pas été intentionnel. Mais il devinait ce que Jude avait en tête et son cœur s'était mis à battre plus vite. Il serra les mains sur le volant, heureux qu'un feu rouge le force à s'arrêter. Il fixa Jude droit dans les yeux.

— Mais je pense qu'il est trop tôt pour que nous emménagions ensemble.

Jude sourit et hocha la tête.

— Oh, c'est définitivement trop tôt pour ça, mais je pense, non, je crois, que c'est la direction que nous sommes en train de prendre. Pas vrai ?

Snow retint son souffle, puis sursauta quand quelqu'un dans la voiture derrière eux klaxonna.

— Merde, murmura-t-il, jetant un coup d'œil dans le rétroviseur avant de traverser l'intersection.

Un rire doux et profond s'éleva depuis le siège passager.

— Je t'ai troublé ?

— Non, soupira Snow. Oui.

Jude éclata d'un rire franc et secoua la tête.

— Je ne te demande pas d'emménager avec moi. De toute façon, mon appartement est trop petit pour deux. J'y vis seulement pour pouvoir économiser de l'argent tout en aidant ma mère et Jordan. Mais je peux me permettre de trouver un logement plus grand, qui serait plus confortable pour deux – quand tu veux rester avec moi.

Il marqua une pause, prit une profonde inspiration.

— En plus, ce que nous vivons est encore assez nouveau. Cependant… c'est quelque chose. Quelque chose de grand. Tu peux au moins admettre ça.

Snow se renfrogna.

— Bien sûr que je l'admets. Je le ressens. Je…

Il jura lorsqu'il se rendit compte qu'il était sur le point d'avouer ses réels sentiments. Dans une voiture. Il tourna dans son allée et appuya sur la télécommande de la porte du garage. Jude l'avait totalement distrait avec cette conversation et il n'avait même pas eu le temps d'angoisser à l'idée de retourner chez lui. Il gara sa voiture, éteignit le moteur et se tortilla sur le siège. Il était amoureux de cet homme. Complètement. Mais il ne voulait pas le lui dire comme ça. Pas ici, quand le sang d'un autre homme imprégnait encore son tapis.

— Tu ? demanda Jude, lentement, ses yeux noirs ancrés à ceux de Snow.

— Je… préférerais continuer cette conversation une fois qu'on aura récupéré mes affaires.

Jude sourit.

— Lâche, murmura-t-il doucement.

Snow tendit les mains, saisit Jude et le tira contre lui.

— C'est juste que je ne veux pas te dire que je t'aime sur le siège avant de ma voiture, putain.

Jude cligna des paupières. Sa bouche s'ouvrit, puis se referma.

L'estomac de Snow se transforma en une masse de nœuds douloureux, son cœur battait comme s'il avait couru un marathon, et il sentit son cou et son visage s'échauffer. Il ferma les yeux.

— T'ai-je déjà dit que je déteste qu'on me traite de lâche ?

— Snow.

En entendant la voix de Jude, il ouvrit les paupières. L'autre homme le regardait avec une sorte de joie sadique qui illuminait ses traits.

— Je n'essayais pas de te pousser à faire une confession que tu ne pensais pas.

— Je le pensais. Je voulais juste, tu sais, attendre qu'on soit ailleurs. Dans un endroit plus agréable. Peut-être avec des bougies et tout ça.

Jude rejeta la tête en arrière et éclata de rire.

— Oh, Général, je n'ai pas besoin de bougies ni de rien du tout. J'ai juste besoin de toi.

Il arrêta de rire et emprisonna le visage de Snow de ses mains chaudes.

— Je t'aime aussi.

Il pressa ses lèvres sur celles de Snow et la chaleur qui inonda son corps ne ressemblait à rien de ce qu'il avait ressenti dans sa vie. Elle le balaya entièrement et ôta un poids de son âme qu'il ne pensait pas peser si lourd. Il sentait que peut-être, juste peut-être, il allait vraiment construire une vie avec cet homme. Faire de lui un membre de sa famille… et faire partie de celle de Jude.

— Allez, dit Jude contre ses lèvres. Prenons tes affaires et partons d'ici. Plus vite nous le ferons, plus vite nous pourrons prendre le petit déjeuner chez tes amis, et rentrer chez moi. Je veux qu'on passe quelques heures à poil avant nos gardes.

Snow hocha la tête, se força à relâcher l'homme et sortit de sa voiture. Il était tendu et les nerfs à fleur de peau. Il venait de s'engager et il savait très bien qu'il passerait la plupart de ses nuits dans ce petit appartement parce qu'il voulait dormir à côté de lui. Et se réveiller à côté de lui. Il voulait tout faire avec Jude.

Et ils allaient bientôt chercher ensemble un nouvel appartement, parce que le simple fait de se tenir à la porte d'entrée de sa maison lui fit réaliser qu'il ne pouvait pas vivre ici. Qu'il ne se sentirait plus jamais en sécurité dans cet endroit.

La main de Jude sur son épaule le sortit des pensées sombres qui se bousculaient dans son cerveau. Un sourire, doux et trop compréhensif, se glissa sur les lèvres de Jude. Snow était en sécurité avec lui. Sur un coup de tête, il se pencha et lui vola un bref baiser, et Jude écarquilla les yeux de surprise. Snow se promit que ce serait la dernière fois que Jude serait surpris par son affection. Cet homme méritait de savoir qu'il était chéri.

Il allait recevoir l'affection et la dévotion que Snow avait toujours désirées.

Dès qu'ils auraient quitté cette maison. Ce n'était plus un foyer. L'endroit était contaminé. Souillé.

— Je vais monter faire mes valises. Je crois que j'ai laissé mes chaussures de course près du canapé. Tu peux les prendre et me retrouver au deuxième étage ?

— Tu es sûr ? Tu es sûr que tu veux monter seul d'abord ?

L'inquiétude sur le visage de Jude le transperça.

— Ouais.

Snow se tut et s'éclaircit la gorge. Quand diable était-il devenu si sentimental ?

— Ouais. Je suis pressé. Et pas seulement pour les gaufres de Ian. Je veux ces quelques heures à poil dont tu as parlé.

— Alors, vas-y, Général.

Souriant, Snow courut dans les escaliers, mais ses pas ralentirent en arrivant à l'étage. Il n'avait pas l'intention de s'arrêter ; il devait juste passer par là pour atteindre la chambre principale du deuxième. Mais le sang séché avait attiré son attention. Sarah l'avait prévenu que la société de nettoyage engagée par la police de Cincinnati ne viendrait pas avant deux jours. Il aurait pu attendre pour récupérer ses affaires, mais il avait besoin de revoir les lieux. Il avait besoin de savoir qu'ils approchaient de la fin. Que Gratton serait attrapé et qu'ils pourraient retourner à leur vie.

Ce chapitre de sa vie serait terminé. Plus de coups d'un soir inconsidérés. Fini l'autodestruction et la dépendance à l'égard de Lucas et Rowe pour le remettre sur pied.

Un grand coup retentit depuis le rez-de-chaussée. Il se retourna, regarda en bas des marches, s'attendant à voir Jude monter, mais la cage d'escalier était vide. Depuis combien de temps se tenait-il là ? Quelques minutes au moins. Jude aurait déjà dû trouver les chaussures et le rejoindre.

— Jude ? appela-t-il, mais seul le silence lui répondit.

Les poils de ses bras se dressèrent alors qu'il retournait vers l'escalier, le descendant aussi silencieusement que possible. Il leva la main droite, tapotant sa taille, mais aucune arme n'y était accrochée. Il avait laissé le pistolet de Rowe dans la voiture. Merde.

En arrivant à quelques marches du rez-de-chaussée, son cœur sombra en découvrant la scène devant lui. Jude était à genoux dans le salon, face à la fenêtre arrière de la maison, les mains derrière la tête, tandis que Gratton se tenait au-dessus de lui, un flingue pointé sur l'arrière de son crâne.

C'était la première fois que Snow voyait clairement Gratton depuis le début de ce jeu du chat et de la souris. Le temps ne l'avait pas épargné. Son visage était boursouflé et ravagé par les rides et par la vilaine cicatrice sur sa joue. Ses cheveux bruns clairsemés, parsemés de gris, se dressaient dans tous les sens, comme s'il avait été harcelé – peut-être par les flics, ou peut-être comprenait-il que bientôt il ne serait plus libre, et qu'il s'agissait d'un dernier acte de désespoir et de vengeance.

— Venez nous rejoindre, docteur, appela Gratton, sans regarder Snow par-dessus son épaule. Je vous attendais. Je ne pensais pas que vous seriez assez aimable pour m'apporter un cadeau.

Snow descendit les dernières marches, les mains le long du corps tandis qu'il envisageait ses options, cherchant une possibilité qui permettrait à Jude d'être en sécurité et libéré de ce fou. Le bruit des chaussures de Snow sur le parquet fit tourner la tête de Jude suffisamment pour qu'il puisse le voir. Son œil droit était fermé et commençait à enfler. Il y avait une autre trace de sang sur sa lèvre inférieure, à cause d'une coupure.

Le bruit sourd qu'il avait entendu… Gratton l'avait pris par surprise, l'avait blessé. Et ce n'était que le début.

La peur qui s'était emparée de lui se changea instantanément en une colère qui enflamma ses veines, brûlant jusqu'au dernier doute. Il fit un pas vers Gratton qui se déplaça légèrement, retirant son doigt de la gâchette pour le placer sur la garde, comme par habitude, alors qu'il bougeait. Les chances étaient minces, mais Snow n'allait pas attendre que ce connard tue Jude.

Prenant son élan, il se jeta sur Gratton. Ce dernier commença à reculer d'un pas et à lever son arme vers Snow pour se protéger, mais il était déjà trop tard. Le corps de Snow, plus puissant, s'écrasa sur lui, le plaquant au sol suffisamment fort pour que la douleur provoquée par le choc se répercute dans son corps à l'impact. Gratton laissa échapper son arme, mais Snow ne vit pas où elle avait atterri, et il ne s'en soucia pas. La rage s'empara de lui, ainsi que les souvenirs de Ian battu et terrifié, les souvenirs de Mel et de son beau visage souriant. Pesant sur Gratton de tout son poids, il frappa son visage de ses poings. Les deux premiers coups atterrirent sur sa mâchoire et éraflèrent sa pommette. Gratton leva les bras, parant le prochain coup pour se libérer.

Snow cligna des yeux lorsque sa tête percuta la table basse, légèrement étourdi alors qu'il se remettait debout. Il bougeait trop lentement et Gratton se jeta sur lui, lui assénant une droite violente qui fit partir sa tête en arrière et le fit trébucher de quelques pas. Du coin de l'œil, il vit Jude s'élancer vers Gratton, cherchant à le clouer au sol, mais l'homme profita de son élan pour le balancer par-dessus son épaule. Jude atterrit sur la table basse qui s'effondra sous son poids, le choc se répercutant dans toute la maison.

Snow jura et voulut se jeter de nouveau sur Gratton, mais le connard le frappa violemment au milieu de la poitrine, le plaquant au sol. Il essaya de lever les bras alors que Gratton s'agenouillait à ses côtés, le cognant avec ses coudes et ses poings. Il bloqua quelques coups, mais l'un d'eux le toucha si fort que son crâne heurta le sol avec un bruit sourd alors qu'il tentait de se relever.

Puis soudain, Gratton disparut. Snow cligna des yeux rapidement, s'efforçant de reprendre ses esprits. La douleur infiltrait ses côtes et sa tête. Sa vision se troubla. Gémissant, il roula sur le côté dans l'intention de se relever. Ses yeux se rajustèrent juste à temps pour voir Gratton poser son pied sur l'arme que Jude avait tenté d'atteindre. Le secouriste leva les yeux pour regarder Gratton et cet enfoiré percuta la tempe de Jude de son poing musclé, le tabassant jusqu'à ce qu'il se retrouve à plat ventre. Il ne bougeait plus.

Snow rugit, désespérant de se remettre debout pour s'approcher de Jude. Mais il était trop tard. Gratton ramassa l'arme et la pointa vers lui, de sorte que le canon se trouvait à quelques centimètres du visage de Snow.

— Assez de préliminaires, Frost, s'exclama-t-il, légèrement essoufflé. La partie peut enfin commencer. Jagger ne m'a pas invité à revenir à Cincy pour des ébats rapides dans ta chambre.

Gratton se tut, un ricanement s'échappant de sa gorge, et un sourire se répandit sur ses lèvres fines.

— Non, quand j'en aurai fini aujourd'hui, toi et tes putains d'amis serez morts, et Ian sera à nouveau à moi.

* * *

Rowe ravala un grognement. Il aurait voulu enfoncer la foutue porte de derrière et faucher Gratton avec le Glock qui pesait lourd sur le bas de son dos. Une seule balle dans le front et tout serait terminé. Mais il ne pouvait pas risquer la vie de Snow et Jude. Ils étaient allongés au milieu du salon, les mains et les jambes fermement attachées. S'il ratait son coup, Gratton pourrait tuer l'un des deux, ou les deux, avant qu'il ne puisse le descendre. Il ne pouvait pas risquer la vie du docteur. Ils avaient déjà trop perdu.

Les coups de pied d'Hollis dans la porte d'entrée firent trembler la maison. Même de la porte arrière, Rowe put l'entendre crier.

— *Police !*

À cette injonction, Gratton se dirigea vers le flic. À la seconde où il s'éloigna de Snow et de Jude, Rowe utilisa son double des clés de la maison et déverrouilla en silence la porte de derrière. Alors qu'il se hâtait de rejoindre Snow, son couteau dégainé, il fut tenté d'utiliser son Glock et de tirer deux balles à l'arrière du crâne de Gratton.

Pas. Légal. Ils devaient faire ça dans les règles. Mel n'approuverait pas un meurtre de sang-froid. Elle avait cru en lui. Il devait d'abord sauver Snow. Il s'agenouilla derrière son ami qui sursauta au contact de sa main, essayant de se retourner pour voir qui était soudain apparu. Il laissa échapper un petit halètement, ses yeux s'humidifièrent lorsqu'il découvrit le visage hagard de Rowe.

— Tu seras libre dans une seconde, doc, murmura Rowe tandis qu'Hollis criait à Gratton de jeter son arme et de mettre les mains derrière sa tête.

Rowe scia la lourde corde qui liait les poignets et les jambes de Snow. Mais lorsque ce dernier commença à chercher Jude, l'enfer se déchaîna sur eux.

Du coin de l'œil, Rowe vit Gratton rejeter sa tête en arrière alors qu'Hollis tentait de le menotter, et la ramener pour lui défoncer le nez. La surprise fut suffisante pour que Gratton se libère et projette le flic contre le mur, lui enfonçant pratiquement la tête contre la cloison, avant de lui asséner une série de coups de poing qui laissèrent Hollis, inconscient, sur le sol.

— Libère Jude et fais-le sortir d'ici ! grogna Snow en se remettant debout pour tacler Gratton avant qu'il ne puisse atteindre son arme.

— Putain ! cria Rowe.

Dès la première seconde, c'était devenu un merdier. Voilà ce qu'il avait récolté pour avoir laissé le flic mener l'opération. Il parvint tout de même à rejoindre Jude et à couper ses liens en entendant Gratton et Snow se battre. Des gémissements s'élevèrent de la gorge de Jude et il bougea sur le sol, reprenant conscience.

Dès que ce dernier fut libre, Rowe lui donna une claque sur la joue, qui le réveilla totalement. Jude fronça les sourcils lorsque ses yeux se concentrèrent enfin sur Rowe et s'élargirent instantanément. Ce n'était pas le type qu'il s'attendait à voir, mais il devait faire avec pour le moment.

— Sortez, aboya Rowe. Je vais chercher Snow.

À peine ces mots étaient-ils sortis de sa bouche que Snow hurla de douleur. Rowe se retourna pour le voir voler à travers la pièce et atterrir lourdement sur le sol. Son corps se recroquevilla, sa main appuyée sur ses côtes tandis que son visage se tordait de douleur.

— Snow ! hurla Jude.

Gratton prit un pistolet – le sien ou celui d'Hollis, Rowe n'en avait aucune idée – et le pointa sur Snow. Toutes les pensées de Rowe se firent la malle. Pas de souvenirs obsédants de sa femme décédée, ni de ses amis qui le poussaient à rester sur le droit chemin. Le monde autour de lui ralentit et tout bruit cessa. Guidé uniquement par son instinct, il saisit son arme, la pointa vers Gratton et tira trois coups rapides. Chaque balle toucha sa cible, projetant Gratton en arrière, mais pas avant qu'il ait le temps de tirer deux balles qui déchirèrent le tapis à quelques centimètres du visage de Snow.

Rowe s'agenouilla, les émotions lui revenant avec force, vidant l'air de ses poumons. C'était fini. Putain, c'était enfin fini. L'homme qui lui avait volé Mel, qui avait presque tué Ian, qui avait voulu lui prendre Snow… il était enfin mort. En larmes, sa vision se brouilla alors qu'il regardait Jude se précipiter en titubant vers Snow, l'embrasser doucement avant de commencer à examiner son corps. Snow fronça les sourcils, repoussa ses mains, puis grimaça lorsqu'il essaya de s'asseoir. Jude prit son menton en coupe, se baissa et scruta son visage en murmurant quelque chose que Rowe ne put entendre.

Mais il pouvait clairement discerner le regard d'amour brut et douloureux que son ami avait donné à l'autre homme, et il eut l'impression de recevoir un coup en pleine poitrine. S'ensuivit un véritable sentiment de bonheur pour Snow, qui s'effondra et laissa le secouriste l'ausculter. Snow jeta cependant un regard ironique à Rowe par-dessus la tête de Jude. Oui, c'était un médecin après tout.

Rowe se dirigea vers le corps de Gratton en tremblant, tandis que les sirènes de police et les gémissements d'Hollis emplissaient l'air. Il essaya de trouver ne serait-ce qu'un soupçon de regret d'avoir pris une vie, en vain. À cause de sa Mel. La mort de Gratton n'avait pas subitement refermé le trou béant dans sa poitrine, mais Rowe savait qu'il ne devait pas s'y attendre. Sa femme était partie, et tuer son meurtrier ne mettrait pas fin à sa douleur. Mais peut-être qu'à partir de maintenant, il pourrait dormir, et c'était déjà bien.

Chapitre 25

Snow ne pouvait pas quitter Jude des yeux alors qu'un autre médecin – Simmons – l'auscultait. Le secouriste était assis sur un lit de l'hôpital, torse nu, des contusions se formant déjà sur son estomac, ses côtes et son visage. Mais Jude refusait de détourner le regard de l'endroit où Snow était assis, précautionneusement appuyé sur l'autre lit. On leur avait donné une chambre privée au lieu de leur faire subir les examens aux urgences.

Tous ses amis étaient entrés dans la chambre quelques instants après l'arrivée de l'ambulance. Lucas se tenait à côté du lit, la main sur son épaule. Il n'avait pas cessé de le toucher depuis qu'il était arrivé, alors Snow savait que son ami avait juste besoin d'être rassuré sur son état. Apparemment, il n'était pas au mieux de sa forme. Il aurait voulu rire de l'inversion des rôles, car il n'y avait pas si longtemps, Lucas avait celui du blessé et lui le grognon inquiet, mais il se doutait que son ami n'apprécierait pas vraiment l'humour à cet instant.

Ian n'avait pas mieux réagi et fronçait encore les sourcils depuis son fauteuil roulant, son infirmier et le garde du corps dont il n'avait plus besoin restant dans le couloir. Gratton était mort, mais il supposait que le géant blond ne partirait pas avant d'avoir été officiellement relevé de ses fonctions.

Andrei était assis sur une chaise à côté de Ian, et Snow dut ravaler un sourire. Le Roumain s'était autant attaché au jeune homme qu'eux tous.

Le seul absent était Rowe. Étant celui qui avait appuyé sur la gâchette, il était toujours au poste de police. Snow ne s'inquiétait pas des répercussions pour lui. Il avait agi en légitime défense pour sauver tout le monde, y compris un flic. Il se demandait si Hollis était aussi en train de se faire examiner quelque part à l'hôpital.

— On dirait des contusions et un coup assez fort sur la tête. On va faire un scanner pour s'en assurer, mais je suis sûr que vous avez une légère commotion. Vous vous en sortez mieux que lui.

Le docteur fit un signe de tête vers Snow qui était assis et se tenait les côtes.

— On va aussi faire une radio de vos côtes.

Le Dr Simmons se pencha et appuya légèrement autour de l'ecchymose sur la poitrine nue de Jude.

Le côté irrationnel de Snow refusait que l'homme pose les mains sur lui, il voulait être celui qui s'assurerait qu'il allait bien. Il savait que ce n'était qu'une réaction émotionnelle face au combat avec Gratton. D'avoir vu Jude avec un pistolet sur la tempe. Même là, le souvenir de cette scène dans son salon lui filait encore la nausée. À cet instant, il avait compris qu'il voulait tout, avec Jude. Il refusait d'attendre plus longtemps avant qu'ils emménagent ensemble. Sa déclaration d'amour maladroite plus tôt dans la voiture avait été sincère, mais le voir à deux doigts de la mort l'avait effrayé à un point inimaginable.

Il avait insisté pour attendre de recevoir ses radios et être là pour s'assurer que l'autre médecin faisait son travail. De plus, il savait qu'il avait des côtes cassées. Chaque respiration lui donnait l'impression que des lames de couteau perforaient ses muscles et ses poumons.

Des yeux sombres croisèrent les siens et il sourit à Jude, qui lui rendit le plus chaleureux des regards. Il en oublia un instant sa douleur à la poitrine et prit une profonde inspiration. Il eut l'impression de se faire poignarder et un gémissement s'échappa de sa bouche avant qu'il ne puisse l'arrêter.

— Ça suffit, déclara Lucas. Je vais chercher un autre médecin.

Il sortit de la pièce.

Ian et Andrei éclatèrent de rire, et Snow dut se faire violence pour ne pas les imiter. Il tint bon parce qu'il savait que ça allait faire mal, putain.

— Où sont mes garçons ?

Surpris par cette nouvelle voix féminine, les yeux de Snow s'écarquillèrent tandis qu'Anna Torres entrait dans la pièce dans un nuage de couleurs arc-en-ciel et se précipitait jusqu'à Jude, poussant le docteur hors du chemin. Elle se pencha vers lui, passa la main dans ses cheveux et le serra doucement dans ses bras.

— Je vais bien, *Mana*, murmura-t-il. Promis.

Il se pencha pour l'embrasser.

— Snow est davantage blessé que moi.

Elle fixa son fils longuement, puis finit par hocher la tête et se dirigea vers Snow.

Ses yeux s'élargirent lorsqu'elle commença à s'agiter autour de lui aussi. Elle toucha doucement sa joue meurtrie, lui tapota la tête et ouvrit même sa chemise pour regarder ses côtes abîmées. Sa jolie peau sombre pâlit et ses yeux étaient emplis de larmes.

— Je voudrais vous serrer dans mes bras mais j'ai peur de vous faire mal.

— Vous me connaissez à peine, souffla-t-il, abasourdi par la façon dont elle le regardait.

Ses yeux sombres, identiques à ceux de Jude, se remplirent de chaleur et elle caressa de nouveau son visage.

— Mon fils vous aime et il sait bien juger les gens. Donc je sais que je vous aimerai aussi.

Snow ne sut que répondre à cela. Il leva la tête, découvrit le visage souriant de Jude et essaya de lui rendre son sourire, mais il était trop ahuri et trop… touché. Il tendit le bras de son côté valide et Anna se précipita de ce côté du lit pour le serrer doucement dans ses bras. Il captura l'air heureux et les yeux ronds comme des billes et stupéfaits de Ian.

Il observa la petite Grecque qui le serrait doucement dans ses bras et lui sourit.

— Anna ? J'aimerais vous présenter mes amis, ma famille.

Il la présenta à Ian et Andrei et, lorsque Lucas revint dans la pièce, toujours vêtu de son long manteau sombre par-dessus son jean et son pull en cachemire, la mère de Jude rougit en le regardant. Lucas poussa le médecin qu'il avait trouvé vers Snow et sourit à la petite maman de Jude.

— Votre ami est un connard, murmura le Dr Kleinberg en ôtant soigneusement la chemise de Snow.

— Ouais, répondit-il affectueusement, son regard se tournant vers Jude.

— J'imagine que vous abandonnez votre règle de ne pas sortir avec le personnel hospitalier ? demanda-t-elle, jetant un coup d'œil sur Jude.

— Sans aucun doute.

Elle haussa un sourcil sombre, puis sourit.

— Oh, les ragots qui vont en découler seront très juteux.

Il s'en fichait. Il savait exactement ce qu'il voulait et il allait faire tout son possible pour ne pas tout faire foirer.

Après avoir reçu la confirmation par une radio qu'il avait deux côtes cassées et que ses nouveaux antalgiques faisaient des merveilles, Snow fut ramené en fauteuil roulant dans sa chambre. Juste derrière la porte, Rowe était appuyé contre le mur, comme si c'était la seule chose qui le maintenait debout. Il avait l'air complètement lessivé. Une épaisse barbe rousse recouvrait ses joues, et ses cheveux, qu'il aurait dû couper depuis longtemps, étaient hirsutes et frisottaient. En le découvrant, Snow eut du mal à respirer.

— Depuis combien de temps tu te caches ici ? demanda-t-il après avoir dit à l'infirmière de le laisser à l'extérieur de la chambre avec son ami.

— Je viens d'arriver.

Rowe leva ses yeux d'un vert éclatant. Ils étaient plus clairs que la dernière fois qu'il l'avait vu. La douleur était toujours là, et il se demandait si elle allait persister dans les yeux de son ami pendant des années.

— Rowe, je suis…

— Ne dis rien, le coupa-t-il. Putain, ne le dis pas, parce que ce n'est pas ta faute.

Rowe se décolla du mur et fit les deux pas nécessaires pour réduire la distance entre eux. Posant une main lourde sur l'épaule de Snow, il s'accroupit pour pouvoir facilement le regarder dans les yeux.

— Je suis désolé d'avoir dit ce que j'ai dit. Je ne le pensais pas. Mel… Ce n'était pas ta faute. Tu n'aurais pas pu la sauver.

Snow n'essaya même pas de faire disparaître les larmes qui emplirent aussitôt ses yeux.

— J'aurais tout fait pour la sauver. J'aimais Mel. Je l'aimais tellement. Je…

Snow ferma les paupières, les larmes roulant sur ses joues alors qu'il prenait une profonde inspiration.

La main puissante de Rowe glissa le long de son épaule pour agripper sa nuque. Il tira légèrement Snow vers l'avant pour coller son front à celui de son ami.

— Je sais. Tu l'aimais et je t'aime aussi. Tu es mon frère, ma famille pour toujours.

— Pour toujours, répéta Snow, sa respiration plus légère.

Il ouvrit les yeux lorsque Rowe s'éloigna. Son ami semblait encore fatigué, mais il était en paix, comme si un peu du poids qui avait failli l'enterrer avait disparu.

— Tu vas mieux ?

— Non, admit Rowe.

Il se redressa, ses genoux craquant sous le mouvement.

— Mais je suis à la maison et j'ai de la famille qui m'aidera à aller mieux.

— Tout ce qu'il faudra.

— De plus… commença Rowe d'une voix traînante.

Un fantôme de sourire ourla ses lèvres et Snow put apercevoir un soupçon de l'homme qu'il aimait scintiller dans ses yeux.

— J'ai entendu cette putain de folle rumeur selon laquelle tu sors avec quelqu'un. J'ai prévenu que les poupées gonflables et ta main ne comptaient pas, mais Ian dit que tu sors avec un type vivant et qui respire. Y a-t-il une chance que tu me présentes à ce saint officiellement, à présent ?

Snow sourit, essuyant les dernières larmes qui coulaient sur ses joues.

— Y a-t-il une chance que tu te montres gentil ?

— Jamais, ricana Rowe.

— Alors, rends-toi utile et pousse-moi. J'ai été blessé.

Rowe secoua la tête, mais fit le tour du fauteuil roulant. Il commença à pousser Snow qui posa soudain sa main sur la sienne, lui intimant de s'arrêter alors qu'il se souvenait de quelque chose d'important.

— Avant que tu n'arrives chez moi, Gratton m'a dit quelque chose.

— Quoi ?

Snow prit une respiration aussi profonde qu'il osait le faire avec ses poumons blessés et ferma les yeux à ce souvenir.

— Jagger l'avait recontacté. Il l'avait engagé pour nous tuer, toi, Lucas et moi. Il avait prévu de récupérer Ian.

Rowe grogna doucement.

— Gratton est mort.

— Mais Jagger n'en a pas terminé.

— Non. Pas s'il veut notre mort.

— Pourquoi ? Nos chemins ne se sont pas croisés depuis des années.

— Aucune idée, répondit Rowe en le poussant jusqu'à la chambre. On va prévenir Lucas et établir un nouveau plan. Et quand tu seras guéri, tu reprendras l'entraînement avec Lucas et moi. Tu n'aurais jamais dû te faire botter le cul.

À la surprise de Snow, Rowe déposa un baiser sur le haut de son crâne.

— En plus, tu dois être capable de protéger ton homme, ajouta-t-il.

Snow eut à peine le temps de réfléchir aux paroles de Rowe qu'il ouvrit la porte et qu'ils se retrouvèrent entourés de leur famille.

Jude, désormais habillé, s'approcha de son fauteuil roulant. Snow procéda aux présentations et ne fut que légèrement attristé par l'accueil stoïque de Rowe. Le vieux Rowe, ridicule et taquin, lui manquait, mais il était encore trop tôt. Bien sûr, cette pensée fut écartée lorsque Anna découvrit que Rowe était celui qui avait sauvé à la fois Snow et son fils. Elle se précipita vers lui, le serra dans ses bras et le remercia, jusqu'à ce qu'il surprenne Rowe suppliant de son regard Lucas de l'aider.

Jude se pencha pour embrasser Snow. La douleur n'étant plus qu'une pulsation lointaine grâce à la Vicodine, il respira l'odeur familière de l'autre homme à pleins poumons et l'embrassa en retour avec plus de fougue qu'il ne se le serait normalement autorisé sur son lieu de travail. Jude approfondit leur étreinte et le baiser s'attarda… et s'attarda.

— Tu as si bon goût, murmura Snow contre sa bouche.

Pas suffisamment bas apparemment, car des rires s'élevèrent de différents endroits de la pièce. Il n'en avait cure. Quand Jude recula, Snow lui sourit.

— Tu veux m'aider à trouver un nouvel endroit pour vivre ?

Jude hocha la tête. Puis il rit et pointa du doigt l'endroit où sa mère papillonnait entre Ian et Rowe. Il se pencha tout près de Snow pour pouvoir chuchoter.

— Elle a décidé d'adopter tous tes amis sans mère. Je me suis dit que je ferais mieux de te prévenir.

— Andrei n'est pas sans mère. Crois-moi. Tu penses que ta mère est un cas ? Attends de rencontrer les Hadeon.

Il tendit son bras droit et attira Jude à lui pour un autre profond baiser.

— Je ne veux plus jamais te voir en danger comme ça, chuchota-t-il, espérant que c'était un murmure et non une illusion induite par la Vicodine.

— Tu devras rester près de moi, dans ce cas, chuchota Jude en retour, ses lèvres douces contre celles de Snow.

— Alors j'espère que l'endroit que tu m'aideras à trouver te plaira autant qu'à moi.

Jude se raidit, recula et le regarda fixement pendant un long moment. Puis il secoua la tête, l'étincelle dans ses yeux les rendant bien trop sombres et attrayants.

— C'était le plan. Je ne m'attendais simplement pas à ce que tu l'admettes aussi vite.

Snow, le cœur battant d'un mélange de peur, d'excitation et d'anticipation, lui offrit un large sourire.

Jude gémit.

— Ce n'est pas juste. Tu ne devrais pas sourire comme ça alors que tu as les côtes cassées et que je ne pourrai rien faire tant que tu ne seras pas guéri. Tu es irrésistible. Arrête. Arrête tout de suite.

Snow ne fit que sourire davantage tandis que Jude cédait et se penchait pour l'embrasser. Les rires emplirent la pièce autour d'eux et, une fois de plus, Snow s'en fichait alors qu'il s'étirait pour enfouir ses doigts dans les cheveux épais et indisciplinés de Jude, et le tenir aussi près qu'il le pouvait, aussi longtemps qu'il le pouvait.

Imprimé en France
FROC011811101120
25698FR00003B/45